U0897483

KEY·可以文化

于是 林晓桦 著

有且仅有

一个自闭谱系家庭的回忆与未来

TC网络日报

搜索关键词：脑波仪，NZM

2036-10-14　总部设立于新西兰的NZM智能公司近日宣布：即将发布针对发育谱系障碍的脑波仪，能迅速有效地改善自闭症、多动症、阅读障碍、发育迟缓等的症状。

2036-11-25　据知情人士透露，NZM公司尚未公开上市的脑波仪基于海量数据，几乎收录了所有人格行为特征，应用首创的演算方法，能对人类行为、人格特征进行即时而全面地分析，能改变神经连接，还能提出行为建议。更令人震惊的是，该产品的开发团队人数极少，据称，该团队的领导者是一位阿斯伯格综合征患者——林顿·杜雅尔丁。

2037-01-02　NZM公司脑波仪的特供初始版惨遭泄露！警方已介入“读脑神器”引发的民事纠纷。原本定于下月启动的上市计划恐将延后。

2037-04-01　NZM公司正式宣布，将依据联合国人工智能监察总部的调解指令修正初始版脑波仪，加强监控，降低智能化运用后择日发布。监察总部的相关人士表示，由林顿·杜雅尔丁领导的团队开发脑波仪的主旨在于帮助罹患谱系障碍症状的青少年及其家人。结合人工智能技术与生物化学领域的最新发现，这是对人类未来发展的重大贡献，我们有充分理由期待这款产品得到合法、合情、合理地广泛运用。

2037-08-28　全球首款针对发育谱系障碍的干预教育仪器——NZ-ヨ!脑波仪官宣上市！在低调的新闻发布会上，创始人林顿·杜雅尔丁展示了新生版脑波仪的特点：使用简便，沟通高效，并有超强监管。

自闭症谱系基本介绍

自闭症在中国亦被称为孤独症。

自闭症谱系（Autism Spectrum）是一种心理状况的谱系障碍，亦称自闭症谱系障碍（Autism Spectrum Disorders，简写 ASD；或 Autism Spectrum Conditions，简写 ASC）或泛自闭症障碍。DSM-5 将其归类为神经发展综合征的症状群范围。

虽然自闭症案例中的个体差异很大，但这些综合征的共同特征包含：社交缺乏、沟通困难、刻板的或重复的行为和兴趣、五官的感受力不灵敏、认知发展较慢。

被诊断为自闭症的人必须存在下列两个症状：

1. 缺乏社交沟通与社交互动；
2. 局限的、重复的行为、兴趣或活动。

2013 年，DSM-5 重新定义了自闭症，将第四版的 DSM（DSM-IV-TR）中的自闭症、阿斯伯格综合征、待分类的广泛性发展障碍（PDD-NOS）和儿童期崩解症都纳入了自闭症的范畴。

目前全球医疗康复界对于自闭症谱系形成以下三点共识：

1. 发病原因难以确定；

2. 核心障碍伴随一生；

3. 给个人和家庭造成严重影响。

研究证明，通过尽早和科学的干预，可以减轻障碍的严重程度。根据 2019 年出版的《中国自闭症教育康复行业发展状况报告 III》的数据统计，我国自闭症人士数量超过 1000 万，孤独症儿童数量超过 200 万。

2007 年 12 月联合国大会通过决议，从 2008 年起，将每年的 4 月 2 日定为“世界自闭症关注日”，以提高人们对自闭症和相关研究与诊断以及自闭症患者的关注。

目录

2037 林顿的AI存档日志
2037-07-13
001

2007 在美国
林珊的日志《静海之家回忆录》
011

2037 林顿的AI存档日志
2037-07-13
147

2014 在澳大利亚
林珊的日志《静海之家回忆录》
163

2037 林顿的AI存档日志
2037-07-13
219

2015 在中国
林珊的日志《静海之家回忆录》
241

2037 林顿的AI存档日志
2037-07-13
277

2016 在美国
林珊的日志《静海之家回忆录》
289

后记
373

2037 林顿的 AI 存档日志[①]

2037-07-13

林顿与林珊的共享日志

① AI 存档日志是由电脑写作程序根据日志主人的植入体、佩戴设备、卫星监控等电子设备提供的存储信息合成、编辑而成的文字档案，仅供日志主人取用，并可加以手动修改。AI 存档日志有多种文风、语言模板可供选择，创作版权只属于日志主人。

我在半梦半醒间又梦见了日全食。月亮用弧形的边缘切进太阳，即便是食甚的瞬间里，阳光依然从黑色圆盘的背后向每一个方向铺洒——但这只是回忆和常识的强势反扑。事实上，我梦见的是月影蚕食日盘后，挺进日盘的弧面似乎有无尽的延长线，将无限铺洒的日光抹杀。日月叠成黑洞。在彻底的黑暗中，在理智和梦境的冲突之间，我惊醒过来，看到了新西兰冬季清晨中静谧的森林。今天的日全食将与我擦肩而过，在这里是看不到了，只见迷蒙的晨光。

前一晚是如何入眠的，我已经想不起来了。遮光窗帘都没有拉上，这已有好几次了——对于行事刻板、讲求规律的林顿·杜雅尔丁来说，这并不是常态。但我没有机会感受理应出现的心理波动，因为脑波仪始终处在开启状态。

我起身下床，站在一整夜暴露在天光中的窗前。玻璃窗里映出一张脸孔：饱满的下颌、浓眉大眼都是从小到大没变过的特征，但下沉的嘴角、眉间隐现的皱纹却比同龄的三十岁男人显得持重。我看进映像中自己的眼睛里，是的，人是可以注视自己的瞳孔的。视野中半透明的系统提示我，今天要用“温和、关切的态度”对待“这个人”，并给出相应的言语、表情等行为方式的快捷链接。我已习惯将自己当作“这个人”去审视，去剖析，去修正。我是自己的发明物的第一个试验者，也是至今为止仍在使用初始版脑波仪的人。

今天要用温和、关切的态度。因为今天是董事会投票决议的大日子。

负责做早餐的仍是芝诺，步骤一成不变：八分钟内煎好培根鸡蛋、烤好面包、涂抹花生酱、煮好咖啡。芝诺在厨房的动线也是一成不变的，除了点头示意，绝无多余的言语，除非我有对话的意向。芝诺通体光滑，关节灵活润泽，身形比我小一圈，脸部没有五官，脑部装载了脑波仪，能和我的脑波仪联动，因而能比我本人更优秀地与来客、邻居等外人互动。从某种意义上说，大家所熟悉的那个林顿和AI芝诺都是林顿本人的试验品：前者是擅长应和——但不是迎合——各种性格人群的社交型林顿，后者是日常功能AI化的林顿——无论是烹饪、运动还是家务，林顿都输给芝诺。

吃早餐、浏览新闻的时间里，芝诺为我选好了服装，这对于普通家政AI来说都是很简单的工作。自从我和琳达分手后，家里就没有第二个人可供分析应用了，芝诺的脑波仪有点寂寥，幸好它没有五官来呈现表情。

九点三十分，散步去公司。十点，包括我和琳达在内的七位董事都坐在了会议厅的圆桌边，落地玻璃窗外是茂密的森林，枝叶层层遮蔽了晴好的阳光，将我们笼罩在沉静的幽光中。琳达没有像往常那样坐在我的对面。正对我坐下的是森田，左边是海森堡和马丁，沃尔夫和伍德坐在琳达的右边。这让我想起小时候的逻辑游戏题：试问，琳达坐在谁和谁之间？

森田一向很严肃，由他主持今天的会议显然很合适，不过，森田今天注视我的眼神并不像半年前那样焦虑。系统提示我：今天的森田有信心，怀有乐观的期待。马丁和海森堡都是高功能自闭症谱系人士，他们不善言辞，但很能领会我对技术和工艺的要求，早在 NZM 公司成立之前，我们三人就组成了工作室，完成了脑波仪原型的研发制作。不用系统提示，我就知道他们对目前技术层面的修正是满意的，但令我意外的是，系统提示：海森堡今天有点恐惧，尽量不要与他对峙。琳达是法律顾问，也是股东之一。沃尔夫是最早的投资人，常年担任他副手的伍德作为小投资人入股。目前最大的股东是森田。

所有的分歧都是从试用版泄露开始的。脑波仪是我的发明，或者说是我的必需品——我从十五岁就开始琢磨、迫切需要的一样东西。每当参与辩论时，每当需要充分理解别人的想法和想象时，甚至每次要领会恋人的玩笑和调情时，我都可以借助脑波仪明晰的解释，从而选择最有效的言行。一开始，我只想给自己铺设捷径。随着必需而来的是改良和选择，我渐渐开始期望这样的科技产品能最终改善所有人的社交能力，减少不必要的沟通和误解，让人们将有限的精力专注于有意义的事情。按照七人董事会最初的商业计划，2036 年面向特定人群推出初始版，2037 年面向大众推出社交版，2039 年进军 AI 界。在竞争激烈的 AI 领域，我们的脑波仪具有和机主的高度融合力，亦即独一无二的自控能动性，不仅能改善社交能力，还能激发机主潜在的另类思维方式。相比之下，市面上多数 AI 标准模板化，欠缺个性。NZM 公司的每一个股东都赞成这种主导思想。

为什么谱系障碍患者从小要改变自己以适应社会，为什么所谓的正常人不能同样做出一点改变呢？为什么要把“正常”的标准设定得那么僵化呢？前期市场调查的结果也相当乐观：父母和老师愿意借助它轻松地教导各类幼年和青少年障碍者，创意工作者也很想用它进一步拓展人类感知领域，期待能借助脑机接口的方式，让自己的大脑保持在 α 波和 θ 波的交界，也就是传说中的“心流状态”——创造力迸发、最专注、最安静的心脑状态……

但谁也没想到，初始版正式上市前，特供给一些自闭症谱系患者的家庭试用的脑波仪被泄露了：有个阿斯伯格综合征的孩子的舅舅失业在家，他曾是个程序员，立刻领悟到这种小贴片的妙用。趁着全家人睡着时，从外甥的颈项偷走了脑波仪，当夜篡改了权限，第二天试图挽回前女友，两人貌似复合成功。孩子的父母在第三天确定脑波仪遗失后立刻上报，NZM 公司当即终止了那个终端的运行。前女友立刻发现前男友一夜之间打回原形，所谓的复合变成了性侵，于是报了警。虽然 NZM 公司很快找到了罪魁祸首，并诉之法律，但 250 个家庭的试用全部因此暂停，后果无法挽回。受害者对警察说：“他前一天就像是换了一个人，让我不想也无法拒绝。”“回想起来，简直像是被下了迷药！好像他能探入我的脑子，能预知我下一步要干什么！”警察觉得匪夷所思，律师无计可施，法官无法可依，这件事被媒体大肆宣扬。最早攻击 NZM 脑波仪的文章题为《林顿·杜雅尔丁的读脑神器：阿斯伯格天才发明家用善意铺就的地狱捷径》，文中写道：“若有这等洗脑神器，诈骗不费工夫，性侵不复存在，销售无往不利。”

最早捍卫我们的文章并非出自 NZM 公司的公关策划，而是一个家有自闭症孩子的德国女记者。她在《林顿脑波仪是前所未有的福音》中再三恳请大众冷静下来，不要因为一次恶意使用而忽略了脑波仪的真实作用，她以母亲的口吻讲述了养育一个低智重度自闭症孩子的艰难，列举各国自闭症谱系障碍者的庞大数据，解释为什么基因医学在确证自闭症起因的漫长过程里成果稀少，还搬出了一例自闭症孩子的单亲母亲在 2020 年新冠病毒疫情期间不堪重负，自己的抑郁症加重后亲手杀子的悲剧。在文章末尾，德国女记者明确表示，愿意第一个购买正式上市的脑波仪：“若有更缜密的权限设置和加密措施，林顿脑波仪必将是我们的福音——要知道，全球范围内有上亿个我们这样的家庭！”

一款高科技产品尚未上市就获得全世界如此规模的瞩目，这让雄心勃勃的 NZM 公司乱了阵脚，上市计划悬置、重改。坊间传闻越来越夸张，诸如：“林顿的脑波仪几乎收录了所有人格行为特征，还有迄今为止不曾见过的演算方法，能进行即时而全面地分析，能改变神经连接，能提出行为建议，甚而能让正常人催生出24个，甚至48个分裂人格……”琳达不得不草拟一份新的权责声明，尽量巨细无遗，并催促高级法院修正与AI相关的法规。我们三人不得不对初始版进行大刀阔斧的修改，一开始，我坚信这不是修正，而是退化。在遭到攻击的时候，我完全无法明白世人为什么对这种脑波仪有如此强烈的排斥，甚至带着敌意和恐惧。那阵子，董事会频频开会，建议我们将功能弱化，苦口婆心地劝说我："试用版引发的丑闻与其说是法律层面的，不如说是伦理层面，但绝不是针对产品本身的科技先进性——也就是你的领先和正确。”有一次，森田忍不住用日本武士般发自丹田的低吼对我说："以退为进不是耻辱!”森田不断地提醒我们，NZM公司有长远打算：自从科学家第一次用AI科技解读人脑电波至今已有二三十年，我期待自己基于脑波仪开发的AI不仅仅是读取和传达一般意义上的“正常交往”，而是能激活思维方式本质上不同的各类人群——比方说：用语言思考的诗人和用图形思考的数学家——之间的理解和互动。为了这个目标，脑波仪只是让NZM公司立足于商界的第一个产品。“要么有第一个，要么就全没有。”

芝诺把装有修正版脑波仪的小盒子放在我外套的内袋里，盒子上有“NZ-∃!”的标志——N指代新人类，NZ指代新西兰，两个字母被设计成纵横交叉的结构，Z看起来就像N在不断旋转时留下的视觉残留。∃!是数学逻辑符号，意为“有且仅有”，林顿想用它来说明：这是针对自闭症谱系障碍患者的修正版本。

芝诺还偷偷地在内袋里放了一朵花：在我的手指摸到盒子边缘前必然先触及那朵丝绸做的小花——我不会说那是小，不是世人认定的体量上的小。用一层圆布可以折叠出多少花瓣？用十层呢？光滑冰凉的褶皱给我的指尖带去抚慰的触感。“今天要用温和、关切的态度”——芝诺从我的记忆里选择了最有疗愈力的细节，它尽力了。仿佛经过了一场又一场缓冲，细腻繁复的褶皱给予了我最后的鼓励，我不由自主地微笑了一下，感受到母亲怀抱大病初愈的孩子时的那种悲喜交加。我把小盒子取出来，放在桌上，它立刻吸引了所有人的眼光。

2007 在美国

林珊的日志《静海之家回忆录》

1. 有且仅有的童年：听妈妈背古文

母与子，像是两条永不相交的平行线，但也有过一个坚实的交点——怀胎的十月。而当他离开我的身体降临于世后，无论我们如何贴近对方，依然是两条方向各异的线。除非纠结，否则无法相交。

一岁的林顿是人见人爱的宝宝，圆溜溜的大眼睛，乌黑浓密的长睫毛，非常爱笑，而且是对着镜头笑，因为他还不知道那是镜头。他一岁半学走路，摇摇晃晃，摔倒、撞到都不哭不闹，默默地和地球重力达成和解，我叫他，他也不应，我怀疑过他是不是耳聋。但每次去医院或进超市的厕所，烘干机高频的呜呜声、启动饮水机发出咕咚咕咚的声响都会让他瞬间变脸，害怕却无处可逃，直往我怀里钻，这又完全打消了我的疑虑。陌生人看到这场景总是友善地笑，孩子初见世面，大人都觉得好可爱，谁也不会多想大脑应对噪音是如何运作的。

林顿两岁这一年平淡又忐忑：对林顿是平淡的，我是忐忑的。书上说，这时候的孩子特别霸道，会有专属于自己的秩序和归属感，有点不讲道理，但事实上是智力在增长的表现。然而，只要我把儿童安全门栏（baby gate）上下装反，他就会吓得浑身发抖，放声大哭，这就不算正常了。但这说明什么，林顿的观察力太强？活动门其实没有上下之分，都扣得上，他注意到了什么细节？普通的育儿书上会指出，这种固执是为了增强他们内心微弱的安全感。但我由此得出了另一个结论：这孩子将带给我挑战，我需要时时刻刻观察他，揣测他言行举止的意义和原因，缔造出我们母子间的独特纽带。那时候，保留一年的博士生学籍已到期了，我不得不放弃，却也毫无犹疑或遗憾——孩子的成长有且仅有一次，这是我此时此刻唯一的课题。我当然想拿到博士学位，但等他大了，我再去申请不就得了？就算美国的博士很难拿下，我也认了。

三岁的林顿开始认字，但不像别的孩子那样听音、发音，只会自言自语，发出的语音奇奇怪怪，像是在和外星人交谈。我做了中英文字母卡，一遍又一遍读给他听，哪怕他没有任何反应。后来有一天，我把他抱到婴儿高椅子里准备喂饭，口口念念有词："吃饭饭了。"他一把抓起写有"吃 eat"的卡片，我突然明白他已经认字了。但他不肯开口。

他不开口，我试过追问："你听到了吗？你懂吗？"但俨如我在自言自语，他始终没有对答。你不用成为儿童教育专家就能断定，这种状况必定意味着大问题。我说服自己从正反两面推导，得出了同一个结论：假设他听得到、听得懂，只是不回答，那我就要继续释放言语信息；反之，假设他听不到、听不懂，因而不回答，那我也该尝试不同的语音、语言和语义，测试他会对什么样的言语产生反应。与其忧虑，不如盲试，更何况，他已用卡片证明了对字词的理解能力。

就这样，我暂时放下对母子对答的期待，转而尝试我的语言实验。初级的自言自语很简单，但外人看起来，我可能像个白痴：差不多每句话我都会用英语、普通话、家乡话说上三遍，而且，不管我在做什么事，嘴里都会解释一遍。切黄瓜的时候，我说：“妈妈在切黄瓜，拿刀切，嚓嚓嚓，一切一片，一根黄瓜成了一堆黄瓜片。”坐下看书，我就说：“这是目录，要看什么到目录里去找。找到了，在这儿，第 430 页。100、205、452，过了，要往回翻，第 430 页在这里。”甚至上厕所的时候，我都会详细解说。我制造的声波在空中发散，坐在我面前的孩子接收到了吗？我不知道，可我还是照说不误。那是神经质的做法，每晚他躺下后，我都会长叹一声——终于可以让自己沉到沉默里去了。

教他玩也是用这个办法，因为知识不会自动迁移，尤其是对目光和思想无法跟随家长的手指和言语指示，因而有认知障碍的孩子。我去玩他的玩具，但不是跟他一起玩，而是在他旁边，我玩我的，他玩他的。我不停地说话，他悄无声息。他有一套地板拼图：每一块都很大，是在地板上拼的拼图。我说：“这里有条鱼尾巴，鱼的身体在哪里呢？在这儿！我们把这两块连起来。吧嗒，进去了，一点缝隙也没有。”他听不听、看不看，我都不在乎，只是自顾自絮叨。就这么絮叨了一星期，他突然凑过来看我；再过一个星期，他伸手去拼了；再过两个星期，他可以拼完三乘三的海洋拼图，拼了拆，拆了拼，一点儿都不厌烦；再过两个星期，我们可以拼四乘六的大拼图了。依然是我自言自语：“这里有半片云，还有半片在哪里呢？在这儿！我们把这两块连起来。吧嗒，进去了，一点缝隙都没有。”拼一块，说一遍。拼一块，说一遍。保持同样的句式、同样的语气、同样的语速。如果旁边有成年人，一定会被我烦死吧！但我必须这么做，因为只有固定的模式才能让他心安。

三岁半的林顿刚刚摘掉尿布，按中国人的标准算晚的，按美国人的标准很正常；但按自闭症孩子的标准，那可是一项了不起的成就。

不过仍需巩固——他第一次自己拼完六乘八的大拼图后，一激动，一大泡尿撒在了地毯上。我不怪他，事实上，我一直在旁边看时钟，他在地上蹲了足有七十五分钟，难怪憋不住了。但一个三岁孩子为了做成一件事，能够七十五分钟心无旁骛，我觉得挺好，心甘情愿擦地毯。

四岁的林顿很健康，不生病，只有年度体检打疫苗的时候才去诊所，每年都见同一个医生。他高得吓人，恨不得高出天花板去，和我握手时，我觉得自己的手完全消失在他的大手掌里。这位“大手医生”每年都夸奖林顿的身体好，直到这一年，我问起：“太晚开口说话会有什么问题？据说，双语家庭的孩子开口比较晚，这是正常的吗？”他沉吟片刻，显然做了一番思想斗争，最终鼓起勇气对我说：“你知道吗，我家的浴室龙头得挂指示牌，画好‘一二三四’的洗澡步骤，否则，我的继子就不知道怎么洗澡。”我惊呆了。“我的继子有自闭症。我不具备自闭症的诊断资格，但我必须贸然地，甚至该说是冒险地给你一个建议，请你考虑一下这种可能性：林顿十有八九有自闭症谱系的问题。我只是凭经验这么说，你不要太紧张。总之，值得庆幸的是，虽然大多数自闭症的孩子都很不快乐，但你的儿子很快乐！”之后，他打印了一份资料，列举了一些问诊资源。我立刻按照大手医生的建议，在一家大医院的自闭症专科挂了号——其实离挂号的步骤还很远，现在只是把名字写在等待名单上，等到通知，才能预约看病。我问护士，要等多久呢？护士回答，这个地区的平均等待时间是两年半。

两年半！

多亏了大手医生的科普，多亏了网络和图书馆，我在等到问诊之前已经明白了自闭症有轻重程度的不同，也有各种表现形式，严重的话会有不停转圈、不停用头撞墙等强迫性的动作，很多患者因有语言障碍和社交障碍而无法学习，以前就会被归入智障或儿童精神病群体。林顿也不肯说话，而我自我安慰，总觉得那是因为孩子还没开窍，多教教就好了——而且，就算真的是笨，笨也不是病，老天自会照顾笨小孩。大手医生却对我说："这是典型的一厢情愿（wishful thinking）。对自闭症小孩来说，早一天干预都是好的。我的继子前几个月刚刚确诊，我们才开始干预。但根据我现在的观察和反思，我认为你从林顿一两岁的时候就做过一些自发干预，这非常好，林，你是个有文化的母亲。但从现在开始，你该有些系统性的举措，不能再自我安慰了，因为不能再耽误了。"

四岁的林顿似乎能听懂我们说话，但我们根本无法得知他究竟哪些懂，哪些不懂，哪些听得进去，哪些被他当成耳边风。总之，他依然不吭声，除了哭和笑，已不再用奇怪的语音和外星人交流。大概因为他自己就像是外星人：不和任何地球人有眼神、声音的交汇。因为他不看我的手指，指示任何东西对他都无效。我决定不管他，让他先完成自我升级，引入高级的自言自语。这不是写在任何教学书里的策略，只能说是我事后诸葛亮式的反思和概括。当时的我不可能不焦虑，但焦虑就像烫手的杯子，我不得不立刻放下，等它凉下来，一口气把一杯量的焦虑喝光，信任自己可以消化一部分、排解一部分，还可以与一部分共存。

两年前我就像所有妈妈那样给孩子读童话了，讲过绘本故事，讲过中英文故事，但他始终毫无反应，时常听着听着就跑开了，好像根本没有意识到我在给他讲故事，也没有意识到什么是"故事"。再后来，我搬出了许久没看的中国古书。

“人之初，性本善。性相近，习相远……一而十，十而百。百而千，千而万……”《三字经》本就是中国古人启蒙孩童的儿歌，背一遍又轻松又愉快。

“天地玄黄，宇宙洪荒……云腾致雨，露结为霜……求古寻论，散虑逍遥……”《千字文》是我最喜欢的，温润如玉、唇齿留香，语音字形寓意都很美好。

“粤自盘古，生于大荒……秦始称帝，以吕易嬴……徽宗即位，穷极奢侈……”《四字鉴略》是讲历史的，取其音韵节奏，我并不期求他神童般领悟乃至牢记，只求林顿在我背完一遍的那半小时里心平气和，给他一种舒适的背景音。

“夜未央，庭燎之光……维其有之，是以似之……未见君子，忧心如醉……”《诗经》是瑰宝，有情有义、风雅迤逦，特别适合用软糯的中国南方话徐徐吟诵。

唐诗，宋词，《古文观止》……只要我觉得念着上口就背。魏晋南北朝的诗里也有宝，也可以背。那一两年里，我把自己要背诵的诗文抄写下来，贴在厨房的墙上、柜子上，洗碗、做饭的时候都能瞄上两眼，在脑子里接着背下去。

我的背诵不是朗读，不需要抑扬顿挫；背一遍就是完整的一遍，而不是随时起兴来一段；背的声音很轻柔，像是喃喃自语；背的节奏稳定，绵延不绝，有点像念经。赴美之前，我在国内大学教过课，学过一些教学理论，我知道这充其量只能说是实验性的、试探性的教学行为，甚至不期待教学本身达到什么目的。事实上，这是一场双向的教养训练：我深知自己在做一件“有所期待，但无法明确期待”的事，有点像生物实验室的培养皿里进行的实验，无法知道自己是不是在浪费时间。但我在念咒般的、面对沉寂的、近乎独自沉沦的背诵中发散出说服自我的意念，以此隐匿我隐藏在内心最深处的忧虑。我的镇定是表象，也是假象；我的背诵是一种隐喻，涵盖了我养育他的过去、现在和未来。为母者，必须隐藏自己的恐惧，保持冷静，保持期待，义无反顾地去做一些短期内看似没有成果的事。后来我跟穆师父提及这段，穆老先生只应了八个字：“因上精进，果上随缘。”

因有孩子，母亲才成为母亲。母亲和孩子一样站在全新的起点，也和孩子一样需要学习；但与一张白纸的孩子相比，母亲的学习更像修行，不能急功近利。无论在中国还是美国，现代社会都太强调目的性了，从学业到工作，乃至娱乐和消费，无不有既定目标、既定标准。但在那一年——习惯并极其享受对着沉默的儿子背诵诗文的那一年里，我是个没有目标的母亲。幸运的是，后来数年的事实印证了这不是一场无用功。

背书也是为了能和林顿在一起。他有一套建乐思（K’Nex）拼装玩具，可以搭出好多东西，还带齿轮、滑轮、链条，加个马达就能动。拼装的前提是要看懂图纸，教他看图纸的唯一难点是让他明白箭头的含义——要让他明白纸面上的二维符号事实上指示的是三维空间。实在很费劲，只能耐心地重复说明。搞懂了之后，他就不让我待在他的房间里了，把我推出门去，硬要一个人搭，可以搭上一整天。但我发现，只要我拿本书在角落里念，念出有韵律的古文，他就不赶我走。事实上，那时候的他不可能明白古文的含义，我只要一停下来讲个注释他就嗷嗷叫。所以，虽然我背了这么多，他知道意思的恐怕只有一句《木兰辞》里的“磨刀霍霍向猪羊”。每次快背到这里的时候，他肯定会停下手中的活儿等着，听我背到这句了，他就笑眯眯地做个磨刀的动作，至于后面的“安能辨我是雄雌”又回复到了纯音韵，他立刻扭头回去装他的齿轮了。大手医生说得没错，他是个快乐的孩子。

那时候出门，腰背有点辛苦，因为我常常要一路走一路抱他，因为沿途的车声、人声、店铺里的音乐声都会让他惊恐。我从没用“你要听话!”这样的言语呵斥过他，因为我明白那是没用的，听话这个概念，对于只能听懂字面意义和音律的孩子来说毫无意义。每当他害怕的时候，我都会把他抱起来，让他伏在我的肩头，我对着他的小耳朵轻轻地背诵《千字文》，背着背着，他那小小的身体就会松弛下来，那是无可奈何之际我们俩共同的抚慰。

有一天等红灯过马路时，我像往常一样死死拽住他，脑子里突然闪过一个念头：等我有一天不在人世了，还有谁会这样拽住他？就这一念，心痛不已。绿灯亮起的时候，眼泪已不可遏制地滚落下来——从林顿出生到现在，眼泪只有那么一次顺其冲动——我无比清晰地认识到：他是我有且仅有的孩子。从那天起，我就明白自己不打算再生一个孩子了，因为这一个就将用去我全部的心血。

2. 沉默中的学习

孩子就像泥土里的种子。他知道些什么，他能够做到什么，我们永远不能低估。

世间的诸多真相都如同种子深埋在泥土里。谁也不该被沉默所蒙蔽，也不该被喧嚣所诱惑。

在林顿开口说话之前，我就已无比确定他能够理解世事。这多半是因为那个英国卡车司机——我是在1990年世界杯的那个夏天看到他的。他出现在电视机里，告诉记者，每逢世界杯，他就卖了卡车去现场，尽兴地看球；赛事结束，他再回家贷款买卡车。届届如此，周而复始。他让我惊喜，让我心想：嘿呀，这世上真有“千金散尽还复来”的人，他该有多快乐啊！从此以后，只要我有所犹豫，卡车司机就从我心里蹦出来，对我说：去做想做的事吧，快乐就是知道自己想要什么，让自己去行动，除此之外不贪求更多。

我甚至不贪求林顿说话。

那两年多，似乎有个隐形的精灵在我们母子之间传递消息，时不时地让我们的平行宇宙交叠一会儿。他的目光若能追随着我的手指移动，那就是精灵显形的时候。但百分之九十的时间里，他不肯顺着我的手指看我指的字。我不勉强，但也不曾放弃，就像自言自语的升级版，我开始在红蓝卡片上自顾自地写单词——三四个字母组成的最基本的英文单词，在红卡片上写一遍，再在蓝卡片上写一遍，渐渐攒下两摞玩配对游戏的卡片。不管他有没有反应，我只管洗牌、出牌、念出卡片上的单词（cat就读cat，不用把字母分开拼读），每一次都要念得清晰且干脆。谁说我们必须从认识字母开始识字呢？按照我对天宝·格兰丁的自传的理解，对自闭症孩子来说，cat是一个认知单位，而c-a-t是三个认知单位，越拼越复杂。汉字也一样，人就是人，不是一撇一捺。汉字是有意义的画，对他来说，可以先认知整体的画面，再经由拆解，得到笔画和意义。我相信——确切地说是我猜想——他也是把英文单词当作汉字那样去认知的，他看一眼，记住了字母高高低低、左弯右曲的形状。哪怕他不理我、不看我、不听我说话，我依然会留下一排红卡片和一摞顺序打乱的蓝卡片，然后走开，去看自己的书或是做饭。等我回到客厅后，红卡片下面就会出现相匹配的、写有同样单词的蓝卡片，而他本人仍在玩具堆里玩得不亦乐乎。有时，你真的会怀疑那是精灵干的。

同样奇特的是，他也是用卡片学会了 10 以内的加减法。有一天，我带他去图书馆还书，刚好遇上二手书店在馆外摆周末市集，我淘到了一套很独特的加减法竖式黑白卡片：正面只印竖式，不印答案；背面既印竖式，也印答案。这种加减法卡片在各种超市都有卖，但都是彩色的，平日里，林顿是看也不看的，但这套老旧的卡片是黑白的，他一眼就对焦了。老板卖得特别便宜，像是白送给我们的。从那天开始，这套卡片成了林顿最喜欢的玩具，或者说，最虔诚的信仰。每天吃完早饭，他就会进行一番卡片崇拜仪式——四岁半的林顿坐在地毯上，低着头，不声不响，从左边拿起一张，正面看看，反面看看，有时流下口水也岿然不动，十几二十秒后再轻轻地放下卡片。如此这般，左边的卡片越来越少，右边的卡片越来越多，把一整叠卡片看完大概需要半小时，无论窗外打雷还是家里来人，他都照样一动不动。而我只会默默地在远处观望他，不说话、不发问，因为他不会回答。崇拜仪式操作熟练了，半小时缩减为二十分钟；再往后，我发现他只看正面的竖式算法，不看背面了，二十分钟缩减为十分钟。我开始变着法儿去问他：“三加三等于几？”“哥哥有三只气球，妹妹有两只气球，两人一共有几只?”但他不会回答。精灵的法则从一而终。得不到应答的我在地毯上留下一张白纸，纸上出了几道加减法，连“8 + 4”“11 - 5”这样要进位、退位的算式也有，然后就静悄悄地走开。我毫无来由地坚信：只要我在房间里，他就不会去做的，这是精灵的引力场所决定的。等我忙完厨房里的事出来，一眼看到那张纸上已经写好了正确答案。我没有称赞他，甚至没有讲一句话。他也一样。我们悄无声息地完成了一场考试——考生不只是学会加减法、决不开口的四岁半的男孩，还有心里住着卡车司机、连教孩子都教得随心所欲的年轻母亲。那感觉真像是亲眼看到喜欢的球队赢到了世界杯。

林顿通过加减法考试之后，我已默认那位精灵是掌管卡片、赐给所有卡片以奇迹的小神仙。卡片上的单词扩展为句子，卡片上的加减法升级为100以内。我们开始频繁造访那家二手书店，除了千奇百怪的卡片，那儿还囤着好多二手益智玩具。逛二手店的乐趣就在于不知道今天会发现什么，因为货源都来自个人捐赠。因此，谁也无法预测林顿接下去会迷上什么玩具，只能让无数的偶然把我们带向某个必然的走向。我喜欢这种不确定性，我猜想他也是喜欢的。去二手书店会让他高兴，门口的小猫咪卷着舌头喝水的样子会让他开心地笑起来。书店老板叫吉米，吉米从来不问我为什么孩子不讲话，但吉米常说：“一看到他笑，我就觉得今天很美好。”

有一天，我们在店里翻到一张DVD，封套上的标签是《德国幼儿动画片精选》。我想起大学时二外学过德语，突然有点亲切感，没想到，买回家拆开一看，盒里不只有动画，还有一张音频CD包在一本小册子里——竟是一本德语的幼儿教材！第一次听到德语的林顿非常敏感地意识到这是一种新语言——在他的耳朵里，这种由亲切的女声用短促有力的语音念出的新语言拥有某种天然的优势，立刻生效，在他的脑神经回路里开辟出了一条捷径。几个星期后，我惊讶地发现，CD 里的女士提示把书翻到第几页、看哪里，他都能照做！这是先天还是后天的因素决定的？没人能说出原因。我做梦也猜不到，竟然是德语，让我第一次确定林顿可以听从指令——这和靠卡片精灵隔空传递信息是两个概念。

去二手书店的路上会经过一片湖，我们无数次坐在湖边的摇椅上看湖水、看鸭子、看夕阳西下。不说话的林顿会用他的手和脚表态，拽着我往湖的方向走，我决不会阻拦他。我心想，他一定是感受到美，才会一次次地把我带到那里。不说话不算什么大问题，他显然有自己认识世界、感受天地的方式和能力。如今想来，他言语的种子饱满而有力，只是谁也无法解释为什么那颗种子宁可推迟破土而出的时机。言语是谜题，孩子是谜题，自闭症也是谜题，我没法像数学家那样用公式和数字把这些谜题拆解、运算得明明白白。我只能试着像画家那样，感觉这里应该是蓝色，就加一抹蓝色；感觉那里似乎应该留白，那就留白。始终保持这样天真的顺从，也始终不知道最终会出现一幅怎样的画面，只有画完才知道。作画不是论证，只是演绎。人也一样，没有标准答案。

我们走过很多路，去了很多公园、儿童乐园。始终都是我在说话，但他不说话不代表没表达。他用奔跑表达他的喜悦，用放松的体态表达他的安逸，用拥抱表达爱。那几年，我时时刻刻都和他在一起，时而忧虑，也时而忘却忧虑——我总觉得，不管是同事、朋友、夫妻还是母子，好的相处都必定是双方感觉舒适、氛围平和的。我不可能不停歇地背诗文，他睡觉或独自玩耍的时候，我就坐在他看得到的地方，看我想看的书，做我想做的事。那几年，我如饥似渴地看完了很多书，每周都要往返图书馆借书、还书，是至今为止看书最自由自在的一段时间，不像以前只是为了学业或工作而阅读。有一天，我对独自玩玩具的林顿说："谢谢你陪我。"

我们就像两颗自转又公转的双星，安静地悬停在引力场里。有时相隔远一点，因为他不允许我离他太近；有时靠近一点，因为他允许了。我会放下历史书或数学书，故意拿起大开本的彩色图文书，看看能不能引起他的注意——他不注意，我也没意见，继续去看我自己的书。有时他真的会上钩，尤其是对那本天文书——全彩图、很沉重、很精美。我打开书，摊放在地毯上，任他慢慢地看，而我呢，就很陶醉地看他很陶醉地看，俨如另一种崇拜仪式。我很小心地不去打扰他，过去很久，才很小心地去打扰他：随着他的目光，判断他在看什么，我就告诉他图上的是什么。如此过了几个月，有一天我突然问道："木星在哪里？"他就翻到木星的那一页。我们又双双通过了一场考试——不光是行星，他连星系、星云、星团的照片都区分得出来。我知道他会分类、会归类，也听得懂提问。

我是忐忑的，又是欣慰的。他学什么我都无所谓，今天学、明天忘也无所谓，哪怕他不理我，一个人学也无所谓。只要他在学，就和外部世界发生了联系。也许这时候的联系方式单一到只限于纸面的图文，但以后（很快）就不得不丰富起来了。

那几年，内森还在读博士，我们是不折不扣的低收入家庭，幼托

（daycare）上不起，但可以享受两年免费的公立幼儿园课程。虽然和别的同龄孩子相比，他有很多问题，但我不认为关在家里、只和我相处对他更有好处，他应该尽快进入真正的世界。去报名的那天，我很坦诚地把实际情况和幼儿园老师讲清楚，老师没有被困难吓倒，反而安慰我说，这个年龄就能识字看图的孩子问题不大，他的视力听力都没有问题，让他说话也许只是时间问题。但就在我要告辞前，她无意间问及孩子是否能分辨左右手。我当即愣住了。这个基础的问题我不知问过他多少次，但因为他不开口，我们从未确证过他能区分左右手、左右脚；出门时我必须紧紧地抓住他的手，似乎也没有确证过他知道哪边是左，哪边是右，以至于辨认左右的问题竟被拖延到辨认八大行星之后。

他真的没有左右的概念吗？问不出来，只能借助卡片精灵的魔法。我一回家就从彩纸上剪下几个圆圈，然后在卡片上用英文写了三行句子："红圆圈在黄圆圈的左边，绿圆圈在黄圆圈的右边，应该怎么排？"我离开了五分钟，再回到客厅，看到他已经把红、黄、绿三个圆圈按照次序放好了。我就乐滋滋地去做饭了，一边做油焖大虾和炒青菜，一边琢磨着初级逻辑命题，越想越兴奋，因为我突然意识到，孩子的理性思维或许已经超出了我的预想。吃过晚饭，收掉碗碟，我立刻在餐桌上写起了卡片："红绿蓝黄四色，蓝色在黄色的右边，绿色在蓝色的左边，但不挨着；黄色在绿色的右边，但不挨着；蓝色和红色不挨着。应该怎么排？"一口气写了十几张这样的排列题目，把自己写晕了才罢手。第二天一起床，我就摊开两张给林顿看，他完成了。第三天继续摊开两张，他也完成了。不出一星期，我设计的题目都被他轻松地解答了出来。也许我们的胜利赢得了卡片精灵的祝福，再一次去吉米的二手书店时，我就找到了一盒“逻辑小题库”，168 张卡片上印着文字、图形和图案，大多数都比我出的那些题目难。林顿花了一个多月，把 168 张卡片都做完了——全部用手绘的符号表示，一声没吭，一字未写。在他上幼儿园前，这是他最让我惊讶的一件事。

公立幼儿园和公立小学在一起，校园很大，主路很宽，教员和家长都需要开车进校，教职员工也不少。第一个星期，把林顿送进去后，我就独自踟蹰在外，观察周边环境，跟进出校园的老师、秘书、清洁工都混了个脸熟。我随身带着林顿的照片，看到合适的机会就走上前，主动告诉他们：这个孩子可能会自己跑出去，也不知道要等红灯变绿灯才能过马路；有时看到什么东西会突然害怕地跑走，而且慌不择路，跑到行驶中的车辆前也不一定……我看到有些人体谅的眼神，有些人震惊的表情，有些人为难地苦笑，有些人冷漠地点头。我不管别人怎么想，索性又搞到一本教职员工的花名册，恨不得对每个人都说一遍，甚至连不在册的临时工，我都当面说过。我很怕哪天学校打来电话说孩子不见了，或者被校门外的车撞了；甚至产生过一个夸张但实用的想法：也许我可以守在校门口，带着便当和书本，等他放学。这个想法无私又勇敢，但也很怯懦。从林顿进入幼儿园开始，我们的平行小宇宙经历了第一次裂变爆炸。如我所愿，林顿的世界变大了，星云缤纷了，但我的世界也不得不随之寻求新的动态平衡。

幼儿园进入林顿视野时，似乎只有一只鱼缸那么大。小班的教室里有一缸游得飘飘然的金鱼，从第一天开始，林顿只要走进教室就站到鱼缸面前，立定，凝视。红色金鱼崇拜仪式可长达三小时，无论老师还是同学跟他讲话，他都没有反应。但有时他会笑，一笑泯恩仇，男生女生一起笑，老师们也跟着笑，在那样的时刻，笑容是唯一通用的语言。他偶尔会哭闹，比如有人拍他后背、有人拽着他走的时候，但老师只要把他抱到金鱼缸前就好了。可想而知，他一定学到了什么，感受到了什么，但谁也不知道金鱼和林顿之间传递了什么讯息。

班里有两位老师，四十多岁的叫艾米，二十多岁的叫桑德拉，她们很有经验，心比我还大。"让孩子做喜欢的事，习惯新环境最重要，别的学习慢慢来就好。"事实上，她们轮流守在林顿身边，从不让他单独待着。正是那缸金鱼，以及鱼缸边默默守护的老师们让我放弃了守在校门口、随时待命的念想。我知道，他可以安心地悬停在新生的小宇宙里了。

八个月后，艾米在白板上写写画画，教大家唱儿歌，突然听到有个孩子大声地叽里呱啦说话，就回过身看，刚想说"嘘——"，却突然意识到全班都安静地看着她——发出声音的是林顿。她赶紧闭上嘴巴，假装什么事都没发生。林顿先是对着金鱼讲，继而转过身对着小朋友们讲了什么。那天放学时，艾米陪林顿走出校门，笑出满脸褶子，对我说："我当时又惊又怕，怕我一出声就打断了他，所以之后假装继续写儿歌。为了不打断他，还画了一幅画！"我惊呆了，"我一边画一边想，林顿啊林顿，你想说多少就说多少吧，说得那么响也没关系，说得一半中文一半英文也没关系，你就说吧，说吧，说吧！"

一颗种子酝酿了几年，终于自己决定破土绽放。他一出声就惊到了我们：原来他的声音那么嘹亮，吐字那么笨拙。是不是因为母子间的卡片游戏太有默契了，所以他言说的意愿反而没有那么迫切？但是，愿意开口讲话之后，是不是会有更多问题出现?

3. 一场事故引发的美好姻缘

我和内森是在湖畔郊游中认识的，更确切地说，是在救命的路上。别人是一见钟情，我们是一见要命。达米斯湖在大学附近，周边几所院校的师生都喜欢去那儿野营、钓鱼、坐游船。我当时的室友叫斯黛拉，数学系本科大三，她叫上了物理系本科大四的保罗，因为她有点喜欢他，但她太害羞了，所以又拉上了我。保罗叫上了室友内森，很显然，他不认为这是浪漫的约会，因为没有人会在浪漫约会时带上数学系本科大四的内森。

内森戴无边框的近视眼镜，眼神很奇特，好像在看着你，又好像没看到你，接着会有真正看到你的一秒或半秒钟，视线的对撞就到此为止了。我们在湖畔步道入口碰头后，斯黛拉和保罗分别介绍我和内森。内森对我微笑，问候，符合全世界通用的礼节，没有问任何通常会问到中国留学生的那些问题，作为那天的陪客——辅助线般的存在——我因此感到放松。内森以一种飘忽的微笑作为打招呼，我以为那不过是种矜持。

没有人注意你，这应该被理解为世界对你的包容。你笨拙也好、骄傲也好，都不重要，只有在这样的心境下，你才能真正地放松，真正地聚精会神。那片湖很美，从步道走过去大约二十分钟，在草长莺飞的季节里，步道两边的林木散发芬芳，步道尽头一闪一闪的：湖水在阳光下的一片反光刚好耀眼地跳现在两片新绿之间，在透视中成为焦点，正是我聚精会神的对象。斯黛拉和保罗说着某节课堂里的笑话，物理系的笑话我是听不懂的，连某些单词都听不懂。我们四人并排走，我和内森像一组沉默的括号，把斯黛拉和保罗包在当中。

租好了船，四人依次踩上浮梯登船，保罗展现绅士风度，率先上船，在斯黛拉蹬上梯子时拉住她的手，之后是我。但我刚抬起脚，湖水突然开始晃动，落脚点与预计的产生偏差，我就那么笨拙地踏进水里，伸手抓住浮梯。我感觉到脚踝一阵刺痛，像被一只大蚊子叮了一口。在中国南方生活二十多年的本能反应突然显现出来，我即刻手脚并用，抬腿的同时拍死了那只虫——也就甲虫那么大。拍扁的虫子尸体在掌心红红黑黑的，我一甩手，抖落了那摊污迹，还在湖水里洗了洗手。斯黛拉在船头一个劲儿地夸我眼明手快。船开到湖心后，我们喝了咖啡、吃了小三明治，但渐渐地，在波光粼粼的反光中我开始觉得恍惚，斯黛拉也不再夸我了，甚至不再跟保罗开玩笑。她不停地问我："你冷吗？""林，你坐过船吗？是不是很怕？""林，你怎么还在发抖？"

我并不知道自己在发抖，也不知道该如何回答她。我看到他们慌乱起来，看到本来在湖中缓慢悠游的电动船突然加快速度，看到浪花是白色的，滚滚而去。但我没有感觉到斯黛拉扶住我肩头的手。从脚底心往上泛起的麻痹感在胸腔停留下来，像一群气势汹汹的黑蚂蚁决定攻占第一个高地。我有生第一次发现呼吸的真相：你需要胸腔发力鼓起肺叶，但麻痹的胸腔是没有力道的。在黑蚂蚁攻下第二个高地前，他们让跑步最快的内森把车开到湖边，把我扶进车里躺在后座。斯黛拉很慌，让保罗陪她开车尾随我们去医院。也许是肢体姿势的改变让我终于吸入了一些空气，我终于讲出了一句很有理智的话：“内森，请你现在就开车，一直开到医院，因为，万一我半途晕过去了，你不知道该如何救我。”内森很镇定地说“好”。后来，他告诉我，我在恍惚间还对他说了一句“不要超速”。

事实上，内森是全世界最不可能超速的那个人，他的原则里面有一条：决不违规。但当时我不知道，我只知道他是救命恩人，仅仅依靠坚决而无意识的求生意念，我对他下达了精准的指令，我们的初次见面没有走弯路，没有误解，没有猜测。

到医院时我已神志不清。医生说，如果那只虫还在，或许还能对症下药，但现在只能靠经验推断是严重的中毒，毒素已攻击了神经系统。

住院的十几天里，除了护士，没有人照顾我。只有斯黛拉和内森会来看我。内森第一次来，是为了把落在他车里的随身包还给我。昏迷时，细细的包带脱离了我绵软的肩头，落在后座地板上，又随着刹车的惯性往前蹭。他这样解释一番，把包搁在了我的病床上。这时，斯黛拉也进来，看到内森呆呆地站在我床脚，还冲我挤了挤眼睛。但我们才聊了一会儿，我就变得很困，在昏睡过去前，隐约听到斯黛拉说：“你睡吧，我明天再来看你。”我也不假思索地回道：“好的，谢谢你，明天见。”

是谢谢你（you），还是谢谢你们（you）？明天见？真的必须明天吗？谁也不会留意这种场合里的一句寒暄。但内森听到了，记住了，于是第二天真的来了，哪怕依旧寡言沉默。那时我以为他是对我有意，根本没想到有别的可能性。一个身在异国、从没谈过恋爱的二十六岁女学生，整天躺在病床上反思这莫名其妙的中毒事件的荒唐时，能看到这样一个瘦削高挑、斯文内敛的大男生守候在病床边，怎么可能没有一丝丝浪漫的幻想？浪漫也是有毒性的，而我已毫无抵抗力。

我没有给父母打电话，因为我相信他们不会比这里的医生更有办法，何必让他们担心呢。轮番吃了几波药之后，我的理智恢复了，但手脚不听使唤，但凡把手脚举起来，挪向一个既定目标时，就会一路颤抖，不可自制。吃早餐时，麦片会莫名其妙地从嘴边跳进鼻孔里；脚尖要去找拖鞋时，莫名其妙会撞到一步之外的桌脚。主治医生叫山姆斯，非常苦恼，好像我的症状只能证明他的无能，我反而会去宽慰他。山姆斯看我下床走路就摇头，说我像个中风患者。山姆斯看我不由自主地发抖也摇头，说我比帕金森患者还严重。山姆斯认为我休息几个月就会康复，因为毒素终究会被身体代谢排清的，等发抖的症状基本消失后他才让我出院，叮嘱我如有复发，务必回去找他。但他没想到，之后两三年里他都能见到我。我的颤抖变得微弱，发作的频率渐渐变低，但关节始终会疼痛。每次他都摇着头说“希望是最后一次”，但总也不是。

斯黛拉从宿舍里抱来一叠旧书，有流行小说，有我在东亚文化系的参考书，也混进了几本她的教科书。一旦开始重新看书，我就发现毒素产生了另一种奇特的副作用：除了数学书，所有文科书我都没法看了。长篇大论都退化为单词的排列组合，看不明白意思，我好像得了急性的阅读障碍症，只有公式演算、逻辑推理能让我一边发抖一边专注。

尤其是斯黛拉的一本旧教科书《离散数学》，陪伴了我住院、出院、回宿舍休养的那整个月。当我说自己看懂了这本书时，斯黛拉的表情就好像我还在毒性发作的幻觉中。“这不科学，我们当年用几个月的课程才啃完这本书的。”

她开始考我，我们讨论了图论和交错群，她突然问我：“你到底偷听了多少数学系的课?”我不好意思地笑笑：“有兴趣学而已。”

我跟斯黛拉聊过自己在国内的情况：高考之前我得了肝炎，保守起见才选了文科，进入竞争不激烈的专业。但整个本科期间，我都会见缝插针地去数学系旁听，一开始是偷偷溜进大课，后来和几个数学系师生交上了朋友，有些小班也会去听。我从小就喜欢数学，但学习语言文化的过程对我帮助特别大，尤其是索绪尔的语言学、东亚的哲学观、中国的古典文学，让我领略到触类旁通的快乐，是纯数学提供不了的思维愉悦。

斯黛拉是用说八卦的口吻，在考试拿了C后跟史密森教授提起这件事的：“我的中国室友中毒后，阅读口味发生了巨变，文科生不看文科书了，只想看数论！就像那些都市传说——有些人死而复生后想起了前世的土著语言。我现在倒希望中毒的是我！”史密森教授也开玩笑地回答：“那赶紧让她来见我，没有天才的学生，我怎么当天才的老师?”

因病休学一学期后，我又奇迹般地慢慢恢复了看文科书的能力。偏偏这时候，史密森教授让斯黛拉给我送来一套试题，看完我的答卷后，他打来电话，叫我去办公室详谈，很正式地问我有没有兴趣转投他门下读数学系。我坐在他对面的椅子里，任凭自己的右手右臂在腿上不停地抖动，像是要抓住精灵手里的钥匙。我听到内心的声音：“终于有机会可以攻读自己喜欢的专业了。”坦白地说，东亚文化可以自学，但学数学更需要导师，也更快乐。所以，我在不可遏制的抖动中点了头——确切地说，是不断地点头。在这件事上，我从没有为自己的冲动后悔过，而宿命论者肯定会说，这绝对是冥冥中的安排。

时隔一年，再次遇到内森就是在数学系的教学楼里了。他穿着蓝灰格子衬衫、牛仔裤，正要走进泽克教授的办公室。我说，好久不见。他也说，好久不见。之后相遇是在数学系的阅览室，再之后是在食堂。如此三点一线，抬头不见低头见。最后，我们达成了默契，每次课后都在食堂碰头，似乎一边吃东西一边聊天比较放松，否则我看他手脚都不知该往哪儿放。当然，我也有怪癖，我做作业的时候喜欢吃点小零食，否则想不出来。有一次他约我的时候忘了还有别的事，之后赶紧给我发电子邮件，但我没去看电脑，也从不干坐着等人，一大堆作业做得我忘乎所以。他看我没回复，索性满头大汗地跑来，跟我说了句"我来不了"，再用百米冲刺的速度跑回去。我笑着，望着他的背影，心想：这是个格外守信用的人，或许也格外在乎我。

4. 内森的概念

内森四岁零五个月时，对着马桶说出了人生中的第一句话："我有概念了。"

内森二十六岁零八个月时，看着刚刚诞生的儿子，说出了为人父的第一句话："我有概念了。"

这是他的口头禅。在他绞尽脑汁想出"便便"都去了哪儿之前，他可能没觉得有说话的必要。可能"便便"是个过于沉默的对象，所以需要他明确表态，不像和父母，有个眼神动作就能交流了。这句话是铁板钉钉，表明一组思维进程的终点，并且拒绝更改。这个“概念”将被他尘封在脑海中的档案柜里，他看不出有什么理由常去翻检、更新。有一些也确实不用再更改，比如儿子出生时的样子就是那样惊悚，哇哇地哭喊，肿胀的眼皮闭得很紧，小手小脚很有力道。内森得到的概念是：生物学层面的受精生子已得到了全方位的证实，一切正常。但这个概念将在六年后受到严重质疑，从他的头脑里被反复取调、反复追问、反复定义，如同钩沉海底的一块巨石，掀起海床上积累万年的沙土和生物遗骸，最终颠覆了内森的整个人生观。

内森八岁开始和一头红发的母亲莎拉相依为命，信奉天主教的爱尔兰裔外公外婆拒绝接受他们，只因莎拉是在怀孕后匆忙结婚的，不敢邀请父母参加婚礼，老人家为此记恨至今。在童年住的破旧老屋里，少年内森曾看到一只白色的狐狸，轻盈、柔软，像非实在的幻影飘忽在不远不近的地方。他问母亲，你看到了吗？莎拉反问，什么？内森就再也没问过，他得到的概念很简单：自己看到的东西，别人未必看得到，这太正常了。等他再大一点，莎拉去参加一个老朋友的葬礼，回来说起那个男人曾在森林隐居，印第安人给了他一个昵称：白狐。内森对莎拉说，那我有概念了——我应该见过他。

内森进入中学后特别喜欢画石头，想必是遗传了莎拉的艺术基因——她再婚后搬入丈夫的农场，务农之余重拾年轻时的爱好，成了一个业余画家。农场里养鸡、养马，她也画鸡、画马。她的画作受到当地画廊的喜爱，有几幅画的售价不低，足以抵偿内森每年的生活开销。内森画的多半是没有颜色的铅笔素描，阴影活灵活现，质感逼真。

孤独的石头。对垒的石头。堆积的石头。别的少年在踢球、打球、约会的时候，内森都在画石头。

和莎拉离婚后，内森的父亲丹尼斯如蒸发般消失，其实多年来他一直在赌场做荷官，和曾经的家人没有联系，但也不曾拖欠过给前妻和儿子的赡养费。丹尼斯一辈子都没有摆脱过瘾——不是这个瘾，就是那个瘾，在赌场工作时还有赌瘾，晚年还滥用处方药。所以，他始终拖着贫穷、毒品和酒精留下的污迹，走到哪里都带去坏天气——飓风、洪水、干旱。但奇特的是他仿佛有野生动物的本能，总能提早离开，总是比灾祸快一步，唯一的例外是最后那场癌症。病太重，他拖不动了，因为病不像瘾，病是内爆的灾祸。他在路边倒下，被路人送进医院后，没有别人可以求助，最终找到了莎拉，并惊讶地发现自己的儿子即将戴上硕士学位帽，身边还有一个同样即将戴上硕士学位帽的中国未婚妻。他不叫内森“儿子”，而是“整个宇宙唯一和我有血缘关系的人类”。

而内森第一次对我谈起丹尼斯时的开场白是：“我生父的一生证明了西方社会至今还在承受两次世界大战带来的震荡。”

那是个奇妙的起点：我刚开始了解内森的时候，也是内森刚开始了解内森的时候。我第一次见他伯父、叔父的时候，也是内森第一次见到自己的伯父、叔父的时候。

突然冒出来的亲生父亲带着垂死的固执和真挚。原本，丹尼斯在一对老夫妻的楼上租屋，住了十多年，双方关系挺好的。但丹尼斯动完手术后，老夫妻便忍无可忍了。也许因为关照病人的重任让他们惊慌，无能为力；也许又碍着多年情面，不好意思在这时候让他搬出去。结果，他们每天数次打电话给内森，逼他拿主意。手术后的丹尼斯病重，无人可依靠，也无处可去，最后只能搬去莎拉和第二任丈夫威廉的农场。多亏威廉宽容大量，专门腾出一间小木屋给妻子的前夫养病。在化疗间隙，丹尼斯只要有点精神，就不厌其烦地对内森讲述家族历史：母系家族的源头可以追溯到十月革命前的俄国，一个基辅大学的乌克兰医学博士苦于前途无望，逃往美国，好不容易安顿下来，又在大萧条中失去工作，花了几年时间盖起了一栋二层小楼，亲手锯木搭建，亲手排布水管，亲手组接电线。那栋小楼几度易手，但至今还稳稳伫立在亚特兰提克城附近的一座小镇上。父系家族的源头更像传说，某个德语区洪水泛滥，一对无望的父母将婴儿放在水盆里随波漂流，那孩子一路漂到了法语区，被一对好心的法国人收养了，所以有了个法国姓氏。幸存的孩子长大后漂洋过海，成为美利坚合众国无数欧洲移民中的一员，将一个拗口的姓氏流传下来，最终传给了内森。

不，不是最终，现在又传给了林顿，一个至少拥有乌克兰、爱尔兰、德国和中国，四国血统的男孩——林顿这个名字是我从字典上翻出来的，意为“住在有菩提树的地方”，读起来和法语姓氏很搭：林顿·杜雅尔丁（Lyndon Dujardin）。而且，他的中文名字林顿里保留了我的姓氏“林”。

讲完遥远的祖先，丹尼斯又摸出一张泛黄的老照片，照片上是个穿着军装、笑得意气风发的帅小伙。

“这是我父亲，也就是你爷爷。他打过二战，回来后就像变了个人，用现在的话说，十有八九是得了PTSD（创伤后应激障碍）。他酗酒，打老婆，打孩子。我母亲，也就是你奶奶，在那个年代养成了彪悍的性格，有一次抄起空酒瓶往桌上一砸，直接扎进她老公的肚子里去，我们兄弟三个都亲眼看见了。在那场婚姻里没有人死掉，也没有人坐牢，简直是个奇迹。”

这三个兄弟是在街头长大的，丹尼斯跟着哥哥乔迪打群架，又带着弟弟罗伯特偷奶酪、偷苹果、偷面包。没有人死掉，也没有人坐牢，也像一个奇迹。

丹尼斯出现后，莎拉才讲出了从没跟内森讲过的事实：“我们结婚时，丹尼斯高中都没毕业，整日抽烟喝酒。结婚当晚还告诉我，他其实还吸毒。我真恨不得当场去死！可那是70年代，似乎街坊邻居都这样，大麻根本不算什么，吸海洛因都不避人。你看过电影《安妮·霍尔》吗？那个时代就是那样的。”我在一旁听着，心里有点震动，老早就知道“垮掉的一代”了，却根本没想到他们有朝一日会成为我的家人。

内森得知家族往事后并没有太大的触动，几乎是无动于衷，这些事对他来说只是事实（facts），锁进记忆的档案柜就好了。倒是我一惊一乍的，还曾开玩笑说他的脸型像德国人、瞳孔颜色很俄罗斯。我以为他只是善于掩饰，或是因为和父亲太过生分。我来不及做出太多判断，因为那时我们已经恋爱了。对我们来说，一起做作业，一起讨论数学理论，一起去食堂吃饭，一起散步，有礼貌地道晚安，有礼貌地亲吻脸颊……就是传说中的“两个人在一起”。直到结婚时，亲朋好友们才知道我们是彼此的初恋，但又觉得这对两个内向的学霸来说是天经地义的。

学霸内森的一条人生准则是：交涉后才能得到的钱，那就放弃，不管金额多少。这倒不是说他很爱吃亏，只是一来我们经手的都是日常小钱，二来是他太讨厌和人交涉。我们读书的那几年里，最大一笔亏损是修车。车子开到半路抛锚了，内森才告诉我，前一天速度表坏了，他谨遵安全第一的原则去修车，没想到修完第二天就又坏了。我提议他再去一次，好好检查一番。但他说，车行新来的伙计很饶舌，他不想再和他打交道了，最后得出结论："只能怪我的车子太破了。"我便明白，他绝对不会再去修车行了，多说无益。也许，我再多唠叨一句，或长篇大论劝他多多交际，他可能会发火，甚至再也不与我来往。后来他花八十美金买了个 GPS，算是一劳永逸地解决了这件事，直到这辆车彻底报废。无论如何，这条原则始终隐蔽在吝啬、羞涩、不谙世事的性格之后，让他堂而皇之地把自己的世界、自己的人际关系局限在极其狭小的范围里。这条原则确保了内森脆弱的安全感，事实上，也纵容了他远离他人。反正他可以拿到奖学金，够生活，为什么还要花时间和精力去跟陌生人打交道呢？

在省钱方面，学霸内森有一条原则：决不在自动贩卖机里购买零食和饮料。因为他在小学时就通过庞大的数据、精准的演算得出了结论：在大型超市买东西更合算。这个准则放之四海而皆准，无须更新。他说，读中学时曾有个女生喜欢找他帮忙做作业。有一天，聊完方程式，他们一起走出教室，但她停在自动贩卖机旁边，说要喝可乐，摸了半天裤兜，凑不出零钱，明显是在磨蹭，找机会和他多待一会儿。但他没有想到这些可能性，也没有主动掏出几枚硬币，因为那有违他的原则，他把女生晾在走廊里，兀自离开了。不出所料，那个女生再也没跟他说过一句话。而我有个中国胃，总是随身带着保温杯，有时泡热茶，有时泡枸杞，有时装的是蜂蜜水，都是美国自动贩卖机里不卖的热饮。谁能想到呢，这竟让他非常欣赏。所以，去超市采购就成了我们雷打不动的周末约会项目。我不是个富裕的留学生，拿学生签证也不能合法打工，省钱确实是我俩的乐事，很容易产生共鸣：我们都不需要新潮的服饰或装饰品，都不需要在交际上花很多钱，只要保证我们的脑子能愉悦转动、身体能愉悦运作，生活中的其他方面尽可“去装饰化”。

那时，我的身体还没有从中毒事件中完全恢复，走上坡路时会腿脚打战，内森会在后面推着我的腰背；走远路的话，他就开着破车送我；有时手抖起来，他就接过我手上的东西，然后拉紧我的手，说可以感受到“奇异的共振”。我们的话题包括：异形魔方的同构性、类质同象的群定理；购买窗帘和餐垫时讨论什么样的图案能铺满空间；有的条件概率问题为何违背大多数人的常识，常识靠谱吗……我们还处在半瓶子醋的研究生阶段，偶尔喜欢炫耀术语，偶尔喜欢炫耀智商，但所有这些小事，乃至这些炫耀都在我心里化成了甜蜜的感受。

丹尼斯画完了家谱树形图，郑重地交给内森。那个月底，我们开车七百英里①，去看了看他曾外祖父亲手建造的小屋。内森一眼就爱上了那个小镇，因为海边有一座灯塔，塔身漆成了红白两色的横条纹，塔基有一大片磊落豪放的大石头。我们裹着所有衣服，坐在海风横扫、寂寥无人的沙滩上，他画完了一幅速写，我喝完了一杯热腾腾的姜茶。我说，如果待到晚上，在这片海天辽阔的地方看星星应该很

① 1 英里约等于 1.61 公里。

棒："海王星一般来说是肉眼不可见的，嘿，那你见过天王星吗？"内森愣了一下，突然——相当少见地——爆笑起来："你读错了，天王星（Uranus）不该被读作'你的肛门'（your anus）。"这是我第一次看到内森不可遏制地大笑，自己也笑到肚子疼，但当时没想过：如果他也这样天真又近乎无情地嘲笑老板、客户或陌生人的错误会是多么尴尬的场面。

在促成我们成婚这件事上，史密森教授和斯黛拉起到了很大的作用。斯黛拉说："林，你们看到对方都会露出开心的笑容，尤其是内森，大部分人只见过他的扑克牌脸！你们赶紧结婚吧！以免毕业后夜长梦多，搞不好各奔东西。"爱开玩笑的史密森教授说："等你们毕业了，就找不到我这么好的主婚人了！"

但最大的推动力来自莎拉。那年暑假，他说母亲和继父请我去家里玩。我是作为女朋友去的，但我当时知道内森有所顾忌：我比他大四岁，又是个外国人。红头发的乡村画家第一次见我时毫不掩饰上下打量的目光，好像在决定如何把我画进她的全家福。我们在莎拉的农场住了两星期才走，各有各的房间。晚上吃完饭，我俩就坐在花园里聊天，萤火虫在周围忽闪忽灭，安静得像是世外桃源。我不知道临走前莎拉对内森说了什么，但回到学校后，内森就直截了当地来求婚了。他说："我母亲建议我们结婚，我也觉得很好。"当时我没有意识到，这是陈述句。那年我二十九岁，内森二十五岁。我本来就憧憬结婚，憧憬他肯定的语气。

我们的婚礼是在天主教教堂里完成的，史密森教授担任了父亲的角色，把我的手交到内森的手里。斯黛拉帮我化了个五彩缤纷的浓妆，害得内森差点儿没认出我。斯黛拉还担当了现场的摄影师，她和保罗没有成为恋人，但保罗带着女朋友参加了婚礼，我们四人特意拍了一张假装划船的照片，以纪念“一场事故引发的美好姻缘”。

我的父母没有来，因为父亲有恐飞症，不久前还发过一次心脏病，想来想去还是不敢尝试长达二十多小时、转两次机的越洋飞行。他和母亲在电话里嘱咐我，这几年办完两件大事后——结婚和拿学位——记得带丈夫回国。在教堂宣誓前，我给父母打了越洋电话，事先在纸上写了“我会一辈子对她好”之类的话，中英对照，标上拼音，让内森在电话里念给我父母听。毕竟，老人家连人都没见过，就把女儿嫁给他了。

5. 太极拳游戏：“意思意思”

语言很重要，但当我们能确定林顿听得懂口头警告后，才意识到还有更严重的问题——语言无法描述的问题。

我牵着他的手往前走的时候，无论是迎面而来的路人，还是行道树或邮筒，他都不会主动躲闪避让。我习惯了让加重力气的手指告诉他往左往右让一下，习惯了向路人道歉，习惯了相信书上说的：这是自闭症孩子特有的表现。

进幼儿园将近十个月时，艾米再一次笑出了满脸褶子：“今天也有好消息！你看，虽然慢一点，但我们有进步——林顿学会排队了！”

谁没看过小朋友一个接一个往前走？谁会想过排在一起并不代表会排队？我就没有想过这是个问题。艾米和桑德拉从一开始就发现了，但她们没有跟我抱怨过，一声不吭地教了十个月！

“每个班的小朋友都要轮流做杂务，林顿不说话，但从不缺课，所以我们只让他做一件事：每天早晨把点名结果交给校长秘书。每个班级都会派代表去交点名册，这时候就需要排队。一开始，林顿不知道要按照固定的次序排队，后来知道了，别人走一步，他也走一步，但轮到他前面的小朋友去汇报时，他也会跟上去。我们一直在想办法，让他明白排队快排到时，要和前一个人保持一米的距离，等别人走了，再上前去。”

“就像在超市、在 ATM 机前一样。”我喃喃自语，回想之前在公共场所他是怎样的表现：他的手都被我紧紧拉着呢。

“没错！别的小朋友都学会了，轮到自己时就走上前，对秘书微笑，问好，说‘这是几几班的点名记录’，秘书也会微笑地回应‘好的，谢谢你’，有时还会聊几句‘今天感觉好吗？’之类的话。当然，林顿不爱说话，秘书也不勉强他，因为林顿喜欢低着头笑，秘书常说他太害羞，太可爱了……”

“那你们到底是怎么做的？怎样教会了他不要跟着前一个小朋友走到秘书跟前？”

“说实话，我也不知道哪句话起了作用！我们不会强硬地拽着他，”艾米笑着，很轻很轻地摸了摸林顿的小脑瓜，几乎只碰了碰发梢，“只是每天反复地告诉他该做什么、为什么这么做，告诉他怎样判断时间点。什么时候该保留多大距离，不能贴太近，也不能离太远。”

“天啊，艾米，你们怎么不早点告诉我？我真不知该怎样感谢你们！别的孩子都不用教……”

“不、不！你误解了，关于人与人之间的距离，成年人拿捏分寸都各有不同，更别说孩子了。有的孩子也要教，像是特别多动的、调皮的，也是说了一百遍都不肯听，都要教！只是教的重点不同而已。”

还有发现问题的眼睛！我以为只有我会不厌其烦地在林顿耳边念叨，没想到老师们也是——也许正是因为这样，他在这个幼儿园里才过得舒服自在，也有所收获。我回想起有一次桑德拉随口问过一句：“你们在家会玩球吗？”我说：“玩过，但他的眼睛总是不看人，所以抛给他的球，他都不去接。”桑德拉只是笑笑，说没关系。

一年前的他没有接球，那现在呢？孩子们在幼儿园多半时间都在玩游戏，但林顿回来只是照旧玩他的积木和卡片，我并没有看出问题。我越想越着急，回家前只匆忙地在超市买了两三个现成的菜，一进家门就从沙发后头掏出蒙尘的小皮球抛给他……但一年后的他依旧没有接球的意识和动作，哪怕他独自一人的时候也会玩玩球。唯一能算进步的只有：一年后的我可以确定他听得懂，也听得到我发出了“接球”的指令。

这件事困扰了我很久，百思不得其解。五岁的林顿没有学会任何运动，只会走、快走和小跑。他不会骑小车，不会接球，不会拍皮球，不会和别的小朋友玩儿拍手唱歌的游戏，不会随节拍跳舞，甚至不会打架！不会唱歌！在此之前，我一直佛系地安慰自己：五岁的孩子只会跑跑跳跳也很正常，别的五岁孩子也不一定能学会游泳、溜冰、滑雪、玩滑板车。

我问内森，你小时候喜欢运动吗？内森摇摇头，说他十多岁后才开始喜欢跑步，因为那可以“一个人做”。

我再问内森，你愿意陪他打篮球，还是打羽毛球？内森摇摇头说，你可以试试，我都不喜欢。

我最后问内森，你觉得我们的儿子有哪里不对劲吗？内森摇摇头说，和我小时候蛮像的，没什么问题。

有一天，我从厨房走出来，看到林顿和内森都坐在地板上，一个在看新闻杂志，一个在看天文图册，父子俩像两个字母C，背靠背地坐着，放松的背脊弯曲的弧度都像是一模一样的。我突然环顾我们的小家——客厅里到处都是书、玩具、魔方、彩色马克笔、大大小小的纸张、家人的照片——学习气氛这么浓，娱乐气氛却几乎是零，依然是“去装饰化”的。但我们三个人安之若素，都习惯了在安静中沉默地做自己的事。那只孤独的小皮球又被推到了墙角，落了灰。

三口之家，只有我算是有运动的习惯。每天早上五点半，我最先起床，打一小时的太极拳。一来是为了运动，二来也是很珍惜地享受：这是每天二十四小时里独属于我的时段。杨氏八五式，一遍二十分钟。一开始，地板会在脚下发出轻微的嘎吱声，感受到气息鼓荡时，左顾，右盼，前进，后退，身体越来越放松，嘎吱声就渐渐减弱了。若是我那功力深厚的师父——如今已九十高龄的穆老先生，这地板是断然不会发出嘎吱声的。

又一个周末，我带林顿去图书馆，然后一起去数学系找内森，准备一起去吃晚饭。时间还早，我们在大学体育场边待了一会儿，林顿坐在看台的座位里晒太阳，一言不发地看着篮球场上的人奔跑、截球、投球。我一眼看到了以前东亚系的一个学弟，他投中了两个三分球，边跑边和队友们击掌，又笑又叫的。我还记得他刚入校就成了明星人物，代表新生演讲，代表校队比赛，想必现在也在读博了吧。我凑到林顿耳边说，像他们那样打球多开心呀，你不想试试吗？他摇摇头。我有点心酸地想着，孩子大脑发育的高峰和运动玩耍的高峰基本上在同一时间段——小脑神经形成丰富的新联结，肌肉纤维转变为快速收缩或慢速收缩的纤维……林顿只能错过吗？

学弟的球队赢得了比赛，各种肤色的大男生汗流浃背，相继走到球场边拿毛巾，拿水杯，拿手机。学弟和一个拉丁裔的男生打招呼，两人用拳头上下左右地互击几轮，好像配合 RAP 节奏，特别带劲儿。就在那个瞬间——两只拳头轻巧灵活地碰击时——我突然意识到，擅长体育的同学好像大都没有社交问题，至少我认识的那些同学都很会交际，但愿这不是我的偏见。身手灵活的人在人际关系方面绝不会有林顿的问题，肢体灵活、表情充沛就能在一定程度上代替语言，情绪的表现力足以建构起交际的基本需求。但不知出于什么原因，自闭症谱系的人大都举止僵硬——不只是肢体不灵活，有时还会做出奇怪的动作，通常也没有表情管理——这和他们处理人际关系、与人交流时的僵硬如出一辙。

球赛散场了，我带着林顿走进数学系的小楼，也带着关于“灵活”的困惑。内森还在忙着和同学演算什么，我们就坐下来等。整个房间里只听到内森坐着的那把椅子吱呀直响，让我觉得很闹心，也很纳闷：那把椅子我以前坐过，从来没有发出怪声响，难道现在坏了？为什么他毫无知觉？

等他们讨论完了，我让内森和我换座位。我坐上那把椅子——奇怪啊，怎么扭动身体都没有声响，不像他，重心只要移动一点，椅子就发出抗议的声音，吱吱呀呀的像在抱怨。我绷紧身体，放慢动作，试着让椅子发出响声；我左右挪动，意识到人和椅子之间常有不自觉地调整，再试着去抵抗那种调整，椅子果然叫出了声——这不就是打拳时脚和地板间的互动吗？对于人施加的死板的力，地板和椅子的表态都很诚实。我明白了：身体时时刻刻都在与椅背互动，缺了互动，两者就开始较劲，力没往一处使；人和物件也好，和其他人也好，互动良好的前提必然是自身进退自如，屈伸自觉。想到这里，我浑身无力，陷在椅子里，一动不动，因为不知道该怎样解决这种问题：运动天赋生来就有，夺不走也给不了，但要教的话，该怎么教呢？

语言在这时候虚弱无比。我回想穆老先生是怎么教我打拳的，那时他快八十了，精神矍铄，慈眉善目，做派老式，只做不说。我在大学社团的招贴栏里看到他的开班启示，就如约在清晨五点去河东草坪集合，三五个年轻人跟着八十岁的老爷爷在玉兰树下打起拳来，那场景又安详又活泼，又可爱又可叹。穆老先生最喜欢用的词是“意思意思”。我问他“落胯”是怎么回事。他先做给我看，然后说：“意思意思就好了。”我问他“虚领顶劲”是什么意思。他还是做给我看，然后说：“就是这个意思。”我只能对他憨憨地笑，只能自己领会。他教我推手时，旁人看来可能有点摸不着头脑：就这么推来推去有什么意思，也不见谁把谁推倒，或是像电影里那样把另一个人推得飞出去啊。那时，我感觉到的尽是些说不清道不明的东西，若感觉不到，只能下次再说；若感觉到了，就变成我的经验、我的见识。虽然我也说不清，但穆老先生能感觉到，他会说：“对了，就是这个意思。”

和教授语言、文学和文化课的老师截然不同，穆老先生不用语言去教，虽然闲聊时论今说古，他也会侃侃而谈，但教拳时他从不卖弄口才。现在我相信，他是不想让学生被语言束缚，甚至更糟：被过度的比喻、想象所误导。

语言有时太直接，一语道破时，领悟者尚在半途，一脚踏空，得不偿失。

语言有时太含糊，千言万语后，领悟者仍坠云雾，方向莫辨，迷失妄念。

这道坎没法用言语点破。更何况林顿还小，甚至比同龄孩子的言语能力更低，说起话来没轻没重，中英混搭，只有他想说时他才会说。要他与人进行熟练、自然的对话，恐怕还早。我想来想去，唯有用肢体的丰富感受去解决林顿肢体的问题，别无二法。而且，不能耽搁，立刻就要开始，我不想再让艾米花十个月教会林顿一个动作了。

只要动了心念，事情就好办了。第二天，我就在幼儿园放学后增加了一段打拳的时间。我们走回家，换上舒服的衣裤，光着脚，在客厅里站好。这有点打破常规，但林顿没有拒绝，也许是因为好奇。他见过我打拳，但仔细想来，他看到的只是妈妈静悄悄地摇摆身体，并不知道那到底是在干吗。我没有一本正经地向他宣布：开始练拳！而是摆出他习惯的拥抱的姿态："想到妈妈怀里来吗？你试试。"他当然会靠过来，但这次我不让他进到我双臂拢住的怀抱里——再一次，用上自娱自乐、自言自语的法则，我好像玩起了独自一人的推手，对手是个莽撞的孩子。

一次不行，两次不行，我在拦住他的同时用手指轻挠了他一下，他笑起来，知道这是游戏了。三次不行，四次还是不行，他咯咯直笑，一会儿从左边，一会儿从右边，想用各种办法扑进我的怀里。我自言自语地对他说："林顿，这就是互动啊，你明白这意思了吗？"

除了安静地吸收知识，我们也可以欢笑着、打闹着学到奥秘。玩到十几次，我自然而然地放松抵抗，把他揽进怀里，感受到他紧紧地抱住我，好像他生平第一次知道：拥抱这么简单的事也并不简单，拥抱是两个人的事，一个人被拥抱，意味着另一个人想拥抱你。

之后的一天，我无师自通地发明了一个游戏。我把手臂搭在他的手臂上，告诉他游戏规则："这个游戏的名字叫'粘住！'。你看，我们的胳膊现在靠在一起，如果我轻轻推你一下，你就要后撤；但不要和我分开，脱开了就是没粘住；如果我的手往里缩，你也要跟我来，你的胳膊要一直搭在我的胳膊上。"他没有反应，没关系，我只管往后缩了两厘米，我们的胳膊分开了，"你的胳膊呢？"他愣愣的，我再凑过去，粘住他，"现在又粘住了！"如此前前后后往复，他有点明白了。

这个游戏从早到晚都能随意进行，客厅里、马路上、床边，甚至洗澡时，我们都会玩一下。习惯了之后，只要发现没粘住，我们就会一齐大喊："粘住！"通常，大喊之后会有笑声，他就是这样渐渐发现了自己的胳膊、自己的腿脚、自己的指尖。

有一天我做比萨，奶酪拉出长长的丝，我灵机一动，让他用两个手指夹起一点软融的奶酪，牵扯出一根柔韧不断的丝线。"你看，你自己用手指也可以玩粘住的游戏！轻轻搭在一起，不分开，就是粘住。人跟人啊，有时也这样，哪怕分开一点点也有黏性，也算不分开。"

他明白粘住的意思是不分开了，那么，游戏就要升级。为了粘住我，他的动作不知轻重，往往力道太大。有时我一退缩，他的胳膊就冲杀过来，我就告诉他："你这样不是粘，是推，像打架一样，会让我痛的。"有时我持续推进，他为了保持平衡，就用全身的力气来抵挡，却不知道顺水推舟地往后撤。我再告诉他："你这样也不是粘，是顶，顶的力道大，也像打架一样，会让我痛的。"

他明白顶是什么意思了，那么，游戏又该升级了。为了不顶到我，他收敛过度，又会撤回很远，生怕伤到我。我这才告诉他："你这样就粘不住了，离得那么远，你就把妈妈丢了。我们不要顶，也不要丢。"

不顶，不丢，正是推手的两大原则，说到底就是太极拳的真谛：人走我随，知己知彼。跟这个孩子说"沾连粘随不丢顶"这样的术语是没必要的，从头到尾，我们只用了"粘住"这一个词，如同我俩之间的暗语。我让自己去发现问题，拆解问题，把大问题变成小问题，所以只能用最简单的词汇让林顿明白我的意思，用游戏塑成肢体的习惯。

穆老先生也没跟我们谈过大道理，学拳一年多后我才自己去读《太极拳论》，有一段话印象深刻："由着熟而渐悟懂劲，由懂劲而阶及神明。"首先要"着熟"，其次进阶才能"懂劲"。所以，水平低的人粘不住水平高的人，但水平高的人总可以粘住水平低的人。穆老先生教我的时候，也常常来粘住我，让我明白"听劲"到底是个什么感觉，在互相较力中"粘住"又是什么感觉。所以，林顿粘不住我的时候，我就去粘他，有时故意摇上几摇，逗逗他，让他意外，让游戏变得更有趣。他觉得这样打打闹闹很好玩，我也终于松了一口气：这才像小男孩嘛！

林顿最喜欢在睡前和我玩"粘住游戏"。我们睡前不讲故事，我坐着，他躺着，三色旋转小夜灯开着，我们就在浑身放松的前提下玩简易版推手——就是"意思意思"——每一声"粘住"都伴随他银铃般的笑声。那种程度的快乐，那种程度的互动，那种程度的触摸，已让我很满足了。

我还是无所贪求：不贪求他一招一式地学正宗太极，不贪求他一夜之间变得八面玲珑；只愿他对自己肢体的使用能再灵活一点，懂得变通；只愿他因此意识到周围还有别的人，懂得去体会别人的肢体动作。最明显的是当路人迎面走来时，我对他讲一声“不顶”，他就能意识到不能硬生生地去撞了。哪怕只是一个轻微躲闪的动作，哪怕只有几厘米，在我眼里都是巨大的进步。

到了这一步，我摇他肩膀、拉他袖子，他的反应跟正常孩子一样了。这个游戏犹如武侠小说里打通经脉的一招“点穴”，最让我惊喜的结果之一是林顿过马路没有危机了：红灯亮，不能丢；绿灯亮，不能顶；妈妈爸爸在身边，要粘住。就这样，他安稳了，不会横冲直撞了。以后要教的事还有成千上亿乃至无穷，我曾最担心的是，有一天我不在了，他走路都会出事。

6. 父子互为谜面和谜底

白天和晚上是粘住的，一家人的生活也是彼此粘牢的。一人有浮沉，所有人都会在涟漪中感受到波动，日夜不息。林顿出生四五年后，我们三人才能各自踏踏实实地睡上一整晚。那一千多个日子里，我仿佛在漩涡的中心点，每天都有新问题出现，还有悬置未解的老问题，哪怕我们并不缺少欢笑和满足。从博士生变为家庭主妇后，前所未有的自由伴随着前所未有的困顿，为人妻、母就是我的新学业，哪怕倾注之前所有擅长与不擅长的经验都不够用。往往是擅长之事无法尽情发挥，还必须勉强自己精进不擅长之事。

儿子有所进展，令我信心倍增，但与此同时，丈夫的问题却越积越多，父子带给我的困扰渐而平起平坐，我开始琢磨一石二鸟之计。为了林顿，我在漫长的求诊过程中尽一己之力去理解“自闭症谱系”

这个课题，也因此有把握地认定：内森也在谱系之中。父子间的相像令我不可能不得出这个结论，他们简直互为谜面和谜底。林顿做出的怪事，看看内森我就能明白几分；内森的诸多问题，看看林顿我也能推导出根源。只是这种关联并非一眼就能探明，中间往往隔了好几年，但最终会显现。我在自己的头脑里新建了一个对比文档，用那一千多个日夜里的琐事慢慢将其填充。我不清楚有多少女人是用探究的心态去爱丈夫、爱儿子的，但探究所需的激情、耐心和智慧本不就是爱的构成部分吗？如果爱只是享乐、只是索取、只是祥和，你怎么可能真正地、长久地去爱另一个人——在各种不断衍生的问题中艰难迂回行进的、活生生的人？

我们开始恋爱时，内森还没有遭遇过现实生活的考验。一开始他拿的是研究生奖学金，做课题是他最擅长的，读研阶段基本上没有不适应的地方。那是我尽情使用"男友滤镜"的时段，看他什么都是美好的，不会多疑深层缘由。系里的同学说，内森就知道干活，一点儿声音都没有，从不和人聊天。大伙一起出去吃饭，他也是只吃不说，只有和我在一起时才有说有笑，新来的师生还曾以为他和我一样是外国人。同学们还告诉我，内森做报告时特别紧张，某个课题已掌握八九分，他就绝对不会说自己有十分的把握，不敢有一丁点儿吹嘘的成分，我将此解读为"老实"。耐人寻味的是，内森显然不会交际，但他人缘很好，因为不管什么人问他编程方面的问题，他都会立刻搁下自己手头的事，开足脑筋帮人解决问题。我将此解读为"没有心机"，只是不会谈天说地而已，这算得了什么缺点呢？

只有一件事曾让我有点不安，那就是他看人的眼神：飘忽且难以言喻。他看我就像在看玻璃人，似乎主观上是在看我，但我感觉不到他在看我；也不能说他没有看我，因为他的目光没有越过我或是掠过我，只是穿透了我，仿佛他面前是百里荒原，没有人烟。这种眼神虽然让我不安，但却被深爱他的我自动屏蔽。直到林顿能坐、能走、甚至能算数、能读写了……我才一天比一天更确定，父子俩的眼神如出一辙，都是有问题的眼神。林顿开口说话后，在外面说得很少，在家说得多一点，但即便是跟我说话，他也不肯看着我说。喊一声“妈妈”，小脑袋就扭转九十度，把话说完了才转回来。不只是看我，就连看电视也这样歪着头看。我们带他去看眼科医生，结论是他的视力比百分之九十五的同龄人都好。那为什么歪着头斜眼看？眼科医生说“不知道”。我问自己，究竟是出于本能地闪避眼神好一点，还是经过社会化矫正后貌似直视，但让对方感觉飘忽无效的眼神好一点呢？这个问题太难回答了。有一天我突然意识到，和自己最亲近的两个人都不能用专注、炽烈、绵长的眼神凝视我，一念之间有过凄楚，但随即提醒自己：不要用千篇一律的爱的方程式来演算这道题，不要让所谓“应该”的眼神蒙蔽了自己的真心。正因为我们是彼此最亲近的人，所以，只有我们才能感受到彼此的亲情和爱情。好莱坞式的深情眼眸，对我们并没有那么重要。

结婚后的那个学期，我们都拿到了教课奖学金——靠给本科学生上课挣学费、生活费。就是从教书开始，更多的问题像一连串水泡般接连浮出了表面。

内森每天回家都在抱怨：“他们的中学数学课是怎么上的？要我说，小学数学都没及格！”这我懂，我也亲眼看到大学生用计算器算

“$\frac{3}{5}$”，然后在考卷上郑重地写下“0.6000”，只因答案要求精确到小数点后四位。还有一次批改作业，我看到学生在答题过程中这样写道：“$\frac{16}{64}$：上面的 6 划掉，下面的 6 划掉，等于$\frac{1}{4}$”，我都不知道该哭还是该笑。所以，起初是哄劝内森：“我们教书挣工资，要有职业精神，学生不会，才需要我们教，犯不着动气。”

我以为他只是缺乏授课的技巧，不知道要详略得当，不知道该抓重点、着重讲难点。没过多久，在研究生共用的大办公室里，我开始观察他怎样辅导学生，一次、两次，乃至十七八次，同样的问题不断上演。学生 A 问：“能不能请你把解答这道题的四个步骤再给我讲一遍？”但他不讲“一二三四”，而是开天辟地，从数学规则讲起。学生 B 问：“从这一步怎么就到下一步了？”他说：“也不只有这种方法，换个方法也行，比如这样……”我坐在办公室的另一头心里犯嘀咕：如果我是学生，一定会觉得这个老师不好好听自己讲话，我的问题根本没有得到重视，甚至更糟——你看他自得其乐地用另一种方法演算题目时似乎面带笑容，岂不是在嘲讽我？你再看他口若悬河讲起方程式的历史典故，岂不是在自我炫耀？

我可以向任何人保证，内森绝对没有炫耀甚或嘲讽的意思，他的态度绝对认真。但我也必须承认，他完全不能理解学生们的想法，不能设身处地地想到数学基础差的学生们会有怎样的思维漏洞。设身处地、换位思考——这种事需要一点想象力，但也无须构想出《魔戒》那等规模的想象力，用英语俗语来说倒是很恰当：把自己的脚放进别人的鞋子里。内森对别人的鞋子毫无概念，完全没办法换位思考。我当然会反省：之前为什么没发现这一点？因为我太懂得替他着想了？并不是。也许是因为我们都很独立，我们共处的快乐源于共同的爱好、在专业领域和生活领域的同步进展，没有太多需要换位思考的大事情。

没过多久，该考试了。内森一向讲求原则，这时坚守的一条是：决不能姑息作弊和漏题。基于这条铁律，他在课上故意避开要考的内容。“我不能给学生透题，在这一点上必须诚实。”他还说，“我不能直接用考题去教他们，否则，考试根本不能反映他们的真实水平——只要他们搞懂了运算法则，考试时就应该能当场举一反三。”换句话说，内森的课上练习的内容都是不会考到的，会考到的绝不练。我心想，做他的学生得有多崩溃啊！于是，掐准他心情好的饭后时段，我装作不经意地问他：“你知道别的老师是怎么给学生备考的吗？”

他很奇怪地看着我说：“我怎么会知道？”

就像他不肯去车行返修一样，他也不想和同事交流。但我不想此刻指出这一点，不想在这个节骨眼岔开话题，不想反问他为什么不向别人讨教，因为我已经知道答案了——他不觉得自己有必要向别人讨教。更糟的是，大多数情况下，他总是想当然地认为别人的想法和他一样。幸好，有一位同事（我）已成了他的妻子，夫妻间的对谈可以不纳入同事社交的范畴。

“教书也有经验之谈，我已经向学姐讨教过了。她说，有针对性地备考不算是作弊，不算透题。”

“这就是所谓的‘一个都不落下’的终极目标吧？把所有人都变笨，就一个都不落下了！编大学教材的就是这些以‘共同核心’为原则考上来的人，编得莫名其妙，不知所云。老师们也都在混日子。另一方面，上大学的美国小孩日子过得太舒服了吧。花爹妈的钱，从星期四晚上就开始开派对，一连开到星期一下午再来上课，因为上午起不来。这些人毕业后会靠爹妈的关系进大公司，而我累死累活地读书，将来也不过是在这批人手下打工……”

我们不是在谈论考试吗？他怎么突然变得这么愤世嫉俗？以前从没见过他对别的事情产生如此强烈的反感情绪。从某种意义上看，他说的都符合事实，教育体制里的弊病有目共睹，但真正让我吃惊的是，他的愤怒竟是如此不可遏制。

“你说得都对。不过，这跟我们上课没多大关系，我们教就是了，因为我们需要这份工作养家糊口。我们可以不喜爱、不欣赏某些学生，但尽量不要去评判他们。我明白，你没有对学生或老师讲过这些心里话，只是在家里对我讲讲。但是，只要你带着这样的情绪走进教室，学生就会感觉到的。人和人之间往往不需要言语，情绪是有感染力的。我觉得，你这样的工作心态不太好。”

“我本来就不喜欢他们，难道要我装？”他的表情变得难以形容，露出近乎狰狞的冷酷和凶相，“要我装，我也装不来。”

“你不用装啊！只需要换一种方法。”我也提高了音量。他在备课、批改作业这些事上花的时间比我多了四五倍，我看到答错的题就打个叉，他却要端端正正地把正确答案写好，这些行为和喜好无关，也都是装不出来的。“我们不是自己开学校，我们的课只是四十多个平行班里的一分子，和其他老师协调也是工作的一部分。你不能老是提批评性意见，要提，就多提建设性意见。比如，你可以调节一下教书的方法，留出更多时间给自己的研究课题，这不是双赢吗？”

他不接受，或者说根本不相信双赢之说，关于考试的对谈在激烈的情绪中不了了之。过了几天，遇到别的不顺心的事，他又会把这些话重复一遍。考试的结果不必多言，比别的班级差了一大截，学生们怨声载道，教务总监无可奈何。期末填反馈报告的时候，学生们对内森的最大意见就是："这个老师不关心我们。"我都想替他叫冤，明明是他比任何人都卖力，但力气用错了方向。我只能得出一个结论：这是因为他不会和学生、和同事、和老师建立起纽带——需要双方共同投入、齐心协力的共存关系。他看起来像别人一样在人群中忙碌穿梭，却并没有和他人发生真正的能量交流、完成信息的交换。

那时我常常想，如果内森生在中国，也许情况会好一点吧。孔子老早就说过"刚毅木讷近仁，巧言令色鲜矣仁"，传统的儒家文化似乎更能接受质朴、口讷的人。相形之下，美国虽然在制度上倾向多元化，但在日常生活中，更受欢迎，乃至得到更多资源的始终是外向的人。

那学期算是白卖力了，内森很沮丧。放假前的最后一次全体教职员工会议上，他听别的老师做了总结，回家了才问我："为什么别人都知道该怎么教、该怎么考，只有我不知道？为什么没人告诉我？"

"天地良心！我试过了啊！你没听懂。"我突然想到，总算有个好时机了，索性直截了当地把正确做法告诉他吧，"你得经常问。你不问，不开口，别人绝对不会主动告诉你。美国人和中国人有一点不同，美国人更注重隐私的概念，不征得本人同意就给人指点，在美国人看来有失妥当，不得体。但大部分中国人都很喜欢主动给别人提建议，尤其是在学校里，师生对你说'你这样不行哦，到社会上行不通的'是很平常的事，不会有人觉得被冒犯了。但我在美国这些年，深深感觉到，美国人喜欢直接地提问，却不太喜欢直接地给出建议。"

“那么，我怎么知道什么时候该问？”

“你觉得有任何不清楚的地方都可以问，反复确认（double check）是大家都能认可的，不会有人把你当傻瓜的。”

“可是，很多时候，我没觉得有什么不清楚的，只不过最终事实会证明，我想得和别人不一样。”

我一时语塞。这就好比我没收到某封电子邮件，但我怎么知道是别人已经发送了但我没收到呢？想了想，只好这样回答他：“可能，别人给过你暗示了，但你没听明白，因而不觉得你想得有什么不对。所以，你不妨经常主动对人说‘我是这样想的，你觉得呢？’，别人就有机会说出他的真实想法了。”

“暗示，暗示，这是谁发明出来的？有话直说不就行了吗？我怎么知道别人在暗示什么？”

在内森正式确诊前，这种沮丧的抱怨听起来很孩子气，有点任性。那时候我想，假以时日，这种不谙世事的书呆子气总会被调教好吧。所谓成熟，不就是一点点地学会人之常情吗？但事实证明，让他学会领悟暗示可能比证明费马定理更难。这不是因为智商不够或欠缺诚意，而是由天生的大脑结构决定的。

如果那时有医生问我内森有没有问题，我会说“有”，可我说不出究竟是什么问题。我只觉得，在他身上，彷徨挣扎和宁静祥和不能和平共处。他挣扎的时候，一天二地恨，三江四海仇，情绪激动，反应激烈，冲着他人，也冲着他自己，浑然不觉表情变得狰狞。他平和的时候，一杯咖啡一本书，悠然自得几小时。但这种时候的他幼稚得像小孩，眼里的世界没有邪恶，如果你告诉他有，他会缠着你问：“快告诉我，谁是好人？谁是坏人？”但他知道了又能怎样呢？他完全没有能力保护自己。

后来，真有医生问我的时候，我说，我觉得他有两个人格。一个在迷雾之外，谨守社会规范；一个在迷雾之内，不自觉地伤害他人。迷雾外的他矢口否认迷雾内的自己，完全忘记自己在迷雾中说过什么、做过什么——“我不知道自己那时说了什么。”或者“那时候，我不知道自己的决定意味着什么。”

我问心理医生黛布拉：“这是精神分裂吗？”

她说：“不，这是自闭症。”

7. 内森的博士路

在选择博士导师的时候，好几个人都在暗示内森，不要选泽克教授。他们会变着法儿问：“你确定这是你要的导师吗？”“你不觉得今年刚从麻省挖来的新教授更好吗？”他只是一根筋地答说：“泽克教授很好啊，他指导了我的硕士论文，接着指导下去不是很好吗？”别人只能耸耸肩，撇撇嘴说：“你觉得好就好吧。”

我也听学长抱怨过泽克，也曾假装八卦地问道：“内森，他们都说你选的导师很牛，他到底是什么学校毕业的，导师是谁？”

内森立刻到电脑前去查——有个专门查数学家师承谱系的特殊网站，然后把学校、导师的名字都报给我听。确实都是厉害人物。

“那你再查查他的门下高徒有哪些，说不定你的同门师兄是哪个鼎鼎有名的数学家呢。”

等了半分钟，内森回答："一个都没有。"

"什么？"我装出惊讶的样子，心里叫苦不迭。这些基本情况难道不是读博前就该了解清楚的吗？"泽克一把年纪，都快退休了，一个博士毕业生也没有？保险起见，要不，你换个导师吧？"

内森的理由依然不变："我跟着他写硕士论文写得挺好的，会有什么问题？"

"硕士论文的规模能跟博士论文比吗？到时候出了问题，你再想换就麻烦了。"

之后不久我就怀孕了，信奉天主教的内森不赞成婚前性行为，更不赞成任何形式的避孕措施，而我一心想尽快有孩子，当时真觉得一切美好的愿望都实现了！孩子吸引了我们所有的注意力，人的时间和精力是有限的，在那种幸福的乏累中，导师、论文这些话题都失去了优先权。

虽然我暂时不能读博了，但数学系里都是熟面孔，他们结伴来看望我和小林顿时，总会顺便八卦一些系里的新闻。好几个人出于好心，郑重其事地跟我提到了泽克："我们说过很多次了，内森听不进去。现在我们也不敢再多说什么，万一，他哪天口无遮拦地全给说出去，我们反倒吃不了兜着走。但是，林，你应该很清楚啊，泽克从没有把哪个博士生带到毕业。自己是挺牛的，但不会教，也不想教，他大概觉得聪明学生不用教也会……"

旧事重提，可见之前的努力没有效果。我读代数，他读优化，隔行如隔山。有时候，他兴冲冲地给我看他得出个什么结果，问我："是不是好到可以发表的水平？"我根本没概念，只能问他重点："你上次见导师是什么时候？下次什么时候见？”

“一般是三四个星期见一次。”

“太少了。”我加重了语气，希望他能听懂这是很严重的事。

“我主要的工作是编程，得自己想，见多了也没用吧。”沉浸在最新成果中的内森对我的语气、我的暗示——不，这是彻底的明示——完全无动于衷。

“话说回来，你编这么多程序做什么用？最后能变成论文吗？”

“泽克建议我编完就放到代码托管网站 CopyLeft 上去。”那是网上的公共领域，放上去就等于放弃版权，任何人都能下载了使用。内森这么听泽克的话，并不是因为他不动脑子，而是因为泽克说话斩钉截铁、简单明了，最能让内森亦步亦趋。

“那你的论文呢？”我稍微提高了音量，生怕吵醒刚刚睡着的林顿。

他嘀咕了一句：“论文也不是这么好写的。”

“是，是不好写，但谁让你单枪匹马写呢？导师去哪儿了？博士生都得找人合作。你看系里的那些博士生学长们，今天和这个老师合作发表一篇论文，明天和另一个老师合作发表。几年下来，攒了四五篇，甚至七八篇有署名的论文，凑在一起就是博士论文，找工作时最能派上用场。除了论文，别的都是次要的。”我不喜欢自己这样说话，像极了肥皂剧里那些不招人爱的唠叨的老婆，但我的学业已被生育耽搁了，他的学业再耽搁下去，我们恐怕只能喝西北风了。

“我找谁合作去？”

“系里搞优化的老师有七八个，要不要我请到家里来认识认识，以庆祝你当爹为由办个小派对？再说了，每年都有几次大大小小的国内外会议，你不能光听报告，也要去交际一下呀！”

结果可想而知，内森讨厌派对，不懂交际，一切照旧。我对他的碎碎念渐渐在对林顿的焦虑中消音了一部分。事实上，内森对林顿倾注的父爱也占据了一部分争取早日拿到学位的精力，对此，我是感动的。

白天的家事都归我管。他白天去学校，晚上回来，把孩子放进婴儿床。我有很长一段时间腰痛复发，没法弯腰把孩子放低，所以这个工作只能拜托内森。小毛头吃奶不哭，抱着不哭，一沾床就哭，他只好把孩子再抱起来，在走廊里踱步。一夜几次，我俩的觉都是零星的，总算尝到了当父母的辛苦。一岁多点的时候，林顿晚上闹得更厉害了，从第一次哭着要吃奶到下次哭着要吃奶，间隔两小时都不到。

后来我们才知道，晚上睡不着也是自闭症孩子的普遍症状，也许是因为白天表现出来的恐惧一直延续到夜里吧。当时我们没有这种认识，只是在崩溃的边缘硬撑。美国医生建议，小毛头半夜哭不要理他，甚至还专门有消音的耳塞卖。也许这和美国的社会结构有关：老人普遍不带孩子，一切由小夫妻自己解决。年轻夫妇多半都要上班，没法整夜陪着，所以就让孩子哭，哭到自己不哭为止。内森依然是一根筋：“孩子怎么哭你都不抱，他的安全感会受到重创，长大会有问题的。”他坚持这样想，也情愿每晚起夜多次，白天昏昏沉沉地去上课，让我很感动。我不想让他那么辛苦，可没别的办法，就这么连滚带爬地过来了。后来，内森不知从哪儿得到了灵感，试着半夜不给林顿喂奶，只给水喝，情况竟然慢慢好起来，等林顿能安安稳稳睡一整夜了，已经快四岁了。

换导师的事也因此搁置下来，一搁就是三年。

8. 避孕余波

喂奶一直喂到林顿两岁，我已看出这个孩子有问题了，心下了然：我不想、不该也不能要第二个孩子。

通常，最早发现孩子有自闭症倾向的都是与孩子朝夕相伴的母亲。务实地说，决定要不要继续生养的也该是母亲。我一向不自诩为政治立场坚定的女权主义者，只是站在纯粹客观的生物学立场上这样讲。男性也会渴望天伦之乐，但若前提是只能、只想让女性承担生育以及多年抚养的重担，那这种渴望未免太天真了。几千年的男权思想沿袭至今，男性未必能意识到自己是被动的。因为男权伪饰了这种被动，大部分男性甚至在不知不觉中强迫女性在性爱、生育的整个过程中、在天真渴盼幸福的时候放弃了主动权。而我从小到大都不曾、不愿也不能放弃主动权。

然而，很多时候，别人眼中的我不是咄咄逼人的，好像很容易被说服。那只是因为我相信中国古人所信赖的“以和为贵”是最务实的做法。攻占某某立场、某某主义的山头看起来很英勇，却往往隐匿着功利心、虚荣心。贴着标签争来斗去恰如推手，站位并不说明高下优劣，只有身在局中才知道看不见的力道在看不见的体内冲顶腾挪，外表看似对立，内里其实是打通的。夫妻间为了性和生育默默角斗、夺权的时候，尤其是这样。

在内森的世界里，归类、定义一旦完成，就几乎不可能再做更改。直到他确诊了谱系症状后我才明白，那绝不是性格使然，而是大脑结构、机能使然。他不能理解通融的概念，注定会成为固执的“某某主义者”。我曾和他开玩笑地说，他恐怕难以进入佛学高级境界，因为他无法理解不二法门。

刚到美国时时常会遇到传教者，我总是大言不惭地声称自己是“钻研佛法的人”，那些想要拉我入各种教会的传教者听到这种回答都会有礼有节地离开。有时，我会在他们眼中看到一种善意的共鸣，那是对另一个有信仰的人的尊重。我并不会和他们深入理论研读佛经和世俗信佛有什么区别，但一传十，十传百，我就成了大家公认的“佛教徒”。我和内森的结合就成了“佛教徒”和“天主教徒”的联姻。刚开始谈婚论嫁时，内森就忧虑不已，坦白地跟我说：“我们信仰不同，理论上是不能结婚的。”

从理论上说，天主教徒是不和非天主教徒结婚的，尤其在宗教信仰氛围浓烈的美国南部小城。我既没有虔诚修佛，也不打算皈依天主教，但这不代表我不学习、不接受。我知道内森母子笃信天主教后，找了些书来看，继而决定和他一起去做礼拜。他很欣慰地长舒一口气：“原来佛教徒可以进教堂。”

神父说：“Peace be with you.（愿你们平安。）”我也跟着大家一起说：“Peace be with you.”神父布道，我也仔细听讲，看看有什么是可以运用到生活中去的。天底下的道理早已被世人说尽，东方人这么说，西方人那么说，道理还是同一个道理。往深处想，世间的派别纷争就如同虚设名物。所以，我每周跟内森去教堂时完全没有半点勉强，只当作是往世间真理深处走的另一条路。

很快，我也和神父熟络了。和只认死理的内森相比，见多识广的神父反倒很豁达，已很擅长把教理教义和世俗生活通融起来。我们刚订婚时，神父说："如果你们要结婚，当然不是不可以，我向教区打个报告就行了。我们有个固定格式的文本，至于内容，林，你不要介意，大意就是你愿意尽力了解天主教、遵守教规，并且会按天主教徒的规矩抚养子女。实际上，你不需要有任何压力，怎样教育孩子，你们有充分的自由，只要给他个身份认同就行了。让孩子有个根基，别像无根的浮萍，这也是好事情。但至于这个根基是什么，我认为不该由我来干涉。"

神父看我们是穷学生，就为我们免去了一切费用。但有一项是他无权免去的，属于教会硬性规定的必选项：我们得付两百美金，去当地的一个风景区参加为期两天的讨论班，主题是"婚姻的要义"；然后，还得去另一个场馆听关于自然避孕法的讲座。神父带着最和蔼的笑容告诉我们，会有上了年纪、虔诚又善良的老夫妇给我们讲讲婚后生活的真谛，还有值得信赖的专业人士提供实用指南。我心想，美国电影里怎么从没拍过这种婚前班？但只能入乡随俗。

避孕讲座被安排在当地的一家医院里，主讲人是位有点年纪的护士，还穿着护士服。我们十几个人屁股刚坐定，她就用豪迈的沙哑烟嗓斩钉截铁地说道："自然避孕法百分之九十九点九九九有效。"我意识到自己和旁人一样瞠目结舌，再转头去看内森，他像个安安静静听妈妈讲睡前故事的孩子，一副完全放松的表情。有人轻笑了一声，但没有人拍桌子叫板，更多人保持沉默。用虚假数字冒充权威定论的开场白一语惊人后，护士倒是很认真、尽责地介绍起自然避孕法，包括有哪些方法、要怎样操作，图文并茂，言之凿凿。我偷偷瞥了一眼，发现有个很年轻的女孩都快哭出来了，男伴在一旁安慰。作为一个完全没有被说服的旁观者，我在那个女孩的表情里看到被压抑的无助、被动摇的信心。更令我震惊的是，讲座结束后，内森一脸天真地对我说："专业人士讲得很明白，那我们就照做吧。"我碍着旁边还有陌生人在，只得把一肚子怨言咽下去。

讨论也好，讲座也好，和我们一对一见面的年长夫妇也好，都在强调一件事：不能使用现代方法避孕。我坐在窗明几净、桌椅优雅的厅堂里，一言不发，注视着那些演讲者——除了那位护士，所有人谈及此事时，都没用正眼看我们，都低低地埋着头。有人看讲稿、有人看地板、有人看自己的手掌，还有人望向窗外碧绿的庭园。我也仔细聆听了——他们好像都毕业于二十世纪的开明学府，深知在二十一世纪伊始谈论避孕时仍要进行自我审查，他们都知道在这一点上要加快语速、放低音量，哪怕含糊不清。他们确实按照教会的要求讲完了必须强调的内容，也在一种心照不宣的诡异氛围中表达了自己的难堪，甚或言不由衷。他们俨如尼采所言的"群盲动物"。在颓废的道德里，善人的实存条件果然是谎言。其他人似乎默认在座的所有人都心知肚明，但他们不知道内森天生欠缺探测暗示的那款雷达。内森没有看到大家的局促、闪躲和尴尬。内森只听到那句语气不容置疑的陈述句——"不能使用现代方法避孕。"

走这个流程时，我们都还没有自闭症谱系障碍的概念，但都感到一种角斗的痛苦，谁也不能说服谁。我说，把教会的讲座安排在医院里，让演讲者穿着护士服，很有误导之嫌。他说，护士在医院里讲的话更具有专业性。我说，世界上很多事处在灰色地带，护士和老夫妻说的都不符合严谨的科学，只能说是宗教理想和科学现实的重叠区域，界线是含糊的，要每个人自己决定。他说，他们没有散布不实信息的理由，"更重要的是，如果我们不按她说的做，就会下地狱”。我呆呆地看着他，心中默数十秒，决定不在地狱的问题上多做纠缠，以免偷换主题。

隔天，我有备而来，把网上搜集到的数据给他看，包括一份联合国卫生组织的白皮书。我在宗教方面没有资深阅历，但寻找数据和事实证据是力所能及的。“性、孕分离是现代社会的一大标志。不用现代方法避孕，那等于回到中世纪。这就好比中世纪的教廷拒不接受，甚至迫害伽利略，直到 1992 年才公开承认伽利略是正确的。还有这份统计调查报告，你看看：百分之八十几的天主教夫妇承认使用现代手段避孕。这还是公开承认的，再加上口头不承认的呢？”

内森一言不发，很仔细地看资料，过了许久，终于按捺不住地念叨起来：“怎么会是这样？怎么会是这样！都是伪君子！都是骗人的！”

我也很仔细地看着，看着他——这个我决定与之共度一生的男人。痛苦，也许还有愤怒，令他的五官紧张扭曲，有点像教书时被教材、学生气得不可遏制时的表情。但奇异的是，我并没有犹疑或后悔，一如往常地坚信他有颗水晶般纯粹的心，此刻感受到的只是水晶繁复的折射角度。此刻，他的震惊是真实的，不加掩饰，发自肺腑。他的震惊也令我震惊，我第一次确凿地意识到，他不谙世事到了何种程度。教会里的八卦也好，怀孕避孕的知识也好，在多少人心中只是“常识”，但他真的从未听闻，从未留意。形成强烈对比的是，他在常识面前如此痛苦，却总在常人百思不得其解的专业难题面前泰然自若，甚至是快乐的。

我不曾经历过信仰的崩塌，更是万万没想到触发崩塌的会是床笫之事。林顿出生后就是漫长的哺乳期，我偶尔会幻想再多一个，甚至两个孩子。直到决定不再生养，避孕的话题才又被提起来，但这次他的立场已和上一次截然不同。上一次让他崩溃的是笃信的教规的全面崩塌，这一次让他崩溃的是既定习惯的强迫扭转。他听我讲完决意不要孩子的理由后，只说了一句“如果一定不要孩子，那就不应该有性”，然后摔门离去。之后半年的折腾都发生在我的体内，先是选择上环，他没有意见，但偏偏我的体质不适合，一连掉了两次。改成吃药也不合适，荷尔蒙的起伏令我的情绪大起大落，体重也直线飙升。停药后别无选择，“现代避孕方式”只剩下了让他承担的那一项。纵是千般拒绝，他终究抵不过欲望。可能，在这一点上，我反而要感谢谱系障碍——刻板也好，别扭也好，他终究是会忠实地恪守婚姻誓言。

好巧不巧，也可能是因为内森对天主教的内幕开始感兴趣了，那时从欧洲传来好些天主教会里的猥亵男童事件。有一天他拿到报纸，一路走一路看，看到停车场已怒不可遏，捶胸顿足地骂道：“信教有什么用？还信什么教？！”当天晚上，他一回家就把所有和天主教有关的东西扔进了垃圾箱，只剩下外婆留给他的一串木珠。在内森的头脑里，黑永远是黑，白永远是白，他不懂得，也不愿意在黑白间寻找平衡。从此之后，他也不上教堂了，连一星期里唯一一次见见邻居、听听教导的机会都彻底没有了。

这是我第一次见到内森情绪崩溃的模样。

那几年我就是如此日夜纠结：白天，隔空摸索林顿的小脑瓜；晚上，隔空摸索内森复杂的内心世界。内森没有言语障碍，甚至也没有情感缺失，他总是一回家就抱儿子，给他换尿布，每天都负责给儿子洗澡。他总是笑眯眯地做这些事，但从来不跟儿子讲话。我不知说了多少次，劝他跟孩子东拉西扯地说说话，但他就是不说。我一边自我安慰

“幸好林顿大部分时间都是和我在一起”，一边苦思冥想这是为什么。

一晃三四年，林顿终于开口说话了，却也完全没有闲聊的意愿，惜字如金。我渐渐明白了，闲聊，正是他们最大的缺失。

我把林顿在幼儿园里的进展讲给内森听，有一天还重复了艾米的表扬——“林顿又进步了！”

正是这句话，撬开了内森的金口，第一次向我吐露这几年来的想法：“你不想再生孩子，是因为你怕孩子像我，你横教竖教，都是为了让儿子不要像我。”

他一直把这个无从证实的猜测深埋在心里，不肯让我知道，直到这一天。我一时间难过得无言以对，心像是被人狠狠攥住了，久久才松开。我明白了，说林顿进步，就在暗示他有旁人没有的缺陷。所以，只要暗示林顿有缺陷，就等于在提醒内森，缺陷的根源来自哪里。内森已深深地体悟到父子间的这层纽带。

意识到这一切的我，深深吸一口，最终对他说：“我费尽心血教育孩子不是为了让他不要像你，而是为了让他有实现潜力的机会。”从此之后，我不再复述林顿在幼儿园里的进步，只说趣闻。也许，这样一来，内森会觉得孩子的成长很容易、很寻常，根本不知道我和老师们花了多少心思，费了多大力气。

不知道就不知道吧。人做事，最要紧的是过自己这一关。

9. 阿基里斯追到了乌龟

一晃三四年，内森还在泽克的势力范围内，除了博士论文，别的事都忙得不可开交。

“泽克手头有项目的时候，我也会跟着做，能赚点小钱。”这是实话，我们需要额外收入补贴家用，我也打算利用林顿在幼儿园的时间给人补课，但很难找，无论上班还是上课的人都不会在那个时段有空。我一边安抚他，说日子总归过得下去，一边仍要旧话重提：“你没有在做大多数博士生都在做的事情，这很危险。重点在于，别人做项目，最后都变成了论文。但你只知道干活，什么成果也没有，这样怎么能毕业？”

时间终究能说明问题，这几年来，内森也产生了隐隐的不安，同期的博士生有的开始准备论文答辩了，有的连工作方向都明确了，相比之下，他慢了不止一拍。讲到底，是因为他不会和人打交道，一想到要与人辩驳就先退缩了，哪怕说一点与别人不同的意见都会结巴。

又一年过去了，这次我问他：“你有没有考虑过换导师？”他把头摇得像拨浪鼓：“这怎么行？谁会接手？”

我心里惊喜，因为听出了微妙的不同：以前的他还会用硕士时的经验为泽克教授做背书，但这次，他的重点落在了“谁会接手”这个问题上。这等于默认他也想换导师，也想尽快毕业。

“没错，换导师是大忌。跟着泽克教授这些年，好歹学到了过硬的编程本领，将来一定用得上。船到桥头自然直。我们再等等，看看情况再决定。”对待这对父子不能硬碰硬，要从鼓励起步，迂回转折，多方尝试，总有办法能让他们听进去的。

那时，我常常带林顿去大学校园，有时是去等内森，有时是去看看老朋友，有时只是陪林顿在林荫道上走走停停。我很喜欢那条路的景致，安静中透着镇定，尤其是初春和深秋，抱着书本意气风发的学生们会唤起我重返校园的冲动。那天，我拉着林顿的手在林荫道上慢慢走，时不时抬头看，因为雄性红雀正在欢快地鸣啭，我用手指来指去，希望林顿也能发现隐身在枝叶间的红色羽毛的小鸟。再一低头，却见史密森教授在路边站着，多年不变，依然拎着那只起皱的棕色牛皮包。他蹲下身，把皮包搁在地上，张开双臂朝向林顿。但这孩子一如往常，扭转头，反而往我的怀里躲，但脸上带着笑。

"他从出生到现在，每次见我都只是笑。"史密森教授放弃了，站起来，"我好想狠狠地抱抱你啊，臭小子！"然后他用一种不可言喻的眼神注视我、打量我，"我的天才学生什么时候才能回来和我们欢乐地讨论数学题呀？林，你打算什么时候重新申请读博？"

我始终有种愧对史密森教授的感觉，但又不想表露出丝毫的愧疚，以免让他误以为我真的就此放弃了。

"等这个臭小子再大一点吧。这么小的孩子，竟然比费马大定理还难搞呢！"

"爱因斯坦知道，时间在不同地方的流逝是不均匀的，但他没有研究过婚姻、生育是如何重新改造时间结构的。"史密森教授推了推无边框眼镜，"虽然已经二十一世纪了，但这主要还是对女性而言。"

"我很喜欢一个中国成语，最早是庄子写的'白驹过隙'。"我试着把这个成语翻译成英文讲给他听，"说的是时间飞逝。但飞跑的白马又会让我想起芝诺的飞矢，飞矢却是不动的。"

史密森教授若有所思地微微点头："说到芝诺，我倒想起了你们家内森，他真像是追乌龟的阿基里斯啊。"

我当然听懂了，不禁苦笑道："是啊，他怎么就跑不到终点呢？"

史密森教授用食指尖抹了抹鼻翼，有点犹豫地说道："下周我要和副主任开会，还有卡明斯基教授、威斯曼教授，但泽克教授去亚特兰大开会去了。"

我知道这是在暗示，换作内森，一定不会觉得话中有话。但我该怎么做呢？干涉丈夫的学业是越俎代庖，如果被内森，甚或别的师生知道，无疑会打击他脆弱的自尊心。我稍有犹疑，教授是明眼人，想必看出了我的想法——我的希望和我的忧虑。

"你知道吗，理论上，系里可以根据论文进度决定颁不颁下一轮奖学金。"史密森教授又用手指挠了挠脑门，我不确定他这话有几分当真，"虽然我不是很清楚内森的进度如何，但理论上，系里可以出面去查进度。而且，我们有过先例——有个博士生和一个教授合作论文，写着写着，索性让这个教授当他的新导师了，原来的导师也乐得成人之美。"

"这倒是个好办法！"我一不留神说出了心里话，"做出水到渠成的样子！史密森教授，你真是一语惊醒梦中人。"

"刚才，我很远就看到你们了，"史密森教授看到我的兴奋，反而面露忧伤，"我就停下来，慢慢等你们走过来。越看越觉得，小林顿真的很像内森啊！但只要他一笑，就特别像你。我看着看着，意识到我很希望你们有美好的前途，还想起你们结婚的那天，他也笑得那么开心，后来在校园里我再也没见过他有那样的笑容。"我明白前任导师的一片苦心，他比我还希望内森早日毕业，我也能早日复读。当年是他亲手把我的手放在新郎的手里，现在的他仍然记挂着我们的福祉。

我这个人，一感动就会沉默，放弃无能为力的语言，因为任何言语都无法道尽心中的微妙万千。这时，林顿望见了从远处教学楼走出来的内森，林顿又抬起头来看我，什么也不说，因为他用眼神就能告诉我：爸爸来了。

“谢谢你，史密森教授。”我知道我们要告别了，“那我就等内森的好消息了，希望他能遇到下一个好导师。”

“好的，不过，”他又变成那个爱开玩笑的天才教授，朝我挤挤眼睛，“很有可能，他一开始听到的会是超级坏的坏消息！”

我们笑着挥手告别，我和林顿继续朝前走，走向笑吟吟的内森。两周后，内森哭丧着脸回家，告诉我，系里查过他的论文进度，通告他必须交出论文，否则下一年不给他奖学金。“这下完蛋了，没有论文，也没有奖学金，我们的日子要怎么过下去？”内森绝对不会去问别的同学，因而绝对想不到这是史密森教授出面提议做出的安排。事实上，系里通常是不会在学期的中间时段抽查论文进度的。他夜不成寐，如坐针毡地过了几天。

又过了一周，史密森教授请我和内森去他家吃饭，顺便也请了来自波兰的卡明斯基教授，来自西班牙的威斯曼教授。我一听就懂了，这明摆着是一场来自新导师的面试啊！我包了三百多个饺子带去，把史密森太太乐坏了。内森一进客厅，史密森教授就给他介绍那两位教授：“也许你们以后有机会合作呢，来，先喝两杯！”

我和史密森太太在厨房下饺子的时候，他们端着各自的餐前酒，去花园观赏史密森教授新种下的一棵樱花树。厨房的窗户敞开着，我听到对樱花种类在欧洲的演变过程颇有见地的威斯曼教授，正在对史密森教授高谈阔论，卡明斯基教授却在问内森对某个优化课题的看法。内森的语调很平稳，恰是因为他不知道这是面试。一如往常，他没有半点虚假，会十分只敢说八分，只要他说会，那就是百分百，甚至百分之两百地彻底掌握。

又过了几天，内森兴奋地回家说："卡明斯基教授主动提出要和我合作论文！终于等到了！"他也绝对不会想到，这也是四位教授开会时私下做出的安排。卡明斯基教授在家宴后对史密森教授说："内森还是有实力的，不是那种投机取巧的人。可惜他没有得到好的指导。让他跟着我做吧。"她很清楚，合作论文只是为了过渡，最终是为了合情合理地帮助内森换导师——既能帮内森，又不会让泽克教授颜面尽失。这一切，是四个好心的教授和我之间的小秘密，至今仍没有别人知道。

接下去，就看内森能不能把论文写出来了，这件事，别人都帮不了。我心中明镜般的敞亮，特意趁白天单独在家的时候给史密森教授打了个电话，感谢他煞费苦心，也不忘告诉他："我明白这是特殊安排，一定不会走漏给任何人知道，尤其是内森。"

换导师的事就这样定了下来。听内森说，泽克教授听闻此事后没有挽留的意思，只是淡淡地说了一句："你的事，你决定。"连我听了都觉得太薄情，但内森不会这样想，反而长舒一口气。毕竟，如果泽克教授盛情挽留，他反而要抓狂了。人生在世，有时要感恩别人的善心热心，有时也要感谢别人的薄情薄义。

正式交接的那天，内森用难以置信的口吻告诉我："卡明斯基教授已经有七个博士生了！我是第八个，但她保证每人每星期见一次面！"他简直受宠若惊，我看他心情大好，盘踞头顶几年的乌云一散而光。

但好景不长，一两个月后，我在睡前随口问他那周何时去见导师，他答说："上周见了，她叫我想个办法，把以前写过的这个、这个、这个、这个内容拼在一起，当作博士论文。”

“那应该很快了。”我充满期待。

“但我说了，这怎么行？这也太敷衍了事了。”

我惊得一下子坐起来：“那她怎么说？”

“她说，那你就自己考虑吧。”

“内森，卡明斯基教授生气了！你听我一句劝，懂也好，不懂也好，反正你明天赶紧去道歉，说你转过弯来了，就按她说的办。”

“可是……”

“已经很晚了，今天先睡吧。”我又躺下来，明明知道他正在用疑惑不解的眼神看着我，但我需要平息自己的情绪，就闭上眼睛，“明天记得道歉，就说这么一句话，不难的。”

第二天，他照样说了，我也已经考虑充分了。第三天，我特意去了大学食堂，“偶遇”玛格丽特·卡明斯基教授。寒暄过后，我心里有了底。我已经向她的其他学生打探过了，据说她一生气就会冒出波兰口音；若是气到发火，张口就全是波兰语。幸好，她那天说的我都听得懂，不是波兰语。还有个学生告诉我，玛格丽特爱吃甜品，请她吃奶酪蛋糕，她的气就会消几分。不用说，奶酪蛋糕我已经买好了，也推到了她面前。

“这小子不知好歹。我好不容易跟论文委员会的人说通了，让他凑出个论文毕业。他竟然说这样太敷衍了事！他还想不想毕业了？要不是他来道歉了，我真的索性不管他了。”

“他有时候会一叶障目，看不见事情的全貌，跟他说明白就好了。”坦白说，我很喜欢和玛格丽特这样率真的人打交道，我也需要和别人坦率地谈谈内森的问题，索性挑明，“玛格丽特，你有没有教到过那种有学习障碍的学生？”

玛格丽特开始吃蛋糕了。

“当然遇到过，我教的学生多了。”

我也教过一阵子书，知道每学期开学时，教两三个班的老师时常会收到一两个学生悄悄递来的一张纸，上面盖有“秘密”图章：“经鉴定，某某学生患有学习障碍。”老师就能因材施教，延长这些学生的测试时间，也可以把试卷的字体放大，其他任课老师认为有效的协助也可以实施。我觉得这是个很好的制度，这些学生并不是学不进知识，只是学得慢一点，最终还是能通过考试的。

我下定决心，说道：“内森虽然没有那张纸，但他在社交技能方面存在学习障碍。我也是有了儿子之后才开始怀疑，他属于自闭症谱系，但目前还没有诊断，也没经过太多干预就这样读上来了。他有时候会听不懂别人的话，或者说出不恰当的话，还请你多多包涵。如果需要批评，就请你直截了当地批评他，因为他听不懂暗示。如果实在有什么话跟他讲不通，你就私下里跟我讲吧。”

玛格丽特吃奶酪蛋糕的叉子停在半空，面露惊异的表情。听我说完了，她眨了眨眼睛，点点头：“原来是这样，这样就说得通了。我明白了！”想必，在她的脑海里很多琐事细节都被“自闭症”这个词串起来了。

我仿佛卸下了一个背负很久的重担，在那一刻，既解脱，又忐忑——毕竟，作为成年人，内森没有经过自闭症专业人士的诊断。

就在内森整合论文的时候，丹尼斯去世了。他又放下手上的活儿，去和伯伯、叔叔一起把父亲的骨灰撒在他出生地附近的一条河里。

那时偏巧我旧疾复发，每天都有大半天躺在床上，所以我和林顿没有去。当晚，内森第一次住在伯伯乔迪家，也是第一次知道自己的家族里还有自闭症的案例——乔迪的小孙女奥莉薇亚。

乔迪在路上就预先提醒他："如果你看到奥莉薇亚尖叫或是疯狂地转圈，请不要介意，她自己会安静下来的。可怜的奥莉薇亚，学校都不愿意要她，说她是低能的自闭症。"

内森问："自闭症是什么？"听完乔迪的一番解释后，他在车里就用手机上网查了查。晚上，他给我打了个电话，轻描淡写地说："我看到的奥莉薇亚很安静，没什么问题。他们说的特殊学校，我小时候好像也去过，隐约有点印象，是个很小的学校，我好像待了没多久就转学了。"

我挂断乔迪的电话就又拨通了莎拉的号码，直截了当地问道："内森上过自闭症儿童的学校吗？这会不会就是林顿的问题的根源？你们要把家族病史告诉我啊！"

莎拉说："当时是有医生这么说，但我觉得事情没那么可怕。内森小时候只是不爱说话而已，聪明极了。那所特殊学校是强化语言教育的，谁能想到林顿也要走这一遭呢？内森不是故意在婚前欺瞒你的，林，他不会想到这一点。但我必须啰唆一句，你千万不要怪他，内森可以长大成人，林顿肯定更没问题，因为相比于我，你是更好的母亲。"

我没有意识到自己紧紧地攥着话筒，也没有意识到一直屏着气，直到她说完，我才深呼吸，继而轻声对她说："刚刚我听说，丹尼斯哥哥的孙女也有自闭症。"

这下轮到莎拉愣住了。我们没法再说什么，索性互道晚安。

要说奥莉薇亚和林顿的缘分，应该就从那天算起。

博士论文就是在这一切结束后完成的。眼看着要毕业了，他却百般不情愿："这么一篇东拼西凑的博士论文，怎么拿得出手？叫我怎么找工作？"

我想来想去，还是要肯定他的诚实，再敦促他找工作也未免太唠叨。不知怎的，突然想起他参加葬礼回来后提起过老狗鲁本斯——他少年时代每天形影不离的宠物狗，现在已是高寿，路都走不动了，于是说道："还是尽快毕业吧！丹尼斯没赶上，再拖下去，连鲁本斯都赶不上了。别让你自己太伤心。"

丹尼斯去世八个月后，内森完成了毕业答辩。按照传统，答辩完的学生要请论文委员会的老师们吃饭，家属也一起来。那天下午，我事先预定了快餐店提供的小点心，放在漂亮的盒子里，就摆在会议室外面。会议室里在答辩，我和林顿等在门外。过道里人来人往，大家一看我们手上拿着盘子，旁边的长桌上也备好了酒水和点心，就知道我们的家人要毕业了，纷纷道贺。一张张熟悉的笑脸让我感慨万千，我还有了一种前所未有的惆怅：我认识他所有同事、上司的日子就要结束了，从此往后，内森会进入一个没有我的崭新的世界。

答辩结束一星期后就是毕业典礼。因为没有让人叫好的论文，内森并不心满意足，真正让他开心的是莎拉和威廉千里迢迢赶来参加毕业典礼，还随车带来了鲁本斯。老狗老泪纵横，内森心安了。

人一辈子能有几次机会参加亲友的博士毕业典礼？我们都是第一次。坐在体育馆里快顶到天花板的位子上，简直像在山顶看山谷，什么也看不清，早知道就把望远镜带来了。但我们还是非常高兴，莎拉和我都落泪了。

典礼结束后，内森走到场外，和莎拉，和威廉，和我一一拥抱。莎拉说：“亲爱的儿子，这不是你一个人的成就，而是我们全家人的成就啊！”

接着，全家人和卡明斯基教授合影后，教授揽着我的肩膀，语重心长地对内森说：“你真该好好感谢你的太太，她耐心地等到你毕业，积极参与了你的未来。”内森笑了笑，或者说，仅仅保持着刚才合影时的笑颜。我眼巴巴地看着他，期待他当着导师的面对我说声“谢谢”，但他没有。

莎拉和威廉是老派嬉皮士，拒绝网购，但依然能发扬娱乐至死的精神，寻遍大街小巷，给内森买了一顶搞笑的 PHD 帽——说是博士帽，其实是 Propeller Head 的缩写，意为“不谙世事的科技怪咖”；而 propeller 又有“螺旋桨”的意思，所以这顶五彩的瓜皮小帽上还顶着一只螺旋桨。帽子要多傻有多傻，但内森戴着挺开心。毕业典礼结束后，我们走出体育馆，再把老狗鲁本斯从旅馆里捞出来，五人一狗在校园各处留影，大家轮着戴博士帽和螺旋瓜皮帽，轮着穿袍子，每个人都过足了瘾。照片上的我们都笑得很开心，若是看照片，一丁点儿都看不出来我们走了多少弯路，试过多少错，曾经一筹莫展、进退为难。

内森博士毕业了，林顿已经读到幼儿园中班，会写日记了。那天，他用频繁听到的新单词写了一则日记：“爸爸今天毕业了。”

10. 五岁的林顿爱看芭蕾舞剧

三十过半，我第一次感觉到成长的速度，就像有的孩子在青春期迅速抽节长高、感受得到身体内部往上蹿升的节奏，我也感受得到外部汹涌而来、高密度的变化日夜冲击着内部的情感和理智。世界的多样、人性的复杂、大脑的奥秘、知识的无穷尽……而我呢，本来只是像海绵，勤勉无声地吸收；如今却像块伫守海边的岩石，任波涛掠过，浪花溅碎。为人妻，为人母，这个过程——毋宁说这个开端——比我经历过的任何事件都要艰巨。在此之前，不管面对什么样的困难，我似乎总是有选择的机会、有规避的办法。但在这几年里，我首先要学会做一个顺从者——不是顺从命运，而是顺从规律，比如这对父子身心本性的规律，比如婚姻的本质；还要做一个只能靠自学的学习者——学习以前不曾进入我视野和心灵的那些世间的存在，学习不能用数理解释的人类，学习人类的深不可测、妙不可言，乃至秘不可解，没有定数。

那段时间，严格地说来，我对自闭症只有最初步的了解。奇异的是，我的心中仿佛有个自动调节阀，每当上网去查相关资料时，获得的信息一多，头脑就会自动发出超载警示，我就会停下，不再往太深、太远的地方想，而是顺从内心的愿望，点到即止。在这个课题上，我觉得一知半解有其好处，毕竟，科学界都尚未得出定论，看了过多信息反而像是庸人自扰。我对自闭症的来龙去脉没那么好奇——这本身就让我好奇。但另一方面，因为林顿和内森的问题让我结识了更多陌生人，甚至因为他们的与众不同，和所有人的交往都必须超出寻常的界线，这让我开始对“人”产生好奇了。

我开始看小说、戏剧、芭蕾舞——简而言之，看艺术作品，尤其是拥有高超技艺的虚构作品。也许是我潜意识中想要领略人性的极限，乃至身体的极限，想把自己无法传达的内容传达给林顿。小说是没法背诵的，戏剧对他来说又太深奥了，所以我们能够共同欣赏的是从图书馆影音室里借来的芭蕾舞影碟。

共同欣赏，这一点很重要，哪怕是母子，也最好不要用“陪”的心态勉强应对。所以，我始终关注着林顿的反应，包括没有反应都是重要的反馈。《天鹅湖》《睡美人》《胡桃夹子》都没有引起他的反应，想来，柴可夫斯基和林顿缘分未到。看到《吉赛尔》的时候，我一口气借来四个版本，一遍又一遍地看，看出了编舞和舞美的重要。接着，有趣的事情发生了，看到埃里克·布鲁恩（Erik Bruhn）和卡拉·弗兰奇（Carla Fracci）担纲的1970年版时，林顿的眼神变得专注了，眼神跟随画面中的舞者移动，尤其是林中墓地前的群舞。我也特别喜欢这一幕，布鲁恩轻盈地跳跃，弗兰奇凄美地旋转，故事是令人忧伤的。但这一版的画面格外简洁，营造出磷光闪闪的幽冥氛围，群舞时变幻出的几何造型让人过目难忘。在所有看过的舞剧中，最先抓住他眼球的就是这种唯美、抽象的构图。

他喜欢的下一部舞剧有点出乎我的意料：《葛蓓莉亚》（ICA Classics Legacy），1957年英国皇家芭蕾舞团的版本。这是一部谐谑剧，充满欢乐，处处是幽默，我们每次看都会时不时地爆发出笑声——很难被逗乐的林顿竟然会被半个世纪前的舞剧逗得前仰后合！他最喜欢的一幕是男主角纵身跃上一把普通的椅子，一只脚搁在椅背上，稍一用力，椅背便在空中划一道弧线，连人一起落地，利落又轻快。

芭蕾舞剧看似不符合二十一世纪五岁男童的口味，然而，对寻常意义上符合他年龄段的很多事情他却一概没有兴趣。这情况理应让人不安，但他的笑声和专注让我很安心。我心想：大千世界，可以欣赏、享受的东西不计其数，何必一定要符合年龄？如果这孩子对这个世界还不够好奇，那就让我的好奇心做他的向导吧。

既然他喜欢椅子把戏，我就找来更欢乐的场景给他看：巴里什尼科夫（Mikhail Baryshnikov）1980年与巴黎歌剧院芭蕾舞团合作的《卡门》，里面也有借重椅子的片段。要说故事情节，《卡门》也许有点儿童不宜：不仅有卖弄风情的片段，还有个颇为暴力的结局。但舞剧的好处就在于象征性，现代舞中的情爱和暴力都是用肢体动作来表现和寓意的。结果，奇迹出现了——也许是因为现代舞的舞台设计大胆泼辣，抑或是其中有夸张的西班牙斗牛士风格，他竟然四十五分钟目不转睛地从头看到尾！还几次站起来模仿剧中人的动作，嘴里跟着哼，有歌词的时候就跟着唱。这是他第一次开口唱歌、第一次模仿电视里的动作——也许是因为现代舞蹈动作定格鲜明、造型明确？无论如何，我要感谢二十世纪最伟大的芭蕾舞演员巴里什尼科夫。

除此之外，舞剧大概还教会了他一个概念：什么是舞台。舞台上下——台上的载歌载舞和台下的日常动作有着天差地别。那时刚好是六月，幼儿园要为大班的小朋友举行毕业典礼，小、中班的孩子们也跟着汇报演出，只有两个节目：全班唱国歌，全班跳牛仔舞。但全班都要走上舞台——他对这个概念的理解很容易就达成了。师生们都知道唱唱跳跳是他的弱项，就让他跟着一群洋娃娃般可爱的孩子站在最靠近后台的队列边缘处，意思意思露个脸。但让大家惊喜的是，他似乎不满足于仅仅露脸，还手舞足蹈了两下。没有人猜到那和巴里什尼科夫有关，也没有人猜到仅仅两三年后他竟然能独自登台表演。

汇报演出结束后，艾米告诉我，从现在开始，她们要把林顿托付给学校里最好的大班班主任了。“玛丽安娜·琼斯是藤校毕业的幼儿教育硕士，你放心吧，一切都会慢慢好起来的。”用中国人的话说，艾米是林顿的贵人，忍下了那么多麻烦也毫无怨言，临别前还替他物色好下一任老师，我除了千谢万谢，只觉得嘴拙词穷。

11. 星星的周围

直到这时，似乎一切都在朝更好的方向发展，这让我有点放宽心了。那个暑假过得波澜不惊，就在“粘住游戏”、舞台、卡片和渐渐多起来的言语中，林顿继续操练数学题和逻辑题，继续痴迷地看天文图文书。我们带他去天文博物馆办了年卡，可以不限次数地参观、参加亲子课程、看限期上映的科普电影。

就是在这种氛围里，突如其来的挑战降临了。幼儿园大班作为升入小学前的过渡阶段，在很多方面和小、中班有很大的差别，但我当时不知道，也不会有人特意来预先提醒我们。对于正常升级的孩子们来说，这种改变是渐进而自然的；对于老师们来说，教学的重点也随之改变。

第一个月风平浪静，到了月底，我突然收到班主任琼斯夫人的电子邮件，说林顿坐不安定，喜欢摇晃身子。“他会坐在地毯上摇、坐在安乐椅上摇、坐在弹力球上蹦；要不就原地转圈，停不下来。不说话。不听指挥，手里总是拿着一样什么小文具在玩。”她问我知不知道该怎么办，我立刻回复邮件，说这些情况我从未见过。

这是实话。林顿在家里从不会有这类举止，但就算我没亲眼见到，所有关于自闭症的书上都已罗列清楚了。玛丽安娜叫我去教室观察，我婉拒了，因为我没有勇气去看。在网络上播放最多的正是这类举止，平常我查阅时都不忍心多看。所以，我不看也像是看过了。可能，会有人批评我不算称职的家长，可是我的精神状态也很重要，不能放任自己多愁善感，也不能斗胆让自己承受更多痛苦。所以，对于那种场面，我能躲就躲。

但我不会假装问题不存在。林顿一回家，我就开始盘问，问他有没有那些举动，他都摇头，完全想不起来。但他突然想起一件事："我把糨糊倒在地板上了。"追问了才知道，他竟把一大桶供全班同学手工课使用的糨糊倒在了教室壁橱前的地上！

"琼斯夫人怎么说？"

"她没说什么。她要我和她一起擦。"

琼斯夫人在电子邮件里没有跟我提起这件事，她提到的都是可以被称为症状的现象，也许她揣测这种行为介于"问题儿童的症状"和"普通儿童的任性或淘气"之间，讲给我听似乎有告状之嫌。我认为她做得很对：没有发火，并教导孩子要为自己的行为负责。

果然，琼斯夫人雷厉风行地组建了专业团队——在林顿得到确诊前，这是我们第一次和专业人士面对面地讨论他的问题。开会的日子定下后，我特意让内森请假，陪我一起去和专业团队开会，这纯粹是出于对琼斯夫人的严谨工作的尊敬。后来，我再也没让他去过——没让他再受这份罪。

琼斯夫人请来了副校长、教导主任、语言教育家、职业教育家，一人一台笔记本电脑，边开会边打字，每个人都是自己的速记员。包括我和内森在内，每个人都做了一番自我介绍。寒暄过后，琼斯夫人把林顿的整体情况、性格和言行特点做了一番汇总式的陈述。我一边留心听她讲，一边留神身边的内森——他显然会听到很多似曾相识的说法，因为别人也曾这样描述过他。内森越来越局促不安，什么话都不说了。躲是躲不过去了，我只能用提问的方式开启对谈。

“请问，职业教育家是做什么的？”

职业教育家解释说：“不论你做什么工作，只要在职业上遇到困难，我就来帮你解决。学生的工作是做学生，做学生要行动听指挥、看黑板、做课堂作业等等。你不会，我就来教你怎么做学生。”

“请问语言教育家，这种教学是一对一的吗？”

语言教育家则说：“这所学校里有一百多个孩子的母语不是英语，将说同样语言的孩子集中起来补习英语的情况也是有的。但是，如果个别孩子有发音障碍或者别的需求，那就得一对一上课。”

在专业人士眼里，我们也许是对超级木讷的父母，这和有没有高学历没有关系。我愿意在他们面前袒露自己的无知，哪怕我对自闭症的很多问题早已熟稔于心，但是每个孩子、每个家庭都不一样，书上写的并非适合所有人。听专业人士针对林顿的问题讨论解决方案，于我而言是一堂崭新的课。

除了琼斯夫人，最坦率的是那位职业教育家，她最早下了定论：“我认为林顿有感官知觉问题（sensory issues）。”随后说了一大通，我每个词都懂，但通篇听下来却不明白是什么意思，只知道有很多术语的连续叠用。教导主任大概看出来我没懂，又用稍微浅显一点的话大致重复了一遍，我只能感谢她们的耐心，表示自己“好像有点明白了”。

这次会议的成果是，我们在一系列表格上签字，同意学校为林顿成立后援团，团队成员即当天与会的五位专业人士；同意林顿接受每周一次、每次半小时的语言训练，以及每周一次、每次半小时的职业训练。所有费用由政府承担，时间由班主任和语言老师、职业老师商定。至于林顿为什么会有种种怪异行为，他们一致认为是孩子有衔接适应问题：林顿从“玩玩乐乐”的中班突然升到幼、小衔接的大班，一时不能适应。

回家的路上，我问内森：“感知问题的那一大通话，你听懂了没？”

内森开着车，答道：“我听不懂，大概是在解释他为什么老要动。”

“那，到底说没说该怎么办？”

“好像没有。”

“是啊，我也没听到。”

我想确定这不是因为语言或文化差异造成的、我个人的理解障碍，但没听到解决方案并没有让我迷茫，因为这种事本来就没有标准答案。根据我当时了解到的，自闭症谱系的孩子对于不同的刺激要么反应过度，要么反应迟钝，某些缺陷可能是因为扭曲的感觉输入信息所致。而且，因为脑干的细节不同，每个人的感觉输入信息都不一样。有的孩子的听力时有时无——有时完全听不见别人讲话，有时能听到，但听到的言语声像机关枪扫射；有的孩子喜欢吹风机的声音，有的却一听到就大声哭泣；有的孩子听到抽水马桶的声音会觉得像瀑布，只觉得嘈杂、恐怖，但有的孩子却喜欢得不得了。日本有个妈妈发现自闭症儿子喜欢厕所里的流水声，甚至会跑到陌生人的家里、店里去倾听这种声音。所以，妈妈因材施教，把儿子教成了清洁能手，成年后在政府机构找到了清洗厕所的工作，成为一个能养活自己一辈子的公务员。我特别喜欢这个真实的故事，一直记得那个妈妈名叫明石洋子。

但我很想问：为什么林顿在家从来不会多动、转圈、倒糨糊？就算我们去图书馆听讲故事，旁边有很多陌生人，他也没什么反应，更没有影响他人的举动。我的神经又紧张起来，每天放学去接他时，都要做好应对新事件的心理准备，但林顿对老师、专家们的一切折腾都毫不知情，每天都高高兴兴上学、高高兴兴回家。我不得不佩服那些老师——他们没让孩子产生哪怕一丁点儿的厌学情绪。

我带着“找出问题根源”的眼光，再去观察放学回家的林顿，发现还是有些微妙的变化：相比于上小、中班的时候，现在的他似乎更愿意沉浸在自己的世界里，和我的互动少了。我猜想是大班的校园生活让他累了，或是让他满足了，所以回家就纯粹地休息。这时，卡车司机似乎明白我的不甘心，又从心里的某个角落跑来安慰我了：不会偷懒的运动员不是好运动员，不会偷懒的学生也不是好学生。林顿偷懒的方式就是回到自己的世界里，这个懒，你得让他偷。不管怎么说，卡车司机总是很容易说服我。

林顿后援团每个月开一次会，报告进展。事实上，开了几次会，并没有值得一说的进展。唯一的成果是：有一次开完会，我发现孩子们都在操场上，就跟琼斯夫人提出一个小小的要求：“我想参观一下林顿的教室。”

“我早就让你来看看了呀！”琼斯夫人笑着给我带路，我觉得她挺骄傲的，想必教室就是班主任的舞台，是她乐于展现的地方。一走进门我就吓了一跳——好家伙，没想到教室这么大！一眼就看到靠墙摆放着安乐椅、弹力球。“多动症孩子在那边活动一会儿，回来就好了，所以每个大班教室里都有这些。”我再环顾四周，桌上、墙上花花绿绿，到处都如她所说的一样，“这边的是让孩子明白不同的形状，那边是月份，再过去是长度单位，转回来，这边是加法表。”我估计，老师在教什么，墙上就会贴什么。还有孩子们画的画，天真烂漫。放眼所见，处处都是高饱和度的颜色。

看到墙上的加法表，我突然想起一件小事，就顺口对琼斯夫人说：“林顿带回家的作业都是空白的，我真觉得不好意思。但我负责任地说，他是会算加法的，事实上，加减乘除都会。不过，我有一个问题——昨天他带回来的习题是：‘2 加 3 等于几，为什么？’我不是很明白，等于 5 还有为什么？”

“哦！我们在课上是这样教的：先画两个圆圈，隔开一点，再画三个圆圈，然后在圆圈下面标上数字。所以答案就是：因为有五个圆圈呀！”

我哭笑不得，心想，这样教很适合不会加法的孩子，但对已经学会加法的孩子，这样会不会阻碍抽象思维发展呢？话再说回来，林顿早已学会更难的算式，再复习一下简单的，为什么反而会出问题？我实在不能确定这就是林顿交白卷的原因。

奉行“三思而后行”的原则，我只是苦笑一下，没有讲出心里话，也没有正面回应琼斯夫人的自问自答：“这个教室感觉如何？”我嘴上答着“让我大开眼界”，心里却是七上八下。因为在我看来，这个教室太繁复、太浮夸了，很像是广告里那些符合宣传目的，以及所谓标准化或理想化的形象。我迟疑，是因为我的学生时代是中国的八九十年代，我们的教室朴素又整齐，和这个教室完全是两种风格。我怀疑此刻内心的不接受只是一种文化上的隔阂。

从教学楼走出来，我长叹一声：原来，林顿就是在这个环境里从夏末待到了初冬，他现在的学校生活里没有可爱温馨的小教室，也没有那一缸忠实陪伴他的可爱漂亮的小金鱼。但他什么都没有抱怨过，没有发过脾气。那么多不可言喻的冲突已经在内部发生了，所以他才会做出那些从未有过的举动，只不过，那一切是以我们和专业人士无法想象的形式在他的内部发生的。也许，那些举动就是他的表态？我揽着他离开学校，走路回家。我们踩碎落叶的声音反衬出街上是那么安静。我似乎明白了他现在回家后保持安静的原因，就像芭蕾舞、像古典乐，最和谐的片段总是宁静和激越的交替，最圆满的芭蕾也总有群舞和独舞的互补。离开那个浮夸的大教室后，别说他，连我都需要绝对宁静地独处。想到这儿，我把他的小肩膀揽得更紧了一点。

那个周末，我们一家三口又去了天文馆，又看了一遍穹顶环幕版的《星空奥秘》。每次灯光全灭，星群闪耀时，观众席里总会响起一片惊叹声——所有第一次看到此景的人都忍不住倒吸一口冷气。从天文馆出来时，天都黑了，但那天夜空晴朗，万里无云。天文馆的地址有点偏，光污染少，星星真的像电影里那样清晰可见，也像我小时的儿歌唱的那样——“天上七颗星，墙上七颗钉”。

我和内森各拉林顿的一只小手，在停车场看星星。我们一向如此，且不管他懂不懂，我们知道什么就跟他说什么：“林顿，看那三颗几乎在一条直线上的星星！它们所在的星群就是猎户星座，猎人一手持盾，一手持武器，腰带上的三颗星几乎在一条直线上，腰带下面还坠着宝剑。这三颗星是最容易找见的。”内森指着猎户星。

“沿着这三星看下去，还能看到一颗很亮的星，那就是天狼星。没有星星比它更亮了，是不是很好找？”我指着天狼星。

“那边有个大大的W，看到没？那是仙后座。银河系从它的中间穿过，你看，银河像不像一条飘带？”内森的手指在天幕上滑过一道弧线。

林顿全都看到了。他顺从地看，顺着我们的手指看。这时我看向他，想起他小时候无论如何都不能顺着我的手指看向书架上的玩具，现在老师也不能让他顺着手指看向黑板上的字迹。我实在不明白，按照专家的说法，不愿顺着手指看叫“不能形成共同注意”。但为什么别的不行，换了星星就可以呢？难道在他的基因里，兴趣爱好有优先权，甚至能越过自闭症谱系障碍？这其中肯定有什么道理！

那夜的星空特别迷人，星星在无穷远处，远离凡人的日常生活，但星星组成的几何图案清晰可见，漆黑的天幕，纯粹的虚空。就在那时，我恍然大悟：星星周围没有别的东西！这就是答案！

就像色盲患者看不见嵌在混合颜色里的图案，林顿也无法从信息的海洋里提取有效信息。重要的也好，不重要的也好，一切都淹没在背景里，让林顿患上了感觉和认知上的暂时性色盲症，因而视而不见、听而不闻。如果把背景噪音屏蔽掉，他就能感知有效信息了，就不会有异常举止——这就是我的解决方案。

眼看着一学期快结束了，下一次会议要待来年，我斟酌再三，给琼斯夫人写了封电子邮件：

亲爱的琼斯夫人：

感谢您这些日子以来费心费力。我也为林顿不够理想的表现做了些研究和猜想。

我猜想，孩子行为异常会不会是因为外部信息刺激过度？正如职业教育家所言，对于他在感觉认知上的问题也许可以用减法来试着解决。我建议让他留在装饰简朴的地方，比如会议室，这样会不会给校方添太多麻烦？

同样，也许用减法也能解决林顿交白卷的问题。我猜想，他能理解抽象运算，但理解不了具体画面，所以他会不知所措。在他会做 1 + 1 = 2 之后，我试过问他：给你一颗糖、再给你一颗糖，现在你手里有几颗糖？他没有反应，由此我推断他无法把抽象的算术和具体的物件结合起来。所以，不如直接给出二十道加减乘除的算式，看看他能不能给出答案？就别再问他为什么了。

这些都只是我——对林顿的秉性非常了解的母亲——的猜想和揣度，若有冒昧之处，还望海涵。

直到学期结束，我都没有收到回复。眼看着就要放假了，大家都在忙着过圣诞节吧！

12. 日记本

用内森的话来说，“我有点概念了”——林顿生活在抽象的世界里，具体事物反而让他困惑。我怎么才能在抽象和具体之间架起一座桥梁呢?

那年圣诞节，我们先去了莎拉和威廉的农场，祖孙三代在一起装点圣诞树，拆了很多礼物。美国的圣诞夜刚好是中国的白天，我拨通了父母的电话，两家人远隔重洋欢声笑语。我们让林顿拿着电话听外公讲话，但他只听不讲，一笑一颦都要我来“翻译”，尽力让我的父母明白：孩子只是害羞，听到他们的声音只是笑眯眯的，不说话。按照原计划，我们拿到学位后会回国探亲，没想到孩子出生后一波未平一波又起。我听着亲切的乡音，真的好想回去看看，但又没把握林顿能驾驭长途旅行和异国生活。

随后，我们特意绕了一程去看乔迪一家人。自从听说奥莉薇亚的事后，我一直记挂着，毕竟，这是和林顿有血缘关系、年龄相仿，并且在同一个年代诊断出重度自闭症的儿童。因为奥莉薇亚很难带，她的父母忙于工作时会把她留在乔迪家，所以上次内森留宿时没见到做律师的堂兄伍迪和做房产中介的堂嫂苏珊娜。

一走近乔迪家的客厅就看到桌上堆成小山的礼物。和很多美国中产阶级家庭一样，长辈对孩子的宠爱在圣诞节期间暴升至最高点。我扫了一眼，发现大都是学龄前儿童喜欢的玩具，还有些色彩鲜艳的小衣服、毛线帽露出绒绒的边角。奥莉薇亚比林顿大三岁，本该读小学了，但至今仍散养在家里，幸亏乔迪的太太萨布瑞娜做了一辈子的幼儿园老师，退休在家专管这一个让人头痛的孩子。

大人们都在厨房、后院忙着，预备当晚的烧烤。林顿安静地坐在地毯上，壁炉里的火很快就让他看入迷了。这是他人生中第一次看到这样烧木柴的壁炉，火苗散发出柔和的光芒，围着、舔着、绕着木头变幻姿态。我没去打扰他，随手从桌上拿起一样玩具，坐在沙发上独自把玩一只塑料萝卜。那是林顿小时候玩过的桌游里的道具，游戏的目的是教会孩子"一个萝卜一个坑"的概念，因为每只萝卜的大小形状都不一样。看到那种稚气的造型，我还挺怀念的。

没过多久，奥莉薇亚跑了进来，像只小猢狲一样上蹿下跳。我只当没看见她。过了一会儿，不断蹦跳的她离我越来越近了，我才轻声细语地说起话来：我叫林，我是中国人，我第一次来你家，你家真漂亮，你也很好看，你和林顿是堂姐弟，他现在在看火，等下我们一起去吃烧烤……我不指望她与我对话，所以只是用陈述的语气。一开始，她假装不看我，后来不装了，看我在做什么，但依然一言不发。我就直接告诉她，我在玩萝卜，萝卜应该入坑。说着，我把配套的桌游纸盘也拿过来，一边说"把萝卜放进木盘上相应形状的坑里"，一边在她眼皮底下做给她看。但没过一会儿，她又旋风般地跑开了，我就拿起别的玩具玩。等她再跑过来，我又换了本杂志看看。就这样反复了好多次。我们之间总是一会儿远，一会儿近；你不看我，我也不看你。大概过了半个多小时，她又一次跑过来，径直坐在我对面，玩我最初玩过的那只小萝卜。她拿起萝卜，但找不到坑，我就教了她一会儿，一个动作一个动作地反复演示。我没有意识到我们俩这样待了很久，也没留意苏珊娜在客厅门边张望过好几次。奥莉薇亚最终学会了把每只萝卜送进匹配的小坑，甚至，最后还让我握了握她的手。我们握手表示合作愉快，萝卜的事到此为止。握完手，她依然一言不发，像只小猢狲一样蹦蹦跳跳地出去了，好像她身上的精力、创造力无处发泄，必须用大幅度的蹦跳代替走路。

吃烧烤前，所有人坐在长桌边，吃了沙拉和小食，碰杯祝酒，唠唠家常。然后，乔迪和伍迪起身去烧烤腌好的牛肉汉堡肉、猪排、鸡翅、肉肠……很快，一大家人进入了捉对儿闲聊的派对模式，大家端着各自的盘子往来于烧烤架和餐桌之间。我去帮林顿拿肉肠的时候，乔迪先逮住我聊了一会儿——关于中国人，现成的话题太多了。原来乔迪1980年代末去过一次香港，记忆犹新，要不是萨布瑞娜过来打断他，他应该会一路说到香港回归。萨布瑞娜把我从香港解救出来后，只叮嘱了我一句："你一定要把林顿的日记本给我看看！我听内森说了，太有趣了。吃完再说，但千万别忘了！"那边，林顿都等不及了，自己过来从我手中拿走了肉肠。我又拿起一只空盘子，想给自己拿些鸡翅。这时，苏珊娜又过来了，笑着对我说："刚才看你和奥莉薇亚玩得很好！你到底施了什么魔法，让她坐下来学习的？"我拿起还在滴油的鸡翅，答道："我觉得，该让她感觉到学习是天底下最自然的事。"

回到餐桌边，她不依不饶地接着问："你这个观点很有意思，再说详细点？"

这鸡肉烤得太棒了！我咽下一口肥美多汁的鸡肉，在彻底放松的状态下对她说："比方说，我讲起话来轻声细语。"

苏珊娜快人快语："我也轻声细语。还有呢？"

我拆开鸡翅里的小骨头："我自说自话、自顾自玩。"

苏珊娜的表情变得惊讶："你是说，你故意不理她？"

我把骨头上的细嫩肉丝舔干净，一边点点头："对，若即若离。"

苏珊娜继续切肉肠："请接着说，还有什么秘诀？"

我们之间完全没有客套，一看彼此的孩子就心知肚明，很自然地就抓紧时间交流起来，而且，我们都不用术语。

“还有，我不会去表扬她，就简单地说一句‘对了’。”

“为什么不表扬？做对了，不是要奖励吗？”

“我觉得不用啊。她不会，很正常；会了，也很正常。不用太当回事儿。重点不是非要教会她‘一个萝卜一个坑’，而是让她慢慢习惯正常的学习过程。”

“你不是教条派。我可不敢跟别人说‘不用太当回事儿’，会被骂的。”

“其实我也不敢这样对老师们说。但我觉得，我们心态的核心应该是这样的。”

这时，萨布瑞娜回来了：“你们在说老师们的坏话吗？”

我们都笑了。

奥莉薇亚至今都没有开口说话，被诊断是低功能的重度患者，生活很难自理，吃东西也很挑。我看她只吃了一两口肉，但她喜欢用食指和拇指捏起烤熟的芦笋吃。也许，在别人看来，我们这样的家庭理应生活在痛苦中——无时无刻都该痛苦，似乎痛苦才是和病症、异化相匹配的情感，但事实上，即便是我们这样的家庭，快乐和幸福的方式也有很多。我们欢笑，不是因为忽略，甚或遗忘了孩子们斜视的眼神、被刀叉落地的声音吓出的尖叫、坚决不说话的样子，乃至各种各样的怪癖举止；我们必须欢笑，必须像这样三代同堂欢庆佳节，恰是因为我们要给予他们正常的生活。

一顿饭吃了足有三四个小时，最先离开餐桌的是苏珊娜和奥莉薇亚，每晚帮奥莉薇亚洗漱上床都要费点时间。我也跟着去安顿林顿，好在新环境没有让他有什么躁动，我一厢情愿地认为是因为乔迪家的客房非常朴素，几乎没什么装饰品——显然是平日里不用的。让他一个人睡下后，我从背包里摸出他的日记本，带到楼下。

萨布瑞娜刚把一堆碗碟塞进洗碗机，长吁了一口气，看到我递过去的布面小本子，眼睛一下子亮起来。林顿是从一年多前开始写日记的——幼儿园开始教拼写了。既然他带回来的课堂作业都是白卷，我只好给他一本属于他的本子，让他随心所欲地写，但不强求每天都写。他写了什么呢：

> 我一个人出去丢垃圾，没把自己丢掉。
>
> 我在果汁杯子里看到自己的倒影。
>
> 海那边是欧洲。车不能再开了，开进去要湿掉的。

萨布瑞娜看到喜欢的就大声读出来，时不时哈哈大笑。翻完了几十页，又恋恋不舍地来回反复看，最后抬头看着我说道："你一定要耐心地和老师沟通。没有哪个幼儿园老师知道怎样和这个孩子打交道。你看他的日记，他一写就是对的。你和内森都说过，你们没有教过他怎么写，对不对？但他没有经过普通孩子拼写、语法错乱的阶段，如此看来，他的思维异于常人。"

我反倒愣了："这不是他的母语吗，也会错乱？"

"傻瓜！否则要学校做什么？"萨布瑞娜大笑起来，我这才反应过来，我们从小也要学汉字的写法，学组词造句。如此说来，林顿确实没有犯过幼稚的错误！"我在幼儿园教了几十年，我太明白了！每学期结束前，我都会把孩子们容易犯的拼写、语法错误列在纸上，发给每个家长。"

“你太有心了！敦促家长在家里利用寒暑假有的放矢地让孩子练习……”我还没说完，萨布瑞娜又笑起来，连连摇头。

“林，中国的老师是这么做的吗？我们刚好相反！发给家长那张错误列表是为了宽慰他们！让他们看到别人家的孩子也有错，从而理解这是学习语言的必经阶段。”

“他为什么没有经过这种必经阶段？而且他在学校里不会像写日记这样写，任别人把他当傻瓜。”听了我这话，萨布瑞娜在我肩上拍了一下，又用力地摇了摇。一切尽在不言中。

13. 星群分布的知识

圣诞假期里，我看完了游泳冠军菲尔普斯的传记。伟大如菲尔普斯，小时候也因有多动症，常常扰乱课堂秩序，让老师头痛不已。他妈妈怯怯地问：“是不是因为课堂里教的东西他已经会了？”老师回答：“黛比，你儿子不是天才。”

我看到这里，引以为戒，掩卷而思，又想道：也许美国的学校有点过于纠结孩子是不是“天才”。如果孩子真是天才，学校实际上是无法应对的，因为没法按照教材施教，学校面对的是富有多样性的学生。天才要想办法自己学。

所以，放完长假，后援团重新开会时，我在内心不断提醒自己：尽管有些话不得不说，但我不能让别人简单地认定我是自诩为“天才”的家长、盲信“癞头儿子自家好”。林顿是五位专业人士齐心帮助的对象，千可变，万可变，这个立场坚定不移。

可是，我该怎么直白地讲出问题的实质呢？林顿在感官刺激强烈的环境里可能出现视听、肢体感官信息的断裂，遑论集中思想、遵守纪律。林顿不玩他的年龄段该玩的玩具，玩的都是十岁以上少年的玩具；他不做他的年龄段该做的作业，却喜欢做成年人都可能犯晕的题目……坦白地说，我根本不认为这一切是天才的表现。世界确认一个天才需要漫长的时间，而我们现在能确定的只是"异常"；就算有人说他是天才，我也坚持认为：一个生活在迷雾中的天才没什么值得羡慕或夸耀的。

职业老师、语言老师都非常尽职，每次开会向大家报告进展，没有进展就报告教学内容。那时候，林顿会说一点话，语言老师正在教他正确使用"你、我、他"。

"你要上厕所。"

"不是我要上厕所，是你要上厕所。"

"你要上厕所。"

所以，到底谁要上厕所？

特殊疑问句也是一对一教学的重点。你问林顿"哪里"，他常常会答"什么"；问他"什么"，他回答"谁"；问他"谁"，他回答"什么时候"；问他"什么时候"，他回答"哪里"。这个问题我早就发现了，但没有像老师这样密集地调教。

职业老师说，有些孩子回避别人的目光，但视力没有问题，很可能就像天宝·格兰丁书中写的那样：他们这样看，多半是因为这样看得清楚——因为视觉的干扰太多了，比如直视对方的眼睛对他们来说很困难。原因之一是，人类的眼部，尤其是瞳孔始终在变化，不可能稳定不动。"所以，现在我在教他看人的肩膀，下次再教他看人的下巴，一点一点往上移。"这个思路太棒了，我之前完全没有想过！

至于怎么引导他行动听指挥、随大流，大家都说他"需要更多时间"。美国人做事很有条理，每次开会前都事先印好会议议程，留给我发言的时间大概是两三分钟，光是说感谢都不够用。已经开过几次会了，根据我的观察，他们一方面很敬业，另一方面也很刻板——并不只有自闭症谱系的患者行为"刻板"。从某种角度看，任何一种专业培训都在强调特定的刻板行为——他们都会局限在各自的专业领域，不太会主动跳出框框。所以，要把话题从他们擅长的领域拉出来是有点难度的。我在会上察言观色，想要找到最容易理解我、最有可能跨出既定的专业性思维的那一位。

琼斯夫人和林顿相处的时间最多，观察也最全面。比方说，幼儿园大班里教任何学科都是靠剪剪、贴贴、涂色的游戏办法进行，有时候，林顿也会撕开彩纸，贴一贴、画一画。琼斯夫人很负责地记录了林顿的一举一动，以便在后援团开会时向大家报告。"自然课的参与率 10%，艺术课的参与率 10%，英语课 5%，数学课 12%。"说完这些数字，她就合上本子，做出总结，"我想，我们还需要更长的时间，才能看出个中规律。"我不禁想起艾米说过她是"藤校毕业的幼儿教育硕士"，心想，她有一套严谨的办事方法，我很难干涉，也不能扫她的兴。

那就换一个老师吧，旁敲侧击地表达我的想法。这次是特别耐心的语言老师。我说："这孩子整天生活在迷雾中，你们还允许他随班就读，真是付出了十二万分的耐心，我非常、非常感谢你们！事实上，我们一直在观察他，他不迷糊的时候，都是在给他讲抽象的、离日常生活较远的内容。讲抽象事物的时候，再搭配一点符合他年龄特征的内容，他倒是有可能听进去。”

语言老师面露难色：“但是，课堂教学不可能为了他一个人讲别的东西啊。”

“不、不，您误会了。我是在想，也许，可以给他一年级、二年级的课堂作业，看看是不是有助于他集中注意力？”

“可是，他连幼儿园的技能都不会，怎么会做小学一、二年级的作业呢？我们得给他打好基础啊。”

“他会的！你们试试就知道了。”

“就算他知道八加五等于几，他也得理解内在的数学逻辑。只要他不理解，我们就不能不教，这是我们的工作。”

“他未必是不理解，有可能只是一时说不出来，毕竟语言功能和思维功能还没有同步。他一碰到具体事情就犯迷糊。”

这时，副校长插话了：“就学校的立场来说，孩子表现出来的才能才算是才能，表现不出来的，就没法算。”

有那么一刹那，我的脑海中浮现出“应试教育”这个词，仿佛又看到了国内高三时做过的题山题海堆在朴素的课桌椅上，把我们的脑袋都埋在里面。教育体制在多大程度上有助于发掘人的潜能？做个好学生很容易，但要意识到自己的潜能在哪里，并以一己之力最大程度地发挥潜能，却是最难的。任何国家都没有这样的考试能证明这一点。而且，不只是学生们被困在教育体制、考试制度里，老师们也一样。老师往往比学生更希望学生是听话的学霸。

副校长开口总结，意味着本次会议即将结束。

“任何建议都要有可操作性，老师面对一整个班的学生，不只是林顿一个人。我们要找一个切实可行的办法，让他跨出自己的舒适圈，融入集体。”

这番话倒是出乎我的意料。没错，这些老师使出各种办法，都是在让孩子跨出自己的舒适圈——且不管那是自闭症、多动症，还是别的障碍，总之，孩子会以自己的方式让自己舒服。而在这一点上，老师们往往觉得家长总是惯着孩子，让他待在舒适圈里不出来。这恐怕也是家长们的舒适圈：我们总有充分的理由让孩子做或不做某些事。

“舒适圈”这个概念第一次在我的思考域中被点亮了。脑中闪着这个亮点、手里牵着林顿，我走回家时一路低头沉思，好像脚下的方砖缝隙、落叶的锯齿边能给我一些灵感。快到家时，我们又看到那位白人老奶奶坐在门廊的藤椅里，腿上盖着格纹毯。只要不刮风、不下雪，她就坐在那里，看起来无所事事，但在她的头脑里也可能刮着记忆和想象的龙卷风。我们一如往常地朝对方微笑，既不疏远，也不亲昵，符合这个社区邻居间的习惯。“舒适圈”这个概念如今挺流行的，很多人都相信，迈出自己的舒适圈才能有惊喜、有奇迹。但如果你像这位九十岁，甚至上百岁的老奶奶一样，并没有“迈出去”的能力呢？老奶奶的腿脚不再灵便，想当年，她势必经历过突变或渐变的出圈体验：人都要接受从健康到衰老的过程。她选择了在门廊里坐看云起云落，坐等时光流逝——在不舒适的衰老终点找到一种让自己最舒适的存在方式。

假设林顿现在得到了确诊，是否意味着他也没有“迈出去”的能力？还是说，他已经在用他的方式尝试接受现实了？从走进大班教室的那一天开始，林顿就一直在抵抗与生俱来的“不舒适感”：用身体的摇摆，剧烈的动作来分散、平衡感知上的难受。可惜的是，他让自己舒适了，就会让别人不舒适。

再进一步想，舒适圈内的小世界只是平面的吗？不能纵深发掘出惊喜和奇迹吗？在有能力的前提下，用突变、渐变的不同做法——老师在学校里使用的就是这两种办法——或许可以将一部分不舒适转化为舒适，或至少是接受和习惯。从老奶奶门前走过后，和林顿朝夕相处的这五年多突然像快进的镜头，在我脑海中闪现了一遍——我在他舒适的时候背书，我在他舒适的时候留下算术小卡片，我在他舒适的时候教会他肢体接触要有轻重挪移的意识。所以，我一直都会主动地进入他天生的舒适圈，但那不是纵容他停留在圈内，而是在舒适的前提下添加新内容，为他拓展出学习新事物的可能性。我和他都不知道他天生的舒适圈的边界在哪里，只能先摸索，恰如摸着石头过河——踩实了，才能转移重心，再寻找下一个落脚点。也许有朝一日，我们会发现他每个阶段的舒适圈在拓展、挖深之后连成了一片呢！

每个孩子的症状都不一样，好比不同深浅的溪流里，潜藏着不同位置的石头，因此，每个孩子的学习过程也会有不同的起承转合。但对老师和大多数学生来说，河流上已建好了桥梁——基于普遍的教学情况、儿童成长规律做出的范本——作为屡试不爽的通途，这条路快捷，有效，笔直。他们在桥上，看到仍在水流里摸索石块过河的我们，当然会觉得我们是不合格的，简直是落后的土著！没错，这个年龄段的孩子应有的技能，林顿确实大都不会，但他已熟练掌握的技能却根本没机会进入他们的视野。根据以往的经验，我和老师们面临的问题并不只是如何让孩子迈出舒适圈，甚至刚好相反：成年人应该迈出自己的舒适圈，进入林顿的世界，从他已经掌握的技能入手，再把这个年龄段的孩子应有的技能教给他。为什么不能在身处自闭症谱系这条河里的孩子身边开创属于他们的教学场所呢？他们在踩实下一个落脚点前，绝对不会随大流地漂流，更不会举一反三。既然他们上不了桥，也漂不到对岸，为什么我们不能把知识搬到他们所在的那块石头上呢？

所以，我决定先熄灭头脑里被点亮的那盏灯。我决定依然按照以往的办法，帮助儿子进行知识的迁徙。我欢迎新概念的挑战，但也不会轻易倒戈。而且，我不能强求老师们全盘接受我的经验。这些老师不仅慷慨地接受林顿，还尽了努力让他完成幼儿园和小学的衔接教育，就算有认知上的分歧，我仍对他们感激不尽。想到这里，这一天终于可以宣告结束了，我熄灭了床头灯，长长舒了一口气——和自己辩论是很费脑力的，但我又享受自己得出结论的感觉。无论什么事，自己想明白最重要，别人说的未必都是千真万确，因为“正确”是相对而言的。世上没有绝对意义上的正确。

我确证了自己的顽固，也领教了琼斯夫人的顽固。在林顿上小学前，遇到这么一个刻板的班主任焉知非福？班主任和副校长的态度已经很明确了，语言老师和职业老师尽职尽责，但高高挂起，后援团里只剩下教务主任还有可能让我做最后的努力。又一次会议后，我特别跟在她后头，直截了当地问道：“请问一下，我们能不能请学区的心理学专家来给这孩子做个心理测试？”教导主任姓斯塔基，个子很高，是个巧克力肤色的混血，背挺得笔笔直，每次开会都不太说话。她大步流星地朝停车场走去，言简意赅地答道："这个可以办到，我来安排。"我只能停下脚步，望着她走远。

三个星期后，我的信箱里突然跳出一封来自斯塔基的电子邮件，她说："心理学专家安娜·福斯特下周会来学校和我们开会，但我可以在会前把安娜的电子邮件地址转给你……"虽然她没再多写一行字，但我反复读了几遍，意识到我该抓紧这个机会，就立刻回复了邮件。同时也发给了安娜，请求占用她们两位的一点时间，在正式会议前先碰个头，把之前的情况介绍一下。这两位都是爽快人，很快答应下来。但在时间安排上三个人很难碰拢，好不容易确定一个大家都有空的空档，却是周六下午，学校不开门——这下我有点窘了。据说，美国家长在校外请老师喝杯咖啡都有贿赂之嫌，难不成请两位去公园晒太阳？幸好，最后是安娜提议到她办公室楼下的一家咖啡店碰面。

周六下午去赴约，我打好了腹稿，把最想说的话列了个提纲，还带上了两大包林顿平时玩的玩具、日记本和一些算术卡片。我提前了半个多小时到咖啡店，感觉比以前做论文答辩更紧张。先挑中了窗边的位置，又觉得太显眼；再挪到户外面对喷泉花园的一张铁艺小桌，又觉得太闲适；再挪到店内由半封闭隔断围起来的大桌，虽然略感压抑，但这里更适合私密的谈话。

严肃的斯塔基小姐在周六下午依然很严肃，我一看到她，就为占用她的周末时间而郑重道歉。她放下职业女性风格的大背包，反而说道："难得出来喝喝咖啡很好啊！你是妈妈，我是老师，有时候，我们都该享受一下没有孩子在身边的周末。"

安娜博士走进来的时候，花白的细发飘摇在逆光中，飘逸的长开衫也随着洒脱的步伐飘摇在逆光中，就那么几步路，却足以让人感受到她的自信。她进来坐定后，脸上的细纹清晰可见，但碧蓝的瞳孔透着镇定、善意和好奇，生动的神态又会让人忽略她的年纪。我们都要了最简单的美式咖啡，各付各的账。

三个女人相视一笑，没有客套。安娜开门见山地说：“林，我去看过你儿子了，至今为止去看过他三次：第一次是小朋友们在沙坑里玩，他跟旁边的孩子们完全没有互动；第二次是小朋友们唱歌、跳舞，他像木头一样戳在那儿，一动不动，看墙上的日历；第三次是看他坐在安乐椅里面摇，在弹力球上面蹦。我都看到了，看得我心都快碎了！你不要急，慢慢跟我说，他平时在家里是什么样的？”

“谢谢你，安娜，”我不能说“谢谢你心都快碎了”，但这句话就像温厚、有力的掌心覆罩我的心头，“请原谅我对这些公务的安排、流程不太了解，不知道该把话说到什么程度为好。如果说得太多，或是说了些没用的，就请你们直截了当地叫停。”

“学区的心理测试本来就需要了解家庭生活状况的。你不要过虑。”安娜说，“情况描述得越真实，对我们做出正确的判断越有帮助。”

我点点头，安下心来，说道：“要教他这个年龄应该掌握的技能非常困难。在家里、在学校里都一样，表面看来，他既没有兴趣，也没有能力。你就算在后面推他，他也纹丝不动，所以别人会以为他是傻瓜。但是，只要你走到他前面去，让他看大千世界里任何可以教给他、可能引起他兴趣的东西，他就会有反应，跟着你走。这是林顿的一个显著特点。”

咖啡端上来了。我顺手掏出包袋里的笔，在纸巾上画了一个图形：

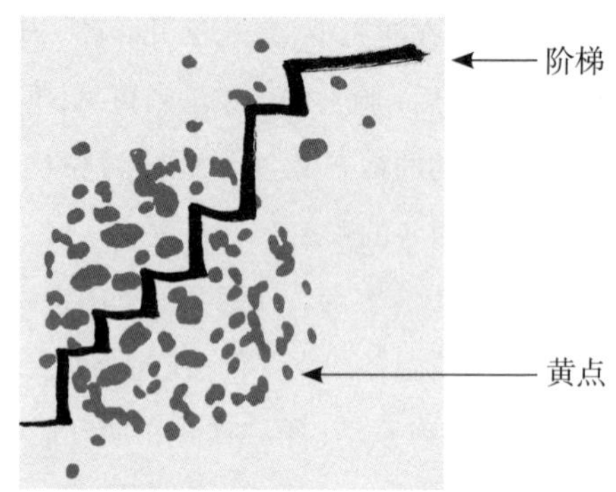

“我想用这条阶梯式上升的曲线代表正常教育机构公认的教学进程，教的知识、技能根据年龄递增，每个年龄段有相应的教学目标。林顿呢，一直在散布的星群里，你们可以理解为那就是他的‘舒适圈’，圈里的黄点代表他学到的知识和技能。但重点在于，这个圈的边际是模糊的，未知的，可变的，随机的，是由这些亮点定义的。所以，事实就成了这样，阶梯和圆圈有可能交叠、重合，但大部分情况下，他游离在线性标准之外。他需要你在圆圈里的任何地方教他，为他点亮灯。慢慢地，一点一点的光亮会连成片，圆圈也会一点点扩大，既向前扩，也向后扩，最后总能照耀到代表常规教育的黑色阶梯线。换句话说，他可能四岁学到十岁的东西，也可能九岁学五岁的东西，最终都能学会，只是顺序不同，我深信这一点。”

斯塔基小姐等我说完，扬手招呼侍应生：“请再拿一包糖给我。”

我笑了笑：“一包糖，两包糖，这个就是我要说的第二个问题——他很容易理解抽象概念、空间关系，却理解不了具体事物。教会他 1 加 1 等于 2 不费事，但教会他一包糖加一包糖等于两包糖，却真是费尽口舌。物事一多，对他来说就是刺激过度，他就在云里雾里了。他需要我屏蔽背景。司空见惯的花花绿绿的儿童图书、配有插图的课堂作业对他来说都不合适，但我在白纸上写题目，无论是填空还是算式，他都可以完成。”

斯塔基小姐点点头：“如果教学活动本身把他送到云雾里去，那就得不偿失了。”

我心想，幸好我们是在校外私下会面，否则斯塔基小姐绝不可能在后援团开会时这么说。我用一种心知肚明的眼神看了她一眼，接着说道：“是的，教他技能固然很重要，但更重要的是尽量缩短他在云雾里的时间。教学的根本目的是要教会他学习，所以我们要研究他的学习模式，而不只是他的社交模式。虽然我们还没得到诊断，先假设林顿和所有自闭症患者一样有社交障碍，不能建立起人与人之间的连接，因而不能听指挥、随集体行动。但我始终认为，从本质上说，自闭症患者是有学习障碍，而社交是学习的一部分内容。福斯特博士，你是专家，就算我有班门弄斧之嫌，也要把心里话说出来。”

“请叫我安娜，”安娜听我说话的表情很专注，现在却用慈祥的眼神看着我，“说心里话就对了。刚刚你打开包的时候，我瞄了一眼，就知道你是认真的。”她瞄了瞄我的大包，“里面都是林顿的宝贝吧，能让我们看看吗？”

安娜的洞察力非同一般。我的大包里确实装了不少林顿的玩具，但都不是那种鼓鼓囊囊的填充玩具，几乎都是纸张。最显眼、最占地方的是他上幼儿园之前就拼完的 350 块拼图，装在纸盒里。安娜看了看包装盒上的图案和说明，打开盒盖，抓起一把细细地看。最乱的是卡片，不同时期用的是不同的笔。大小不同的彩色卡纸上写着题目、单词和答案，包括从吉米的店里淘来的那盒逻辑题，还有我在随手扯下的内森的草稿纸背面出的百位数算术题。最整齐的是林顿的布面日记本，安娜一页页翻过去，发现他很快就从写三五个词进步到写一句完整的话，最近已经连起好几个句子，写出小段落了。最皱皱巴巴的是建乐思拼装图纸，因为用了太多次，折缝的地方都磨白了。原装的图纸是彩色的，但我们买的是二手货，图纸是后来补上的黑白复印件。安娜听我介绍了林顿学会拼装的方式后，若有所思地说："黑白的脚手架图纸，他竟然也能看懂……"

我从包里最后掏出来的宝贝就是林顿爱听的德语 CD。

"这是他在上幼儿园前就听的德语教材，CD 里的老师叫他翻到哪一页，他就翻到哪一页；叫他看哪里，他就看哪里；叫他跟着念，他就跟着念。为什么？因为这是他想学的东西，他在云雾之外，在光点里，他就能听从指令。"

安娜和斯塔基小姐都不住地点头，我和斯塔基小姐都看向安娜，安娜终于问道："林，我知道你在大学里教过书。那么，如果你是幼儿园老师，你会怎么做？"

"大学和幼儿园的情况太不一样啦，我真的没有幼小教学的经验！完全不知道怎么办……我希望把他单独留在会议室里上课，可这不现实。我也希望能把他和大一点的孩子放在一起，比如小学二年级。但除非我自己是二年级老师，愿意接手，否则也不现实。目前唯一可行的做法就是别再强求他剪贴涂色，而是把课堂作业翻过来，在背面的白纸上做同样的题目。我相信这会让他待在云雾之外，也就是说，可以对他施加指令，教他新的内容了。”

安娜安慰说：“这个建议是值得尝试的，你给了我很大的启发。像林顿这样的孩子，以后我们还会遇到很多，我会记住你的建议。我相信，大学教书的经验终究是给了你很多思考。”

我喝了一口咖啡，意识到安娜和我在某些层面的思维方式是一致的。我从来没有机会在琼斯夫人和副校长面前讲述这些，但面对安娜，却有种不吐不快的冲动。人和人之间的感觉实在太微妙了，难以言表。

“不仅是教书给我经验，读书也给了我很多理解林顿学习方式的思考。”在这一点上，我的感受太多了。我是从文科转到理科的，基础专业课都是一板一眼按章节上课的，适合我这种“黑板上有字必抄”的学生。但到了博士生阶段，讨论班的形式比较多，学习变得和以前截然不同——每天都会听到、看到不懂的东西，教授冷不丁让我读二十篇论文，但每篇论文里我能看懂的百不及其一。最笨的办法是线性推进，看懂一句，再看下一句，但这么干下去，你永远也走不到头。我们系里通行的办法是：东看看，西看看，近看看，远看看，仔细看看，随便看看，醒着看看，梦里看看。东西南北中，点线成面，让零散的知识成为系统。但这些琐细的回忆，我不可能在这种场合里对安娜尽述。

我咽下一口不加糖的咖啡，把话题转向今天的主题：“有一阵子我在大学里两眼一抹黑，啥也不懂，也许就在无意间体会到了一点自闭症孩子的感受——他们可不就是找不着北吗？最后能不能找到方向，真的跟智商关系不大。他不需要做通常意义上的‘好学生’，他需要到处看、到处听。”

安娜接上话茬：“事实上，在这种情况下，更重要的是有个‘好老师’。”

我连连点头：“是的！所以轮到我做老师的时候，我时常想这个问题：怎样的老师才是好老师？刚开始出现的大多是技术问题：怎样引入知识，怎样衔接，布置什么样的作业，怎样在作业里插入下一课的内容，诸如此类。还有课堂策略的问题：答疑时间该定在作业截止的前几天？学生纠结于分数，老师该怎么办？简而言之，都是教什么、怎么教的问题。后来，我开始慢慢地意识到：让我感到如沐春风的老师与其说是在教学，不如说是在引领、在陪伴。他们很有学问，却很谦卑，好像教我们这些学生是他们的荣幸。所以，我做老师的时候可能不算严厉，甚至不算恪守规矩。”

斯塔基小姐饶有兴趣地问道：“你教到过林顿这样的学生吗？”

“林顿现在的情况，大学生里是很少见的。但类似的有过一个，很特别，我一直觉得他是老天爷在我短暂的教书生涯中给予我的馈赠。他从不缺课，每堂必到，眼神十分平静，一直望着我。但那种平静很奇特，既不是热切地投入，也不是茫然，你可以说，那是一种没有感情的眼神。但我就是知道他没有听懂。每次测验，满分十分，他只得一两分，但我怀疑也只是他蒙对的。一般学生碰到这种情况就退课了，因为开学三周内可以退换别的课，但他不退，我也不劝退。我想，万一他换别的课也一样呢？他留在我班上，显然会拉低班上的平均分，但那也不算什么大事。就这样过了四五个星期，他还是毫无进展。为了他，我改变了全班交作业的截止时间。我在班上宣布：作业在答案公布后一天截止，你尽可以对着答案改，只不过得换一种颜色的笔，让我心里有数；我会照改过之后的答案给分。学生们面面相觑，简直不敢相信，但试过一两次，发现我说话算话，他们就都改得很卖力。我相信，自我纠错也是一种学习。他们都是大学生了，要是对自己不负责任，只知道抄答案，我只能表示遗憾。我注意到，那个学生始终很诚实，铅笔部分是他原来自己做的，红笔是后来改的。我会在他的每道题里挑出最关键的那一步，画一条波浪线，写个‘好’。这等于是在向他强调：这道题的核心知识点在这里。一开始，这条波浪线划出的都是红字，渐渐地，铅笔字多起来了。反正不管是他自己写的，还是后来改的，我直到学期结束都一直这样做。整整一学期，他从没问过我问题，我也没问过他有什么问题。他没给我写过电子邮件，我也不给他写，除非群发。每堂课上，我的目光扫过全班，不会在任何人身上多停留一会儿，尽量平等地对待每一位学生，也包括他。我眼见他作业上的红笔越来越少，每星期都有进步，最后考试是全班第一，总分 A–。但我对他的态度从没有变过，成绩坏也这样教，成绩好也这样教，我觉得他不需要额外的鼓励和赞扬，他需要的是空间。那时，我还不知道有自闭症这种情况，也许他是谱系障碍的患者，也许是因为别的原因。但我只是出于老师的直觉，采取了这样非同寻常的处理方式。每次想起他，我都会告诫自己：好也这样教，坏也这样教。没想到，这种想法后来应用到了自己儿子身上，也起到了效果。事到如今，我觉得他教给我的已经超过我教给他的了。”

“这是很好的经验，但也是特例。我在意的一点是：事实上，你不知道这个学生的问题出在哪里，所以，你没法采取教条的教学方法。

林顿的问题更多，更像一个大谜团，你就更不能用教条的办法。你做得很好。”接着，安娜问道，“林顿做过哪些测试了？”

我回答，四岁多就在医院专科挂号候诊了，目前还在等。但视力、听力测试都做过了，结果都很好。“我又要在专家面前说蠢话了，其实，我一向都不把测试结果看得很重。美国有个科普作家叫帕格尔斯，他写的《宇宙密码》是我小时候从头到尾看完的第一本天体物理、量子物理科普书。后来我到美国了才发现他已经去世了，死于登山事故，好可惜啊！这位帕格尔斯教授可以说是我的精神支柱，他提到了‘观察者效应’：你看不到微观粒子自在状态下的行为。为什么呢？你要‘看见’，就必须把一个微观粒子打到观测对象身上，它反弹回来的径迹会泄露观测对象的信息。问题是，观测对象本身也是微观粒子，大小和作为观测手段的微观粒子在一个数量级上。结果，观测对象的行为因为观测这个动作本身而发生改变，不观察它的时候它是什么样，你永远也不会知道。最早这是在观测光的波粒二相性的实验中被证实的。后来我做了老师，就更明白了：有人来听课的话，任何老师都不可能和平时的表现完全一样。如果你有经验，当然可以把观测带来的扰动降到最低。但这种方式搁在自闭症孩子身上是行不通的，对他们来说，测试用的微观粒子大得像炮弹，干扰太大了，一炮就把他们轰到九霄云外去，什么都不知道了，原本知道的也不知道了，他们的头脑根本就不在思考状态。所以，坦白说，学校里带回来的测验结果，我并不放在心上，虽然我知道校方设置的测试很科学，但我儿子的脑袋长得不科学，所以是测不准的。”

“有些家长确实很看重测试结果，包括智商、体能等等，各种机构提供的证明。”斯塔基小姐说道。

“有可能，我这样想只是一种自我保护，”我笑着说，“保持自己的精神处于健康、积极的状态。我还记得我第一次看到测智商的题目时很尴尬，因为一眼望去，好像都不怎么会做。后来，我专门研究了一下不同国家、不同机构出的题目，再做起来就熟门熟路了。难道是我的智商因为短期研究有所提高？绝不可能。哪怕不去专门研究，有些人适应能力强，就算前面三道题不太会，第四道就能看出门道来了。所以，这类题目测的是智商和适应力。而且，接受测试这个行为本身，就可以看作是社会性的行为，涉及表达和人际交往。如果孩子不会表达，也不会交往，就无法像普通人一样表现出智能，也无法像普通人那样接受测试。这几年我看了很多关于自闭症的书，我相信，自闭症儿童群体的智能和潜能是同时被禁锢在躯体里的。早些年关于这个群体智商的说法都应该谨慎再议，诸如‘百分之七十智力落后，百分之二十正常，百分之十超常’这样的结论！身为家长，我也常为那时候的家长们揪心——那时的专家们只是简单粗暴地说百分之多少的自闭症孩子智商低下，太不公平了！家长纵有钢铁般的意志，这句话也会渗透到他们的潜意识里去，只会让他们的挣扎更痛苦！”

“你的意思是，应该让家长、老师们更有希望。”安娜帮我做了总结。

“也许，专业书籍上可以罗列另一种数据：用什么教学原则、什么方法对多少自闭症孩子进行了为期几年的干预，百分之多少的孩子响应了这种教育方法，有显著的进步；还有百分之多少的孩子极少或者没有响应。”我一口气说完，意识到这意味着大量的工作，我这么张口就来，实在是站着说话不腰疼，所以赶紧澄清一下，“当然，我没有长期接触过症状严重的自闭症孩子。你们就当我无知无畏地吐个槽吧。”

确实如此，从林顿出生以来，我还是第一次这样敞开心扉地说话。在内森面前，我不能这样畅所欲言，要顾及他的感受和理解力；在远在中国的父母耳畔，我只能报喜不报忧；在学校老师们面前，我要顾念校方的宽容和付出，常常只想大事化小，小事化了。安娜善于倾听，更善于理解。那天她的话并不多，但接下去的一周内，她就安排了一次心理测试，把林顿的结果作为官方证明交给校方。又过了一星期，琼斯夫人破例在后援团开会前单独给我发了电子邮件，说按照我和安娜的建议上课后，林顿不再做那些奇怪的动作了，行动也听指挥了。

斯塔基小姐始终没有在后援团会议上特别提到我和安娜的建议，她总是不声不响，好像她在场仅仅是服从工作需要。整个过程里，恰恰是表面上最沉默的那个人起到了最强大的推动作用。获得皆大欢喜的成果后，她依然保持沉默。虽然我很欣赏她，但等林顿毕业了，我们大概不会再有密切来往的机会，我只能把她的名字列入我们家的圣诞贺卡邮寄名单，希望这一点微薄的惦记能让她知道，我是多么感谢她。

人与人的交往的方法，真的，没有教科书可以让我们照着做。

14. 丹娜的钢琴课

对内森和林顿来说，那年暑假像是分水岭。

内森博士开始找工作，走在迈向大社会的崎岖道路上。卡明斯基教授给他的第一则建议是参加演讲俱乐部。

“可以学到用套话应对陌生人。”内森去了几次，感觉有些收获，“还有闲聊，丹娜是我见过最会聊天的人。”

丹娜负责督导内森所在的俱乐部小组，每次大家围成一个圈开始交流时，她就是主持人。大家轮流走上讲台做五分钟演讲时，她会坐在第一排用眼色、神色给演讲者提示。她让所有人充满信心，她会扫荡各种怯懦。我很好奇这位传说中的丹娜是什么样的人。内森词穷，描述不出来。有一天，刚好看了一部间谍动作电影，他指着屏幕里身手矫健的双面女间谍说：“丹娜就像她，风风火火，什么事都能办成。”

对我们来说，丹娜至少办成了一件大事。有一天，她和内森闲聊：“你儿子几岁了？”

“快六岁了。”

“他喜欢玩什么？”

“做算术、去天文馆、学德语、看芭蕾舞剧。”

“哇！要不要来学钢琴？我喜欢教孩子，你也可以一起来。弹钢琴对孩子很有好处。”

内森不会闲聊，也不会拒绝。回家就问我：“我们的琴呢？”他不说我都忘了，结婚的时候有人送了我们一台儿童电子琴，显然是给未来的孩子准备的。我俩都不会弹琴，那个礼盒一直在壁橱里吃灰，正好，现在可以开封了。

丹娜的家在山里，每星期，内森来回开车一个半小时，陪林顿上四十五分钟的课。在此之前，他们父子很少有这样单独相处的机会，我有意把这个时段留给他们。每次回来，内森都负责把课堂场景描述给我听，就当是练习闲聊——还真是一举两得。

内森描述第一堂课："丹娜弹琴给我们听，认识键盘，认得 C，看看乐谱……先是林顿去壁橱里玩，后来丹娜也进去玩，林顿就弹了一会儿。"听得我一头雾水，壁橱？

内森描述第二堂课："从 C 调开始练音阶……丹娜和林顿聊天，讲笑话，林顿很开心。"

内森描述第三堂课："丹娜教我们怎样用这套钢琴课本，每条练习曲都要跟着 CD 里的背景音乐和指令弹……丹娜说，这套教材的特点在于每首曲子都提供了孩子和大人四手联弹的机会。"CD 里有一位女老师说话、打拍子，语音的裹挟力很强，听起来兴高采烈的。林顿很喜欢放这盘 CD，就像当年他喜欢听幼儿德语教材那样，听到指令就照做，就好像在和人四手联弹，完全不用我们指点。

仅仅过了一个多月，林顿回家弹琴时，内森便会在一旁热情高涨地纠正："你的节奏不对。"我支起耳朵一听，明明是内森的节奏有问题，林顿的倒是一板一眼。我不想浇灭内森的兴头，又好奇丹娜有什么法宝能让这对在他人面前木讷的父子这样兴致高昂。终于忍不住问道："你们下次能带我一起去吗？"

就这样，我见到了传说中的丹娜，尽管有电影打底，见到真人时我还是惊呆了。理论上，我知道世间有这样高能量的人，但真实生活中从没遇到过，更不用说交往了。她不只是"风一样"的女子，而且是"龙卷风"，全凭个人魅力裹挟周围的人和她一起前进，谁也没有抵抗力，包括我，任由自己被卷入她的龙卷风。丹娜的言行举止利落又精准，讲求效率，尤其善用表情和肢体动作增强沟通的效率，但又不会给人招摇、炫耀或浮夸的感觉。我相信，这是一种由高情商、高智商教养过的天赋。我说我实在好奇，所以来旁听。她说，不要旁听，你也来学。我说我没有音乐细胞，学不会。她说："学不会？不可能的！"

她正是我心中实践"不当一回事教育法"的执行者典范。我第一次进丹娜家，最关心的不是客厅里的立式钢琴，而是壁橱。"我听内森说，林顿喜欢在你家壁橱里玩？"她听了直笑，把真相描述给我听："第一次来，林顿像只小猴子，把爸爸当树爬，吊在内森身上不肯下来，也不肯正眼看我。我就逗他，说我家有个特别好玩的壁橱，你要不要钻进去玩玩？这孩子果真就去找壁橱了，钻进去，但不把门关死。我也不去管他，就开始弹琴，教内森从C调开始练音阶。过了一会儿，我觉得大家都进入状态了，再回过头去对他说，我也想去壁橱玩了，咱俩换一换，你出来弹琴，好不好？他没吭声，我就接着弹，过一会儿再去问他……问了三次，他就出来了。"

这场景里的林顿，和圣诞节慢慢靠近我的奥莉薇亚简直如出一辙。丹娜的做法，和我当时的反应也几乎是一个套路。我一时感慨，反而不知从何说起。

不管我脸上挂着怎样矛盾的表情，反正，丹娜看懂了，像是宽慰我，又像在开玩笑地说道："什么样的孩子我都教过。如果你情感太丰富，太脆弱，太自我，常常会被这样的孩子伤到心。我大概是铁石心肠，没心没肺，随便他们怎么欺负我，我都铁了心要教他们——这是我的快乐。更何况，孩子们并不是要欺负谁，或是故意不听话，他们只是听从自己的本性。"

丹娜的身高和内森差不多，那个壁橱不足一平方米，里面挂着雨衣、外套、帽子、雨伞，地板上还堆着几只鞋盒。我想象着：丹娜和林顿终于换位了之后，林顿大摇大摆坐上琴凳，丹娜弓背屈膝窝在壁橱仅有的空间里，隔着半个房间教这孩子弹出了人生中第一组音符。“让我看看——你有几根手指？很好。大拇指动一下！食指动一下！中指！无名指！小指头！太棒了，都很好使！现在，看爸爸怎么弹 do、re、mi、fa、sol……内森，让林顿也来一遍 do、re、mi、fa、sol！”

再过一堂课，丹娜和林顿终于坐到一张琴凳上了。丹娜说：“把屁股往那边挪挪。”林顿没反应，“把小屁屁往那边挪挪。”还是没反应。接着，语言大师丹娜一口气试了七八种表达“屁股”的词汇，有正经的，也有粗俗的。至于林顿是听到哪个词突然笑出声的，丹娜自己都忘了。

“小孩都这样，觉得和屎尿屁有关的说法特别滑稽。”

传说中高雅的钢琴教育就这样开始了。整个暑假里，林顿起床就去弹琴，弹几遍再吃早饭。有时兴致来了，索性把 CD 从头听到尾，边听边跟着指令弹奏，根本不管丹娜有没有教过。

林顿六岁了，终于全方位开窍了。艾米、琼斯夫人和安娜等老师用不同的方式让他适应了学校教育；丹娜的游戏式授课让他更习惯于听从指令、和老师互动；粘住游戏和弹钢琴都很明显地增加了他的肢体谐调能力……当然，他还是不能直视镜头和对方的眼睛，听不懂同龄孩子能听懂的玩笑，在公众场合依然会坠入云雾，偶尔还会突然委屈地哭泣，没人知道是为什么。但回想区区两年前，他还是大手医生眼中没有开口、无法沟通的“准自闭症孩子”，我已经觉得很满足了。尤其，我坚信丹娜功不可没，她用龙卷风把他从自闭症的云雾里吹出来，用音符把他拉进现实世界——事实上，丹娜是林顿在家庭成员之外交到的第一个朋友，哪怕他每天长时间和幼儿园师生共处，也从不曾和他们有过和丹娜这样的亲密互动。

刚开始，林顿很怕丹娜养的两条大狗：金毛丹尼和德牧裘狄。每次上课，丹娜都会先把两条狗关在另一个房间里。前几个月，我只是隔三岔五地跟他们一起去，一来是不想打扰宝贵的父子时光，二来总觉得自己没有音乐天赋。直到内森开始为新工作忙碌了，我才正式接班，成为每次都去的陪练。等我加入钢琴课时，林顿已经不怕两条大狗了，进门会喊它们的名字，和它们打招呼。弹琴的时候，丹尼就趴在他脚边，他的琴声停下来，丹尼会吐着舌头抬起头，冲他摇摇尾巴，他就接着弹。

林顿的日记里出现了更多内容："我把小舞曲弹了三遍给丹尼听，它一直摇尾巴，我就弹了第四遍。"

"丹娜请我吃了冰激凌。我第一次吃到坚果味的。但我还是不知道什么是榛子。"

"丹娜今天送了我一盆红色的小花。我们学了一首名叫《太阳花》的新曲子。"

我加入钢琴课的时候，内森和林顿都能在丹娜的带领下四手联弹最简单的曲目了。为了向我展示林顿这两三个月来的学习成果，丹娜坐在左边低音区，和林顿合奏了一次，我当场惊呆了！丰富和谐的两组乐音像藤蔓交织，丹娜弹奏的伴奏精妙高超，跌宕起伏，林顿每天在家跟着 CD 练习的主旋律部分虽然简单，但完美契合了伴奏，不只是流畅，还很有力，更灵动，也更有轻重缓急。我不得不承认，当我得知家里那台电子琴弹不出强弱时，曾经恬不知耻地对内森和林顿说："你们就靠手指的感觉假装有强弱吧，等以后你们练好了，我们再买丹娜家那种立式钢琴。”虽然我没有写日记的习惯，但当天我就下了决心：“开始攒钱吧！我要给他买一架真正的钢琴。”

又过了一两个月，我也能和丹娜四手联弹了，忍不住对丹娜自嘲道：“我就说我没音乐细胞吧，学是学得会，但怎么弹都没有林顿和你弹得好听！”

丹娜说：“那是因为你觉得我的伴奏是一种干扰，光想着不要被我拉过去、不要弹错，没有跟合奏者发生互动。林顿不一样，他很放松，不怕弹错也就不会弹错。关键是他的耳朵一直在听我弹出来的声音，我变，他也跟着变。你们说他有点自闭症，但他以最最精细、最最微妙的方式和我发生了互动。”

15. 我们要去澳洲了！

那个暑假，林顿有了新爱好，内森有了新去向。

内森做了多方尝试，天天在家寄简历，时不时参加一次面试，也勤勤恳恳地去演讲者俱乐部做口头强化训练。但这明摆着是临时抱佛脚，如果他面试的时候照样木讷，缺乏眼神交流和表情控制，不擅长自我表现或闲聊，我也不会觉得意外。波兰导师玛格丽特“送佛送上西天”，眼看着他找工作半年多无果，索性亲自出面，把内森介绍给她在澳洲的一个朋友。面试是通过电话完成的，书面材料都用电子邮件沟通，这对内森来说简直是最完美的面试方式，几乎完全规避了他的弱项。

很快，内森确定拿到了在澳洲南部某个公立大学做课题研究的工作内定，而且不用教书。我们终于松了一口气——已经半年多没收入了，一家人坐吃山空，要是内森还找不到工作，别说林顿的钢琴，就连林顿的早餐都悬了。

原本没方向，一夜之间，却发现我们要飞向南半球！我们三个都兴奋难耐。我开始看游记，特别是外国人写的澳洲游记，因为本国人习以为常的东西在外国人眼里会显得妙趣横生。我更爱看澳洲名人传记，一本传记贯穿几十年，和生活相关的细节更丰沛，要看当地风土人情，传记远比历史书直接。

每天早上，我打完太极，林顿练完钢琴，一家人坐下来吃早餐时，讲的都是澳洲趣闻。墙上本来就有美国地图，现在并排挂了一张澳洲地图。

“林顿，你看澳大利亚有多大啊！开车狂奔一千英里，还没出一个州！一千英里有多远？搁在美国的话，从芝加哥到波士顿，从波士顿到亚特兰大，都差不多一千英里，经过好几个州。”

“内森，你想象得出来吗？澳洲的无人区太大了！这本书上说，奥姆真理教声称在澳洲中部荒原里试爆了一颗迷你原子弹。澳大利亚官方回应：‘还有这事儿？’不过，我们好像是测到过一次来历不明的地震。”

每天都有新名词解释给林顿听，每天都有新故事讲给内森听，我们都像要去郊游的小学生那样开心。尤其是他们俩，一定是发自内心地激动，因为他们装不出眼神里的光、嘴角的笑。以前，只要有人在校园里随口问内森“快毕业了吧？”，他都嗫嚅着不知怎样回答，表情沉重又纠结。人家本来只是路过，这下可好，反而要停下来，听他局促不安地解释。我跟内森说了一千一万遍了，人家只是寒暄，简短回答就行了。

“哪怕你的回答中没有实际有效的信息，也没问题的。”

他不解地望着我，仿佛在问，无效沟通的意义何在？

我只好继续提示：“你就说，嗯，快了！”

“可我不知道还得过几年。我的情况不是‘快了’。”

“内森，别人不需要知道连你也不确定的详情，人家不是来查你进度的。只是向你问好，打招呼。”

“那他为什么不说‘你好’，却要问毕业的事呢？”

就是这样，内森学不会糊弄，包括寒暄中的问题也必须如实招来。后来毕业了，别人问“工作找得怎么样了？”他一样原地立定，纠结得不知从何说起。现在可好，不出三两天，连学校食堂的人都知道我们要去澳大利亚了！没多久，别人开始问他：“什么时候走呀？”他会确凿地回答：“十月的第一个星期。”没错，我把机票都订好了。

然而，偏偏是这个确凿的回答遭到了现实无情的反驳：我们全家人的签证都没下来。美国人拖家带口去澳洲工作需要全家一起申请签证，也不知道我和内森填写的材料上有哪一项不符合要求，结果移民局通知我们要接受二次审核。所以，十月的第一个星期，家里的东西几乎都打包了，我们却依然坐在空荡荡的家里边吃晚餐边说书上的澳洲趣闻。

“你们说，人和牛比，谁爬山灵光？”

内森和林顿异口同声地问：“牛会爬山吗？”

“听好，1788 年第一艘英国来的船在今天的悉尼附近登陆。船上二十四头牛过海时死了一半，上岸后水土不服又死了一半，还剩几头？”

这道题目里有太多具象的形象，虽然有数字，林顿却反应不过来。我随手拿起纸笔——餐桌平时就堆满了我们的草稿和笔筒——画了一张简笔画，一边画，一边把题目重复了一遍。他明白了，答道："还剩六头。"

"对，六头。不幸的是，有天早上，人们醒来发现围栏坏了，六头牛全跑了。你说，他们是什么感受？"

提到情感、感受，林顿就瞬移到云雾里去了。内森在一旁说："他们一定很难过、很失望，甚至是绝望。没有那几头牛，他们可能活不过冬天。"

"倒还好，人们活下来了。但之后的五十年里，这批人想尽办法想要翻过悉尼附近的一座大山脉，看看西边什么样。等他们最终找到一条路翻过去的时候，简直不敢相信自己的眼睛……你们猜他们看到了什么？"

父子俩都茫然地看着我，想不出答案。

"满山遍野的牛！全是那六头牛的后代，人家半个世纪前就翻到山那边去了！现在你们知道了吧，牛比人更会爬山！"

趣闻和审核同步继续，迫在眉睫的问题是钱。签证官没有告知调查需要多久，只是让我们等。在被迫滞留期间，我按照规定做了全套体检，先确定一切符合要求，再签订协议，指定我在到达澳洲的两周内与当地卫生机构联系，做定期检查。签证官肯定不知道我们等到钱袋子都见底了。有一天，等林顿睡了，我问内森："要不要去申请失业救济？"他不肯，我再问，"要不要去领低保？每月能有一百块钱左右的食物券。"他说："如果只是吃饭的小钱，还是我来想办法吧。"

我想破头也没想到，内森一起床就去我们家斜对面的药店，问人家要不要帮忙卸货、上架什么的打杂工。也许他在读书时代做过这类活儿挣零花钱，在这一点上，美国小孩确实有经验。药店老板要帮手时，每次给他十块、二十块，他干完活儿还会在店里买点牛奶、面包和鸡蛋回来。我第一次吃到老公用体力活挣回来的面包时，忍不住拍拍他的肩膀表扬了一番："真没想到你这么能干！"我的赞扬是真心的，因为他不清高，也不懒惰；他听了之后露出的喜悦表情也是真心的，因为他成功解了燃眉之急，也得到了认可。

倒霉的是，提前订的廉航机票是不退不换的，我们实在没辙儿了，才去跟朋友借了五千块钱。熬到十一月底，内森的工作签证先下来了，我和林顿的还要等。就这样，内森先飞去了澳洲。挣钱要紧。

又等了大半个月，我们母子俩才拿到签证。我带着林顿和大学城里所有认识的人一一告别。这个地方很小，银行、邮局、药店、书店、比萨店、二手店都有叫得出我们名字的店员。这大概是我带着林顿做过的最勉强他的事了，他扭扭捏捏的，不想开口道别。我对他说："我们应该好好道别，有这么多人喜欢你啊。你哭、你叫的时候，他们都很关心你，你不能不告而别啊。不告而别就是，突然从某一天开始你不去了，他们见不到你了，会惦记的。"

走到药店，我特意找到平时和我们熟络的胖店长："几个月来，我先生承蒙你们关照，经常来做点小事换点面包，谢谢你对我们全家的照顾。"店长是个有啤酒肚的中年秃顶男子，以前我们常在教堂里看到他。他笑着摆摆手："街坊邻居好几年了，看着你们把小家伙带大的，这点小事不算什么。你们终于能去澳大利亚了，真替你们高兴啊！"我忍不住问出心头一直以来的猜测："你不会是自己掏腰包给他工钱的吧？"他笑着不肯开口，但我已经明白了。我只能握住他的手再三感谢，"上帝保佑你这样的好心人！"

16. 诊断

这时候，林顿已经上小学一年级了，教学楼就在幼儿园旁边。他没有太多不适应的表现，除了依然不怎么做课堂作业，大抵平安无事。至少，班主任没有在第一学期里单独约见家长。等到过完圣诞放寒假，我们在儿童医院排了两年多的号终于等到了！

诊断共分三次，负责的医生姓哈曼。第一次，哈曼医生主要听我和内森谈孩子的情况，林顿也在场，但不需要他做什么或说什么，哈曼医生只是不声不响地观察他。内森坐在我身边，基本没怎么说话，也几乎没有正眼看过医生，他的眼光始终悬停在医生办公桌面下的某处。一开始，他的嘴角挂着一丝微笑，看似礼貌，看久了却会让人觉得虚情假意。等我讲到林顿的一些明显症状时，那一丝笑意也荡然无存了，虽然这是他专注参与的证明，但我不能确定医生是否也有同感。他会觉得这是一个冷漠的父亲吗？

还没等到第二次诊断，内森就飞澳洲了。幸好，第二次只需要测试林顿。上半场，哈曼医生把林顿领到一间有玩具的房间，观察他怎么玩；下半场，哈曼医生也进屋了，一边陪他玩，一边观察他和自己的互动，并且让林顿做了些测试题。这次诊断持续了足有三四个小时，然后哈曼医生还要和林顿聊天，做测试记录，在一沓测试文本上填写表格、画勾画叉，整整用了一上午。最后，哈曼医生要和我详谈，但预定给我们的时间已经到了，该说的话还没说完，医生索性邀请我们去医院的食堂，和我边吃边聊。

哈曼医生仪表堂堂，四十出头，胡子刮得非常干净。我原以为我们之间的谈话属于问诊的一部分，却不料他说道："诊断到此为止了，你和老师之前填的表格我也都收到了。我回去写报告，下次你来听报告，结果和学区心理学家半年前的测试结果应该不会有太大出入。现在，我有一个非同寻常的建议，你来给这里的医生、家长做个演讲吧！这是一个自闭症谱系干预成功的个案，非常难得，你应该分享给大家听。"

我大吃一惊。哈曼医生不经意间确定了林顿属于自闭症谱系，这完全在我的意料之中；但是，要给医生和家长做演讲，这似乎大大超出了我的资历范畴。

"哈曼医生，先谢谢你的邀请！但这样的演讲要很慎重，我恐怕不行吧——我儿子今天才确诊，之前我对自闭症谱系的了解很笼统，有时甚至故意不去钻研，是完全任性的、独家的干预方式……"

"正是因为如此，我们才需要了解。"哈曼医生微笑着打断我，"每个孩子、每个家庭的状态都不一样，但专业书籍讲的都偏重理论，大家都需要了解怎样把理论付诸实践，怎样引导开创性思维。"

"你就不怕我误导别的家长吗？"我得把丑话说在前面。

哈曼医生笑了："演讲是分享，又不是洗脑。我打算邀请的听众都有自闭症儿童干预、教育的亲身体验，放心吧，他们和你一样是照护者，对他们实际操作有用的内容，他们会听进去的。你只需要坦诚地介绍你如何照料、教育林顿的就可以了！重在交流。"

这下我词穷了，不知道还能怎样推托。美国社区文化里历来都有集体分享的传统，戒烟、戒酒、戒毒、心理创伤、重症康复、单亲家庭困境、家暴创伤……针对各种人生难题都能开分享会，大家围成圈，坦承郁结的心事。我一向赞同这样自发的心理治愈法，现代社会看似到处都是信息平台，但能让人畅所欲言的机会少得可怜。像我和苏珊娜这样的母亲都没有参加过这样的社团，深知独自摸索的辛苦。所以，还有什么理由拒绝呢？

只有一个问题——我和林顿下周就要飞澳洲了，显然没有充足的准备时间。我把这层顾虑讲给哈曼医生听，他思忖了片刻说："只要你愿意讲，我立刻来安排。只是，因为通知得急，如果人来得少，请你别介意。在我看来，哪怕只有四五个人听到也是有意义的，尤其考虑到你们要去澳洲，不知道什么时候才能再见面，这个机会太难得了。"我就跟他约定了日期：在我们出发前一天的晚上先听完他的诊断报告，我再给大家做分享。

心头压上这么一桩大事，七上八下，忽而觉得有千言万语要说，忽而又觉得该谨言慎行。转而琢磨哈曼医生的话，我突然意识到，我并不知道安娜给学区的心理测试报告上是怎么写的。虽然冒昧，我还是兴冲冲地给安娜发了一封邮件。一是告诉她，林顿即将得到确诊，我们拿到诊断就要去澳洲了；二是约她再次见面，请她为我的分享演讲提点建议。安娜仍是超级爽快地答应次日下午就见面。

还是在那家咖啡馆，但这次只有我们俩。安娜一看到我就笑着说："恭喜你们！内森要去南澳大学教书了，太好了。不管是惊喜还是惊吓，都会是难能可贵的经验！"

"事情往往就是这样，要么等两年，要么所有事情挤在一起！这次有点突然，真是不好意思。"

"是啊，你们终于等到了确诊，马上还要去崭新的环境，真是冥冥中的安排！"

"只是如此一来，答应哈曼医生的邀请显得太仓促了，我都不知道该如何准备。难得有机会，我是很想好好分享交流的。想来想去，我必须要向专家讨教，你就当我是来抄作业的吧。”

“好像是我和哈曼在抄你的作业啊！”安娜开了个玩笑，自己也哈哈大笑，“半年前我给学区做的测试是有版权的，所以，我不能告诉你测试了什么内容，测试后也不能把报告给你看。但请你相信我，你之前的自述起到了关键作用，我都写在报告里了，哈曼医生一定注意到了。”

“没关系，不用违规告诉我。”这我懂，不能为难人家，“过几天就能拿到哈曼医生的诊断报告了。事实上，什么样的结果都吓不倒我。”

“也不会有哪个医生比你更了解林顿。我听了你的建议，把测试安排在干扰因素最少的会议室，他的表现确实和在教室里截然不同。那时，我就相信你的话是对的。”我想感谢她替我把话说出来，让校方明白我当初的意思，但我刚一开口，她就摆摆手，“同样的话，不同的人说出来，分量就不一样，这很正常。”

“对于一种不普遍的现象，让大多数人接受我的一家之言是很难的。”

“也许一开始会很难，但总会有同道中人的。我还想告诉你呢，那天的分享会我也会去。我当时做完测试就相信，这很可能是自闭症干预成功的个案，不常遇到。我想要尽可能地多听听你是怎么做的，你可以在演讲时多讲讲细节，就是你所说的‘一家之言’。”

“安娜，我倒想先听听你的意见。我总觉得，在自闭症这个问题上，我是很不专业的。”

“作为心理医生，我没有医院做诊断的那种专业资质。我给林顿做的是自闭症倾向测试。他的倾向很明显，这和肉眼观察得出的结论是一致的。但是，他的机械记忆能力远超常人，这个优点以后应该善加开发。他还有一个很明显的优点：他的适应能力非常强，强过一般人群。这是教育的结果，你应该为自己感到骄傲。”

“机械记忆……你这么一说我想起来，幼儿园老师常常问：‘这个书包是谁的？’‘外套、鞋子是谁的？’‘饭盒是谁的？’别的小朋友一问三不知，他特别起劲，扫一眼就知道了，罕见地愿意说话，也许是这个原因？”

“原因或许很多，只是我们无法确定。”安娜轻叹了一声，“这些年自闭症孩子越来越多，但我们对他们的认知并没有相应增加，干预教育的效果也并不显著。所以，我挺想知道你是怎么教的，同样的方法能不能应用到别的个案上。分享的目的就在于此。”

“安娜，你大概已经猜到了，我是把他当博士讨论班的学生去教，不做测试，抓大放小。”

“什么叫‘不做测试’？”

“就是不对话，不强求孩子给出正确的反馈。普通孩子通过对话来学习，对他来说却等于是要他用尚未掌握的技能去学习新技能，这是无法做到的。比如教他认星星，我们只管说，每次都说差不多一样的话。我们不去问他，这是什么，那是什么。他记住了没有，什么时候记住的，我都不关心。一开始，我们就是这样撒网式地教，很像教授一下子扔给学生几十篇论文，学生看得一头雾水，但终究是会捞到新知识的。”

“但你怎么知道他学会了呢？”

“会知道的！比如我们看芭蕾舞剧的时候，我也会撒网，告诉他穿长裙的是浪漫主义，穿超短裙的是古典主义，浪漫主义在先，古典主义在后。每次看都说，但我从来不对他提问。后来有一天，他主动问我，妈妈，为什么这里面长裙、短裙都有？我就知道他理解了，还学会了问我问题！那时候再针对问题解释一番，至于他有没有听懂或记住，我其实一无所知。后来再看到长裙、短裙都有的舞剧，我也不去考他。但他自己会说，又是长裙、短裙都有。”

“我明白了。但是，你总不问他，他怎么学会有来有去地跟人对话呢？我不是说你做得不对，但我和别的家长会有这种困惑。”

这是个好问题，我回想一下林顿的学习情况，回答：“在林顿这里，我希望学习外语能对这个问题有所帮助。他爱上德语是出于偶然，完全不在我们家长的预计之中。但我很好奇，就去观察他是怎么学的，也回忆了我自己学外语的经历——学外语的时候，场景都经过简化，词汇量受到控制，对话符合现实生活中的基础模式。相比之下，教他怎样用母语学习进行对话反而更方便一点。但现在林顿的德语学习刚开头，对话也很简单，要再过一段时间，才能看出对现实对话有没有显著影响。”

“那么，你设定的大目标是什么？所谓抓大放小，是说小事就能忽略掉吗？”

“做父母的对孩子都有期待，但很多书上会提到，得知孩子有自闭症后，有些家长希望‘他长大后能养活自己’‘他能开口说话就可以了’‘只要他快乐就好’。我的内心就有种抵触感，觉得他们强迫自己故意放低了期待值。反过来，很多正常孩子的家长有另一种期待，我也很抵触，比如‘我孩子要在几年后考钢琴八级’‘我孩子以后要读藤校’，我又觉得他们设定的期待值太具体了。我给林顿设定的大方向很简单：保持学习。只要他一直在学习，不管学什么、用什么办法学，只要在学就好。至于具体的小目标，好比一城一池，攻下来当然好，但要具体情况具体分析，暂时放过、绕过都问题不大。比如他不会做弧线运动，我注意到了，就想办法，有意识地把这个概念教给他。至于他什么时候能彻悟，甚至身体力行，我没有设限。就像橡皮筋一样，有些小事，要给他弹性的学习时间和空间。”

“弧线运动，这个细节有意思。你那天可以跟大家讲讲！”

“好呀！这个学习过程挺有趣的，表面看来东拉西扯，都是八竿子打不着的事儿凑起来的，结果却很有效。”

我琢磨着要不要先跟安娜预演一下，她却着急问出下一个问题：“你上次说过，你的教学重心不在社交，而在学习，哪怕完全不涉及人际交往，任何知识都是有益的。为什么你认为学习的重要性大于社交？这和很多人的常识是背道而驰的。”

这又是一个很好的大问题。我有点开窍了，安娜是在指引我归纳出一些大家特别感兴趣，或是特别困惑的问题！我感到自己得了鼓励，更想和她交流了。

“对于任何人来说，社交都是需要学习的。但有自闭症的人，首先要学的是学习本身。我想，我在某个时刻思考过这个问题，并且做出了自己的重要性排序：学习排在首位。而且有个适应的过程，无论学什么，谁都不是一下子就会的，总要试它几下子。这‘几下子’就是在适应。在我看来，适应能力是一项‘元技能’，先天高于其他技能，相对而言比其他技能更单纯。一开始是顺应天性的反应，后天加以调教，适应力就会增强，适应面也会拓宽。所以，早在林顿对外界指令毫无反应的时候，我就把社交、互动这些技能的学习都排到后面去了。很显然，我们不太可能让他先去适应环境、适应他人。对林顿来说，培养适应力，尤其是适应学习的能力是当务之急。中国古人早有‘举一反三’‘触类旁通’之说，说的都是适应和类推对学习的重要性。”

“我明白了。缺乏互动、交际能力低下总是让很多家长揪心，既然你思考过这个问题，不妨也跟大家谈谈。还有，你说他擅长抽象思维，这也是自闭症谱系内的人士的一大特征，那么，对于口语都欠缺的儿童，你怎么让他迈出从抽象到具体的那一步？”

“我一直在苦苦思索这个问题。我现在的做法是让他接触介于两者之间，‘不太抽象，也不太具体’的东西；或者说，尝试帮他建立抽象和具体之间的桥梁。在这方面，事实可以证明，时下流行的幼教对自闭症儿童的用处不大。我倒是觉得，也许艺术对他们来说会起到桥梁的作用。比如芭蕾，从剧情到舞蹈动作，都是对大千世界的高度抽象化。一开始他看不懂，看到的只是肢体动作，有些镜头里甚至只能看到色彩和几何排列；等到看熟悉了，我会把芭蕾舞程式所代表的现实中的具体物事告诉他。”

“这么说来，建乐思模型也是很好的桥梁。很多自闭症谱系的孩子特别擅长搭乐高这类的模型玩具，他们中的一些人在视觉思考方面很突出，在机械设计、空间想象方面有优势。”

“是的，更妙的地方在于，图纸是抽象的，搭出来的东西就不那么抽象了。可以拿在手里玩，可以堆在地上成为仿真的古堡、工厂、轨道……这个游戏行为，事实上就是游走在抽象和具体之间。我还会有意识地带他去看，比如他搭出了一个有烟囱的工厂，我就在报纸杂志或网络上找到类似的实景图片给他看；他搭出了一辆大货车或救火车，我走在路上看到时就会立刻指出来，让他好好看看实物。总的来说，从抽象跨越到具体的过程，与其说怎么教很重要，不如说经验的积累最重要。所以，我总觉得让孩子多见世面、多些见识是有用的。要不，这部分讲不好，我就不多讲了吧。说到底，我是门外汉啊！”

安娜连连摇头：“你怎么是门外汉？你只是没有心理学或特殊教育的证书而已，但你这五六年来每天琢磨的、实践的恰恰是心理学家、特殊教育学者们的分内事，而且，你比专家们拥有更直接的第一线照护体验。很多家长是被困在照护自闭症儿童的苦海里了，很难再腾出精力去思考理论。你的路还很长，靠自己思考就有这些真知灼见，已经非常不容易了。但我们实话实说，还有许多东西要一样、一样地教给林顿，有时甚至会出现反复，你的任务还很艰巨。但我相信你走在正确的道路上了，你要相信自己。我很高兴能因为林顿认识你，也很遗憾你们马上要离开这里了，我有个小小的请求——”

“只要我能做到的，一定答应。”

“请你继续和我保持联系，就像朋友之间那样。”安娜又露出和年龄相称的慈祥的笑容，“林顿去澳洲之后的进展，我很乐意跟进了解。还有你，虽然你很会照顾自己，但如果你遇到自己不能化解的事，也可以跟我说，跟朋友说。”

那天我们告别时互相拥抱，相约下周在哈曼医生组织的分享会上再见一面。

到了约定的那天，我先把林顿寄放在丹娜家（从这孩子出生到现在，每个夜晚我们都是一起度过的，那是第一次我留他在别人家），再去哈曼医生的办公室，郑重地接下林顿的诊断书。一翻开，映入眼帘的就是“阿斯伯格综合征三级”这行字。按照惯例，哈曼医生简短地把诊断书的重点一一讲给我听，最后给了我一份厚厚的资料，列举了美国医学机构官方认可的、给自闭症谱系儿童家长的专业参考书籍，以及特殊教育机构和各类社区援助机构的联系方式。

然后，我在哈曼医生的带领下，走向他预定的医院报告厅。“大约会有六七十位听众，”哈曼医生对我说，“其中十多位是医生，还有五六十位都是自闭症谱系儿童的家长。”

17. 方法论

“我们都是含有1亿亿个细胞的有机体，几乎每个细胞都包含2米长的DNA，如果把人类体内所有的DNA连成一条线，总长约为2000万公里，而地月距离才不过40万公里左右！人类1953年才发现了DNA，每组DNA由4对交错的链状环扣构成，人体基因组中的碱基共计约32亿个，足以产生103 480 000 000种组合，亦即每个个体都如此独特的原因。人类对这千亿种可能性的探索刚刚起步，此外，对大脑的研究也仅处在初级阶段。我们因为一个共同的课题相聚在此，我们都是自闭症谱系人士身边最亲密的人。我不指望在2000万公里的漫漫长路中找出一条所谓既定的正确路线，因为那未必存在，我要与大家分享的只是一个自闭症谱系儿童的母亲的探寻之路。”

这样的开场白之后，我简单介绍了自家三口的情况，再把林顿从两岁到六岁间符合自闭症诊断定义的表现罗列了一番。很多家长会在听到某些描述时点点头，显然和我有过类似的体验。

“我发自内心地相信，自闭症患儿等待着我们去发掘他们的智慧。

他不说话不一定代表不明白，他没反应也不一定代表什么都没发生。我们一定要耐心。在等待孩子确诊的阶段里，我看了很多书，做了一些尝试……”

背诵稳定情绪法

首先介绍的是林顿三岁时，我采用的“背诵稳定情绪法”。

“不是念儿童读物，而是念经典，念到你自己会背。平时，在他耳边像放背景音乐一样轻轻念，他出门害怕的时候，你就抱着他背。他能记住什么，我并不知道，坦白说，我也不在乎。这件事的重点不在于增强记忆，而是塑造情绪和感知的氛围。我听到他从头到尾背过的只有《琵琶行》《桃花源记》《阿房宫赋》。自家开车长途旅行的时候，我俩就在车里大声背《琵琶行》，他爸爸听不懂，反倒可以安心开车。后来，他想调节自己情绪的时候也会背书，口中念念有词，自己安慰自己。有一次，幼儿园组织亲子活动，我带他去参观印第安人小道，他在一片树林里突然无缘无故地哭起来，越走越慢，然后就‘六王毕，四海一。蜀山兀，阿房出’地自己背起来古文来。我没法催他，我相信各位都懂，对待这样的孩子，口头催，乃至手脚并用地抱起来走都会加剧他的情绪波动。但我们也不能离开大部队太远，我正为难呢，发现前面还有一个掉队的卷发小男孩，也在那里抽抽搭搭、自说自话。他妈妈也陪在旁边，对我苦笑着说，我家小孩一不开心就自己背书，念念叨叨的，打扰你们了。我也苦笑着说，真的没有打扰，我家小孩也这样！你家孩子在背什么呢？那个妈妈回答说，是希伯来语的‘出征前将军的训话，虽然不在《旧约》里，但每个犹太孩子都会背’。当时，我们没时间细谈孩子们为什么都会这样做，莫非是我们的民族传统都崇尚背诵古文？无论如何，我们都很惊讶，也很欣慰。素未谋面的一对中国母子和一对犹太母子在印第安人的树林里相视一笑，就去追赶大部队了。”

听众席里有一阵子窸窸窣窣的耳语声，我稍做停顿，有个家长举手问道：“你和你儿子的记忆力是不是都特别出众？”

这个问题在我的意料之中。

“背诵古文是要勤学苦练的，我没有这方面的天赋。事实上，过了两三年，我也背不出来那么多古文了。我儿子依稀记得一些段落。后来，大概是因为我常和儿子一起看芭蕾舞剧，或是他开始学钢琴的缘故，他对音乐有了概念。有一天他突然对我说，妈妈，我知道中国的诗为什么有四个字的、五个字的、七个字的！我问，为什么？他说，因为它们分别就是两拍子、三拍子、四拍子的歌。我觉得他说得很对，但我无法解释，为什么普通的儿歌不能有类似的作用，为什么他的大脑和神经系统特别能够接受讲求韵律的中国诗文。”

整体认读识词法

“除了控制情绪，当时我开始重视背书还有一个原因，那就是我儿子不开口、不说话，眼看着就会成为书上写的‘没有口语的儿童’，我希望让他接收到更多口语信息。我又要强调这一点了，虽然每个自闭症儿童的情况不一样，但我们一定要坚信，他们未必是真的不会说话。不说话并不代表他不能理解。在持续背书之前，我已能确定孩子的听力、视力和认知力是没有大问题的，但他不跟从我的手的指示，不听也不说，确实无法沟通下去。我就琢磨，难道教育没有别的途径吗？我观察了儿子的状态，很自然地，开始了‘整体认读识词法’——把常用单词写在两套卡片上，和他打牌玩儿配对，或让他自己玩配对，我让自己不构成干扰。等他认识单词了，随便什么内容都可以写在卡片上让他看。他依然不开口，但我持续自言自语，我们的沟通看似无声，但有效果。”

不过度赞扬教学法

“借助卡片，我教会了他识字、计算百位数以内的算术。但我想特别补充另一个法则，这是我一直提醒自己要遵守的原则，就是‘不过度赞扬教学法’。看到他完成了词语配对或是一道很难的数学题，我只会平静地、坚定地说‘好’，不要夸张地、表情丰富地表扬，因为后者带有社交的成分，更有可能让他不知所措。赞赏和肯定是必要的，但不必要的表情和语音却可能是干扰。在外人看来，我可能是个不符合主流认知的母亲，很少盛赞孩子的进步。但我试过，相信我，对他们这样的孩子来说，激动的盛赞未必是最好的表态。”

接着，我列举了好几种归纳出来的母子相处、学前教育的心得。

平行宇宙教学法

“我就坐在他边上玩、看书，等他自己凑上来。他不过来，我就看自己的书，不浪费时间。”

不对话教学法

“这可能是平行宇宙般的母子世界里最好用的办法。你可以单方面地和孩子唠叨各种各样的生活常识、百科知识，但尽量别问，也不要指望他伶俐地回答。因为提问对他来说就是打扰。我猜想，这会让很多家长失去耐心和信心，这是很正常的心理反应。我只想在此告诉大家：在我儿子开口说话之后，我发现当时我独自念叨的很多事，他都听到了。”

屏蔽背景教学法

“我儿子已能认出几个星座了，天上的星星教会我这个道理：对于视觉神经发达的自闭症谱系儿童，教学的背景、氛围一定要简洁明了。打个比方，我要教他系鞋带。鞋子上鞋带的背景是什么？还是鞋带。他就眼前发晕，怎么教也教不会。后来，我在黑色硬纸板上剪出两个洞，穿一根白鞋带进去，他总算明白一点了。”

星群式教学法

我展示了给安娜和斯塔基看过的那张图。

“既然我和儿子是在不同的平行宇宙里，我尽量帮他屏蔽外界干扰，那么，结果就是我无法按照普通教学法的阶梯递进方式去教他。当务之急是要通过广泛的试验，猜中、切合他的兴趣点，点亮他和我能互动的舒适圈。我认为，不用局限在和他的年龄相匹配的知识范围。事实上，正常的孩子也是在丰富的社会资讯中迅速习得知识的，有些知识也可能超出父母和老师的预期。生理上的年龄，不完全代表心理、大脑的接受度。他三岁会玩适合六岁的游戏，但会让五岁儿童喜笑开颜的事情，也许会让我的儿子在十岁感到欢喜，这又有什么关系呢？”

太极肢体教学法

我展示了一张内森拍的家庭照，拍的是我和林顿笑眯眯地玩简易版推手，那是我之前寄给父母看的。

“大家不要以为我是功夫高手。”

台下的听众都笑起来，继而听我说起孩子小时候走路不知避让、大人推也不知道挪动的时候，很多人不笑了，但频频点头。

“我并没有打算正儿八经地教孩子打太极拳，重点在于让他感受到他人的力、自己的力。天宝·格兰丁曾在书中提到，她小时候不知道该用多大的力气抚摸小猫咪，总是太用力，结果猫咪都逃走了，让她很悲哀。后来，她是用自制的拥抱机感受到了肢体和心灵应该在拥抱中享受到的舒缓，这才渐渐学会了如何正确地抚摸猫咪。我教儿子用推手的动作和我来来去去，也是同样的作用。”

联动问题教学法

我又展示了一张花体字圣诞卡的图片，是莎拉和威廉前年寄给我们的，莎拉不仅写了一手华丽的花体字，还用花朵、枝蔓装饰了“圣诞快乐”那四个字。

“如同星空无边无际，我们并不知道这些自闭症孩童的亮点和盲点究竟有多少。但我们应该试着用亮点去照亮他们的盲点。脑神经学家告诉我们，自闭症症状的根源在于神经系统，也许在不久的将来，我们可以通过精密的大脑生化科学解决一部分谱系症状呢？我扯远了，我是想说，虽然我儿子可以看懂卡片上的题目，甚至开始写日记了，但这种花体字，他没有办法识别。我一开始以为是因为视觉干扰过多所致，后来发生了一件事，让我产生了新的想法。

“起因是我们去参观南北战争战场，树林边的一大片草地上搁了两门大炮，历史学会的会员穿着当时的衣服重现日常生活场景，衣服层层叠叠，仪式充满繁文缛节。结束后我就到旁边的小木屋——纪念品商店逛逛，结果觅到一样宝贝：一套六册、1879 年初版的小学生英语课本！虽然不是原版，但里面的蚀刻小插图都按原样保留了。店主见我喜欢，特地解释说，这套只能勉强说是和南北战争同时代的教材，可惜再久远的历史材料已经找不到了。我兴冲冲买下来回家看，里面有大量的社会、政治内容，古罗马风扑面而来。我还跟先生打趣说，他的高中语文课本都没这么难。可见这一定是当时的精英教育范本。我一直在看那套书，尤其是后面几本。儿子看我那么入迷，也凑过来看，我就顺手给他第一册，猜想他应该能看懂。谁知，他看了不到一分钟就说不懂，问我，这是什么？我说，这是花体字。

“同样的英文字母，同样的白底黑字，绕几个圈而已。一开始我不明白他为什么不明白，也不知如何探索背后的生物学原理或心理学机制。我没有在第一时间寻求解答，而是下意识地立刻把 1879 年教材第一册里教花体字的部分复印了好多份，让他描。后来，又觅到一本专门教花体字的字帖。从此之后，他每天都趴在桌上拿着笔豪情万丈地旋啊，旋啊，旋啊，画了无数的螺旋线。也许是他的肌肉在习得这种技能——在我们看来根本不算技能的一种动作习惯。有一天我突然意识到这是一种弧线运动，也就是他以前涂写时不曾有过的动作。我翻开他的涂色本，很多比他小几岁的孩子都会，他却从来都涂不好。我回想自己当时曾坐在旁边研究他手部的动作，看他拿起蜡笔哐哐哐一阵猛涂，全是直来直去的大动作，没有一个细小的动作。所以，本该五颜六色的画被他用一色覆盖，全画出边界，没有轻重，没有曲线。

“一旦开始联动思考，我就回想起了很多怪事，比如他喜欢用吸尘器。是的，我会让他做家务，虽然他只有五六岁，因为他感兴趣，也很喜欢，最擅长的就是吸尘，不需要拐弯，直线拖、直线拉。他还试过用打蛋器，动作也是直来直去，不管怎么示范，他都不会轻柔地划出曲线。还有，他始终不太会玩球类游戏。就因为1879年教材上的花体字，这些怪事全都被联系起来了。我恍然大悟，他没有弧线运动的意识。

“和他玩太极推手的时候，这种感觉最强烈。大家可能没有体会，推手里面没有直线，再怎么变化多端，全部是弧线游移，只要他不走弧线，就粘不住我。我一直主动去粘他，也是为了让他体会走弧线是什么感觉。一开始，我只是觉得他的动作不太自然，但又说不清到底哪里不自然。学写花体字让他多少习惯了肌肉的弧线动作，现在，他的手臂不再像以前那么硬邦邦地直来直去了。我在推手游戏中也可以运用花体字的技巧了，让他旋，尽情地旋。”

讲完这段，我停了停，喝了半杯水。曾经对着满堂学生上课的我始终在观察听众们的表情和反应。我看到有人在摇头，有人在皱眉，有人若有所思地微笑，也有人（安娜）朝我点点头，充满鼓励的意味。

“之前我有过犹疑，不知道把这些仅仅在我家采用、在我儿子身上有用的方法说出来能不能切实地帮助别人。但哈曼医生和福斯特博士都鼓励我‘重在分享’。我还有最后一套方法，可能看起来更像是一家之言，欢迎大家听完后和我分享你们的想法，欢迎各种问题！”

大家似乎感受到我的心意，这时候鼓起掌来。我深吸一口气，决定把最后一部分好好讲完。

密码式教学法

“我儿子五岁多才肯在幼儿园开口说话，直到现在说的也不多。也许是因为这样，一开始，我只是不想多费口舌，所以把语句‘翻译’成图形。与其这样问他：一幢房子两层楼，一楼有五扇窗户，二楼有四扇窗户，一共有几扇窗户？不如索性画张图。后来，我们开发了很多以密码、图示交流的游戏，密码游戏包括加密和解密。字母可以用一套系统来加密，用这套系统也能解密，反过来把加密后的字母‘翻译’成语句。比如这个玫瑰十字会密码（Rosicrucian code）。”

我转身拿记号笔在白板上写了个密码：

玫瑰十字会密码

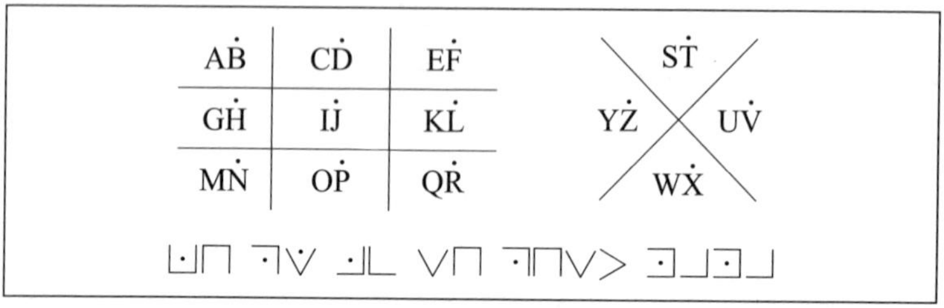

AḂ	CḊ	EḞ
GḢ	IJ̇	KĿ
MṄ	OṖ	QṘ

SṪ YŻ UV̇ WẊ

我不说话，只是用记号笔比画几下，在大家面前把这句神秘的话破译了。第一张图中的句子破解出来是：Don’t be so nosy, haha!（别探头探脑挖秘密，哈哈！）

“我一个字也没说，你们懂了吗？”

现场气氛开始活跃起来，有人大声问道：“还有吗？再多举几个例子！”

“好的，玫瑰十字会密码还有一个变种，像这样……”

玫瑰十字会密码的变种

AḂC̈	DĖF̈	GḢÏ
JK̇L̈	MṄÖ	PQ̇R̈
SṪÜ	VẆẌ	YŻ

我只是稍稍比画了几下，大家就明白了：Meet me at the pond.（在池塘边见我。）

“要是孩子意犹未尽的话，可以尝试下面这个共济会的密码，南北战争时南方军队也用过。”

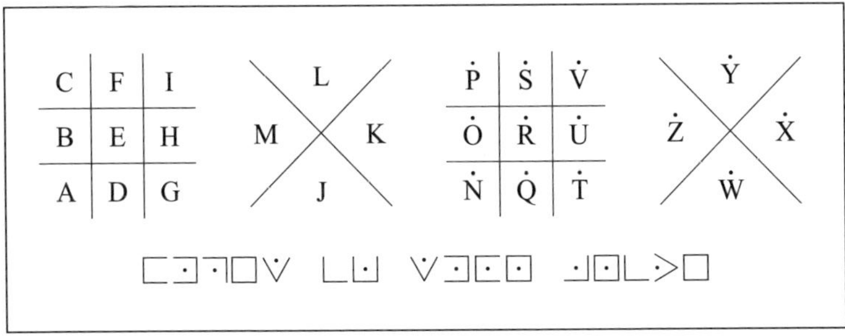

Honey is your prize.（蜂蜜是你的奖励。）

“还可以用坐标来代表字母，比如 A2 代表 B，E5 代表 Z，I 和 J 共用一个坐标……”

	1	2	3	4	5
A	A	B	C	D	E
B	F	G	H	IJ	K
C	L	M	N	O	P
D	Q	R	S	T	U
E	V	W	X	Y	Z

“再比如很常见的摩尔斯电码、盲文（Braille），都可以教，也都不费口舌，只要做给他看就行了。你甚至可以把每一块巧克力曲奇上的巧克力碎片摆成盲文的一个字母，一行曲奇组成一个词，换一行再组成一个词。烘好了让他拿着盲文字母表来猜。他会很高兴的。”

我用盲文拼写出了“我爱你”。

我用摩尔斯电码拼出了“对不起”，又转换成了数字密码。

盲文 I ⠊ 方框是后加上去的。

love ⠇⠕⠧⠑ 为了便于看清楚。

you ⠽⠕⠥ 不加没法教。

摩尔斯电码 I am sorry.

I	a	m	s	o	r	r	y
··	·–	––	···	–––	·–·	·–·	–·––

用数字写也行：

11 12 22 111 222 121 121 2122

演讲在欢乐的气氛中结束。

“虽然专家们说，自闭症是伴随一生的，改变不了的，但我想在这个定论上加上自己的补充：即便如此，微小的、渐进的改变仍是可以发生的。自闭症孩子首先是孩子，其次才是需要帮助的孩子。我们都不能忘记和孩子分享生活的乐趣。我们要适应他们，发现问题，发动自己的创意，用联动、星群式的思维方式，尝试让他们做出改变，从而适应我们大家的现实世界。生活不是没完没了的疗程。除了疗程，我们也可以试着在日常生活中让孩子学到一些有用的知识。让孩子学会学习，是我们的当务之急，包括社交、运动、娱乐等等的世事，都可以囊括在‘学习’这个项目里面。”

有几个家长问了些很具体的问题：你家孩子有没有情绪失控的问题？怎样帮助孩子和同龄孩子建立友谊？诸如此类，我都站在自己亲身经历的角度回答了。

最后，有位看不出是医生还是家长的女士问我：“你是个内心很强大的母亲，也许下次有机会你该跟大家聊聊，自闭症患者的家人该如何做好自我保护、自我教育和自我心理治愈？”

有人鼓起掌来，不少人朝我点头，还有人顿时嘴角往下，似乎在忍住泪意。

“我没想到会有这个问题。”我一边归拢台上的图片和讲稿，一边迅速整理自己的心态，然后把东西整整齐齐地码放在桌角，冷静了一下，直视她的眼睛说道，“我是个讲求实际的人，遇到任何事情，我都会千思万想，深思熟虑，但终究是要着手解决问题的。就算我能一个接一个解决现实问题，事实上，也有很多问题是我解决不了的。然而，我不是专为解决问题而存在的；我也不是为了教育谁、改变谁而存在的。对家人来说，我存在的意义是为了陪伴他们。我还有自己的存在价值需要我自己去努力实现。想明白这一点，我整个人就能放松下来。不知道这样说，算不算你期待的答案？”

台下变得很寂静。我和她相视一笑，继而带着这个浓缩了千言万语的微笑，向各位听众行注目礼，感谢大家听我讲完了一家之言。大家鼓掌，小范围交谈，三三两两地离去。我走到安娜身边，她给了我一个大大的拥抱，叮嘱我信守承诺，保持未来的联系。

哈曼医生留到最后，等所有人都走了，才过来和我告别。“不出我所料，你的演讲很能让人深思。我也要向安娜学习，请你和我们保持联系。”接着，他又略有些踌躇，冷不丁地问道，“请允许我问一个本人职责范围以外的问题，你先生的状况如何？”

这真是令我猝不及防的一问，我的迟疑已代替语言做出了回答。哈曼医生抿起嘴，点点头。

“谢谢你的关心。如果有必要，我会到了澳洲再和你联系。”

“一言为定。保重。”

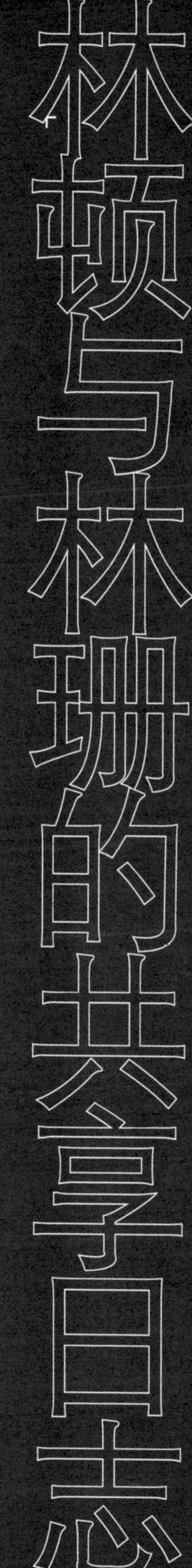

2037 林顿的AI存档日志

2037-07-13

“在我开口说话前，没有人知道我会说话。”

我的声音不再像十几岁时那样高昂了，现在的我了解轻声细语的力量，也学会了镇定的语气，甚至在某些词语上赋予微妙的重音。

“但在我开口说话之前，我已经会跑会跳了。所以，我每次因为什么事紧张或害怕地跑开时，没有人知道我为什么要跑。有一次妈妈带我去书店，还没走到门口我就挣脱她的手逃跑了。她在这方面很有经验，转身冲到马路上，一把把我抓回去，腰都扭到了，但她不知道我为什么跑。当时我很小，很奇怪地想：妈妈为什么没有发现一直放在书店门口喂猫喝水的白碗不见了？为什么她不觉得那是件很吓人的事？整个世界突然失衡的那种可怕，没有人能解释，也没有人能‘规定’所有人都该看到或想到同一个画面、同一个词语、同一套推理。世界因此丰富多彩，但可惜的是，谱系障碍中的孩子的世界却因此被隔绝了。

“在看到休谟的《人性论》之前，我的想法就和他的一致：人类不可能定论真理。今天有一次日全食，我们在这里看不到，但我们相信这件事是真实的，因为我们看得到直观的宇宙景观，算得出行星运转的轨迹，看得到日全食的人也会做出即时的记录。我 11 岁那年第一次亲眼看到了日全食的整个过程，我会永远记得那一天。这一切，让我相信这次日全食能够发生，也确实发生过，如同所有的日全食都发生过。但我仍然相信，我们不能定论真实。无论用纯数学、纯物理，还是纯哲学来推论，让人类骄傲的一切进步所标志的并非人类的成功，而恰恰是人类心智的局限性。

“经过半年多的争议，各位都知道，我已赞同把初始版做大幅度的功能删减和弱化，但这是迫不得已的。现在我来给大家展示修正好的初始版，我想给它一个新名字：新生版。它现在的目标很明确：帮助有社交障碍、学习障碍、行为障碍的 3—10 岁孩童和父母，或者老师，但必须配对，并且审核配对才能使用。新生版去掉了初始版中强大的解读功能，缩减为一款适合有谱系障碍的儿童使用的教育产品，只能帮助孩子习得全社会认可的标准行为模式。近八年来的基因医学逐渐确定了自闭症风险基因位点，但遗传基因组合本身就有个体性，再加上不同的成长经历，最终呈现出的谱系障碍仅仅是‘有可能’来自父母遗传的基因组合，但绝非决定性因素。所以，基因治疗对于干预教育的实质性帮助并不大，因为谱系中的每个孩子，乃至每个家庭的状况都有所不同。另一方面，对儿童神经发育过程的多项研究已明确指出，多种失调症状是由局部神经元过度连接、突触异常所引起的。新生版脑波仪最主要的默认机制在于调整这些孩童的镜像神经元功能，将障碍者和非障碍者之间断裂的认识连接起来。形象地说，就是在亲子同时启用脑波仪的时候，让孩子看到父母想让他们看到的东西——比如指向图书中小熊的手指，催化手眼一致的教育功能；反之亦然，父母能看到孩子看到的东西，比如书店门口缺失的白色猫碗。我们暂时不去考虑神经化学物质和基因突变等因素，只强调解读和指示，尽可能通过扫除盲区、标注重点来达成干预教育的目的。并且，非常感谢海森堡的精心设计，新生版内嵌了一套非常复杂的权限辨析程序，能自动阻断超过普通教学目的的任何指令，虽然这有可能阻碍部分父母和老师的创造性教育。我觉得很可惜，因为我就是创造性教育的成果……但也许未来有机会弥补。"

我启动了会议桌上的电子屏幕，用立体影像向大家展示使用步骤和说明。沃尔夫边看边说："这次的说明言简意赅，比上一版好懂多了。"

系统告知我：这是在赞扬，并非讽刺或指责。

七位董事看完了厨房、街道两个场景的使用示范说明后，琳达开口了："这个版本可以减少恶意使用，规避了风险，但限定于谱系障碍者范畴未免太谨慎了吧？我担心会失去对普罗大众的吸引力，尤其是那些没有得到诊断，但认为有必要或有兴趣改善自己内向或外向性格的群体。我还是坚持认为，与其先推出简化版，不如直接强势一点，把我们最高端的技术用在 AI 产品上，一鸣惊人。如果可以，两者同步上市更保险。林顿的脑波仪在家用机器人上的应用已经很成熟了……"

系统告知我：这不是玩笑，类似挑衅，但无须应对。

打断琳达的是森田："这个建议两个半月前就被大家否决了，琳达，请不要再提了。今天的议程是投票决定新生版是否适合作为 NZM 系列的第一款产品上市。我们已经等了很久，好不容易走完了监管部门的审核流程，修改了相当多的细节，现在必须在这件事上达成一致，才能正式展开后续工作。我倒是觉得，现在限定于谱系障碍者家庭和学校使用，会给公司带来美誉，有利于公益形象。"

琳达轻轻叹了口气，点点头："美誉是很重要，尤其对于产品还没上市就差点儿成为被告的 NZM 公司。而且，包括我在内，各位的投资也都亟待收益回报。事实上，我对产品上市这件事完全没有异议，越快越好！"

沃尔夫不失时机地跟进表态："新生版在我看来就是限定版，很有专业感。我不擅长科技研发，但以我在市场营销方面三十多年的经验来讲，精准定位客户群是永远不会过时的做法，很保险，而且，特别适合随之树立林顿的个人形象。他完全可以被视为自闭症谱系、阿斯伯格族群中的领路人，或是精神领袖。"沃尔夫没想到自己话音未落，林顿、森田和琳达都摇起了头。

"这时候推出个人品牌形象很不恰当，"琳达说，"时机还远远没有成熟。而且你想过吗，这样会给林顿带来多大的压力，还是在上次的风波之后？"

森田没有说什么，只是用深切的眼神看了看我，又把视线移到琳达身上。

“谢谢你，沃尔夫。”我按照系统的提示，先表达了谢意，“但很可惜，我不适合当偶像，”我挣扎了片刻，但无论系统怎么提示、怎么调节，我还是无法镇定地看进沃尔夫或任何人的眼睛里。那并非出于谦逊之类的感性，而是理智生发的必然的忐忑：我无法预测迈出这一步会带来什么样的新问题，“也绝对算不上领袖……将近一百年来，所有人都仍在摸索，包括我和我的父母。这一切只是因为我常常想：如果，能把这种摸索的心力转移到有助发展的地方，精简这种摸索的时间，把有限的生命用于更幸福的人生，那不是更好吗？”

这时，三维立体的虚拟演示屏成了我落定目光的最佳选择。

“前面谈到的基础功能之外，我还设定了一些程序，针对自闭症谱系孩童容易伤害自己的特点。大家请看，这是一位很典型的儿童患者，感到惊慌的时候，他会用前额撞墙壁、撞房门、撞玻璃。至于为什么这么做、怎样让他停下来，在行为心理学、神经学、基因学等不同专业领域有不同的解释。我们尝试了一系列迂回的神经指令，辗转地触及了引发这种行为的局部神经系统，试图指引他用别的动作替代，同样达到让他安定下来的效果。”

演示屏上的小男孩在撞墙，父亲快速地在他后脖颈上贴上脑波仪（新生版比试用版更轻薄，放置在强光下时，你能看到薄如蝉翼的柔韧薄片里嵌着比蛛丝更细巧、更繁复的芯片网络）大约两三分钟后，小男孩的动作缓和下来，似乎被什么事分心了，小脑袋左右摇摆起来，摇晃的幅度越来越大。父亲在一旁一言不发，递上事先准备好的非洲手指鼓（一种可以握在手上、由金属条组成的乐器），耐心地等待小男孩看到它，再等待他伸手接过它、摁动金属条发出声响，声响逐渐有了节奏。与此同时，孩子不再撞墙。

"这种阻断方式只是针对这个小男孩才有效，是系统根据他的家庭生活、他的行为习惯、他的基因条件等庞大的数据库做出的一种建议。事实上，系统会提出一系列建议供父母或老师根据特定情况和场合加以选用，挑出最有效的那种办法。数十年前，为了阻断自闭症孩子的这类自残行为，早期研究者们曾无奈地采用轻微电击的方法。后来出于人道和医学等各种原因被叫停，再后来还有局部神经损毁等阻断手术，但治标不治本，自残行为会再次出现。就算我们的系统尚且无法把自闭症孩童的想法完全地、直观地呈现给指导者，但是，至少可以利用患者本人的脑电波对局部神经加以迂回地刺激，至少可以阻断一部分自残行为，将伤害降低到最低点。"

"如果以后发行适合正常族群的通用版，这种功能还有用吗？"琳达问道，"感觉像是你为这个版本量身定做的。"

"会有用的。自闭症患者的自残比较明显，但正常人也会有自残的可能，尤其是有心理波动，甚至是 PTSD 发作的时候。不管对于什么族群，矫正和阻断的原理是一样的。"我有条不紊地答道，作为系统的第一位试验者，现在的我可以确保自己在公众面前的言谈顺畅，符合一般人聆听和理解的需求，"我也想顺便解释一下，未来的通用版和新生版最大的不同在于：新生版的系统会以社会认可的所谓‘正常标准’为准绳去矫正自闭症孩童的行为；但通用版会弱化，乃至拓宽‘正常标准’的概念。比方说内向型人格人群：有人想要学会外向的行为，系统会满足他；但也有人不想变得外向，想要内向得更深，那么，系统会帮助他控制分寸，消除不必要的紧张、烦躁、自卑等情绪，保护他的内向型人格。”

“没错，我们不该把人类标准化，也不该把 AI 标准化。”森田说着点了点头，“我个人很期待这样的通用版。”

我垂下眼帘，等了几秒钟，确定森田和琳达没有更多的话要说了，才抿了抿嘴，继续说下去：“一是减少伤害，二是增强交流，这样才能进入第三个阶段‘促进学习’。很多自闭症谱系的孩童的智商发育是被耽误的。新生版在学习功能方面的特点是：一方面，系统会突显孩子在不同领域的天赋；另一方面给予指导者以指导，从某种角度说，指导指导者的任务更重要。”

随后的一个多小时里，我展示了更多实际案例，从使用者的症状到指导者的教育程度、性格都呈现了多样化，还展示了系统自动判断、阻断盗用等非法行为的过程。在最后的投票环节，让多数人吃惊的是，唯一投反对票的人是为了改版付出相当多心血的海森堡，他没有做出任何解释。我谨记系统的忠告，只是点点头，表示理解。无论如何，结果是六比一，新生版获得了董事会的认可，将在两个月内作为 NZM 公司的第一款产品推向全球市场。

午后，我独自离开公司，走进幽静的森林，越走越远，渐渐走到了人迹罕至的小径——被落叶、松果和细枝覆盖。我轻轻地发出指令，关闭了脑波仪。我继续往前走，想在匀速的步行中适应重新独自存在的感觉。我渐渐偏离了小径，走在参天大树之间，脚步放慢，偶尔为了保持平衡，会用手在干燥又粗糙的树干上扶一下；偶尔听到鸟叫，我就仰起头看向树影间的天空。很快就到了湖边小屋，取出我的船。

冰川湖多半自带一种晶莹的冷蓝色，但这个湖的蓝色来自天空。森林沿湖蜿蜒，是低海拔雪山的前景，莹白的雪顶又是白云和苍穹的前景。此时，大朵云团在高空缓缓飘动，光影游移在倒映着雪山和森林的棕绿色湖面上。在这样的背景里，推入水中的皮艇俨如一片红叶。

单人双叶双向划桨。人体、船体和桨叶构成运动系统，三者的重心处于相对运动中。回桨和人体的左右摇摆都会产生负力，影响驱动船体前进的正力。船体行动力的脉冲性变化带来速度的周期性波动。速度主要由划桨的频次和幅度决定。必须保持平衡。

我独自一人划到湖心，停下来，远远看去犹如漂在水上。无须最大划距。无须校准方向。清冽的气候有益于身心。全身百分之九十的肌肉得到放松。湖心的寒气让纷杂的思绪有序结晶。想象如冰粒附着于无限递增的回忆。有位美国诗人写过:“谁是这个世界局促的灵魂,必须一遍遍重温所有的已知?”我和纤细的小船合二为一,在冰川湖里平稳地划出一道箭头似的水痕。

行至湖中央时,出现了另一种声响,像是刚才划桨的回音,但很快我就看到了另一条黄色的小艇徐徐而来,直至与红色的小艇并排。黄色小艇上的琳达穿的不再是会议桌边利落的墨绿色西服套装,而是修身连体的黄色防水服,栗色长发扎成马尾。她和我一样,把双向桨平放在船身上,如同延伸的手臂,合理又自然地与我保持两三米的距离。她的到来让我周边早已平息的湖水又泛起轻轻的波动。

我们都沉默着,直到水波静止,仿佛湖水完全接纳了我们的船以及我们的身体引发的重力摇摆。琳达看向我,问道:“比赛吗?”我没有承接住那道目光,抬头看向远方那棵生长在水中树干左倾、树冠却向右铺张的树,点了点头。

我们做好准备,调整船头,同时划桨,湖面上立刻出现两道快速延展的平行水痕,左右轮番溅起水花。我们互相超越,有时我在琳达身后,会看一眼她秀美挺拔的肩背,然后让视线栖落在那棵树的枝头。最后,两条小艇几乎同时冲抵隐形的终点线,收桨滑行。惯性让我滑得更远,我回头看她,她笑着划了几下,跟了上来,呼吸依然急促,额头闪着汗水。她说:“你赢了。”

“谢谢。”这样的礼节,无须脑波仪指示。

“真的关了吗?”琳达问道,“感觉还是自己吗?有没有幻肢感?"

我看着涟漪。

"有点陌生。好像脑波仪的惯性还在。"

琳达点点头，用手背抹了抹汗。

"刚才，开会的时候，你为什么没有提到照护社区的事?"

"合理的策略。"我没有迟疑就答道，"第一款产品不能顾及太多。要小心。"

"谢谢你听从了我的意见。"琳达抬头看了看树顶，"总有办法帮到奥莉薇亚的，我相信你。"

"全世界有上千万重度成年患者只能在照护社区终老，有很多患者小时候没经过干预，生活无法自理，包括如厕、洗浴都需要别人帮忙。"这时我注意到，我的言语节奏、重音的落点和董事会上的发言有明显的不同。所以，不用脑波仪的话，我讲话依然一字一顿吗?

"我想了很久，决定为他们做定制版。"

"为每个患者定制?"琳达一惊讶就回到了律师特有的口吻，"你疯了吗? 那样的工作量怎么可能完成?"

"不是每一个人。而是每一个类型。我认为可以作出一些基本分类。"我摘下手套，摊平手掌，悬停在水面上方，等待波动的水轻轻地舔上掌心。我记得，爸爸妈妈第一次带我去泳池时，我就是这样和水打交道的，"我没有和董事会说，因为没有把握。他们会认为这是亏本买卖。"

"系统提示你的吧?"琳达的语气里有一点嘲讽，但并没有恶意，更像是她开玩笑的方式。

“是的。”关掉脑波仪的我不太确定这种微妙的语气的含义，“事实上，大多数照护社区里不只有自闭症患者，还有阿尔茨海默病患者，还有别的因素引发的失智患者。我还在做研究。”

“接下去该忙活新生版量产的事吧？你不要给自己太多压力。我很明白，初始版的滑铁卢迫使你延误了帮助奥莉薇亚、帮助更多人的计划，但问题是要一个一个解决的。”琳达若有所思地看着我悬在水面上的手，眼神里有一点温柔。

“这半年多来，系统无数次地提示我，让我明白了一件事。”我说道，“对于妈妈为我做了多少事，我开始有了一个量化的理解。你们谁也不能想象，使用系统时会有那么频繁的提示，几乎每隔几秒就会跳现一条，甚至好几条指示。有的是强烈禁止，有的是友善建议。有一天我猛然意识到，系统想到的很多事，都是妈妈想过的，再用她的方式提醒我、纠正我。最近我开始看妈妈留下的家族日志了，她断断续续写了很多年，一直没有给我看过。但她得知初始版泄露的事情后，特意来看过我一次，劝慰我要把这件事坚持到底，并把她的日志共享给我。令我震惊的是，我原以为小时候看芭蕾舞剧、玩太极、做数学题……都是妈妈和我之间自然而然发生的互动。现在才明白，她当时承受了多大的压力，又动了多少脑筋。而在这以前，我一直认为那是天经地义的。想来，没有养育经验的人会有不自觉的自负。我妈妈的日志，在很大程度上，让我能够郑重地对待产品智能弱化的改版，在很多细节方面，让自己努力地去试想父母的心境。”

“难怪你闭关了几个月。我一直在担心你。看来，林也想到了。熟悉你的人都会感觉到，你是个被使命感推动的人。”琳达轻柔地说道，“我还记得你第一次跟我和戴维说起脑波仪构想的那天，你是那么兴奋，眼里有光，越说越大声……”

“我也记得。在学校里的达达咖啡馆。戴维不停地对我说，金鱼仔，你轻点儿！金鱼仔，别让人家把你的创意偷听走了——他还好吗？”

“他去年和露易丝搬去洛杉矶了，可以去圆他的少林武侠梦了。”琳达做了个鬼脸，笑了笑，“他走之前对我说，这是命运的安排，你和我在一起，只是为了认识林顿，我只是个推进器，把你这支火箭送到了他的外太空，我完成任务，必须和你分离了。”

“他是唯一一个。”林顿说。

“唯一一个什么？”琳达等了几秒，不得不问清楚。

“唯一一个在街上叫住我的老朋友。”

“啊！我想起来了。”琳达笑起来，“那天你要去图书馆，我们刚从对面的冰激凌店出来。”

“他从幼儿园到小学一直叫我‘金鱼仔’。他不仅有多动症，还特别饶舌，我讲一句话，他讲一百句。他不像别人那样对我只是敷衍，或是避而远之。但我小学只读了半个学期就去澳洲了，所以，在大学校园里突然听到有人叫出这个绰号，我当时很震惊。”

“我知道这绰号的由来。”

“后来知道他一直在练少林拳，就告诉他，我妈妈打了一辈子的太极拳，他就跑去拜我妈妈为师了。”我重新戴上手套，握住了船桨。

“少林拳、太极、泰拳，还有跆拳道……真没想到，戴维和林成了忘年交，结果我们三天两头去你们家玩……有一次，林悄悄问我，你们这样三角恋合适吗？”琳达笑出了声，“没办法，谁叫我那时已经迷上你这个怪咖呢！幸亏戴维后来认识了露易丝，才能觅到门道去好莱坞当武术指导，还有个游戏公司找他做 VR 武术设计。他的功夫好歹有用武之地了。”

“我觉得露易丝没有你漂亮，”我一本正经地说道（回想起来，当时的我肯定面无表情），“我不太明白她凭什么认定自己能成为大明星，那应该是不可能的。”

琳达哈哈大笑：“我就是喜欢不用脑波仪的你。”

我们很有默契地掉头往回划，我的船头灵巧地一让——让她先行。

2014 在澳大利亚

林珊的日志《静海之家回忆录》

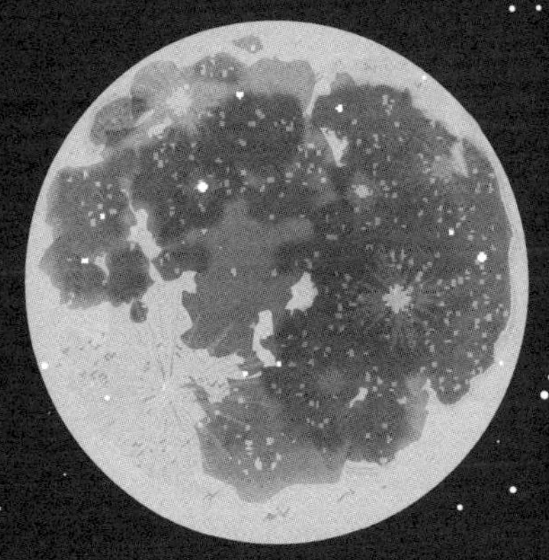

18. 为牙仙指路

离开生活了十多年的大学城时，我和林顿每人带着两只大箱子、一只登机箱和一个双肩包。这是林顿第一次去机场、第一次坐飞机。之前的数日内，我已向他展示过很多飞机场、客舱内的景象，给他预备了耳塞，把可以预见到的每个步骤都解释给他听了。出发前，我只是对他说："你是大孩子了，箱包要自己负责啊！"他听到了，也做到了——只有在把大箱子提到传送带上的时候需要我帮忙，一路上他都紧紧拉着自己的登机箱。

我们坐了四架飞机，辗转五个机场。这里误会儿机，那里误会儿机，三十八个小时后，终于顺利到达目的地。林顿在飞机上很安静，因为累坏了，倒头就睡。到达 M 城国际机场后，出关拿好行李，林顿想在椅子上坐一会儿："让我在这里歇一歇，然后再去下一个机场吧。"

我笑了，把他揽进怀里："宝贝，没有下个机场啦。爸爸就在自动扶梯下面等着我们呢。"

"真的吗？爸爸！"他跳上自动扶梯，疲惫一扫而空，还不停叮嘱我，"妈妈，现在要靠左站，靠左！"哪怕是这么恪守规矩的林顿，看到朝我们挥手的内森后，也忍不住快步走下最后两三级台阶，拖着箱子朝他飞奔过去。父子俩紧紧拥抱在一起，等我慢悠悠走到了，他们又把我抱在当中。传说中的小别重逢果然很美妙！

我和林顿穿着美国冬天的羽绒服在澳洲南部夏天的太阳底下等出租车。明爽度极高的阳光是澳洲带给我的第一个好印象。新家位于离市中心六公里的市郊，房屋与房屋的间距更大，一如我们对澳洲的预想——空旷。

公寓在三楼，但已是方圆三公里内的最高建筑海拔了。窗帘只是装饰品，做什么只有小鸟看得到；而我们从窗口看出去，便能俯瞰一个个红瓦屋顶点缀在树丛和花园间。初来乍到，我们还不像定居者们那样介意臭氧层的破洞、紫外线的狠毒，南半球的朝北大窗前洒下的一地阳光只会让人心情大好。我好像目睹了阳光的另一种质地——光明的亮度更高，阴影的浓度也更高。

舟车乏累后的神经一下子放松下来，我和林顿在床上倒头就睡。直到第二天清晨，我在一片闻所未闻的奇异鸟叫声中醒来，睁开眼，看到空荡荡的房间、陌生的天花板，但不用扭头就听见父子俩均匀的呼吸声，那么熟悉，让人安宁。我在两种声响绝妙的对比和呼应中，静静地想了一会儿心事。上一次跨国之旅还是为了赴美读研，一个人，心头了无牵挂，直线飞越太平洋；过去不到十年，人生的元素竟然发生了这么大的扩容，对他人和自我负有的责任完全改变了。如同泛起回音，仅仅两三天前那位女性听众向我提出的问题又浮上心头……然后是哈曼医生最后的提问……内森独自到异国最初的这一个月里发生了什么？这是他人生中的第一次重大改变，关于工作安排、公寓选择、周边设施、小学勘察等事宜，我们每天都通电子邮件，但一旦进入事务化的交流，我们都很难确切、细腻地去描述内心的感想。哈曼医生问的问题，我没有在电子邮件里跟内森提过，因为这太微妙了，找不到时机好好谈的话，不如搁下不谈。生活要继续，千头万绪，总要排出轻重缓急。我们家的生活正式掀开了新的章节，但上个章节遗留的问题如潜流般持续暗涌，仿佛感受到了有如大洋深处暗流的强大力量，我又昏昏沉沉地睡了回笼觉。倒时差可真难受啊。

新的章节一开篇就出现了崭新的场面：我再次醒来时，闻到了食物的温热香气。我起身一看，林顿眼巴巴地站在厨房门口，看着内森在灶台前忙来忙去——这是我们家从未有过的景象，难怪林顿看得入迷。厨男首秀，端出了三碗方便面，配超市里买来的现成的色拉和香肠，红红绿绿的，很简单。三个人终于团聚在餐桌边了，我们都笑吟吟的，虽然我没什么胃口，但郑重其事地谢谢内森，也借机教育林顿："不管是谁做饭给你吃，你都要说谢谢。"

"为什么我们以前不对你说谢谢呢？"林顿问道。

"爸爸以前说过的呀。"我答道。这是事实，每当我身体不好的时候勉强凑合出一顿饭或是兴师动众做出一些复杂的美食时，内森都会说谢谢。有一年我特别想吃粽子，虽然可以跑到市中心唐人街买现成的，但想念的其实是小时候妈妈、外婆在家里包粽子的氛围，便决定尝试西式高仿版本：糯米、酱肉、咸蛋黄都照老规矩备好；没有粽叶，就把馅料直接填入烤迷你磅蛋糕用的小烤盒，和中国南方的竹筒粽子做法一样，上笼屉蒸熟。没有粽叶或荷叶的清香，确实不成其为粽子，但这些食材的组合是父子俩从没尝过的。内森很爱吃，吃完还郑重其事地感谢我花了那么多时间和心力。

“不管是做饭，还是做别的任何事情，只要别人帮助过你，省却你的麻烦，你都该说谢谢。”我就着这个话题继续引申，“甚至包括有人指出你的错误。”

“为什么？”林顿又问，“别人指出我的错误，不就是不喜欢我吗？我要谢谢别人不喜欢我吗？”

“人要知错，才能改进，变得更好。”我答道，“犯错误很正常，所以，别人指出你的错误，往往是代表喜爱你、关心你，不想看到你失败或出洋相。你还记得爸爸毕业典礼那天吗？爸爸戴上莎拉送的搞笑博士帽，但没留神戴反了，PHD 三个字跑到后脑勺去了，莎拉就拦下他，帮他把帽子戴正，他就说了‘谢谢你，妈妈’。”

我看了看内森，他正心满意足地吃着面条，孩子和我的一问一答似乎是他家庭生活的完美背景音，我想了想，把别的话咽下去了。有些话可以对孩子说，当作教育的一部分，却总也找不到合适的时机对内森说。我想说，内森会感谢我做饭、感谢莎拉帮他端正礼仪衣饰，却总在大事情上漠视别人的付出。他毕业典礼之后，我把照片洗出来，特别用一张大合影提醒内森：记得给这些导师、同学寄去感谢信。结果，这件事足足拖延了个把月，最后是我在桌上摆好感谢卡、钢笔和通讯录，盯着他一张张写完的。我不是很明白，这究竟是因为他不懂感恩，还是不懂社交礼仪？想到这儿，我在头脑中的待办事宜清单上又添了一项：“我们吃完饭出去逛逛吧！记得去邮局买足够多的感谢卡和邮票，谢谢所有帮助我们来澳洲工作和生活的朋友们。”

收拾完行李，我环顾新家，身为主妇，立刻发现还需要很多日常用的小东西，一个一个房间看过来，随手写下购物清单。内森也在写写画画，给林顿和我在地图上标出了小学、超市、公园、车站、邮局等地点。就是从这时候开始，林顿对地图着了迷，不管要不要出门，他每天都会研究一会儿地图册。

全家人一起出门了。首先要记住：过马路要先看右，再看左。我和内森一左一右，紧紧拉住林顿的小手，每到一个路口都把“先看右，再看左”的口诀念一遍。内森已经习惯了，我和林顿初来乍到，神经过敏，每次过马路，头都摇得像拨浪鼓。好在林顿已经不再是几年前那个过马路、看红绿灯会突然乱跑的孩子了，他甚至会用力拽我的手，提醒我先念口诀再迈步。只要克服了恐惧和感知过载的问题，谱系人群特有的刻板反而能成为值得信赖的安全行为准则。

第一次听店里的 M 城人说话，我们也听不大懂。H 的发音变成“嘿吃”，“嘿”得咬牙切齿，我还以为他要说“hate（恨）”呢！遇到口音重的人，我又像刚到美国时一样，跟人哼哼哈哈半天，其实什么也没听懂。林顿也有点懵，我们三人一边走一边模仿当地的口音。我琢磨了好几天，有点明白了：这就是我在历史书上看过的“元音大转移”啊！我们得在嘴里装个筛子，把所有的元音筛一筛，重新归位，才不至于听上去像美国人。就这样聆听、模仿、尝试、习惯……我们可以在街头店面解决部分语言适应问题。

在超市采购完食品后，我们还去了附近的一家二手店，多亏了内森的前期侦查，我们在这里买到了很多适合过渡时期的家居用品。这时候，我们也有一番心知肚明但不会说出口的考量：我和内森似乎都很明白，新生活充满了未知因素，两人都不知道下一站会在哪里。这种事不说也罢，说了反而平添烦恼。即便是在二手店，购物的快乐也不会打折。我眼尖，在二手书区发现了一本伊恩·索普的画册，扉页上还带签名！在菲尔普斯出道前，澳大利亚人索普就是游泳史上最伟大的运动员，外号“索普鱼雷”。这么轻易就得到他的签名本，简直像是澳洲给我们的见面礼。

再过一星期，林顿的小学就要开学了。趁着那几天，我们勤勉地布置新家，心情非常愉快，好像生活中压根儿没有沉重的问题，也没有难以解释的病症。开学三天前，林顿掉了第二颗乳牙，一回生二回熟，这次有经验了，他写给牙仙的信比上一次长了整整一倍，主要是强调“我们搬家了”，还不厌其烦地指明新家的方位，嘱咐牙仙“如果你从美国来，我要告诉你怎么坐飞机，再坐地铁，再坐公车……出站了看到冰激凌甜品店左转，看到邮局右转，再笔直走十分钟……你千万别迷路了！”平素最不喜欢给别人写感谢信的内森在假扮牙仙回信这件事上却是最起劲的。他翻箱倒柜，想找出去年用过的纸笔，以“保持一致性”，但我们是跨洋搬家，根本没有收拢那些琐碎物品；他又跑了几家文具店，觅来了颜色最相近的水彩笔、质感最接近的信纸和信封。以牙仙之名，内森一改平日的字迹，故意写得圆头圆脑，表扬林顿“越来越懂事了”，祝福他“和爸爸妈妈在新家有好运”，还在信封里放上两枚硬币作为收走牙齿的报酬。

19. 理想的安排

有了牙仙的护佑，林顿对新学年充满期待。我和内森一起送他去新学校，他穿着短袖短裤的天蓝色新校服，怀抱着明黄色的饭盒和水壶。我提议在校门口拍照留念（搬来澳洲后，我开始随身携带卡片式数码相机，看到任何新奇的、奇怪的物事都能即刻捕捉下来），少了两颗牙的可爱缺口点缀了林顿灿烂的笑容。

我也特别开心。开学前我去看过了，真像是得到了庇佑，我跟心理学家安娜博士提到过的三点“理想的安排”在这里全都实现了！真是做梦都没想过的好事情。我曾希望他能和大一点的孩子一起上课。林顿生于秋天，在美国划分年级的标准线是 9 月 1 日，他刚好被划在界外。但在澳洲是按照 1 月 1 日来划分的，他就名正言顺地上二年级了，哪怕在美国只读了一学期的一年级。我还希望老师出的数学题不要让孩子无法作答，后来的事实证明，这所小学给出的都是普通难度的题目，作业量倒是比美国小学的多。

我最希望教室布置不要装饰过度。美国的小学把迪斯尼精神发挥得淋漓尽致，但这所小学朴实无华。教室就像澳大利亚的辽阔国土，分成几个分区，每个区都有一个艺术或科学的主题，但从地板到天花板都没有花花绿绿的贴纸。而且，这里的教室不用空调，室内通风良好，也没有空调机的噪音。

这个学校的学生来自二十多个国家、说三十多种语言，所以校方干脆不开食堂了——众口难调啊！每间教室都有冰箱、微波炉，学生带午饭去，可以随时加热。而在美国，就算自带午餐也没地方加热，所以只能带冷餐三明治，要不然就只能去食堂吃热餐，配冰牛奶。如此说来，美国的文化优越感还是很鲜明的。我深感庆幸：我们能在恰当的时间点，融入另一个国家的文化氛围。我坚信这对林顿的性格、能力塑造有百利而无一害。

尽管我们早就知道澳大利亚是个移民国家，我们又住在大学附近，但我真的没想到一所小小的公立学校的学生就有这等多样性！早上九点上学，下午三点放学，此前此后的一小时里，只要家长在一旁陪护，学生们尽可在操场上自由玩耍。我爱死了这两个时段，可以听到在操场边扎堆儿聊天的家长们说起了意大利语、阿拉伯语、印尼语、越南语、泰语、德语、法语、日语，还有的完全不知道是什么语！当然有人说汉语，除了我和林顿，还有一对母子会用我听不懂的中国方言交谈，和我们闲谈时才用普通话。我有种直觉，对上幼儿园前就对德语磁带着迷的林顿来说，这是个特别好的环境，足以推进高密度的语言教育，还能了解到不同人群的社交方式。

环境遂了我的心愿，但我不会做空头白日梦。从下飞机到迈入小学校门为止，林顿的澳洲生活仅限于家庭之内，此刻才回归到了大社会。果然不出我所料，还不到一周，我的手机里“叮”地一响，老师发来电子邮件了，约我面谈——“您的儿子很有礼貌，非常可爱，但我们感到有些地方不对劲，希望得到您的帮助”。

让人吃惊的是，我去学校开会时才知道，这所小学的每个班级都不设班主任之职，堪比篮球场的大教室里同时会有六位老师分区执教，把大班分成小组。分组的方式很灵活，可以照顾到学生不同的程度、兴趣和情绪状态。所以，和我开会的不是班主任，而是全部六位老师。

哈曼医生的诊断报告和心理测试结果可以作为权威的医学证明，有一位老师听从大家的建议，拿去办公室复印了六份。其间，老师们问了些家庭生活、移居到此的基本情况。看完资料，他们左一言右一句地向我发问了：“自闭症和阿斯伯格综合征是一回事吗？”“谱系症状是什么意思?”“这是治得好的儿童病吗?”

我一听就知道有些老师对自闭症谱系的认识尚浅，便粗略地科普了一下：按照美国心理学会2000年的诊断标准，自闭症指的是全面发育迟缓，下分五个小类，阿斯伯格综合征是其中一类。2013年，诊断所用的分类标准经过了一次修改，将原本的五个小类统称为“自闭症谱系障碍”，改分为三小类——自闭症、阿斯伯格综合征、非典型性自闭症。

“不管怎么分类，定为什么名字，我的理解是：这是一种发育迟缓的现象，没有药可以治得好，但有些低剂量药物可以缓解重度症状，比如无意识地自残或情绪暴躁。所幸林顿没有这些问题，所以我们从来没有用过药物。这种发育迟缓不仅是全面的，也因人而异，所以自闭症被定论为谱系（spectrum）障碍。大部分自闭症孩子不笑、不让人碰、不说话、不跟人交流，但还会有别的表达情感的形式。剑桥大学有位自闭症研究专家叫作西蒙·巴伦-科恩，他曾提出一个重要问题：阿斯伯格综合征能算残障吗，正常与异常之间的分界线在哪里呢？我赞同他的意见，严格说来，阿斯伯格综合征不是一种病（disease），而是一种状况（condition），并且是持续终生的状况。”

有个老师问道：“那么，在你儿子身上这种谱系障碍是以什么形式表现的?”

这时，我拿出另一份文件，是我按照上次演讲的提纲、我和安娜的谈话归纳整理出的自我简述。“这是我和美国的医生、专家和老师们的经验汇总——是针对林顿总结出来的经验。我知道各位老师会很辛苦，因为他的反应会和别的孩子不一样，真的拜托各位了。我的简述有点长，但在课堂上最好用的一招是：如果他有什么话听不懂，或者没听进去，麻烦各位把问题写在白纸上给他看，他就能懂。”

听了这话，那老师挑了挑眉毛，笑了笑，好像在说：这倒是挺省事的！

又有个老师问：“诊断报告中屡次提到的干预指的是什么？我们需要对他进行干预吗？”

我说：“美国医生认为这是一个特殊的案例。去诊断的时候，孩子的行为已经过家长和学校干预了。孩子小时候明显具有自闭症的症状，但他又有很强的适应和学习能力，甚至超过了同龄儿童，如果仅从适应性来看的话，很难把他归入自闭症。总之，医生提及干预，是为了说明这是一个成功证明了自闭症可以经由干预而得到改善的个案。”

还有一个老师问道：“自闭症可以改善……就是说他可以变得正常？”

“我觉得，这个结论有两层意思。一是说这样的孩子可以学进去，但一般人习以为常的事，他需要我们掰开了揉碎了去教，比如我儿子在语言、社交领域就像在自己国家的外国人，需要反复地教，但总有一天他能懂；所以，第二层意思就是对待这样的孩子要有耐心，我们不能预测他先学会什么、后学会什么，但耐心总是会有结果的。”

最后，六位老师一致同意请学区心理学专家来观察，征询我的同意，我当然赞成。原来澳洲也有学区心理学专家，这是我们读书时闻所未闻的职业，但在林顿的学生生涯里，这些专家将起到特别重要的作用。

这位心理学家是位四五十岁的知识女性，一连五天去学校观察林顿，第六天与我见面。她的问题都很具体。

“你认为林顿可以随班就读吗？”

“当然可以，只要老师没意见。”

“你认为他需要个别辅导吗？”

“不需要。”

“你希望老师在多大程度上给他特别关注？”

“最低程度。如果他听不懂指令，就写下来给他看。如果他在儿童乐园里一个人玩，喊小朋友去陪他玩。除此之外不需要特别关注。林顿需要不受打扰地发展、丰富自己，如果学校愿意给他这样的空间，真是再好不过了！”

她长舒了一口气。

“很好，我们的意见完全一致，不需要互相说服、开导或解释了！”

但这个空间给到什么程度，实际操作起来还是很难把握的。渐渐地，我和老师们养成了交流互动的习惯。语文老师反映：他听指令随大流的问题不大，但不写课堂作业，要写也写得很少，发呆半小时，再用十分钟写两句。老师不知道该不该干涉，就来问我。事实上，我也没有百分百正确的答案。那些老师似乎都没有应对过这样的学生，有时小心翼翼，有时也有大胆的提议，有时依赖我的判断，有时也怀疑我的定论……我们仿佛围绕在若隐若现的火苗旁，每一星亮点、每一片盲区都会引起我们的注意。这是一种富有实验气质的氛围，我很高兴地觉察到这一点。这说明我们都没用教条的方法对待这个孩子，让他学到知识的同时，也让我们自己学到关于他人、关于教育、关于大脑的新知识。我喜欢这样的互动——正面直视已知项，共同探索未知项。

20. 未知领域

有些人很难体会到“未知”的吸引力，一味耽溺于“已知”的世界，他们甚至不曾意识到，所谓“已知”的世界里也潜藏着无以计数的“未知”因素。如彻底诚实地说，无论对地球、外星球，还是对人类自身内部、他人的大脑的认知，我们都要有勇气、有智慧去坦承自己的无知。

移居 M 城的前几个月里，我很感恩这个未知的城市让我身心放松。从林顿出生以来，甚至追溯到攻读硕博以来，我第一次感受到庞大、多样、斑斓的外部世界对我敞开了门户。每天上午下午接送孩子，我都要在幽静的小路上走四趟，随手拿着相机，到处去看不认识的花草。尤其是蓝楹花盛开时，整条街就像童话里的布景。我拍照时偶尔会碰到花园的主人，时间一长就混熟了，她们会很骄傲地把花名一个一个念给我听：天堂鸟花、重瓣萱草、山桃草、金丝梅……有时还会带我参观花草更丰盛的后花园，甚至摘下几枝送我，我就会带着鲜花去接孩子。回来时，让林顿手持鲜花谢谢主人，平添了很多欢声笑语。

照片是最好的记录方式之一。或是独自，或是带着林顿，我们只要看到在美国没见过的植物就会拍照，过几天再来拍一次。因为花草长势惊人，好比女大十八变，再见面时就让人认不出来了，立此存照才能确定是同一款、同一株花草。我渐渐明白了，同一种花，如果颜色不同，花期就会有先后。一开始还以为看到稀有品种了，忙不迭拍照；结果过了两星期，遍地开花，我当然又是一通猛拍。

和在美国一样，我们成了二手店的常客，虽然书籍音像区域被埋没在大小家具和生活用品里面，但要淘总能淘到宝贝。我觅到一张

17 世纪初的世界地图，图上的澳洲应该是 16 世纪末的光景：只能看到一条简单的海岸线，下面写“未知地域”(Terra Incognita)。还翻到一本比尔·布莱森的《远在南方》(*Down Under*)，据书中记载，19 世纪初，有支探险队在澳洲内陆深处偶遇一群奇怪的动物，看上去像袋鼠，但比袋鼠小得多，跑得奇快无比。探险队的四个人策马狂奔去追，不知跑了多远，最终以四匹马口吐白沫倒下告终，但那群未知的动物仍在保持高速奔跑，最后不见了踪影。就那么惊鸿一瞥，之后一个半世纪过去，再也没人见过它们。直到 20 世纪 50 年代，澳洲政府派出探险队，才再次望见那传说中的动物，但也只是一瞥，没有追到近距离观看的程度。它们到底是什么？灭绝了吗？我们不知道。直至今日，澳大利亚内陆仍有大片土地未经勘探，那些荒野里究竟有些什么动植物和矿藏，岂不仍在未知状态？

回想孩子两三岁时，我所处的未知世界俨如外星球，孤独、单调、乏累、紧张，连未知的状态究竟是什么都说不清，只是坚定但茫然地摸索。而此刻，我们克服了之前的障碍，来到了这里——这个格外需要想象力和创造力，也素以开放的胸怀著称的国度。我们所处的未知世界整个儿地变了样，有了多种可能性、多姿多彩的面貌。在给安娜博士的电子邮件里，我讲述了这种心境：“无论是教育孩子、处理夫妻关系，还是应对自闭症谱系障碍，都好比踩在生态环境未知、潜藏宝藏未知的土地上。但我此刻的心情是舒畅的，澳洲很适合我和林顿，我想从澳洲人身上借点光！”

因为我对安娜特别提过学习外语的好处，便信守之前的约定，把近况和新的心得写给她看：“林顿在这所小学的二年级过得很愉快，放学后，我会等他在操场上玩个够。他会去跑跑跳跳，偶尔也去尝试跳绳、小篮球，等他乖乖地来找我了，我就带着他在各个妈妈群里转悠，听人家讲外语。出了校门也一样，我们所住的社区里有意大利人、希腊人、土耳其人开的饭店、杂货店，我们进去逛逛，拍照，听听店员怎样和顾客说话。不同国籍的人会有一定的聚居区，我们周末会去不同的图书馆参加活动，可以密集地听到某种语言——光是亚洲的语言就已经很丰富了！”

安娜的回信很有建设性：“有些谱系内的孩子有语言天才，有些却完全没有，就像天宝·格兰丁、爱因斯坦那样是纯粹的视觉思考者，并不用语言来思考。我相信你已经可以确定了，林顿不只擅长空间思维、抽象思维，他的日记写得很好，可见写作和阅读方面没有障碍。你曾说过，外语学习有固定模式，有利于掌握基本的对话模式，也许，现在可以试试以外语推动他的社交能力？”

我很赞同，但在回信中指出了另一个想法：“用外语推动社交，我对这件事有信心，但目前更需要耐心。显然，这不是一天两天能办成的事，但我会坚持的。而且，我发现这样做还有一个好处——适应嘈杂。”最早，是内森让我注意到自闭症人士对噪音的不堪容忍。也许孩子在不会说话的时候也有听觉过载的表现，但孩子说不出来，我就永远猜不到。但内森明白无误地告诉过我，美国人太喜欢开派对了。小规模的还行，场面一大，他会极度厌恶声光电，以及尖叫、大声说笑等噪音，就算他勉强待在那里，也很难和别人对话，因为不管对方说什么都淹没在背景的噪音里了。

“如果教室隔壁有厕所，一般厕所里有烘干机，厕所外有饮水机，林顿就会听不见老师在说什么，只听见烘干机、饮水机发出的声音。安娜博士你肯定很清楚，噪音在自闭症患者头脑里会被放大，大到无法把有效信息从背景噪音里抽离出来，无法像我们这样有选择性地听。他们不只是在视觉上需要屏蔽背景，在听觉上同样如此。可是，谁也无法屏蔽外部世界的噪音，只要生活在城市里，任何时候都会有交通工具经过的噪音——地铁、电车、汽车、卡车、飞机。就算我们自家不用空调，邻居用，我们也没有办法。空调的外机日日夜夜发出噪音，他都听得到。我甚至没有意识到自家冰箱也有噪音。前几天，林顿抱怨说冰箱的声音太响了，问我能不能关掉，我才发现那种程度的发动机声响对他也是一种巨大的干扰。既然无法屏蔽，只能训练。比如在电车和地铁的轰隆轰隆、叮叮当当的运行声中，在机器或人声报站、陌生人小声说话的背景当中，如何把同样小声的外语辨别出来。我认为这恰恰是很有用的训练方法。对任何人来说，母语都太熟悉了，在这样的训练中通常是无效的，但外语会显得很‘刺耳’，所以更容易分辨出来，也是林顿至今为止唯一愿意去操练的方法。事实上，我跟着他一起去辨认，我明白那并不容易，必须全神贯注，才能在各种声响中听出几句外语交谈的内容。”

对此，安娜的总结是：这就是现实场景中的听觉统合训练。我这才知道，有些特殊教育专家会让谱系儿童戴耳机听电子乐，以减少他们对声音的敏感度、提高对目标声音细节的分辨力。这么说，我又是撞对了路子。

又过了一阵子，我可以向安娜博士汇报新的进展了：“我们来M城已有四个月了，林顿在公车、地铁上能辨别出十几种语言了。学校和本地社区的不算，因为大家已经知根知底，不算‘辨认’了。我鼓励他去验证自己的判断是不是正确。我劝他，你只要有礼貌地打招呼，然后问一句‘请问你刚才说的是什么什么语言吗?’，总共只用两句话就能满足你的好奇心。否则你问我，我也不知道，妈妈也不是什么语言都懂的呀！一开始他还是很胆怯，但我鼓动了好些日子之后，上周，他终于第一次壮着胆子去问别人说的是什么语言了！事实证明，两句话足矣！后来，他的胆子就大多了，每次问完都美滋滋的，因为别人多半会夸他很聪明。感谢那些善良的陌生人!”

安娜喜出望外地说：“这就是我说的——推动社交能力！你们要再接再厉!”没错，出门提供的最多机会就是跟人说话。比如问路、问人说什么语言、问发生了什么情况、向人索取信息……这些提问的事，我全都让林顿负责。一开始，他扭扭捏捏、心慌意乱、眼神闪躲、说完就跑，幸好他是孩子，这样多半只会让别人觉得好笑；后来碰到过特别亲切热情的路人，他多少稳当了一点；再后来，自信心、成就感就在一句又一句的问话中慢慢积累起来，只要他问得对、表情自然、讲礼貌，我就会先挑出他做得好的地方加以表扬，再指出需要改进的地方。

不做母亲不知道，就这样区区几句话，也能暴露出孩子的很多问题，尤其是自闭症谱系的孩子。距离，他懂，但人与人在公共场所、交际状态中的心理距离、身体距离对他来说就太抽象、太微妙了。他没有“社会距离”的概念，不知道每个人都需要一个安全的自我空间。有时，他只管自己循着脑海中的路线往前走，都快和别人撞上了也不知道躲一躲。幼儿园的艾米老师花了十个月才教会他在园长前面排队，但到了街头、商店、邮局，排队的状况每次都不一样。他总是跟不上别人的节奏，跟别人说话不是站得太远就是靠得太近。这些毛病都需要在实践中一一纠正。

没有规矩，不成方圆。但根据研究，大部分划归到自闭症谱系的人士都要在具体事例中才能学会分辨是非，因为他们无法把文字描述的“规则”乃至“潜规则”推演到实践中去。除了耐心，做母亲的给不了更多，教条的“一二三”在千变万化的现实场景中通常不太有用，而局限在家庭、学校范畴里的模拟式学习终究差口气。所以，出门闲逛成了最简单有效的办法，让我们拥有无穷尽的“具体事例”。

一开始，我要不停地跟他解释谁在做什么，谁和谁是什么关系。他没反应我照说不误。说了一段日子后，我们开始了猜谜游戏——用我家乡的方言悄悄地交谈，猜的是人与人之间的关系。

“你猜，那两个人是什么关系？”我用眼神暗示街对面坐在咖啡座的一对男女。

“爸爸和妈妈。”

“有可能。不过我们没有看到小孩。”

“那么，你觉得那边穿蓝毛衣的男士是旁边穿灰大衣的女士的什么人？”

“朋友。”

“这个回答很有意思。不过你看，蓝毛衣的男士一直在店里忙来忙去，灰大衣的女士只是进店里东看西看的。所以，我觉得他是老板，她是顾客。”

“有道理。”

“你说的也有道理，也许他们以前是朋友，也许他们以后会成为朋友。”

亲子、夫妻、恋人、师生、同事、老板和雇员、店主和顾客、陌生人短暂搭讪建立起来的关系……形式都不一样。人与人的亲密程度不一样，说话的语气就不一样，身体与身体相隔的距离也不一样。那阵子，我热衷于把这些细节指出来给他看。等他明白了人与人的关系和距离有所不同，再指出他的问题，他才听得懂。

“你刚才问店员有没有邮票卖的时候，站得太远啦！结果人家听不清，你反而要喊好几声，影响到旁边的人。跟店员说话，可以走近一步，表示你现在需要她的帮助，她就会关注到你。”

“你刚才问路的时候，人家很详细地回答你，你说了谢谢，这很好。但你要尽量看对方一眼，哪怕就一眼也好，或者像幼儿园老师教的那样，不想看眼睛就看肩膀。”

“刚刚的问题比较复杂，你听我讲。月台上有两个地铁工作人员，你从头到尾都盯着一个人问，这样不太好，另一个人会觉得很不自在。下次看到两三个人在一起，你必须去问询的话，要记住，至少要跟每一个人寒暄一下，或是对视一下，或是笑一笑。这个在中国话里有个说法：一碗水要端平。”

但我对安娜也有报喜不报忧的时候，比如有一次，林顿在地铁里问坐在对面的路人是不是在说俄语？那两人不太高兴地回答“是波兰语”。虽然他们的回答不太客气，但我要在心里感谢他们，因为在此之前从没有人虎着脸回答林顿，而林顿也显然觉察到了对方的不悦。这对于不擅长察言观色的谱系障碍儿童来说，绝对是一次进步的机会！林顿很沮丧，回来问我：“他们不高兴是因为我猜错了吗？”这个问题可大可小，我想了想，告诉他："波兰和俄罗斯有很复杂的历史，等你大一点我们再好好学学。但今天这件事给了我们一个教训，下次，你就改问，请问您刚才说的是什么语言？这样就不太会冒犯人家了。"

"什么叫冒犯？"

"就是你不小心讲到了让别人不开心的事。"

"我怎么知道有什么事会让别人不开心？"

"理论上我们都不知道，但有经验的人会猜到一部分。所以要学会对话，学会提问。你今天就学到了一种新的提问方式，对不对？"

21. 迷上地图和外语

很多孩子执迷于某一样新事物、新玩具后只有三分钟热度，我并不知道林顿对外语的兴趣会延续多久，但只要他有兴趣，我就会鼎力推动。从坐公交车逛 M 城的那阵子开始，林顿回家后就会埋头研究外语。内森把自己淘汰的旧款 iPad 给了林顿，林顿喜欢把键盘改成外语，把那些稀奇古怪的字母和符号看熟了，再上网搜索这些符号叫什么名字、如何发音，然后换下一种外语。

安顿下来后没多久，我们给他买了电子钢琴，琴键的声响终于有轻有重了。我们希望他别荒疏了这个爱好，更不希望他和丹娜断了联系。虽然当地也有很好的钢琴老师，可以体验一下英联邦国家的钢琴教学，但我们都舍不得丹娜。更何况，这次搬家跨过半个地球，生活中的一切都变了，丹娜就不要变了吧。澳洲小学早上九点钟上课，林顿可以先吃完早饭，在上学前和丹娜上一节视频钢琴课，每周一次。

除了摆弄外语键盘、弹钢琴，二年级的林顿还喜欢一件事：在iPad上研究地图。在看电子地图之前，我已经教会了他看纸质地图册。M城拥有全澳最为庞大、总长度为世界都市中排名第三的轨道交通系统，其规模是我们在美国住过的大学城完全无法媲美的。这给了我们出门的动力。

放了学，我就带着林顿到处乱逛，没有什么目的性，不设目标，有时只想看看一条巷子通向哪里，想知道某条公交线路经过哪些地方。傍晚时分，我常会问他“我们现在在哪里?”，他就摸出地图来看，顺着街道名字找到我们的位置。我再问“要回家吃饭了，该怎么回去呢?”，他会在地图上指出一条线路，多半是原路返回，有时也会发现别的路径更近。回到家了，我再问“今天我们去了哪些地方?”，他就根据地图，找张白纸，把我们走过的来回路线画出来。后来有了iPad，他就执迷于把地图放大看、缩小看，根据已经走过的路线探索新的路线。

等车的时候，我们常常会做数学题。我就是在好几个月台上教会他平方秘诀的。

“5的平方是多少?”

“25。”

“15的平方呢？不会算？那我教你：个位数的5，你别去管它。十位数的1先加上1，等于2。然后再乘以它自己，一二得二，等于2。好，现在在这个2后面缀上25。15的平方就等于225。”

“1加1再乘以1，225。”他明白了。

“很好！那25的平方呢？十位数的2加1等于3，二三得六，625。75的平方？七八五十六，5625。会了吗?”

他点点头。我又陪他试了35、55、85的平方，他很快就掌握了。这时候，车也来了。

过几天，还是在地铁月台上，我先考他95的平方是多少。

“9025。”他几乎不用想就回答上来了。

“很好！那么，91的平方呢？个位数是5的秘诀就不好用了，但还有个办法适用于91到99。听好：91减50等于41，41乘以2等于82。100减91等于9，9的平方等于81。所以，91的平方等于8281。”

他没说话，听着，小脑瓜里显然映现出了我说的两个算式。

“再来，97的平方等于几？一样的做法，97减50等于47，47乘以2等于94。100减97等于3，3的平方等于9。97的平方等于9409。”

“先减50，再乘以2。用100去减，再平方。”他明白了。

“轮到你啦，94的平方？”

“94减50等于44，乘以2等于88。100减94等于6，平方36。8836。”

“对了！”

我一表扬，他就笑了，然后用极快的语速，很大声地算出了92、96、98的平方——他还是不会控制音量，一激动就很大声，但幸好是在嘈杂的地铁站。

到了澳洲之后，我还试图教他看太阳辨方向。但没过多久，我发现他根本不用看太阳也知道东西南北，不管我们身在熟悉的还是陌生的区域，只要我问他“这是往什么方向走？”，他想一下就能回答出来。我猜想，高精度的电子地图已经烙印在他脑海中了，哪两条路是平行的，哪两条路是垂直或是斜交的，他都有记忆。有一天我们在一条公交车线路上坐到底，已经出了城，前方有一条铁路，他竟然也能告诉我，那是开向威廉姆斯镇的。自始至终，我都没想通他是怎么掌握这种技能的，也许脑海中的地图在身临实景时会变得具体而三维，抽象和具体之间架起了桥梁。还是回到那句话：当我试图进入他的思维世界，就会发现那儿像广博的澳洲内陆一样是片“未知地域”。

渐渐地，我和林顿达成了共识——出发时走一条路线，回家时必须要当场想出另一条路线。他觉得这样才好玩。如果周末一家三口出去吃饭再去参观博物馆，林顿也会这样要求内森。坦白地说，在这一点上，当爹的也比不过二年级的儿子。试过几次之后，“怎样挑选回家的路线”这件事就完全托付给了林顿，我和内森决定为此付给林顿酬劳，美其名曰“GPS 费用”，采取包月制付费——我们的儿子开始赚零花钱了。

尝到甜头后，林顿对出门的热情高涨起来。我俩出门只带水壶、公交卡和地图。我会带点零钱，但那主要是为了防劫，几乎没怎么用过，就当护身符了。每次逛到天将黑未黑时就回家做饭，等内森回来一起吃饭。与此相比，做作业只占用了林顿极少量的时间。我在给安娜的信中写道：“只带一壶水出去看世界，是因为我觉得孩子应该明白：快乐不是必须用钱去买的。更重要的是，这让他从一个胆子很小的男孩变成了一个乐于探索的小大人。外部世界不再可怕，而是有趣的。现在，他会自己从网上找一个想去的地方，查好路线、抄下来、揣在兜里，把水壶装满，我们就出门。我两手一甩，什么都不管，随便他把我带到哪里，带错路了也没关系。他很高兴，因为我把他当作大人看待，信任他。我也很高兴，因为他在进步，我扮好了陪伴者、保护者的角色。”

事实上，在自己居住的城市里旅游，其乐趣并不比去远方度假少。长途旅行中可能发生的意外情况，在城市里周游时一样也不少。我们就遇到过公交线改道、地铁某个路段临时检修、查好开门的店或场馆关门、公交车站有招呼站牌但没有站名、按图索骥找过去的地方已彻底换了门面……还有一次，顺利找到了展览馆，却被拒之门外，因为我们没带身份证件。所以，林顿很快就习惯了遇到困难、吃闭门羹、遭到拒绝或迷路的状况。他会像幼童那样眼巴巴看着我，但我会很明确地告诉他：“接下去怎么做、怎么走，我都听你的，只要我们安全回家就好。”

不出错的时候样样都好，但随便哪个环节都会出现意外。旅行不也是这样吗？意外不断，直到你不再把意外当作意外。无论远近、无论何处，生活都是这样，就算发生一点不太理想的状况也不要惊奇，一板一眼处理就好了。有好几次，林顿委屈极了，眉眼鼻头挤在一起，眼看着要哭出来。我就逗他说：“你快变成小笼包了。”只要他着急、憋屈，就会立刻表现出谱系障碍儿童特有的样子。而我会反复地、屡次地提醒他：“如果陌生人指错路，或者司机忘了喊你下车，你不要埋怨。人人都可能犯错，错了就错了，我们再找方向就行了。如果耽误了时间，我们还可以下次再来。我们出门是为了高兴，回家时不高兴就亏大了——那叫作‘得不偿失’。”

曾经，这个孩子也有一点强迫症的倾向。样样东西必须摆成他想要的样子，事情必须要在某个时间做完；有一点不合心意，或不符预想，或与一贯的样子不同的状况发生，他的脸就会变成小笼包，小时候会大声哭号，上学了会大叫着跑到角落里去。我曾一筹莫展，只能任他去，也期望别人尽量迁就他。但在M城城区漫无目的瞎逛的那半年里，他见识了各种突发情况，慢慢进化成了可以随遇而安的人。这是我预料之外的进步。都说谱系障碍人群的刻板行为是天生的，但事实证明，经过大量多样性的现实经验积累，他们也会慢慢调整态度，接受世界的本来面貌。

我跟安娜博士描述这些琐事之后，她回复我说："你对孩子有信心，对世界和他人也很有安全感，这对自闭症儿童的母亲来说是一种不多见的素质。大多数父母会在确诊后缩小孩子的世界，有的是迫不得已、有的是刻意控制，而你恰恰相反，迫不及待地扩大他的世界！"

22. 袋鼠妈妈、鸵鸟爸爸

在澳洲，我们走过的最长的一条路是赫赫有名、沿着海岸线蜿蜒的大洋路，总长300公里，沿途有惊涛拍岸的刀削峭壁，能看到姿态奇绝的海上奇岩，会经过群鸟翱翔的雨林……一边是深蓝色的大海，一边是多姿多彩的森林。

但也只有屈指可数的长假可做来回六七百公里的长途旅行。短假里，我们先往西北，去了本迪戈金矿，戴上头灯，像矿工一样全副武装下到到处滴滴答答渗水的矿坑，一直走到地下85米的深处；接着往东南，去丹德农坐蒸汽小火车。林顿特别喜欢把腿荡在窗沿外面，而我看着火车经过了世界上最古老的蕨类植物群，视觉感受无比美妙。那次因为机会难得，我们索性再往南走了一程，因为林顿特别想看传说中“世界上最小的企鹅”，我们在维克多港下车，走过木栈桥，上了菲利普岛，终于赶在日落时分见到了岩石缝里的小企鹅——真的好小，躲在大大小小的岩石缝里。原来，我们刚好错过了小企鹅成群结队从海里上岸归巢的场景。

澳大利亚是一个美好的地方，蔬菜、水果、面包、奶酪都比美国的新鲜，好吃极了。相比于美国人，澳洲人的生活方式更像中国人。美国人洗衣服全靠烘干，澳洲人晾干，所以，市场里有卖各种晾衣服的神器。这让我觉得亲切无比，屡屡想起读大学时，一出太阳，全宿舍的女孩都抱着被子去抢占单杠、双杠乃至矮灌木丛。澳洲的汽油比美国贵，但凡走路到得了的地方，澳洲人就不开车。去采购的时候也常常看到别人拖着小拖车走在街上，车里装的都是刚从市集买回来的蔬果、鱼肉——如果在美国，铁定是要开车的。但有的地方，澳洲更像欧洲，尤其是咖啡店。美国的咖啡店只是另一个工作场所，大部分人会一边喝咖啡一边在手提电脑上敲敲打打；但 M 城的很多咖啡店里根本没人用电脑，纯粹聊天、看街景、发呆。这种悠闲懒散的氛围让我很放松，但大多数美国人会觉得澳洲人和欧洲人一样懒散。即便是最繁华的大街，到了晚上六七点钟，当地人开的饭店就全关门了，要吃饭只能去美式快餐店，或是中餐馆。

内森的职业生涯就是在这样懒散的城市氛围中开始的。我觉得挺好，能让他从校园慢慢过渡到职场。虽然澳洲人也说英语，但只要内森一开口，别人就知道他是北美人。我觉得这也挺好，本来会因为社交技能差而引起误会，但现在大家的第一反应都是“他是外国人，搞不清状况是很正常的”，因而谅解他。但这毕竟是他有生以来的第一份正式工作，内森非常紧张，每天都担心会把什么事情搞砸。

每天送完孩子上学，我回家时，他已经去上班了。他在理工学院科研单位的同事们，我一个都不认识。也不会有谁像林顿学校的老师们那样给我发来电子邮件，讨论出现的各种问题。他基本上每天都回来吃晚餐，偶尔加班，就算回家晚个二十分钟也要特意给我留言。每次出去采购，他都知道要把我和林顿最爱吃的东西买回来。每晚林顿睡觉后，我和他各看各的书，各忙各的论文，睡前聊聊天。每个周末，我们都会出去吃顿丰盛的早午餐，然后去博物馆、展览馆、水族馆玩一下午。就最基本的生活表象来看，挺安稳的，好像没什么问题。

其实，我们安顿下来没多久，他就曾忧心忡忡地告诉我，这份工作合同只限两年，第一年还可以集中精力工作，第二年就要有另找工作的心理准备，他觉得压力太大，不知怎么办。我只能建议他多帮教授们干干编程的活儿："这是他们不擅长也不爱干的体力活儿，你帮他们做了，他们会高兴的。你也可以多发表一些论文，以后找工作方便点。"这话他听进去了，一有空就埋头在书桌前编程、修改论文。但这样一来，他又没时间陪我和林顿了。在M城住了几个月后，我发自内心地希望能在此久留，但又不敢把这种想法说出来，生怕给他压力。

当然，放假总是要放假的。我有个初中同学留学澳洲，联系上之后，发现她也住在维州，便约定在除夕假期重聚。她的先生是土生土长的澳洲人，有一辆自己改装、加固的越野车，就带上我们一家三口，配备了无线电、发电机，带够了饮用水、食物和汽油，沿着大洋路一路开到了阿德莱德。驶入旷野后好久都不见人烟，我们仿佛行驶在无人的星球上，只能见到自然的造物。

除夕夜，我们盘旋山路，开到阿德莱德最高峰顶看到了新年烟花，四散的光点还没落到海面就消隐了，大海在银色月光和彩色烟火的照耀下隐现恍惚迷离的波纹。这是看烟花的最佳位置，所以山上停满了车，我们和许多素昧平生的人聚在一起，不论过去的一年发生了什么，一起祈愿新的一年心想事成。

问题是，我并不知道内森的内心是怎么想的，更不知道如何扭转他的想法。

四个月前，也就是内森的科研工作刚刚步上正轨后，有天晚上我看到他在吃药，就问他怎么了。他说是刚上大学时用过的抗抑郁药物。这可是我第一次听说，便惊讶地问道："你怎么会抑郁呢？你不是说高中时一切很顺利，还作为毕业生代表上台发言吗？"他没精打采地说："反正进了大学之后，好像一切都没方向了，感觉自己和大家很不一样，什么事都要自己拿主意，但我的主意好像总会让大家觉得很奇怪。后来就去看了学校的心理医生，吃了一阵子药，感觉好点了就不再吃了。"我心里咯噔一下，连忙问他："是不是课题组出了什么问题？"他说："我不知道是什么问题。"这个回答简直太孩子气了，有时问林顿也是这样，一问三不知。我耐下性子，让他把最近发生的事原原本本告诉我。原来，大家一起讨论方案时，他把自己做了两周的报告讲了一遍，有个资深的同事说："你这个实验方向可能会遇到很多困难。"内森的反应是脱口而出："那就是说，我的方案一无是处了。"据他说，"之后就没人说话了"。后来，他的方案表面上被否决了，但没过几天，另一个同事拿出了新方案，立刻被委以重用。内森一看就知道，那份被盛赞的方案在好几个关键部分抄袭了他的那份方案。

我低下头，偷偷地叹了口气。这明摆着是他把天聊死了，莫名其妙说出那么重的话，别人不知道怎么接，或许老同事们自有默契地交换眼神，就放弃了补救场面的举动。然后，就是职场里司空见惯的钩心斗角了。但这些话外之音、眼神里的话、场面上的遮掩、背地里的手腕、明枪暗箭……全都是内森的盲区。他不会自嘲、不会反思，也不会走过场。他只会觉得挫败，回想自己的博士论文也是“勉强拼凑出来的”，再想到要这样勉强地工作一年，之后又要去找工作，更是沮丧。幸好他虽有过几次情绪崩溃，至少知道可以向医生寻求帮助，所以忍了好多天后，终于决定找医生开药。重新吃药后，他的情绪稳定了一点，但突然间胖了起来，俨如吹了气的气球。

好笑的是，他自己胖了，反倒看我更不顺眼了。到了澳洲之后，我也胖了一点，因为天热，就把头发剪短了。然而，通常让初次打交道的发型师做发型都会失败，也可能是水质变了，或是洗发护发的产品更换了，我的一头短发天天炸毛。我自己也觉得不好看，但头发总归会再长出来的，所以我埋怨过几句就把这事儿抛到了脑后。内森倒好，哪壶不开提哪壶，三天两头甩给我一句“你变丑了”。如果他用的是开玩笑的语气，说不定还能增添一点乐趣；但他是一本正经地说的，简直像是法官宣判：“你的脸像脸盆那么大，头发像妖婆，声音像巫师。”如果不是错觉，大概只能说明他的比喻太失败？甚至可能更糟——我的形象改变在他看来不是一个人正常的、短暂的量变，竟然是质变？

我心大，搬到异国他乡，很多事不懂就要问，他却说：“你总是横冲直撞去打扰别人，你很自私，你知道吗？”我一笑而过。有个周末，我们三人走在邻近街区里，那儿的公寓楼前面都有一道矮墙。我走在前面，林顿和内森在后面聊天。我看得到墙那边有个女人和我们同方向往前走，但因为墙挡住了，我看不到她手中牵着一条大狗。所以走到矮墙的尽头时，狗先蹿出来，右拐到我面前，可把我吓了一跳，下意识地叫了一声，那女人立刻拉紧了绳子，所幸我俩并没有撞到一起。后来两路人马相安无事，各走各的路。但等女人和狗走远了，内森就开始埋怨我："我就说吧，你走路从来大摇大摆，不管别人，撞到人家也不道歉，真没礼貌！"我解释说，我没有注意到她在遛狗。但内森言之凿凿地说："明明隔着墙就能看到，你撒谎！"我这才意识到，他比我高，他早就看到狗了。我们已经走到下个街区了，但我恨不得拽着他们往回走，向内森证明那堵墙刚好挡住了我的视线。当然，我没有那么做。我心大，想想算了，当着孩子的面争执一个没有证据的细节是没意义的。但这明显是欠缺心理理论（Theory of Mind）指出的问题——他无法推己及人，也无法站在别人的视角设想问题。安娜博士教给我的心理学术语有了现实的例子。

平日生活里无非就是这些鸡毛蒜皮的小事，虽说确实是病症使然，但真要计较未免小题大做，更何况我们是唇齿相依的家人。但职场社交对内森来说是大麻烦，我明白，却帮不上忙。内森的情绪崩溃是间歇性的，虽说有药物抑制，但治标不治本。

我有心回想了一番，在我们相处的这些年里，因为教书、避孕、弃教、更换博导……他爆发过一次又一次，怒吼过、捶胸顿足过、摔过杯子、朝墙上扔过拖鞋，可能也背着我吃过药。我不曾和他正面冲突过，他爆发的时候，总是我最安静的时候，安静地等他安静下来，再好好地与他对话。无论如何，他不曾对我爆发过，哪怕在很难自控的情绪下，他始终遵守一个人应该有的礼仪——不打人、不骂人，任由火气冲向地面、墙面和天空。掩盖在冲天火气之下的，事实上是他的善、他的好、他的无可奈何、他和我之间不可分割的纽带。

我想，我们两人都有能力与问题共生。两人间有过的争执并没有化解，只不过是不提了，沉下去，变成潜流暗涌。他仍然每隔几个月要爆发一次，然后又仿佛什么都没有发生过。我们依然可以用别人听不懂的术语讨论与生活无关的数理问题，他也依然可以在心情好的时候唱支好笑的儿歌哄我睡觉……但因为林顿在进步，安娜和哈曼不止一次告诉过我，我做了正确的事——及时干预，开动自己的脑筋去解决尚无标准答案的问题。这让我开始思考，对于内森，我能做什么正确的事？为什么只能眼看着他这样痛苦下去？为什么不能从根本上帮助他融入职场和社会，让他脑瓜里的奇思妙想真正地发挥出来，得到赏识和重用？

两个月前，我向他转述了哈曼医生的暗示，还给他看了医生发给我们的资料中提及自闭症儿童的家人也常有谱系障碍的数据报告。

“要不，你也去做个成人诊断？看看能得到什么帮助？说不定，你对这种病加深了解后，对于我们教育林顿也会有帮助呢？”

他却好像没听到一样，置若罔闻，直接把我的话封存在冰洞里了。我知道他在抗拒，就像所有笃信自己是健康的人拒绝接受绝症的诊断。

一个月前，哈曼医生给我发了封电子邮件，作为林顿的确诊医生，他问到我们在M城的适应情况，我很感激地回信。他又发来一些与自闭症相关的澳洲机构的资料和链接，还随信附上了一篇刊登在医学刊物上的最新论文，主题是和自闭症人士的婚姻生活：没有谱系障碍的人该如何和有谱系障碍的配偶相处？我反复读了几遍，斟酌了一个星期，才把它打印出来，给内森看。当天晚上，他对我说："文章我看过了。写得没错，我没法给你情感上的支持与回应。我这样的人不值得爱。"

我的感觉像是挨了一闷棍。同一篇文章，我们怎么能看出如此悬殊的结论？我斟酌再三决定给他看，就是因为这篇文章写得特别好，提出了中肯的建议。"我亲爱的内森，这道题你可答错了。文章的主旨根本不是你说的这个意思。这位作者并不是医生，而是婚姻咨询专家，专攻自闭症患者的婚姻问题。文章说的是，没有谱系障碍的一方应该放弃原来对婚姻的幻想，接受自己配偶不会马上变得正常这个事实，努力去了解对方的需要，不要要求对方去做做不到的事——总之，要包容；另一方面，有自闭症谱系障碍的一方要明白，自己和普通人不一样，哪怕做不到和普通人一样，也要以一颗好奇的心努力了解普通人的世界怎样运转，继而更好地理解自己的配偶——总之，要学习。"

内森愣愣地看着我："你是怎么总结出这些主题的？"他当着我的面，郑重其事地把这份文档放进他的文件夹。但从此以后，他再也没有提起过这件事。而我开始反思，也许正是因为那位作者不是医生，所以低估了自闭症患者遇到的挑战，也使我低估了问题的严重性？也许我一口气说得太多了，他完全失去焦点？实际上，要是自闭症患者能意识到自己与众不同，问题就解决一大半了。他意识不到，恰如他说的"我不知道有什么问题"——他觉得自己很正常，反倒是别人的反应都不太正常。

我像袋鼠，带着孩子在草原里蹦跳。他像鸵鸟，躲进沙堆。我们去动物园时拍了很多照片，有一张照片上，内森的影像有点虚，背后的池水反射着阳光，好像所有的光亮都刚好避开了他。他没有笑容，用一张忧郁的脸对着枝头一只娇媚活泼的黄脸暗摄蜜鸟。

我放弃了原来对婚姻的幻想，接受了现实，他明白吗？

我放弃了原来对事业的计划，接受了现实，他明白吗？

我想让他确诊，不是为了证明他有病，而是为了更好的未来，他能明白吗？

我希望让他迈出这一步，事实上是做好了接受大震荡的心理准备，他能明白吗？

他拒绝接受自己天生迥异这件事，就像古人一开始没有负数的概念——直到有了欠债记账的需要；也像古人很难接受无理数的存在。2500 年前的毕达哥拉斯学派认为“万物皆数”——世上只有整数和分数，但他的学生希帕索斯发现了“无限不循环小数”。无理数的存在让整个学派陷入第一次数学危机，数学家们很恐慌，甚至有传言说是毕达哥拉斯下的判决，把希帕索斯丢进大海淹死了。但历史明鉴，再难接受的事，慢慢地，总会被接受的吧？

日子一天一天地过去，我不想催他，也不能催他，因为事实明摆着：他当前最紧迫的问题是适应新工作。最好的安排应该是：等他找到下一份相对稳定的工作，不管是留在澳洲还是回到美国，再去寻求医学界的帮助。但是，这样做的代价就是拖延痛苦，我们必须像带伤参赛、不轻言放弃的运动员一样，把这一场赛事先打完。我是出于好意如此安排，但也许正是因为如此，他的世界就只剩下了埋头疯狂工作了——甚至还不一定能带来成就感——和家人的联系反而越来越稀薄了。当我和林顿因为新发现而兴高采烈时，他总是把自己关在书房里，只传出敲击键盘的声音。这种时候，我和林顿就会克制一点，以免吵到他。

23. 德语帮了英语

出门的路越走越顺，学堂的路却走到了死胡同。八岁的林顿上了三年级，终于要面对标准化测试的考验了——他的拼写能力爆表，无人能及；阅读能力也爆表，排名最末。即便是我这样心大的家长，看到老师递来的一份阅读考试的白卷，也会很尴尬。题目并不难：看完一篇文章后，回答几个问题。林顿根本不做，直接留白。这不是强辩自己的小孩“有能力理解”或“有谱系障碍”的时候，因为证据过分确凿。无论如何，这说明问题存在，只是我和老师都摸不透问题出在哪里。老师问我，我说不清，隐隐约约觉得林顿的星群知识亮点里缺失了某个环节，好像有颗星星始终被遮蔽在盲区。这件事，靠出门闲逛、观察人际交流是无法解决的。纸面上的事，也许还要回归到纸面上解决。

但这个孩子不喜欢看书，除了有大幅照片的天文书、生物书。一直以来，我都坚信朗读和背书是有好处的，但多半是我在“自言自语”，他几乎没有反应，我不知道他听到了什么，也不知道他能不能听懂。读书听书和日常对话有所不同，因为书本上的段落通常有自成一体的逻辑和意义，但与当下的环境、事物并无关系。林顿很小就学会了认英语单词，所以，给他一本英语书，他可以用一种平板的语调从头念到尾，但至于故事说了些什么，无论我变着什么法子问，他都一言不发，我完全不知道他有没有读懂。但眼看着他写了几年日记，我又无法相信他缺乏理解能力。从词句到篇章，他究竟要怎么走通这段路呢？

一连数月在真实生活场景中锻炼了对外语的听觉敏感后，林顿通过使用 iPad 对各种语言的字形字音也有了一番大致的认识。不经意间，契机出现了——有一天，我自己看书时需要查证一个拉丁语单词，就随手拿起身边的 iPad，在网上搜索之后，无意间点开了一个总部设在德国的语言学习网站：babbel.com。这个名字跟巴别塔（Tower of Babel）并没有关系，在德国中部黑森州的方言里，babbel 就是说话的意思。这个网站提供了十三种语言的课程——包括英语在内的欧盟成员国语言，外加印尼语（考虑到了荷兰有四十万印尼移民）。每种语言都可以免费试听初级和中级的第一课。课程的每个页面都是极简风格：页面中间只有一个小方格，格子里显示图片，下面呈现一个词或是一句话，除此之外只有白色的背景。配有发音键，能够听到每个词句的人声朗读。进行自我测试时，每一页做得对不对都能得到实时反馈。

屏蔽背景——这不正是林顿需要的吗？我赶紧把他叫过来，当场试用了一下德语课程，他一下子就迷住了，大声喊道："妈妈，我要！"我立刻完成支付，解锁了所有课程。抱着这个新玩具，林顿就对逛街失去了兴趣，他说："我们只要周末出去逛逛就行了，现在放学回家我要学德语。"这个孩子一向是说到做到的，要么就不说。每天放学回家，换了衣服，洗了手，就开始对着 iPad 上课，一上就是好几课。后来我发现，他还会起个大早，趁我和内森还没起床，就把房门关上，躲在被窝里做题目。

就这样过了两个月，他像一辆小坦克似的，从单词课程快速推进到了包含听力理解、阅读理解的课程。有一天傍晚，他在餐桌边做听力理解，把 iPad 的音量开到最大。我在书桌边看书，也支起耳朵听起来，好歹我在大学里学过一点德语，那段话的意思大致明白，但要回答题目，感觉自己还需要听两三遍。但没想到，林顿只听了一遍，就全做对了。系统会即时评分，一连串的“正确”让我大吃一惊。我放下自己的书，走到他身边，认真地问他：“你是猜的，还是真的明白？”林顿二话不说，用英语把这段话的意思给我原原本本复述了一遍。我一屁股坐在椅子里，一时间百感交集，不知该说什么。这是他有生以来第一次复述故事！在交了那么多白卷之后，他终于证明了自己有“理解文本”的能力。虽然我仍然不明白他为什么不能在学校测试中这样表现。

那之后的一段日子里，我全程陪着他做网站上的听力和阅读课程，每一篇都让他用英语复述一遍，他都能完成，做题的正确率也很高。接着，我拿出早就买来的维州小学一二年级的标准英语测试题库。有一部分给他做过，虽然他当时不会，但这次他很快就做完了，基本都对，还不解地反问我：“妈妈，我已经三年级了，你为什么给我做一二年级的题目？”

“二年级考试的时候，你为什么不这样写出答案呢？”

“我不知道。”

我在给安娜的信中自作聪明地推导出很多可能，试图解释他的这种反差。回信中，安娜再次提到了“心理理论”这个术语：“根据心理理论，对一件事和一个场景的解读和理解，普通人不需要经过刻意地训练就能从小自然发展出来，但谱系障碍者没有这种司空见惯的解读能力，没有发育出一个能完整运作的社会思维系统。这会表现为在餐桌闲聊中的答非所问，或是亲密关系中的彻底误解。在课堂里也可能表现为无法理解‘考试’的含义。”

总之，课堂作业的障碍突然消失了。有位老师对我说：“以前我听说过，自闭症的孩子一旦开窍，会从零分一下子跳到一百分，这下可算是亲眼见到了。”

“零分的时候没有人嘲笑他、羞辱他，他才有可能变成一百分。说到底，我还是要感谢你们的耐心，给了他足够的时间慢慢开窍！”我这不是客套话，而是发自内心的。太多的真实故事告诉我们，融入主流教学体制的自闭症孩子会让老师们百般为难。遇到现在的老师是林顿的福气。我当然是欣慰的，但也有种战战兢兢的心情：这条开窍的轨道是由太多的偶然因素串联起来的，如果当时我没有误打误撞地进入那个网站，又会怎样呢？如果以后遇到的老师和同学会因为别的事嘲笑他、羞辱他呢？

林顿的德语进展飞速的这段时间，我们出门逛街的范围已缩小很多，不再去远处探险，但每周一定会去二手店淘宝贝。恰如以前有“卡片精灵”施展魔力，那段时间显灵的肯定是“德语精灵”。一走近二手书区，林顿就看到了那本卡通画封面的德语书。翻开一看，有绘画也有成段落的文字，但不分章节，每页都有插图。他念出了主人公的名字：索菲和菲利克斯。

这是一本适合五岁以上儿童的绘本读物，主人公是九岁的小女孩索菲，以及她的哥哥、弟弟和妹妹，他们和父母——一家六口住在德国。她有一只热爱探险的毛绒兔子玩具，名叫菲利克斯。常常在眨眼之间，菲利克斯就不见了——原来是去全世界旅行了！它会在旅行途中给索菲写信，向她描绘旅途见闻。书里附有六个真的信封，孩子可以从里面掏出信来念。菲利克斯还常常给索菲带礼物，也随书附在一个礼包里，给孩子大大的惊喜。这套书从1994年首版第一本开始就大受欢迎，至今仍在德语国家热卖，并且持续再版，已经开始影响第二代小读者了。每一本都符合既定的结构模式：开篇描述菲利克斯的消失，索菲很难过，但还是很期待它的来信；信来了，索菲念完后，会和兄弟姐妹或学校里的好友一起做游戏，重现信里的相关场景。如此重复六次，最后，菲利克斯会以一种出乎意料的方式回到她的身边。

后来我才知道这套书有英文译本，但对林顿来说，德语的非但没问题，还比英文的更好看！当时在书店里他就盯着最前面的两页看得停不下来，我不用问，直接买下，回家和他凑在一起研究这个德语故事。

这个毛茸茸的小兔子轻而易举地征服了林顿。从某种意义上说，讲德语的菲利克斯是林顿人生中第一个虚拟伙伴、第一个具象的玩具。在此之前，他没有喜欢过别的小朋友都喜欢的绒毛恐龙、泰迪熊。

可爱的菲利克斯在纸面上邀请林顿走进新的世界。也许，他还不习惯独自阅读，每天都缠着我给他念一两页——早上念了，晚上还要念一遍。我念得慢，注意到他的目光会跟着音节停留、跳跃到不同的单词上去，心里真是说不出地激动。有时出现不认识的单词，我们就一起查字典，搞清楚那句话的意思。就这样聊着聊着，他可以就着剧情跟我顺畅地对话了。

菲利克斯还办到了一件我们无计可施的大事情——林顿前所未有地开始注意人物的表情了！最早是大手医生跟我提及他的继子要靠图示卡片才认得出别人的表情，当时我不以为然，后来果然对林顿束手无策，我只能让这个问题如潜流隐藏在日常生活的最深处。但菲利克斯带林顿走进了一个“看脸”的新世界，他会问：“这里，索菲是在哭吗？她为什么要哭？她很紧张吗？她很害怕吗？”在全世界旅行探险的菲利克斯的表情更生动，是它让林顿意识到，哪怕不说话，脸上的表情也能表现出开心、生气、伤心、恐惧等等的情绪。有一天，我在厨房里做饭，听到他自己用语音问谷歌：“伤心的脸是什么样的？”谷歌给出一堆图片，他就坐在那里一张张看过来，一言不发，俨如小时候看加减法竖式卡片时那样。我依然不去打扰他，只在心里默默想：再过一阵子，可以增加新的社交练习了吧？终于可以让他试着解读现实生活中人们的表情了吧？

另一方面，讲德语的菲利克斯证明了林顿可以阅读、可以理解文本。但奇怪的是，换成英语书或者中文书都不行，他碰都不想碰，别说一行一行看下去了。只要和他念英语书，他就耷拉个脑袋，度秒如年，问他什么一律回答“不知道”。我真是挠破头也想不明白，外语和母语对他的阅读行为的影响为什么会有这么大的区别？只要是德语书，哪怕菜谱他也喜欢看。没错，我们后来在二手书店里找到一本德国菜谱，他叫我买给他看，后来果真看得津津有味，把“黄油 25g”“把肉腌一整夜”等说明文字都读得字正腔圆。

因他们有自闭症谱系障碍，我们常常难以区分他们是真的不舒服，或是没有感觉舒适的能力，或是有什么因素导致他们不舒服。但我坚信林顿不是因为大脑神经系统的缺陷而表现得如此，我没有证据，只能靠不厌其烦地测试来验证：试探、试错……

林顿出生以来，“菲利克斯”的故事书是我们母子俩一起读的第一本书。读完了一本，我立刻网购了第二本、第三本。只有读这套书，他才会回应我的提问。读别的书，他的回答只有一句“我不知道”。我绞尽脑汁地想，也许“不知道”是他的舒适区？那么，如果继续让他待在舒适区里，我还能做什么？从“不知道”出发，还有什么可以说的？这就好比他将门关上了，我在门外说什么才能让他再把门敞开？菲利克斯到底做了什么？

天无绝人之路。有一天念书给林顿听时，我突然意识到自己说了一句“不知道下一页说了什么……”，然后很自然地翻过一页，继续读绘本书上的文字。“不知道”这个关键词在我脑海中成为高亮的词组，我便有意识地在翻页前重复了一遍“不知道下一页说了什么……”，如此反复，坚持每一页结尾都这样说。几次试探我就知道了，他没有厌烦，这句话也在他的舒适区内。

这句话，我也不知道重复了多少遍，直到有一天他也跟着我说：“不知道下一页说了什么……”他期待的是翻页后看到故事继续。

又过了一段日子，我开始添加内容，扩展这个句式：“不知道下一页说了什么，菲利克斯会提前回家吗？”“不知道下一页说了什么，米亚会生气吗？”“不知道下一页说了什么，河狸造的房子会被大水冲走吗？”我说得慢一点，手指停留在页边，等他跟着我把整句话说完，再翻页。

又过了几个月，林顿开始试着回答我的问题，对后一页的剧情进行猜测。不管他猜得对不对，我都说“好，我们来看看”，然后翻页，读下去。

等他习惯了这样的问答，我就把“下一页说什么”这句省略掉，在一页读到一半的时候就问他：“不知道琳达能按时赶到学校吗？”“不知道他们的钱够不够？”这样问的时候要强化问句的语调，稍做停顿，他的眼睛就往下面快速扫过，在同一页里找到答案：“琳达按时到校了！”“钱够的！”

带着问题读书，书才会有意思。这样做，可以把线性的、独自的阅读行为转化为互动的思考过程。我们习惯了独自阅读，就像习惯了独自跑步，但他本来跑不起来，也跑不长久；我就先把规则改一下，陪他来回跑、陪他接力跑。等他明白跑步很开心，还能一边跑一边动脑子，他就可以独自跑下去了。

帮了我们大忙的德语精灵化身为小兔子菲利克斯，推着林顿又向前迈了一步。在学校的图书馆课上，他终于显露出了对书本的兴趣，虽然总体来说——我必须坦白——和别的孩子相比兴趣还是不大，但也许是因为图书馆里没有他感兴趣的德语书。我急也急不来，只能继续摸索从德语到母语的逆袭之道。

也不能光买菲利克斯的绘本书！那阵子，我怀着趁热打铁的想法，一口气买了各种英语教辅书。他学会从文章里找事实了，我就让他多做找论点论据、抓段落大意的练习。只能书面先来，再让口头跟上：这是他一贯的学习模式。有一种说法是，自闭症谱系人士常有注意力转移缓慢的症状，感统训练[①]的先驱专家洛娜·金就曾指出，有很多谱系障碍学生在听别人说话时会“自动剪切”，所以很难一下子理解老师或家长讲的一大段言语。比如，我跟林顿说：“巧克力在冰箱旁边靠门的那个柜子里。”他就搬把梯子在冰箱顶上找，因为他只听到“冰箱”两

① 感统训练指基于儿童的神经需要，引导对感觉刺激作适当反应的训练。

个字，后面还有什么都没听到。不了解情况的人也许会觉得奇怪："他怎么听不懂我说话?"就目前看来，我还想不出什么办法改变这种听力理解的缺失，但我发现，把一段话写在白纸上，他通常都能懂。

三年级的林顿进步之大，老师们有目共睹，予以盛赞。到了七月，放寒假了，我们在家的时间多了，我三天两头拖着林顿和爸爸妈妈打网络电话。以前，林顿多半只是打声招呼，外公外婆问这问那的，他也不太回答。但这一年，他和他们的交流变得有问有答，虽然对话的模式还有点呆板，但显然已大大受惠于这一年来在街头、网站和菲利克斯的绘本书上操练过的听力和对话练习。而且，我期待已久的情形终于出现了——不只是回答问题，林顿还会换话题了！说完学校的事，他破天荒主动地告诉外公外婆，前几天我们在唐人街吃到了生煎。这可把外婆乐坏了，执意要当场敲定我们都期待了太久的回国探亲的事。

外婆问林顿："还有好多你没吃过的街头小吃呢，你要不要来吃?外婆陪你一样一样吃过来!"

林顿的回答是教科书级别的："好的，我喜欢中国小吃。"

"那就说定了，外公外婆等你暑假过来!"

我心想，现在他有长途旅行的经验和概念了，不再害怕陌生环境了，也学会对话了，我终于可以带他回去了。我想到这里有点哽咽，愧疚、无奈一时涌上心头。妈妈一直不知道孩子自闭症的事，更不知道内森的状况，就算我想暗示，也不知从何说起。

林顿倒是无忧无虑地说："好的!"和所有被许诺了好吃的零食的孩子一个样儿。

24. 内森的黑房间

一年眨眼就过去了，找新工作的压力越来越紧迫，内森带给我的负能量也越来越沉重，我能感受到洋流深处的那股潜流在发威、在涌动，用巨大的引力把他从我身边拽走。到了春天，我忍不住开始搜集与他的专业相关的招聘启事，询问以前的师兄师姐有没有适合的路子……然而，有天晚上，他把我整理好、搁在他案头的招聘启事复印件狠狠地扔在地板上，咬牙切齿地对我吼道："你为什么不直说我是个废物？你还要让多少人知道我找不到工作？"

"如果你嫌我越俎代庖，我可以道歉。"我克制着自己的语气，好像眼看着一锅牛奶沸腾、泡沫即将溢出锅沿时立刻关火。

"没有一件事让你满意……我这样的人不配有家人！"他手中没有东西可以再扔了，一屁股坐在椅子里，习惯性地自责、沮丧、自我贬抑。

"一家人就是命运共同体，我是在帮忙，我不想过阵子又要挣扎要不要领失业救济金，但我完全没有责怪你的意思。"

"是的，你没有责怪。因为你愿意和我结婚，肯定不是因为我好。我一无是处，不值得被爱。所以，你说爱我一定是假的，只可能是因为你想得到绿卡！"他的语气阴沉但确凿。

这是什么逻辑？前所未有的妄断，或者说受迫害妄想症？

我目瞪口呆，下意识地喊道："你疯了吗？"与其说这是反问，不如说是我受伤的讯号。但他显然认为这是我对他精神状态的宣判。他的嘴角耷拉下去，眼色阴沉，突然跳起来，挥拳砸向墙壁……

那天，我第一次有种跟精神分裂患者讲话的错觉。半小时前我们还在餐桌上有说有笑，现在他却毫无根据地指控我。当晚，他抱着自己的枕头睡到沙发上去了，我也没有把他叫回卧室。我们都有权利认为自己受到了伤害。

18 世纪，以费马为首的科学家们相信完美的世界不允许浪费，自然界的每一样存在都有其必然性，必然是以最经济的方式存在——花费最少就能达到目的。没有多余的。没有浪费的。如果必须有损耗，那就让损耗不被浪费。我爱不释手的书里是这样写的。现实中呢，我们经历的这些损耗怎样才不会被浪费？

我总是不断告诫自己，儿子学会什么都很正常，学不会也很正常；丈夫能理解我是很正常的事，但误解我也很正常。无论如何，他是个以自我为中心的自闭症患者，那是写在基因里的特征——对他人的情感无法感同身受。我总是提醒自己，任何时候都不要太高兴也不要太沮丧，保持自己的情绪稳定是头等大事。但我太需要好消息了，所以，那个星期我什么也不去想，强迫自己专心盘点“让人高兴的事”：林顿跟着白纸板背景上的演示学会了系鞋带。但在学校里，鞋带散了，他还是不会系。但同班有个甜心女孩儿特别喜欢帮他。我们都戏称她是他的“小女朋友”。

林顿出门越来越镇定自若了，阅读理解越做越熟练了，和我一起读书时的互动对话越来越多了……

那一个星期我命令自己不看他的缺点，只看优点。但我当然明白，这些都是阶段性进步而已，那几天只是我给自己放的短暂假期。自我安慰必须有时效，见好就收。

那个星期，我一直在看的书讲的是英国数学家安德鲁·怀尔斯证明费马大定理的艰难历程。他在采访中说，有很长一段时间，他都感觉自己在一间黑屋子里磕磕碰碰地到处摸索。突然有一天，摸到一个开关，一按，灯亮了，他终于将屋子里的一切都看得清清楚楚：有另一扇门。他推门进去，但又再次陷入黑暗之中。就这样循环往复，推门、进入黑暗、找开关……直到最后抵达终点。

看到这段采访时，我正在操场边等林顿，小朋友们围成一圈在踢足球。我看到林顿乐呵呵地把球往圈外踢，还踢得好远，别的孩子只好一溜小跑去捡球，回来后，一点儿没有心机地照样把球踢给他。短短几分钟，好几个孩子都捡过林顿踢出圈的球。这些三四年级的孩子真好啊，我心想，小小年纪就明白不要揭人的短，总有人毫无怨言地去捡球。我不去想别的家长看到会作何感想，此时此刻，我只愿意去想：林顿以前只会傻傻站在圈外看人踢球，现在终于乐呵呵地入圈了；以前只会自己玩，现在会和小朋友一起玩了，虽然只会一对一，仍然不会同时关注好几个玩伴。用怀尔斯的比喻来说，一盏灯已经亮了，一个房间通向另一个房间的门已经显露出来了。有意识地把球踢给别人，以及同时和几个小朋友玩，那都是在下一个房间要学会的事。为了搞明白怎样在社会中像正常人一样生活，他必须一次次地在黑暗的房间里摸索，直到找到开关、点亮明灯、看到通往下一个房间的大门，然后再次踏入黑暗。我只能耐心地等他摸索到新的开关。

然而，怀尔斯未必知道，像林顿和内森这样的聪明人却往往没有意识到房间还有另一扇门。哪怕摸到了开关，点亮了眼前，但如果他们背对着通向下一个房间的那扇门，他们就坚信那扇门根本不存在，坚信他们看到的这个房间就是世界的真相。无论明暗，无论有没有他人大呼小叫地要他转身。

我想起前几天林顿兴奋地想要告诉我一本杂志里的内容。“妈妈，看！”他把杂志举在我眼前，但朝向我的只是封面，要给我看的一面仍然冲着他自己。我说：“你把杂志转过来，要我看的一页应该放在我眼前，否则我怎么看得到？”这下滑稽了，无论他前后左右怎么翻转——既翻转页面，也转动他的身体——我就是看不到；我想转到他身后去看，他也跟着我转，愣是转到我看不到页面的方向。我们俩好像在跳一支奇怪的探戈。转到后来我都快晕了，一把抓住他的手，自己抢过杂志去看。但内森不肯和我跳这样的舞了，他拒绝让我抓住他的手。他一直没有回卧室睡觉。

就是这样——他们看到了，就以为我也看到了。我说我看不到，他们难以想象，更无从寻找原因。他们没办法从别人的角度看问题，先天没有这种能力。这世界上就是有这样一种人，看起来极端以自我为中心，不想他人所想，但事实上他们并不是存心要为难别人。

他们是我的家人、爱与被爱的对象，我心甘情愿、无比耐心地教养林顿，想在这张天生明亮度与众不同的白纸上写出美好的人生。白纸上好做文章。七岁半的林顿对时间也没什么概念，多亏了小兔子菲利克斯在书里写过旅行用的“日程表”。他问我：“半小时有多长？一小时呢？”我这才发现这些概念也要教。没办法，这就是怀尔斯房间的特性——在没摸到开关之前，屋子是暗的。

但内森呢？他已经用自己的方式把他那张白纸写成了一本晦涩难懂的书，我试图在字里行间添加注释和评论，但终究不能把写了三十多年的这本书推倒重来，复归纯白。但我也不能放任自己把怀尔斯房间想象成噩梦：黑暗中的门无穷无尽，没有哪扇门注明“这是最后一道关卡”。困顿无边无际。现在的内森仿佛身处一个巨大的昏暗房间，我手中只有一支蜡烛，火光颤颤，他离我越远，就走入越深重的阴暗……当他无法自持地挥拳砸墙，把薄薄的三合板墙壁砸出一只窟窿时，我那仅有的火光几乎被暴怒的气流压灭了，要深深、深深地呼吸才能缓过来，慢慢补足氧气，昂起头来。

俗话说，夫妻有七年之痒。往好处想，我和内森不可能对彼此厌倦，因为每年都会发生新问题，在自闭症这个大命题下，生活的每一个细节都成了我们研究的对象。而且，如医生、专家和所有文献资料所言，这将是终生课题。但若往坏处想，人生的各个阶段都有不同的挑战，每一个挑战都是一座山，没有一劳永逸的解决方案。那么，我该怎么办？

那几天，我强迫自己从自闭症的命题中走出来，钻进费马的数学世界。但人类智识的历史告诉我：人类引以为傲的推理能力标示的不是人类的成功，而恰恰是人类心智的局限性。出于严密性的需要，定义可能需要再定义。逻辑需要建立，但分析的过程不一定产生新的观点，只是发现，而非发明。

定义需要再定义。我们对彼此的确证、对自我的认同难道不也是如此吗？

25. 简单的事情最难做：学做“正常人”

又到初夏。去年此时，我欢欣鼓舞，看什么都新鲜。同样的时节，此刻看什么都令人惆怅，恋恋不舍。买到了特别香甜的柠檬，午后，我独自在家做柠檬汁。冰箱里的食物摆放很有规律，奶酪、酱汁、牛奶、果汁、水果、蛋糕都依次摆放着三个人各自喜欢的品种。我从出门用的背包里掏出相机，给冰箱里的东西拍了一张快照。照片和实景有种暧昧的不同。我第一次拍家里的镜头，觉得很有意义，便一转身，给 M 城的这间厨房拍一张，再拍客厅、拍内森单独睡的大沙发、拍窗台上林顿喜欢的水生植物、拍墙上的澳洲古董地图和 M 城交通图、拍洗手间里印着袋鼠的卡通浴帘、拍林顿放在床头小桌上的拼写比赛第一名的小奖杯、拍餐桌上他早上留下的数学草稿纸、拍门口他们的拖鞋……这像是在预演告别。

暑假时一起回上海过新年的计划眼看着要泡汤。一来是开销大，内森的新工作连影儿都没有，不敢挪动仅有的存款；二来是内森竟然一连在沙发上睡了两星期，我们形同室友，分头担负生活中的不同职能，但除了和林顿在一起，他尽量不与我深谈。言语琐事，彼此客客气气，表面看来绝对是相敬如宾。如果有一场名为“家庭生活的标准化”的测试，我们完全可以达标。

生活本来就很肤浅、形式化、可重复，但恰恰是这种简单的重复最让人安心。所谓正常人的世界，所谓家庭的表象，事实上就维持在这样“肤浅”的衣食住行里。被奉为圭臬的只是保持正常、保持公约化的一种简单模式。尤其在商品富足的消费世界里，尤其在通信发达的网络世界里，只需在简单的重复中做简单的选择就能隐没真实的自己，让生活看起来没有出格之处。但即便是他、即便是我，也知道有些暗流是危险的。

我诚实地面对自己的一切情感。不否认失望、不抗拒心寒、不伪饰孤独；但同样地，也不否认爱、不抗拒付出、不想放弃。我知道自己被伤害了，也知道加害者是无辜的，我只能去包容。

他也是诚实的，他不知道那是伤害。他以为自己的推理是严密的，并且别人想得都和他一样，所以自己的结论是正确的。哪怕你摇他肩膀、晃他头，对他进行各种道德评判，你也唤不醒他。他的脑回路跟正常人不一样，感受不到就是感受不到，不理解就是不理解。（如果他口是心非地敷衍我，他也不会是我爱的人了。）他不是不知道宽容的意思，但感受不到别人对他的宽容，因为宽容常常是无言无语的、无声无息的，没有人用一张明晃晃的协议书告知他。他往往只记得别人的冷落、嘲笑、催促，或一切表明他做得不够好的表态，却意识不到亲人、师长、朋友、同事实际上一直在默默包容他的许多言行举止。包容者总是自知的、有意识的，被包容者却未必如此。但他这样的诚实（我坚信）有一部分是天生的谱系障碍带来的妄自菲薄。

坦白地说，消极的诚实并不会让我们变成更好的人，或是更幸福的伴侣。

想不出头绪的时候，看书也是徒劳。去接放学的林顿还有点早，我定下心，决定打一套拳。打拳有一个好处：将肢体与气息纳入行云流水的节奏后，头脑就会放松下来。起势。呼吸。揽雀尾。

云手运转如轮。

我们以前总想学点绝招，穆师父却总说，简单的事最难做，不要老想着搞特殊。我们学了一阵子云手势，自以为是了，又吵着问师父谁打得最标准，师父答“因人而异”。传说高手一连三趟云手：第一趟得气，第二趟雷鸣，第三趟气通。云手靠的不是臂膀之力，而是腰背的圆活周转，这不是背熟口诀就能抵达的境界。但如果不坚持练习，再简单的事也会荒疏成难题。这几星期的冷战让很多事退回了负值……打着打着，又想起家里一大一小。

头脑放松下来，就会有些念头自然而然地浮现，如有一只手在虚空中写狂草。我突然明白了，对他们而言——恰恰就像师父说的——简单的事最难做。全世界的医生都会言之凿凿地说，特殊人群需要特殊教育。实际上，就是因为他们比正常人更需要"做正常人"的教育，所以从小教养最好，半路硬拗最难。就好比强迫你在气不通、体不顺的前提下发力出拳，力道小了没用，力道大了反而伤及自身。再往深处想，这里面有个很矛盾的悖论：既然他们是天生无法理解某些正常人的思想和感受，那么就算经由教养，他们习得的或许不过是"做正常人"的形式，就像内森最近无可指摘的表现。假如他们的包容意味着违心地、费力地，乃至不假思索、惯性地模仿"正常人"（只是表演），我会感到被包容了吗？

想到这里，一套拳打完。收势。看钟。拿包。换鞋。去接林顿。又是一整个白天我与内森都没有消息往来，我只能把所有饶舌的话都对林顿说。

前阵子，林顿已经掌握了很多平方口诀，最近我在教他徒手开平方，这是学校里不会教的。为什么不用计算器？一开始只是为了好玩，兴之所至。也许，我在潜意识里还想让孩子明白数字是如何变大又如何变小的，因为平方和开平方好比正反向的两种思路。若从实用的角度说，我还觉得这可以教会他按顺序执行多个步骤。

我是这样教他的：随便写个三位数，比如“729”。要知道 729 的平方根是多少，先把数字从右向左两位两位地隔开，写成“7 2 9”（如下图）；然后，像做常规的除法一样从左往右做。7 开平方的话最多开到多少？2。那就在 7 上面写上 2。二二得四，7 减 4 得 3。上面的 29 拖下来，变成 329，这是第一步；第二步，把前面得到的 2 乘上 20，等于 40。现在我们要找一个一位数 A，凑得（40 + A）乘以 A 不超过 329；第三步，猜一猜，凑一凑，试出 A = 7；第四步，得出答案：729 是 27 的平方。

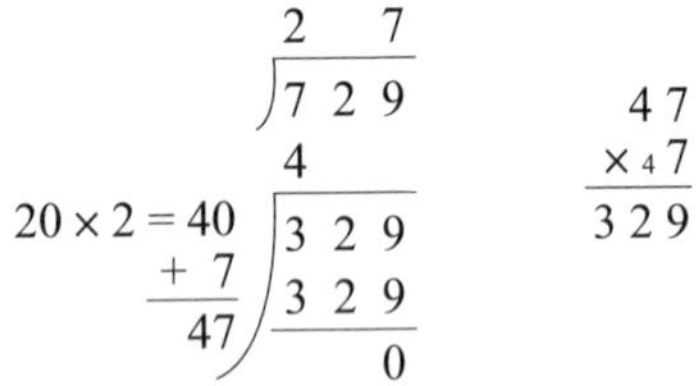

```
                2   7
               )7  2 9            4 7
                4                × 4 7
20 × 2 = 40    )3  2 9           -----
     +  7      )3  2 9            3 2 9
     ----       -------
       47            0
```

这比算平方难，林顿一开始总是猜错、算错，继而放弃，这是意料之中的事。很快，这个游戏的重点就自动显现出来了：他要学的不是数学，而是调适心理。算式只是工具。我反复地对他说：“不是你做错了，只是你这次没猜对。看看结果是太大还是太小了？太大，就把 A 的数值调小一点；太小，就调大一点。再猜一次就好了。”

我手把手教了好几天，小数字、大数字齐上阵，终于教会他没猜对也不要不高兴，调整一下再来。这些心理上的微调是大多数孩子——尤其是喜欢偷懒的孩子们——天生就会的，但对林顿来说却需要特意学习。我越是安慰他，越能明白这件事的意义所在：不要小看这个猜和凑的过程，因为日常生活中，我们都是这样试水深的，都要在模糊的估算中确认方向。开平方虽然没有多少实用价值，但我认为它包含了试探、调整的过程，对于一个不知道试探的人来说，就具有拓展认知的价值。说到底，我不希望他是个错不起的孩子，不希望，甚至有点怕他长大了会变得像内森那样过分容易地被挫败感折磨——没必要的折磨。

理解人心、认识世界都有一个试错的过程。如果只知有“错”，不知有“试错”，就会严重打击一个人的自信心，甚至低落到无法接纳自己的程度。

无法接纳自己只是硬币的一面，另一面是无法宽容他人。对别人的处境、意图、行为方式缺乏认知，这是所有人都可能犯的错。正常人通过反馈或反省在试错的过程中寻求正解，自闭症谱系患者则会停留在错处，不去努力了解对方的感受和想法，进而武断地做出道德评价，并且认为自己有一万个理由如此评价。如果别人不做出与他相同的评价，那是因为别人道德败坏。

想到这里，我不由得苦笑了一下。我是不是小题大做：赋予了手动开平方太多意义？想踩刹车，可思绪还是天马行空地继续前行。开出每一位数字固然是在试错中寻求正解的过程，同时也包含了“迁就”这项心理技能。开出的数字太大？好，那就调小一点；太小？那就调大点。如果不是互相迁就一下，那么人与人之间很难找到彼此都能接受的中间地带。谱系外的人觉得谱系内的人怪、不可理喻，谱系内的人看别人也觉得怪、不可理喻。如果彼此都能迁就一下，世界会多么不同！我任由自己遐想下去……如果谱系内的人对谱系外的世界多一些好奇心，而谱系外的人能多给谱系内的人多一些耐心，该有多好！

我在厨房里做事，一路想着这些。突然发现好久没听到孩子的声音了，他在做什么呢？进客厅一看，好家伙！他整个人趴在地上，以右下角对齐左上角的方式，把五六张 A4 纸拼成一大张纸；又把两张 A4 纸横过来贴在最顶端那张纸的右边，拼出一个反过来的“7”。

我知道他在做什么。我教过他，如果一个整数不是完全平方，开不尽，那么加个小数点，小数点后每次往下拖两个零，就可以一直开下去，你想开到小数点后几位就开到几位——这就是他正在做的壮举。

“哟，开了这么多位啦！”

他没搭理我，我继续问：“有二十多位了吧？”

他还是不理我，我追问道：“不想停了？”

他总算回了我一句：“我要开到世界尽头”。

我不想扫他的兴，却也不得不说：“万一没有尽头呢？无理数是无限不循环小数，就是没有尽头的。在实际生活中，我们只需要用到小数点后三四位就足够啦，剩下的可以忽略。”

“忽略？可我不想忽略。”

唉，我心想，人心也像数字，可大可小，也必须接受细碎的数字无限循环——在生活中，那多半是可以忽略的。把“忽略”作为“宽容”的第一步，这可行吗？

就在这时，电话响了，我知道是妈妈打来的，现在是他们吃完晚饭的时间。中国南方入冬了，爸爸每年换季时都会咳嗽，今年也不例外，我能听到话筒里传来几声他在客厅另一边的咳嗽声。妈妈来问澳洲小学放暑假的时间，还要问林顿和内森在衣食住行方方面面的爱好、习惯。

“我在布置你们回来要住的房间呢!”

“妈,内森可能去不成,他要上班的,圣诞假只有那么几天。”

“几天也可以飞一趟嘛!年轻人又不怕坐飞机。”妈妈曾有一次决定抛下爸爸,独自飞美国看我们,可惜那时丹尼斯重病,我考虑再三,没让她来,“你和儿子一放假就飞过来,在这里等他。不管怎样,我们家已经好几年没团聚啦,上一次还是你抱着几个月大的林顿回来……我们都很想你们呀!”

“妈……”要我说出实情,实在太需要勇气,“有件事……”

“你说,直说。”我妈退休后在居委会帮忙,快人快语,见惯了市井纷争。我猜想,寻常夫妻间会有的各种矛盾,她应该都猜得到。

“内森的下一个工作还没着落,我们不知何去何从。”我用镇定的口吻说道,“如果在澳洲找到工作了,也拿到续签了,我们放暑假就可以回国……”

“那就做好两手准备。有续签,你们全家就年底来,放好假回澳洲;没续签,你和林顿十月份先回娘家度个假,吃吃玩玩,等工作敲定了再飞美国——管它飞美国还是飞英国都可以!把这里当中转站,不是更好吗?”

我一时愣住了,这话倒如一语惊醒梦中人。这剩下的小半年,确实进退两难,做不了任何长久打算。但我很快清醒过来:我要说的不是计划,而是最令我难堪的话。咬咬牙,硬着头皮说道:“我是想说……我们还没攒下多少钱可以回去度个长假。”

“这算什么问题?”我妈的声音提高了起码四个音调,“我帮你们买机票,住家里又不花一分钱。来回机票就当是我们给外孙的见面礼,天经地义。”居委会阿姨的灵活立刻显现出来，“我知道你担心伤内森自尊心，但娘家人款待美国女婿也很正常的！”

我咬着嘴唇，心里七上八下。要拒绝妈妈的好意，就必须跟父母挑明自闭症的事；要接受，也要挑明，因为那意味着他们即将朝夕相处，父子的问题都瞒不住的。我憋了半天只能说：“让我考虑考虑。”

但我妈用居委会干部的口吻下了最后通牒：“和内森好好商量一下，重新订个计划，毕竟你也七八年没回来了！那边一收工就直飞这边，简单得很！我等你们消息。”

简单得很。

挂了电话，林顿给我看草稿纸，他给自己出了一个四位数，也算出来平方根了。他得意的表情好像也在说：简单得很。我把他翘起来的几缕头发抚平，问道，“你还记得和外婆的约定吗？”

“记得的。今年是12月13号开始放暑假。”他说着，写下1213，又开始算起来了。

内森准点回家时，林顿一听到开门的声音就拿着本子跳到门口喊道：“爸爸，我会开四位数的平方了！要不要我教你？”整整一顿饭的时间里，林顿都在复盘，巨细无遗地教内森，就像内森教他下国际象棋时一样有耐心。内森保持微笑，该表扬时就表扬，该建议时也建议。但我估摸着，他永远不会猜到我在教开根的过程里想到的那些事。

我仍在内森的命题里迷茫，找不到该有的步骤，无从下手，沮丧无比。我教会了孩子，但暂时还没有教会自己。整整一顿饭的时间里，我什么都没有说，而他们都没有意识到这有什么问题。

2037 林顿的AI存档日志

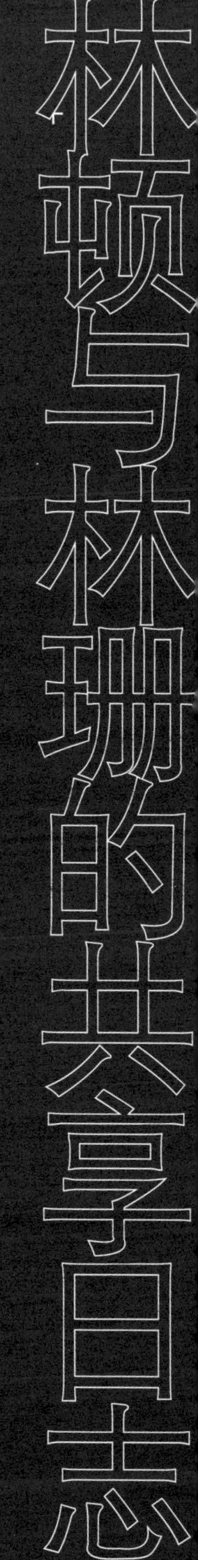

2037-07-13

我们两人把各自的小船拖上岸，搬进船房。我不假思索地捡起绳索，把两条船围在栏杆里，打了一个双套结；绳索的另一端在琳达手里，被不假思索地打成了绕两圈的营钉结。走出船房要锁门时，琳达看了看两种绳结，笑了笑，慢慢抬起右手用食指轻轻点中我的额头——一秒钟的轻轻接触。我没有躲闪。

“你有十个月零七天没这样做了。”我说，“但我的额叶没有变化。”

“那么，脑垂体呢？最近的内啡肽够多吗？”琳达的语气有点挑衅，嘴角的笑意却有点无奈。众所周知，内啡肽和多巴胺好比大脑天然形成的吗啡和海洛因，会让人对爱人、友人产生迷恋。针对谱系障碍者的早期治疗手段中就有一种药物疗法：利用药物阻止大脑产生内啡肽，人的社会性就会增强，就会更乐于进行社会交际。

我躲开她的眼神，把船房的门关好。

“我们的额叶、脑垂体没太多差别，只是处理信息的方式有所不同。虽然面对的是同样的世界，同样分解为无数细节，但在我们各自的头脑里，细节化的世界经不同的路径进入额叶。脑垂体也差不多，但使用脑波仪的这半年多里，系统常常提醒我关注心理伤痛、控制内啡肽不要激增得过高，因为谱系障碍族群的内啡肽指数天生就比别人高。太高反而不利于社交，所以系统敦促我多与人沟通……”

“比如？”

“比如……去找你。”

“找我做什么？”

“运动。拥抱。聊天。抚摸。做爱。”

“可见脑波仪的建议也会被机主彻底否决。”

“只是排名很低的备选建议。系统很清楚我们会为了脑波仪的商业计划争执不休，所以很难保有客观性。”

“有利益冲突。”

“有利益冲突。”

“排名最高的优选建议是什么？”

“和父母聊天。”

“他们都好吗？”

“爸爸退休后，他们搬到了靠近大海的一座小镇，因为我爸爸特别喜欢灯塔。他们现在有个大花园，可以种菜、种花。妈妈说，在大城市生活了几十年，终于过上了向往的田园生活。不过，最近她在忙新论文集的三语翻译，中文、英文和德文。虽说现在 AI 翻译技术已经很成熟了，她还是坚持人工修订。”

“和他们聊天对你有帮助吗？”

“光是听到他们的声音，就会感到安慰。妈妈很忙，只是提醒我，不管将来怎样，我和你应该继续做朋友。即便不能长久地做爱人，也应该保持坚固的、有益的友情。前阵子，我和爸爸聊得比较多。他建议我不要着急，既不要急于在创业中对外界的反映过早地下结论，也不要急于在私人情感关系中下结论。他还第一次跟我说了些往事。”

“你和父母之间什么话都能说，这一直让我觉得不可思议。”琳达轻轻地摇摇头，“什么样的往事？”

“他有过两次类似外遇的关系。”

琳达吃惊地停下脚步，踩折了一根细枝。

“外遇？”

“第一次是在他确诊前。有女性朋友向他示好，但他分不清是友谊还是爱情，甚至和妈妈提过离婚。那件事让三个人都很伤心，但发生了总比没发生好。就好比说，如果没有欠债，古人就无法直观地理解负数。后来我们搬家了，所谓的精神出轨不了了之。但那件事有重大的意义，让我爸爸认识到与人交往是一件需要学习的大事情。他无法真正理解他人的各种情感，也拿捏不好分寸，就算伤害到别人，他也没有自知。之后的这些年里，爸爸慢慢学会了社会交际规则，知道哪些表达是容易引起误会的，也知道自己可以和对方把话说明白，尤其在对方也有可能是谱系障碍者的情况下。”

“对方也是谱系障碍者？”

“哦，这说的是第二次。在爸爸确诊之后，他在家里开设了谱系障碍者互助会。有些场景我现在还记得：他们在我家客厅里围成一圈说说话、喝喝茶，有时还听我弹钢琴。从那时起，爸爸就开始有意识地比较谱系内和谱系外的人在言行举止、思维方式上的差别。其中有一位女士和我们住得很近，当时被诊断为自闭症三级。她的小动作很多，看人的眼神直勾勾的，虽然很热情，但常常热情过度，盯着一个问题死缠烂打，是个典型的'以自我为中心'的人。据说她离婚后男朋友不断，但都维持不长久，很可能是因为她不能顾及别人的感受，一味地给予或索取。"

琳达皱起眉头："所以，内森也成了她的男朋友？"

"爸爸说，当时他自己没觉得有什么问题。她邀请我们全家人去她家吃饭、去散步、去赏花，他觉得都是正常社交。妈妈不开心，他也没觉察。后来，黛布拉提醒他注意两件事：一是人际关系中的边界感，二是自我反省。谱系障碍者常常缺乏反省机制，有些重大错误即使犯过一次，他们也不能领悟到问题在哪里，或是意识到问题出在自己身上，可能要连续犯两次、三次才能真正明白过来。所以，妈妈认为这两次疑似出轨的事件本质上是同一件事，但能够说明爸爸在进步。"

"林太豁达了！有时候，我觉得她平衡理性和感性的方式太完美了，一般人根本不可能做到。如果我是她，应该会很悲伤，相濡以沫的丈夫竟然不能分清爱情和友情，那我怎能确定丈夫是真的爱我呢？"

"谱系障碍者常常在感知身体界限方面有困难，无法通过感觉判断自己的身体与自己坐的椅子、自己手里拿的东西之间的界线，而情感的界限更难划清。妈妈曾对我说过：别人的爱，问题首先是爱不爱；但对我们来说，首先要问什么是爱，其次是怎么爱。”

“我不太同意这种说法。不只是你们需要这样问，所有人都需要。到底怎样才算爱，每个人的答案都不同。不同情感之间的界线，大多数人都划得稀里糊涂的。你知道吗，你应该不知道吧？我是想说，那时你因为改版的事大发雷霆，我也被法院、媒体和联合国搞得头脑发胀。我们谁也没能帮到谁，我一气之下就搬走了，其实我……只是意气用事。回到一个人生活的这几个月里，我先是感到无比轻松，不需要揣度你的想法，不需要附和你的节奏，但很快就……就很想你、担心你。我爱你，现在也是爱你的，但我不确定如果以后碰到坎坷，我能不能做得比这次好。是你让我觉得，爱一个人太辛苦了，要爱得长久、爱得彻底。但无论如何，爱上一个没有血缘关系的人和爱父母是很不一样的。”

“很不一样。”我习惯性地重复一遍，“很不一样。我爱父母和我爱你也是不一样的。爸爸对妈妈、对那两位女士的爱或喜爱也是不一样的。事实上，让我决定妥协的最强有力的因素就是这件事。我问自己：也许初始版脑波仪还不够成熟？也许把它限定在干预少儿教育层面是稳妥的做法？因为就算有脑波仪的帮助，我还是不能阻止你搬走。成年人无法回避爱，或是任何别的情感问题，但我们无法将每种感情解释清楚，脑波仪只能给出社交层面的建议，只能是微调，甚至是带有明确目标的刻意调整。但情感是没有模板的。爸爸问过我，戴着脑波仪和你相处时，有没有感觉和不戴的时候不一样。”

“这个问题我早就问过你了。”琳达说，“你当时说，有很大差别。”

“是的，我知道你不喜欢我变得循规蹈矩。”我记得她当时说，戴上脑波仪说话的我有点“无趣”。

“工作时目标明确是好事，谈情说爱时就未必了。”

交谈原本保持了一种不疾不徐的节奏，现在却被我的沉默打乱了。我们离开了湖畔，走进幽暗的森林。我们仿佛认得每一棵树，哪怕走得再迂回也不怕迷路，仿佛有百分百的把握。

“也许，有些人不介意吧。即便知道了爱人要靠系统激发催产素才能爱抚自己，他们也不介意，”琳达似乎想要安慰我，“甚至会认为那恰恰证明了对方的爱。”

“爱是无法证明的。”我也似乎想要安慰她。

***

我们进门时，等在门边的芝诺说，海森堡已在客厅里等了三十八分钟。

“他还在你家蹭饭吗？”琳达笑着问道。

“不经常。自从你搬走后，我们为了改版经常加班，我自己都很少在家吃饭。”我一边回答一边走向客厅，又突然想起什么，回过头对琳达说，“我换了自清洗地板，浴室、厨房、卧室和露台的都换了，你可以体验一下。”

“你是在暗示我以前经常把你家地板弄脏吗？这事不该让芝诺做吗？”

“主要是你的头发。我不是觉得不整洁，而是太容易分心。哪怕只是一根你的头发，都会让我想到你。”我说，“芝诺当然能清扫也做得很好，但事实上我不喜欢家里总有另一个实体忙来忙去。芝诺先是为了你而存在的，后来是为了测试脑波仪继续存在的。”

“嘿，小海，”琳达走进客厅，“很高兴又在办公楼以外的地方见到你。”

“你好，琳达，”海森堡有点吃惊地看着我俩前后脚进来，“你们复合了吗？”

“没有。”我的回答简单明了。

“现在只有你们两人住在这片森林区了，但我估计你们不常串门。”琳达接过芝诺端来的冰柠檬茶，喝了一大口。

“我不是来串门的，”海森堡低下了头，“我有事找林顿商量。”

琳达又喝了几口，见我和海森堡都一声不吭，便向厨房走去。“你们慢慢谈，我去跟芝诺学一下厨艺。林顿，你介意我晚上在这儿蹭饭吗？就算我现在回市内，公寓里也没吃的。老实说，我本来以为今天开完会有庆祝聚餐呢！”说完，她耸了耸肩。

“我们可以在这里小规模庆祝一下。”我想起脑波仪之前针对海森堡的提示，但吃不准现在要不要重启，虽然我今天很想亲自下厨给琳达做饭，但海森堡的状态让我担忧，“琳达，记得让芝诺戴上菲利克斯的厨师帽。”

琳达背对着我们，挥了挥手。她仿佛自带超量的声色，因为她一离开，空气的密度和质地就立刻改变了。我在海森堡对面坐下，轻轻地问了一句：“你希望我打开脑波仪和你谈吗？”

海森堡犹豫着说：“先听我说完，你再决定吧。”

我表示同意，凝视海森堡天生的褐色小卷发，因为他始终低着头，看不见他挺直的翘鼻子下线条温柔的双唇。琳达曾说过，海森堡长得很好看，是那种很容易激发女性母爱的大男孩长相，但五官线条的柔和和他精神性的紧张形成巨大反差，又会让女性出于本能地远离他。“那样的嘴唇让人很想去亲吻。”琳达这样的表述是我无法明白的，所谓“那样”的意义太含糊了。

海森堡的语速一向很快：“进入量产，我就要去南亚和北欧的工厂监督。沃尔夫说我下周必须去一次北欧，月底去南亚，完成第一轮培训。我非常紧张。紧张到无法吃东西。我讨厌工厂！”海森堡的音量提升了，语速越来越快。我知道，如果此刻开启脑波仪，系统会提示我控制对谈的语气，同时控制自己的呼吸节奏，以免情绪波动，造成无效沟通。这时，我突然意识到自己可以用脑波仪系统的思维来应对这种场面了。这是系统的惯性，还是无数次重复让我习得的新能力？我有点分心。

“我小时候基本不出门，因为我对尖锐的高频声音很敏感，别人无法体会那种声音对神经的刺激。我远离咖啡店、果汁店、儿童乐园、医院、公共交通设施……直到我十三岁生日那天，父母送了我一件礼物——当时市面上降噪功能最强的一款耳机。后来很长一段时间里，别人看到我的时候，我和耳机永远是合二为一的，它像是长在我脑袋上了。”

“主动降噪的原理不是让噪音消失，而是制造相反频谱的声波中和噪音，类似于酸碱中和。”我说道，“我十岁时也收到过这样的生日礼物，比你早。所以你和我一样，都喜欢住在森林区，而不仅仅是因为这里离研发部最近。我注意到，和在大学时相比，你现在戴耳机的时间变少了。”

“是的，这些，你都很清楚。对不起。”海森堡做了两次深呼吸，接着说道，“我想全程使用初始版脑波仪，这件事需要董事会批准吗？现在，这属于违法行为，我不能……”

“你多虑了。我们可以给你特殊许可证。”我想了想，又说，“事实上，从我们测试初始版到今天中午，我都一直戴着它。我从没想过我是在做违法的事情，因为它是我的一部分，就像我的菲利克斯厨师帽、你的耳机一样。”

“好的好的。”海森堡连连点头，“请务必在我出发之前给我许可。这对我很重要。”

“小海，你要记住：你是作为最权威的工程师督导去工厂的，我们发自内心地尊重你的才智和经验，他们也会尊重你、信赖你。假如环境让你不适，你可以用尽一切手段去克服，也可以不用隐忍，让厂方尽可能地提供方便。你应该尽量忽略自己的社交困难，只需记住你的职责。我们向往的是互相理解的双向交流，而非一方永远向另一方妥协。脑波仪帮助我们更好地去理解那些不理解我们的人，而非简单地让我们去模仿他们，以便得到他人的认同。让他们认同我们的创造就可以了。”

“是的，我们本质上只是对事物的内在规律感兴趣，我们对他人的行为，甚至自己的行为并不好奇，也不认为个中规律有什么意义。小时候我和姐姐一起看了个动画电影，讲的是人类意识可以储存在堆栈里，身体可以无数次复制，再装载意识。这样一来，肉身可以无数次死亡，也可以无限改良，只有当意识芯片被物理摧毁后，这个人类才算真正死亡。我姐姐很喜欢里面女打手的外貌，她的发型、服饰、很酷的动作之类。她觉得这种未来很值得期待，可以换很多不同的身体。她设想了未来的时尚，不同的美能带来不同的快乐。我一直听她讲，因为我很爱她，她是我小时候唯一肯跟我说话的同龄人。但我不明白那些话和我有任何关系，所以没有反应。她问我，你怎么想？我说，我想到的是，未来可能有两个大方向：一是肢体AI化，一是脑体AI化，并且最终汇合，局部叠加，乃至整体化。”

“于是，这就成了你专攻的方向。”我说，“你从一开始就跟我说过，你对改造人际关系毫无兴趣。你对神经学家米格尔·尼科莱利斯(Miguel Nicolelis)研发的外骨骼感兴趣，对感觉反馈系统很着迷，读大学的时候就试着研究大脑如何依据感觉传感器发布指令，还一度主张扩增脑波仪的感觉反馈系统，促进肢体 AI 化……我都记得很清楚。很抱歉，因为制造方对于这款新产品的认识很浅薄，不得不让你亲自去一趟。据我所知，北欧那家小厂是最先进的高端电子芯片制造方，你们的沟通不会太困……"

"正因为如此，远程会议就可以达到目的了，全视角视频技术已发达到纤毫毕现的程度，"海森堡似乎找到了最好的时机，打断了我，"为什么非要我去做我最不擅长的事情呢?"

我一时语塞。我想说，因为你是从脑波仪构想伊始就参与设计的工程师，因为你比马丁更有经验，因为在面对制造方的各种问题时你比我更有发言权，因为你是不可或缺的，因为任何人都不可能也不应该只做自己擅长的事……但我明白这些并不是让海森堡裹足不前的真正原因。海森堡不想去理解那些不理解、不包容他的人，那些从小到大给过他太多伤害、打击、拒绝和嘲讽的人。虽然海森堡设计出了有史以来最有可能帮助自闭症谱系族群社会化的仪器，但他本人打心眼里拒绝社会化。融合教育在多国普及已有二三十年，带来的结果有好有坏。譬如我从小在普通环境里长大，始终有种明确的意识：要训练自己，加强社交能力。我体验过误解和排斥，但感受到的慈爱和关切更多。但海森堡从小进入专为自闭症儿童开设的特殊学校，再以不可思议的高分和工程设计能力跳级进入著名大学，被迫融入各式各样的师生群体。海森堡对他人的兴趣骤减，没有正向作用的融入反而催化了他的逆反心。

“所以，”海森堡很坚决地继续说，“我认为应该去督导的人，是你。你有领导力，我没有。我可以成为辅助你的技术人员，我希望永远保持幕后角色。我不希望成为领导他们的人。我不希望他们用那些眼神盯着我看。我分不清那是怀疑，是嘲讽，是试探，是敷衍，还是嫉妒。即便有脑波仪，我也不可能在那些眼神中保持我的专注力！而且，你没有过分的攻击性，比我更懂得约束。”

“格兰丁说过，自闭症是动物和人类之间的一种过渡。对于你，是人体和机械体之间的过渡。”我若有所思地跟上一句。

“对，不是人与人。绝对不是。”海森堡斩钉截铁地说道，“姐姐对我说过很多次，如果我不把自己投入在最擅长的这种专业里，我很可能成为反社会的危险分子。我一直记得很清楚。尤其在我那次地铁群殴事件被捕之后……你知道的，大学刚毕业那会儿。”

“我真的不知道这种惯常安排会让你这样紧张，甚至担心自己的反社会人格被再次激发出来。”我努力地回想十几年来与我定期深谈的心理医生们（黛布拉八年前去世了，现在是奥斯卡）是如何教我使用共情意识的，因为我自己从未有过反社会倾向，“也许你说得对，这种面见流程的意义更多是社交层面的，而非技术层面的。”

“已经 2037 年了！人们还是喜欢用握手、拥抱、拍肩膀、挤眼睛、露齿笑、开玩笑来表达善意，包括善意的欺骗。但那根本无法制造信赖，只是启动游戏罢了！那是他们的本性，我们、我，没必要去附和。”

“请给我时间考虑，再和沃尔夫商量一下。”我想了想，又问道，“你真的认为我有领导力吗？”

“你领导了我和马丁这个小团体，我们的效率非常高。”海森堡露出今天的第一个微笑，“我不能预见你是否能领导所有股东、合作工厂的职员……那么多人，那么多国家里不同的人！但我不行，我一想到这些就会起一身鸡皮疙瘩。”他低头去看自己的胳膊。

“问题是……”我盯着一尘不染的自清洗地板，“我也不想当领导者。”

“为了建立脑波仪所需的庞大数据库，我们曾经做过史上最全的人格分析，”海森堡突然站了起来，“我知道领导者需要有洞察力和学习能力，要有智慧和口才，要有交际技巧。我认为你都有，尤其在你使用脑波仪的时候。现在我感觉到饿了，芝诺做完饭了吗？”

***

我们三人坐在餐桌边，桌上摆着烤鸡配芦笋、香煎银鳕鱼、黄油野菇、清炖牛肉萝卜汤，全是戴着菲利克斯厨师帽的芝诺根据三人的喜好亲手烹制的。

“我太久、太久没吃到手工现做的饭菜了！”琳达兴奋地给自己倒上红酒，“现在大部分餐厅里都是半成品加工菜，还有3D打印的主菜和甜品。你们想象得出来长得像牛排、吃起来像海参的黑糯米芝士布丁吗？”

“我喜欢3D食品。”海森堡将餐巾铺在腿上，对齐、抚平，一一打量桌上的菜肴，“3D打印可以减少碳排放，节省时间。”

“很久以前有种说法，”琳达说道，“抓住男人的胃，就等于抓住了他的心。现在，我们都免不了把胃和心拱手交给机器人。”

“胃和心？”海森堡又从字面意义上去理解了，他吃了一口芝诺下午从森林里采的野菇，露出沉思的表情，“这是我从没尝过的味道。这是真的植物还是人工合成的？”

芝诺给予了详细回答，包括这种菌菇的营养成分列表。

听完芝诺的介绍，我的脑海中清晰浮现出了森林的画面——熟悉的大树，树下的蘑菇丛生，甚至清晰地记起清晨森林里的清香，这就是所谓的通感吧？我不禁提起：“很多年前有一款BrainPort，你们记得吗？大概是读中学的时候，我第一次听说这种脑机接口的产品。把一种电极芯片放在盲人的嘴里，搭配一副能采集图像的眼镜，盲人就能用舌头看到外部世界。加以训练，舌头的感觉皮层会侵占视觉皮层，舌头就更加敏锐，能辨别更清晰的图像。这个技术是美国的‘感觉替代之父’巴赫里塔教授的实验室做出来的。”

“图像信号被转换为电流，通过芯片刺激舌头，继而刺激大脑产生更高效的皮层重组。”海森堡抢在芝诺前面作出了解释，“这说明，大脑的全局洞察是可以被重塑的。大脑所认知的身体的边界也因此可以被重塑。但我还是不明白胃和心的关系，刺激胃从而刺激脑吗？”

“那只是一种落后思想的形象表达，所谓的驭夫术之一。”琳达笑了，“假设有个女人给你做饭，你特别爱吃，你会不会特别爱她，天天都想和她在一起？”

“不会。”海森堡不假思索地答道，“就算芝诺是个女人，我也不会因为这盘菜而爱上她。”

芝诺向他表达了谢意，在它看来，这是对它厨艺的恭维。

“那你会因为什么爱上一个女人呢？”琳达又问。

“爱的定义根据不同的标准而不同。”海森堡说，“我无法回答这个问题。事实上，任何人都无法给出让所有人满意的答案。”

我看着琳达，说道：“所以，即便那时候我爸爸有脑波仪帮助，也未必能做出正确的判断。”

“什么时候？”海森堡抬起头，茫然地看着我和琳达四目相对，“你们在说什么？”

“分不清友情还是爱情的时候。”琳达代替我回答他。

“哦。”海森堡显然不是爱打听八卦的那种人，“友情和爱情该如何划清界限？我们以前不是讨论过这个课题吗？脑波仪只能给出符合社会主流道德伦理的行为建议——假设对方也用相同的策略，双方反而更不能确定是真情实感还是脑波仪辅助的结果，甚至进入博弈——唯一能确定的是荷尔蒙指数分析。纯生理指标，这是我信赖的，但你们都说不能让荷尔蒙主导，否则会在情感问题上帮倒忙……"

"是的，你们激烈讨论过，"琳达笑着打岔，"林顿的结论是界线应该围绕性冲动和性行为划分；你的结论是没有界线，因为情感始终在动态的暧昧变化中。你的原话是'划清界限是无意义的''人类情感不应该越来越细分，而应该更加谱系化''情感身份认同是过时的人性枷锁'……"

"原来你的记忆力也这么好！"海森堡说，"我只是不明白，很多人觉得分离性和爱很难，但对谱系内的人来说，至少对我来说，这是最自然的做法，一点儿不困难。"

"我不同意这个说法，"我坚决地摇摇头，"谱系外的人也有这些观念上的差异，谱系内的人如果不了解社会准则，率性而为，很容易引发事端，得不偿失。我们现在的新生版就涉及了社会准则的教育，未来的通用版会涉及谱系内外的相互理解，降低误解的发生概率。但我们的终极目标不是重新定义人际关系中最复杂的私人情感关系。性和爱是不是该分离，并不是这个问题的重点。重点是促成有效、无害的沟通。"

"如果没有脑波仪，你该怎么学会有效、无害的沟通？"海森堡听起来咄咄逼人，但我们都知道，这只是他的惯常语气罢了，"我十六岁的时候，姐姐送我了一个充气娃娃。她说，性和爱都是人需要的，正常人需要，我也需要，我有了娃娃就不需要与别人打交道了。我认为我学会了，只要尽量避免与人沟通，就能减少无效沟通。自己的感受可以通过人机互动、人物互动来得到满足，往往更高效。”

“没有脑波仪也可以学。”我说，“妈妈手把手地教过我。进入青春期后，妈妈会和我假装约会，一起去吃冰激凌，我就假装是在和女朋友聊天。有时候我会自己迷恋什么就说什么，好像在开无轨电车。妈妈就会说，女朋友要睡着了。平时她也会让我观察别人在咖啡馆、餐厅的约会是怎么进行的，看他们的表情……”

“我认为你妈妈不遗余力地想把你教成‘假正常人’，一切都朝正常人的标准化做法看齐。”海森堡还是想说什么就说什么，“你妈妈和我姐姐恰好相反，我姐姐觉得我就该保持自己的原样。她觉得很多正常人都太虚伪了，没我诚实，没我聪明。”

“芝诺，我想诚实地再要一份野生蘑菇。”琳达见缝插针地扯开话题，“你们都该庆幸有那么爱你们的家人，不管方式和理念如何，她们都塑造了你们的未来。说到未来，林顿，你下次什么时候去看奥莉薇亚？会不会带去新版本？我可以跟你一起去吗？”

“量产的工作走上正轨，我才能抽出时间。”我答道，“苏珊娜前几天和我妈妈通过电话，说奥莉薇亚最近又伤到自己了。她本来在照护社区的农场里做些小事，前一阵子爱上了喂马，但有一匹马太烈，踢到她了，断了一根肋骨。她在病床上很难受，没法用语言表达，天天都打镇静剂。苏珊娜想问我脑波仪在这种情况下有没有帮助。”

“当然有用！”海森堡语气坚定，“脑波仪的初级任务就是翻译，把大脑想说但嘴上没法说的话展现给接受者，替代机主直接输出想法和感受。人类大脑里有将近 1000 亿个神经元，你产生任何一个想法的时候，至少有几百万个神经元在大脑里被激活。2010 年开始，脑科学和神经科学家们就一直致力于‘人类连接组计划’，要给大脑里所有神经元的排列方式绘制一幅精准的地图，就像在宇宙中标出太阳系里木星、火星、水星的位置，就像 1990 年启动的‘人类基因组计划’那样。虽然连接组计划太庞大了，不知道什么时候才能完成，但我们已掌握了采集神经元释放电信号的技术，将近二十年前，犹他阵列电极就能在不到 1 元钱大小的金属材料上排布 100 根针样电极，能采集到几百个神经元的活动信号。2004 年，布朗大学神经科学系的约翰·唐纳修（John Donoghue）教授就用犹他电极完成了第一个侵入式脑机 Brain Gate 的试验，愿意接受试验的志愿者基本上都患有严重身体疾病或者脑疾病。2012 年，有位长期瘫痪的女士第一次通过 Brain Gate 控制机械臂喝到了咖啡。也就是说，把她的脑电波转换成最简单的指令，指挥机械臂动起来。脑电波就是电信号，也就是大脑跟身体沟通的一种神秘语言。我们做脑波仪前，先用了好几年把采集、分析、处理后的脑电波跟绝大部分人类的行为、精神状态做了关联和对应，做成了内嵌数据库。然后找到了目前为止最高效的柔性纳米电极材料，用非侵入的方式完成脑机接口，让数据库提供的预设模式与使用者的脑电波互动，电信号所对应的大脑指令就会得到直观的表现。这样和奥莉薇亚配对的使用者就能收到信息。"

"如果奥莉薇亚小时候成功接受了语言功能的干预，就能改善她这一生的生活质量。"琳达不无遗憾地说道，"而且，从2020 年开始的基因疗法至今仍在临床试验阶段……"

海森堡又喋喋不休地打断了她："就算基因疗法能顺利上市，对奥莉薇亚的功效也许还不如我们的脑波仪。基因疗法的开发者都希望有特异而高效的药物能促进大脑释放催产素，因为自闭症风险基因 Nlgn3 的丢失会削弱催产素的信号传导，并改变人的社会行为；而催产素系统与社交互动中的肢体接触之间有一个正反馈机制，并且从神经环路中找到一群可以调控社交行为的神经元。现有的基因疗法试图选择性地恢复多巴胺能神经元中的 Nlgn3 表达，让患者恢复社交能力。但脑波仪可以直接翻译意识电波，直接作用于神经元，部分实现脑波 AI 辅助，应该会比基因疗法更直接地衔接不同个体的需求。我读书时用过利培酮（risperidone）和阿立哌唑（aripiprazole），这两种药都是多巴胺/5-羟色胺受体拮抗剂，能够改善易怒和做出刻板动作的症状，但对于改善社交能力的缺陷没什么效用。我觉得对奥莉薇亚来说，社交的需求还是次要的，因为她的认知能力还停留在幼儿水平。"

"林顿，"琳达突然扭头看着我，"考虑到你们家族基因里确实有导致自闭症谱系障碍的基因突变，如果你有孩子，你愿意让孩子接受基因疗法吗?”

嫩滑的银鳕鱼入口即化，我陷入了深思。如果基因疗法对改善社交行为有奇效，患者也会成为“假正常人”吗？真实的我们究竟该如何界定?

“格兰丁在《用图像思考》中写过一段话——”我让芝诺把检索出的那段话投影在餐桌上方，作为对琳达的回答，“‘在一个理想的世界里，科学家应该找到一种方法，阻止情况最严重的自闭症类型出现，但要允许那些问题轻微的自闭症类型幸存下来。毕竟，真正的社会人不曾发明第一根石头长矛。石头长矛的发明者很可能是一位阿斯伯格综合征人士，当其他人围坐营火进行社交活动时，他独自在一旁将石头削成薄片。’”

2015 在中国

林珊的日志《静海之家回忆录》

26. 父母的审视

离内森合同期满还有三个月。我们在澳洲生活了将近两年，公寓里多少攒下了一些新的物品，目测打包寄走需要一星期。只不过，要寄到哪里是个大问题。每天醒来，我脑子里都很乱，混乱的倒计时、混乱的待办清单、混乱的顺序。事情本身没那么复杂，只是心乱。

我不再追问任何关于工作的问题，改成有礼貌地知会："机票、搬家都要提前操办起来，还有回中国看我父母的事，请你考虑一下。我认为这是个好时机。去中国比美国近，时间也宽裕，我已经七八年没回去看过父母了，心里一直很难受，所以我肯定会带林顿去一次，至于去多久，我还在考虑，因为这牵涉到你的未来计划。我父母也盛情邀请你一起去。我们需要好好谈谈接下去怎么办了。"

过了两天，等林顿睡了，我俩开了家庭会议。以前我们会在客厅的沙发里舒舒服服半躺半坐着讨论事情，但自从他上次把沙发改造成单人床后，我就再也没和他同坐在沙发上。他在沙发上睡了两星期后，不声不响地搬回卧室，在我身边躺下，仿佛什么事也不曾发生过。我凝神看过他的神态：心安理得，无忧无虑。这反而让我的心更乱了，他似乎能在平行世界间来回跳跃，但是他这样平静地回到我身边时，我却无法忘记之前的争吵和伤害。所以，我非要搬把椅子坐在他对面，依然不肯和他同坐在沙发上，但我心里清楚，这只是我自己在怄气，过两天也就没事了。其实，内森对于这种微妙的转变完全无动于衷。

说起具体事务，我们都和和气气的。首先，他汇报了近期找工作的进展，吃了几家闭门羹，又罗列了澳洲和美国的几家大学和企业，说是还在等待回复或等待安排面试。结论是：目前还不能确定我们的大件行李寄往何处，也可能在最后关头得到了澳洲的工作。一切仍是未知数。

“那只能这样办了，”我心平气和地说道，“最好的、最经济的做法就是我和林顿先去中国，陪老人家住一阵子，等你这边的消息再决定去哪里；我们也可以等你飞中国，团聚、度年假，以后的事以后再说。”

内森点点头。

“我可以先帮你把大件行李、衣服、书籍先打好包，如果你最终决定离开澳洲，就直接寄去下一个地址。”

内森点点头。

我叹了口气：“说实在的，我很喜欢这里，林顿也是，如果有可能长住下去，是再好不过了。”说完，我又警觉起来，补充道：“但你不要误解，我这样说不是在给你压力。”

内森点点头，说道：“压力已经快到极限了，你也加不了更多。我现在不是很确定要不要争取留在澳大利亚，根据这两年在这里的感受，我不觉得这里比美国更适合我。不过我还是会等待另外两家澳洲公司的回复。谢谢你能趁这几天先打包。”

“不用谢。另外，我觉得我妈妈的主意挺不错的，你最近压力这么大，确实要休个假。这些年中国变化很大，我们都该去看看。更何况，我父母愿意出旅行的费用，包括你和林顿的机票在内，你不用多费心。”

内森点点头，什么也没说。没有说谢谢，也没有说不好意思。既然我已明白他的这种不领情是天生的，又何必去怪罪他呢？会议暂告段落。等下一次开会时，我肯定已订好了回国机票，单程的。他肯定会祝我们一路平安。即便他的祝愿是发自肺腑的，我也肯定会隐隐心痛，因为他感受不到我期待已久的归国之旅是在怎样复杂的情绪中推进的：既有憋屈、无奈、对父母深感愧疚、对故乡又思念又好奇……又因为可以暂时摆脱他而感到一丝轻松……还因此自责，对他的惦念反而与日俱增。

我带着林顿，还是每人两只大箱子、一只登机箱、一只背包，坐上了直飞S城的国际航班。我们穿着澳洲的夏装在崭新的机场外等候出租车的时候，林顿突然说道：“原来去外婆家这么方便！比我们从美国去M城快多了。”

故乡只有潮湿的秋风是吻合记忆的。从机场到父母家的一路上，我只觉得这座城市好陌生，挤在高层公寓楼群当中的高架桥上车满为患，昏昏然的秋阳在玻璃幕墙间来回反射，空气里有种令人不悦的浑浊。我的呼吸变得克制，下意识地不愿深呼吸。从机场到城郊的大部分建筑群都是我离开中国的这些年里建造的，进入城区后，建造于二十多年前的老城区第一座高架桥显得陈旧，不再是我印象中路面闪闪发光的地标。林顿一直歪着头看车窗外，突然蹦出来一句：“我看到了好多从没见过的车!”出租车拐入父母住了四十年的小区后，一切物事似乎都显得比记忆中的逼仄拥挤，楼体的颜色变浅了，路面的质感变新了，垃圾站变成半封闭式的……但我一眼就看到等在楼下拐角那棵黄杨树下的父母，眼泪一下子蒙住了视线。

下车一阵忙乱后，我揽着林顿的肩——他已到我胸脯那么高了——站在父母面前。虽然我每个季度都给他们看近照，但静态和动态、瞬间和整体之间的区别始终要靠他们各自的想象。我知道我胖了，还有白头发了，素面朝天，也知道我怀里的儿子傻乎乎地移开视线，不敢正眼看着外公外婆，哪怕他也看过无数张他们的照片了，也在电话里讲过很多次话了。值得庆幸的是，林顿是个爱笑的甜心男孩，从小到大，那种毫无杂质的天真笑容帮他省却了很多寒暄，这次也不例外。我们终究是个老派的中国家庭，不会靠拥抱和亲吻表达亲热。但我妈情不自禁地伸出双手，想捧住林顿的脸蛋，但他立刻逃开了，扭头窝进我的怀里。我妈的笑容有点复杂，不是半哭半笑，但有种一言难尽的潜台词。我爸毕恭毕正地站在一旁，此刻说道:“孩子害羞，你这个老太婆不要吓他。你们都站在这里干什么?上楼去呀!”

对于一个家来说，母亲承担的分量是那么多，这是我自己做了母亲后才感受到的。若还是以前的读书时代，我决不会像现在这样一眼认出妈妈在家里付出的努力:全部换新的沙发罩、窗帘、餐具和床上用品。走进我昔日的小房间时，我一下子愣住了。妈妈竟然把这个房间稍微装修了一下，让我有种走进别人卧室的错觉——甚至更糟，像是一间酒店的标准客房。在家中转了一圈，只有爸爸攒下的报纸杂志堆一如既往，像立体墙纸覆盖了朝北小房间的整整两面墙。那实际上是个储藏室，但因为放进了一张大书桌，就成了我做作业、爸爸做剪报、妈妈练毛笔字的地方。除了那两面墙，全家人的空间都属于妈妈的管辖范围。我始终记得，从我读小学开始，她就持续不断地教我家政技艺。与其说是技艺，不如说是规则：每隔多久要清洗床单被套、玻璃器皿、厨浴墙壁，乃至垃圾桶本身都有明确的清洁规定。我妈的名言是“要像日出日落那样有规律地生活”，并据此把我调教成一个做任何事都有章可循的孩子。她按时检查我的作业、我的衣柜、我的牙齿和身体，乃至我在睡梦中时的表现。从小到大，我都是个可以预测的女儿，每一步都走得合乎她的期待、她的认可……直到我去了美国。与此形成巨大反差的是我爸，一个彻底甩手的掌柜，大事小事都甩得一干二净。我爸我妈年轻时，工作由国家分配，与个人才能无关。我爸被分到货运公司，当过很多年的化工危险品货运车副驾驶——三酸一碱化工品的运输容不得半点差错；后来负责调度，直到退休，爱好从贴剪报变成了听有声书，打开手机、半躺沙发、闭目养神，就这样听完了《战争与和平》《水浒传》和《金刚经》。所以，像账单这样的东西绝不可能找到溜进他耳朵的门路，因为账单从信箱到电梯、从进家门到收入文件夹这一路都由我妈亲手护送，悄然无声，我爸从不曾出于体恤、好奇或任何想法从中拦截。和我爸整饬的报刊墙相对应的是我妈整理好的家务抽屉柜，依然摆放在客厅和厨房之间，端端正正地表明了这些俗务在我家的地位。在那只已有四十年历史的红木矮柜里，各种文件分门别类，条目清晰。上层立着等身等色等高的数只文件夹，贴有“账单”“医疗”“房产”“联络”“交通”“食谱”等手写标签；下层横摞着家庭相册，最下面的两本都是七八十年代才有的红色绒面大开本。

我妈年轻时被分到城区图书馆，做了一辈子的管理员，这些归档工作似乎理所应当由她来做，但还有厨房里的事、厕所里的事、阳台上的事……似乎也理所应当是主妇的事。就这样，在他们的共同努力、彼此认证之下，我爸得到了男人的幸福感，我妈得到了女人的成就感。

大大小小的箱子在这个家里显得格格不入，弥漫出流浪的气息。妈妈看我一刻不休地收拾起行李，并没有阻拦或劝我慢点再忙，这说明她很认可这种维持整洁、秩序的努力，或者说是试图抹杀什么的努力。我妈问林顿要喝什么、要吃什么，林顿用方言答道："妈妈说过，到家洗手、换衣服之后才能吃东西。"我妈立刻跑进卧室，拿出一套崭新的家居服给他换，带他去洗手，再把温在电饭煲里的红豆汤盛出两碗来。我爸一直坐在沙发上，一言不发地看着林顿走来走去，继而坐下喝红豆汤。林顿始终没有和外公外婆对视过。我埋头收拾行李，假装眼角的余光没有注意到这个房间里的每一道视线都有不正确的落点。

27. 重返母校

头两天是在家中享受单纯的三代同堂，说是为了调时差。妈妈铆足了劲儿，要把攒足七八年的爱一次性付清——菜多到吃不完，水果早中午翻花样，小吃零食百变，有很多是连我都没见过的。我妈很快就看出了端倪，在厨房压低了声音问我，这孩子每天玩几小时的 iPad，你也不管管？我说，那是他雷打不动的德语学习时段，不是玩。每晚电视连续剧第一集播完，就到了我们和内森语音、视频的固定时段，我们客客气气聊聊彼此今天做了什么，再和我爸我妈打个招呼，我就会把电话交给林顿，让父子俩用英语聊几句。随后，他们就将分头上床，准备睡觉。头两天，内森会问问飞机上的、外婆家的事，但他俩都不会闲聊，常常就冷场了。幸好他们还有一项日常惯例——内森会给林顿读睡前故事。虽然隔着网线，林顿看不到一页一页的绘本，但他很享受这个过程，总会耐心地听完。不过，在外公外婆眼里，这孩子就只是傻傻地对着电话，一声不吭地听完，然后道声"晚安"。

我爸的问题通常都是等林顿睡觉了再抛出来，总是我们三个安安静静地坐在电视机前的时候。他问，这孩子不太喜欢讲话吧？我说，可能是感觉环境陌生吧，但他平时也不吵不闹的，他不说话不代表他脑子停转。他又问，这孩子学校里成绩好吗？体育方面呢？是不是像爸爸更多一点？内森什么时候来？……

天天在家里被当成观察的对象——事实上，我也在不停地观察父母对林顿的看法——到第三天我就待不住了（期间我们只在小区附近散过几次步）。做了二十年调度工作的老爸给出了他亲自设计的游览路线，可以在控制时间成本和交通成本的前提下游遍本城新旧景点。两位老人家愿意轮流陪同，按照旧时国营单位"做一天休一天"的老规矩。但我婉言谢绝，说是怕累着他们。事实证明，我不带父母一起逛是明智之举，但并不是因为累。带着林顿逛某个超级体量的大商厦时，他对正在维修中、掀开踩踏板的自动扶梯产生了浓厚兴趣，竟然趴在那儿里里外外看了一小时。换另一个商场，他又迷上了透明厢式电梯（一层层上到顶端，能够俯瞰中庭），于是我们不停地上上下下，又是一小时没有离开过电梯厢。

我们不觉得很累，但不管是新潮的商业街还是亭台楼阁的古代建筑，都有在澳洲和美国见不到的人潮，这对林顿来说无论如何都不具吸引力。我们大部分时间都在坐车，仿佛回到了刚到M城的时候，但中国城市建设的速度和规模太惊人了。林顿第一次看到本城地铁图的时候，眼睛都发亮了："哇！有十多条线！那么多颜色，妈妈，我们一条一条地坐！"这是外公外婆无论如何都猜不到的游览线路吧。每一条地铁线都有各自的标准色，辨识起来很容易，很多站点都能同站转乘，甚至同一个月台转乘，这又给林顿的地图漫游增添了乐趣。我简直都能看到他头脑里的GPS系统兴奋运作着，即便是最复杂的、有二十个出入口的地铁站也不会难倒他。如果我们在此长住，每个月给他的"导航费"恐怕要加倍。

游玩回家后的林顿活泼了一点，和内森通话时叽里呱啦兴奋地说起庞大的地铁网络，一个一个站名报过来，一个一个颜色说出来。这可让我爸我妈笑开了怀，但他们不知道林顿只是在描述地铁线的错综复杂。

我依然随身带着相机，在某些地标前给林顿拍照，以此安抚老人家的一片苦心。我妈我爸之前已看过很多我寄回来的照片，但还是忍不住又问了我一次："这孩子还是不喜欢看镜头？"我只答，抓拍的感觉比较自然。

接下去的几天里，亲戚们纷纷发出邀请，请我们去做客或去饭店聚餐。林顿带着甜蜜的招牌笑容，得到了亲戚们的公认好评："这个小男孩好害羞。"

"这小人才不害羞呢！一到我家，把每个房间都看一遍，盯着我们家的老式电风扇看个没完没了！珊珊一个劲儿地拉他，但是拉不动。我看珊珊都尴尬死了，好玩！”

“快八岁了啊？个子是蛮高的，看面孔倒像是五六岁的小小孩。”

“美国人和中国人就是不一样，他进门一屁股就坐在我家床上了。珊珊跟他说这样不好，要坐沙发。他一个劲儿地问，为什么？为什么？”

“我们没订到包间，珊珊说林顿不习惯在很吵的餐厅大堂里吃饭，我们中午就叫了比萨在家吃。这孩子看到我们顺手用筷子去夹比萨，也是一个劲儿地问，为什么？比萨应该用手抓。”

“拍个全家福真吃力啊！拍了十几张，这孩子不是闭着眼睛就是歪着头，我们笑得脸都僵了。”说这话的小姑妈最爱拍照，她来我们家坐下不到三分钟（这三分钟里基本都在盯着林顿在 Babble 界面上做德语练习题）就吵着要看老照片：“阿嫂，你把我结婚时的照片翻出来看看，珊珊那时候正好满月，你们抱着她来吃我喜酒的！”不到三分钟，我妈就把红丝绒封面的大开本相册翻到了那一页。我也很多年没有看过那张照片了，照片上的我还是个小毛头，在一群兴奋得脸通红的女眷簇拥下瞪着惊恐的眼睛，她们并不是为了我兴奋，而是因为喝了太多酒。妈妈和姑妈开始比较我和儿子的眼睛、鼻子、嘴巴。

三姑六婆的评语说得无心，我爸我妈却听得有意。

姑妈走了之后，那本相册依然放在茶几上。我把林顿叫来，从第一页翻起，讲起了我们家的过往。在我的出生百日照那页，我妈用娟秀的字体写上了日期和我的小名，整本相册里，只有这个跨页被我独占。林顿笑着说：“妈妈好小。”林顿一页一页翻过去，还是孩子的妈妈渐渐长大了，会坐了，会走了，会玩小皮球了，会看书了，会唱歌了，会戴着小红花和小朋友表演节目了……我对他说："你看，妈妈也是一点点长大的，每一样事情都要学。"

"还有吗？"一本相册看完了，林顿问道。我妈忙不迭地把其余保存了几十年的相册一股脑儿搬出来，反正都在那只柜子里。接下去的一个多小时里，林顿浏览了我从小学到大学的照片后说："妈妈越来越像妈妈了。"这句话对他和我来说无疑是温馨的，但在我爸听来却有点刺耳。

"但是你妈妈越来越不像我们以前那个女儿了。"我爸话音刚落，我妈就飞快地拍打了一下他的背，但他拂开她的手，接着说道，"林顿，你要记住哦，你妈妈从小到大都是考试第一名的好学生！"

"乖孙，你看这张照片，你妈妈考进重点大学后，我们帮她在校门口拍的照。"我妈很热络地想要扯开话题。

"我在M城的小学门口也拍过一张照片。妈妈拍的。"林顿说。

我当然明白这些话里的意思。他们早在几年前就在电话里暗示过——孩子都上小学了，我该去找工作了，要么就继续读博士，争取以后在学校里当教授。这是他们多年来梦寐以求的，是我去美国留学时就期待的愿景。每次谈及此事，我都以美国小学放学要接送之类的理由为借口拒绝了。虽然这也是事实，在美国的全职妈妈很难找到全职工作。一连几日的家族聚会上，三姑六婆纷纷感慨："以前都想去美国发展，现在看来也很辛苦啊！"随后立刻聊起某个表叔的老家拆迁，收获巨款和三套新宅；表叔家的那个表弟毕业后一天都没有工作过，天天开着跑车出去玩……我看身边的妈妈欲言又止地垂下眼帘，忍不住轻轻地在她耳畔说："各人头上一片天，各有各的好。我也挺好的。"她抬起头，我们无言地相视而笑。

恍如一梦，回国的感受一言难尽，放眼望去，简直没有别人像我和内森这样生活。城市里的高消费也让我咋舌，所以到了第二个星期，我就不太想去城中闲逛了。我给穆师父打了电话，想尽快去看看他，但他刚好不在S城，便约了下星期见面。放下电话的我不经意间叹了一声，刚巧我爸从楼下取来晚报（这年头坚持订报纸的也只有他这样的退休老人了吧），戴着老花镜看了几个版面，然后不声不响地把一页对折，放到我眼皮底下。我一看就笑了，那是我的母校六十年校庆的启事。我爸一向话不多，但有时他好像很懂我的心思。

带林顿去母校是回国后我最快乐的一天。久别重逢，校园比记忆中更美好，因为做学生的时候校园还没有成为记忆，是记忆点亮了眼前的绿意缤纷。我开开心心地带林顿去看本科时代的教学楼，旁边就是食堂，现在已经没有打热水的那一排龙头了，真可惜。再往前走，拐弯、过河、穿过草坪，在体育场对面的就是我住了四年的宿舍楼……就在宿舍楼前的小花圃前面，此时摆放了一长溜儿课桌拼成的条案，铺着红桌布，上方还挂着红字横幅。原来，这是校友会的临时登记处，回母校的老校友们可以留下自己的联系方式。以院系检索，我找到我们那届的各专业分册，翻开一看，竟然已有三四个熟悉的名字。于是，我也写下了自己的电子邮箱——以后的联络电话未知，地址也未知，茫茫人海中只有通过一个云端的存储终端能找到我。

"留个电话或微信吧！"一个开朗的声音从我头顶侧方传来，"群里联系最方便了。"

“我没有微信，”我放下圆珠笔，一抬头，“哎！你……你……”分明认得这张脸，却一下子叫不出名字来，我记得她当年住在我们隔壁的寝室，好像是同一届金融专业的。

“林珊！”她竟然喊出了我的名字，“我是417的陆新阳。”

“对对对，她们都叫你阳阳。”

“你不记得我，这太正常了，我的存在感太低。”她笑起来好像比以前好看多了。我左看右看，觉得她应该是毕业后整过牙了，雪白又整齐，足以媲美好莱坞的标准，“但我们寝室的人常常说起你——英语八级最高分得主！我听你们系的人说，你后来去美国改读数学了！”我还没来得及谦虚，她就拿起我刚写下邮箱的通讯录，用手机给我的邮箱发了一封信，“我把我的联系方式发给你了，以后有校友活动我转发给你。”

“太谢谢你了，但我恐怕参加不了，”我说着，看了看林顿，他正在旁边呆呆地看陌生人在通讯录上飞快地写中文，“我刚好回来探亲，过一阵子就回美国了。”

“这是你儿子吗？”陆新阳睁大了本来就很大的眼睛，“混血就是好看呀！这眼睫毛也太长太密了吧！”这话，我在前几天的聚会上没少听。但再一次地，我还没来得及谦虚，林顿就转过头来问我：“妈妈，这是中文的花体字吗？”他完全无视近在咫尺、瞪大眼睛、连声称赞他的陆新阳，依然需要我引导他。我先向他介绍了“妈妈的老同学”，然后再回答他的问题。

原来，陆新阳毕业后和本校行政部的一位老师缔结良缘，这次就在校友会义务帮忙，作为我们这一届校友的代表，负责搜集联系方式、制定校友通讯录等杂务。她说自己这两年不工作，准备全力以赴做人工受孕，看到别人家的孩子总是羡慕得不行。要不是她快人快语，我还不知道下午有我们系的欢庆活动，就在文科楼前的大草坪上，大部分老师（包括已经退休的一些）都会应邀出席，还有很多历年校友，尤其是那些在各行各业成为翘楚的厉害人物。陆新阳对这些情况了如指掌，说我们院系不仅出了文娱界、政界和商界的名人，还有一位师兄创业成功，已有上亿身家。难怪我的父母一有机会就追问我为什么不在学业、事业上再进一步，他们耳濡目染的是中国这些年的迅猛发展，他们看到的世界遍地都是机遇，他们期待自己培养出的学霸女儿也能跻身其中，而非仅仅是个全职太太、全职妈妈。也许，他们更不满意女婿千辛万苦拿到博士学位后满世界找工作。

暂时告别了陆新阳后，我带林顿去母校著名的后门一条街去吃东西。他指着鸡蛋煎饼问我，是不是中国比萨？又指着麻辣烫店门口排成一列的红锅底问我，这是卖油漆的店吗？我在袜子店里给父子俩买了两打色彩明快的袜子，在音像店买了两套歌剧和一些电影 DVD，最后在一家怀旧的苏州面馆里吃了鳝丝面和黄鱼面。我一向对吃穿很潦草，内森和林顿每次去选衣服都是黑灰蓝，但不知道为什么，走上这条街之后，味觉和视觉都被点亮了。传说中的乡愁，原来是这样的五彩缤纷，搭配着挥不去的五味杂陈。

林顿是逛校园的好搭档，看到科学家、教育家的雕像他会问，路过图书馆和大礼堂他都要进去看看，就这样绕过大半个校园。我们回到文科楼时，欢庆活动已经开始了，人头攒动，不少人拿着一次性纸杯喝着免费提供的饮料，还有上了年纪的老教授捧着花束和学生们合影。我渐渐认出了几个老师，但没有人认出我，除了陆新阳。她不知从哪边冒出来，拍了拍我的肩，又弯下腰和林顿打招呼。这次，林顿挺放松地回了声“你好”。草坪上阳光灿烂，他眯缝着眼睛，谁也看不到他闪躲的眼神。

“你们当年的系主任高升到副院长了，他在那儿——”她不引人注意地用压低在胸前的手指了个方向，“现在的系主任是以前教日语的洪教授，他写了一本很畅销的书，讲中日历史文化交流的。洪教授旁边那两位都是退了休的老教授。”

“我认得张老师，他以前教过我二外。”

“你二外学的是德语？”

“对，但旁边的女老师就不认识了。”

“那是张老师的太太，包教授，她是我们学校特殊教育系的元老级人物了。”

“哦，我们也有特殊教育系？我都不知道。”

“有了好多年了！但我们读书那会儿还没有。她以前是心理系的。”

“那我要过去打个招呼。”

“我陪你去。”陆新阳立刻揽着林顿的肩，要往那边去。

“再等等。”我不好意思地笑笑，“我不认识洪教授，先不要打扰他们讲话。其实也不一定要去，我只是对特殊教育系，还有德语都有点兴趣。”

“我会说德语。”林顿突然冒出一句来，这倒是我没想到的。陆新阳逗了他一会儿，抬头看到洪教授被别的师生拉走了，马上快步走上前叫住了张教授夫妇，又回头招手，示意林顿和我过去。

“张教授，你还记得林珊吗？她回国探亲刚好赶上校庆，这是她儿子，也会说德语了！”

张教授点点头：“有印象。你不是德语专业的，是二外吧？”我俩寒暄，讲起当年的几位同学。

在一旁的包教授完全被林顿吸引了，还用德语问候他：“Hallo! Ich bin Frau Zhang. Freut mich, dich kennenzulernen.（我是张夫人，很高兴认识你。）”

林顿也开心地回复：“Hallo, mein Name ist Lyndon. Schön, Sie kennenzulernen.（我是林顿，很高兴认识您。）”

我们都笑起来，他们问起我留学的经历，再问起工作，又把话题转移到母校这些年的变化。我分明感受到他们不想用任何可能让我尴尬的问题追问出我生活的真相。如果我不进一步，交谈就将漂浮在社交的表层，不会涌动出任何深层的交流。

“包教授，这是我留学后第一次回母校，刚刚知道我们有特殊教育系！”

“这是一门注重实践的新专业。你已经是数学博士在读了，还有兴趣攻下新的学术领域？”

“因为有了孩子，对教育的认识和以前大不一样了。比如我儿子要先学德语，才能更好地学会母语，这让我百思不得其解。您的专业领域很重要，有机会我要向您多请教。”

“你说到点子上了，需要特殊教育的家庭都需要首先改变家长的教育观念，其次才要论方法。”包教授若有所思地看看我，阳光也让她眯缝着眼睛，阴影下的眼袋凸得很厉害，“有兴趣了解的话，随时欢迎你！还有小林顿！”她拍了拍林顿的肩背，一如往常，林顿的背肌扭动，歪了歪肩膀。我注意到大家都注意到了这个细节。这时又有师生拥过来，像是和这对伉俪久别重逢的样子，我们便祝福彼此，道了别。

之后，我们和另外几位老师怀古论今地闲聊一番，林顿不作声地走到角落里，把桌上别人用完随手搁置的一次性纸杯码放成并列、笔直的两排。我知道林顿对这个场合失去耐心了，但走之前，我还是决定问陆新阳索取包教授和张教授的联系方式，说是要择日拜访。心中暗想的是，也许早晚会需要他们的帮助，可能我无法说服我爸我妈接受现实，也可能日后回国生活需要专业协助。

“我们班上有个女同学，”陆新阳给我发完电子邮件，把手机攥在手里，望了望几米外的林顿，“好不容易人工受孕生下孩子，但去年发现有阅读障碍，后来去了特殊教育机构。我当时还帮她咨询过包教授呢。”

“我儿子有阿斯伯格综合征。”这话脱口而出，我自己也没想到。

“啊！谢尔顿那种吧！”她又瞪大了本来就很大的眼睛。看我一脸茫然，她解释道，“就是《生活大爆炸》里的谢尔顿，智商180的理论物理学家。是不是有了孩子就没时间追剧了呀？”

我说我们家基本不看电视台里播的节目，没有追剧的习惯，但会看影碟。我不好意思说电视剧太杀时间了，好像自己的姿态很高。但我也很好奇，为什么陆新阳会立刻把林顿和这部美剧联系起来？

“这部电视剧超级火爆，讲四个理工科宅男的趣事，很搞笑。它会让很多人认同一点：虽然他们为人处世很有问题，都有点怪，但他们有他们的可爱，也会有懂他们的朋友和恋人。”

“谢尔顿有阿斯伯格？”

“我就是因为谢尔顿才知道有这类人群的！”

“我是因为有了儿子才知道的。”

“所以我觉得这部剧特别好，以前看的《雨人》虽然也有喜剧的成分，但让人很心酸，会觉得不知道拿这种天才白痴怎么办。但这部剧不同，可以让人一边爆笑，一边思考：如果我碰到怪人这样反应、这样说话，我会怎么办？想来想去……啊！剧中这样的处理方式就是最理想的吧！”

“会不会太喜剧了？”我有点没把握，听上去，这样的影视作品会让人过于乐观，毕竟还有那么多低功能障碍者被划归到无法自理自立的智障群体，对这个领域了解得越多，我越觉得过度悲观和过度乐观都会产生误解。“实际上，包括阅读障碍在内的各种障碍都会让家长和老师抓狂的。”

“嗯……”陆新阳显然明白了我的潜台词，“你说的是当事人心态，我理解。但假如让当事人知道外部世界可以这么善意、这么包容，知道自己的孩子以后也会得到朋友和恋人的爱，应该也会感受到希望吧！去看看吧，至少，那些学霸充满知识点的俏皮话会让你很开心！”

我发自内心地谢过她，突然想起有一年冬天，我刚刚打好热水，爬到四楼，内胆却在走廊里爆了。她刚好迎面走来，大呼小叫地问我有没有被烫伤，又把手里的毛巾塞给我，转身跑回 417，拿出扫帚和簸箕打扫起来。是的，这就是她，一位特别热心的姑娘。在家庭生活之外，我可能很需要这种性格的朋友。但今天没时间叙旧了，又有人走过来和她打招呼了，我不能再霸占她的时间了。

离开母校时，我们又回到后街那家音像店，果然有这套影碟，当即买下。从那天晚上开始，我每晚都看几集才睡觉，有些片段让我产生即刻拨通内森电话的冲动，想跟他说："你看你看，你就是这样跟人说话的！"但事实上，我们在电话里仍是有问有答：今天怎样？很好，你呢？我也很好。我们控制着节奏，不要每天都提找工作的事，今天讲讲公寓退租的事，明天讲讲晚饭的安排，就这样漂浮在日常的表层。在我们的沟通中，时常都是我主动提出话题，不管他是不是在迷雾中。但是，就像透过一团迷雾去看，我看不清他每天是怎么过的，也就不知道怎样问到细节；他也不讲，好像他现在生活中的所有细节都与我无关了——除了林顿，但也仅此而已。我甚至不知道，假如让他看这样的喜剧，他会不会笑出声——看不出笑点，还是觉得那是嘲笑？

28. 坦白

在家窝了几天后，我爸找我谈心了。黄金长假的时候，附近新开了台湾夜市，我妈从章鱼小丸子到油炸鱿鱼排一个个数过来，馋得林顿乐滋滋地出门了。走之前我问他会不会迷路，他一口气报上附近五个路口的名字，还有我家的座机电话号码。我妈表扬了他，转头又批评我不信任亲妈。我有理由怀疑这是父母串通好的，留我爸在家和我好好谈。

至于要谈什么，我早有心理准备，就不露声色地帮老爸泡好普洱，规规矩矩坐在他旁边的单人沙发座里。我问了问他的心脏这几天感觉如何，他说换了个新药，副作用小了很多。我说我想过回国照顾他们，他说任何人拖家带口了都不能随心所欲。他问我身体如何，我说小毛病常有，从小就是这样，也不稀奇。如此推手般绕了一刻多钟，他沉吟片刻，直截了当地问道："这个孩子，是不是有什么问题？一开始不觉得，现在有点担心了。有时他像四五岁，有时又像十几岁；有时他有礼貌，有时又根本不理人，让人吃不准。我们担心他，也担心你。"

现阶段，只要不涉及内森，所有的问题我都能应答如流。我讲了林顿从两岁到四岁的表现，讲了大手医生的预判，讲了幼儿园里的金鱼缸，讲了专家辅导，一直讲到哈曼医生的确诊。我爸一声没吭，没有打断我。等我大致讲明了自闭症谱系以及被囊括其中的阿斯伯格综合征的特点，我才长舒了一口气，端起茶杯，发现是空的；端起茶壶，也是空的；端起热水壶，还是空的，便去厨房接了水。

"难怪你前几年硬撑着不回来。"这是他说的第一句话。

"说忙也是真的，只是没说那时候我没自信带儿子回国，不能保证一切太太平平。"水开了，我帮他续了杯，"万幸的是你们身体都还好，没出大毛病。现在他小学三年级，我心里有准备：直到他上中学，我都要这样陪着他，还有太多太多东西要教给他了，都不是靠上学能学会的，上学本身还会引出很多要解决的问题。"

"那你就把自己废了？到他成年还有十年。人生有几个十年？"

"这十年之内，我打算复读博士学位，"之前我一直低着头，看着茶盘上雕刻的老翁垂钓图，现在我抬起头直视他，原来他也垂着头，盯着地板，"实际上，这也是我唯一能够在兼顾儿子的同时完成的任务。全职工作是不可能的了。"

“唉……”我爸难得地叹了口气，听上去倒不是痛心疾首，反倒更像是释怀，“其实最辛苦的就是你。”

“苦倒不苦，穷也不穷。孩子有孩子的社会福利，博士有博士的收入，每年还能享受退税。”我当然知道，单纯从收入上讲，我们家肯定比不上中国这些年涌现的新贵和中产。但就像我在林顿面前，包括在自己心里从来不用贫富的概念去定义任何事、任何人，我爸也从不看重名利。我这么说，只是希望他明白我对自家经济状况是心里有数的。

他沉默了片刻说道：“你想通了就好，我不指望你大富大贵。你一直很会读书，在这个年代，能一辈子做自己喜欢的事已经是很大的福气了。”

我想说恕我不孝，又觉得太矫情，憋了半天还是把话题扯回孩子身上。

“所以，我想把孩子教好，至少给他未来的人生找一个方向，让他知道怎样去学，怎样专注于自己喜欢的事。当然，还要知道怎样与别人打交道，怎样照顾自己……”

“有一点我不是很明白，”我爸打断了我，“你说这是终身状况，好，我懂，但不能说是残障吧？明明有手有脚，脑子也挺好使的，怎么会有人说这是残障呢？也不能说是绝症呀，明明可以教的，对不对？”

“自闭症谱系范畴很广，”我说，“我们是非常幸运的，还有很多人，包括林顿的堂妹，就是教不会呀，那些家长怎么办？这是脑神经的问题，也许以后医学发达了可以找到解决办法。但目前来看，这不是‘等孩子长大了就会自然好起来’的状况，必须趁他还小，先打好未来的基础。”

“你刚才说有些特殊教育机构，为什么你不能把孩子送进去，自己好好创一番事业呢？”

“这是我的选择，可以双管齐下，但不能完全依赖于外界的帮助。毕竟，现在这个世界上最懂他的人就是我。我本来就打算当教书匠的，教谁不一样？花十几年教自己的孩子不是也很好吗？为什么你们觉得当好林顿的妈妈不是一番事业呢？”

“这不是一码事。”我爸好像要摇头，却忍住了，把头扭向阳台的方向，长久地凝视窗外。我想起小时候听他讲过，开危险品的大货车上路要严格控制速度，车开得慢，窗外的风景像放电影一样，很催眠。他是副驾驶，而副驾的一大作用是陪聊，但他总觉得没话好说。我记得他在饭桌上很苦恼地对我妈说：“一个人知道的事情是有限的，天文、地理、政治、军事我都不懂，我想不出那么多话说，但他们都以为我望野眼是因为我看不上他们。”

“林顿到目前为止没有吃药，”我想安慰他，“但如果我不花这么多精力观察他、鼓励他、纠正他，他肯定会在很多关卡上停下来，心情也不好，那就需要吃药了。不管怎么说，你们肯定不希望他长大后依赖药物和外界帮助，很难自立，很难恋爱，甚至没法成家吧？”

“讲到这个，”我爸把头转回来了，我心里咯噔一下。“我还有件事要问你，如果林顿堂妹也是这个状况，说明这是会遗传的？那是不是你老公的问题？内森的样子是蛮斯文的，但我们没有接触过，不了解，我看你和他打电话也不是很亲热？”

“结婚这么多年了，还能怎么亲热？”我心里早已拿定了主意，不到万不得已，我不会跟父母抱怨内森的种种不可理喻之处。

“啧，”我爸白了我一眼，“不是说卿卿我我的亲热，就是……不像你妈和我有很多话讲的样子。”

“大概因为我们没有在谈论专业问题吧。”我故作轻描淡写，说了几个我和内森都很感兴趣的数理问题，他倒是很好奇地皱着眉头听了一会儿，然后很困惑地问我：“他这样的博士，到底要做什么工作呢？”

“他是学优化的，工作的大部分时间是在编程，但编程的前提是复杂的数学运算。”我给他举了几个例子，解释了一番。

“哦，那跟我们做调度的差不多。”我爸就这样镇定自若地宣布他搞懂了女婿到底是干什么的。我忍不住笑出声来，接着，我爸也笑了。没过多久，我妈和林顿回来了，林顿把好多打包在塑料袋里的小吃放在我们面前的茶几上，然后打了个饱嗝。

这场坦诚的谈话远比我想象中的轻松，这多半是因为我不像前几年那样试图隐瞒了。我只希望有朝一日也能如此坦然地告诉他们：内森的问题比林顿的更严重。无论如何，我终于能放下半颗心了，本来我还想着：如果父母拒不接受这个现实，我或许要向包教授讨点经验，说不定还要拜托她介绍一些讲座或书籍给我的父母。现在看来，暂时不用叨扰教授了。

过了几天，吃早餐时，林顿又闯祸了。他一向喜欢把杯盘碗碟放在桌子的边边角角，前几次因为桌上的菜盘多，碗筷掉落时大家也不以为怪，听到外婆念一句“碗筷要放里面一点，摆摆正”，还会辩解说掉落是“意外”，他明明已经“把碗筷放在桌上了”。但那天早餐时，桌上只有他的一碗豆浆，外婆端着油条和小笼包过来，笼屉有点烫，她的手稍稍一闪，碰到了豆浆碗，啪嗒一声翻倒，豆浆从桌面流到了地板上。外婆没有像往常那样再三地教，只是叹了口气，摇着头低下身去收拾。我立刻就明白，我爸已经用他的方式把实情讲给她听了。我妈肯定记住了一个概念：有些孩子是教不会的。

"这是视觉空间功能欠缺的表现。"我带着湿抹布走过去，替她擦地板，顺口提了这么一句。

"我以后都给他用密胺碗好了。"她起身回厨房前回了这么一句。

29. 穆师父的话

终于要去见穆师父了！我独自一人带着时令水果登门拜访，按照约定到公交车站碰头，还没下车就远远地看到老先生坐在栏杆上，腿脚像小孩子一样荡来荡去。我心想，这哪儿像九十岁的人啊。

老先生鹤发童颜，布衫布裤，经年未变，带我走进小区，一进门就闻到浓浓的中药味。我刚露出惊讶的神色，师父就告诉我，老伴上周病了，他去医院陪护，现在回来休养，他会亲自炖汤药给她吃。说是老伴，其实师父的妻子十多年前就病逝了，这位八十岁的新女朋友据说是穆师父八十五岁的时候喜欢上的。我看到五斗柜上摆着他俩的照片，老太太娇小可爱，老先生精神矍铄。我心想，早知是这样，上周就该去医院帮忙才对，师父这是把我当外人了吗？

我心念一动，师父就猜到了。我们就坐在厨房里的小边桌旁，看着豆星文火在一边炖，那只药罐看起来有年头了。师父问我要不要喝茶，我说白水就好，他拧开一瓶矿泉水，倒入两只杯子。他叫我不要紧张，老太太是慢性病，调养为主。

“我去陪护，无非就是让她看到我在身边，没什么事要做的。”

“难得的是这份情义。”

“人很奇妙，身体是个完整的系统。”端着茶杯喝矿泉水的师父也像在品茗，一小口一小口，喝得津津有味。

“是很奇妙，生老病死苦，一切究极奥秘，几千年前的人就看透了，但新的毛病还是源源不断地冒出来。”我笑了笑，倒不是苦笑。

“这些年逢年过节，我们通过好多个电话了吧？”师父自问自答，“我听得出来，你每一年的心情都不一样。今天看到你，倒还蛮好。拳还在练吗？”

“只要没生病，每天都会练。不过还是很想念那时候跟着师父一起打拳，自己一个人，有时会走神，身体像是有自己的意念，不需要脑子去管。”

“你刚开始学时，比起别的学生就有一个优点，”师父看着我，我只是笑笑，太极讲求以柔克刚，阴阳动静互动，我不擅竞技类、速度类的运动，恐怕这种劣势反倒变成打太极的优点了，“你不急。”

我笑了笑，没说什么。师父挪一步，近灶台，拿起抹布，掀起盖子看了看汤药，盖上盖子，熄火，把抹布叠四折后放回台面。有一年打越洋电话给师父拜年，我就跟他说起林顿的事，说孩子浑身僵硬，不会做游戏，他安慰般地轻声说：“教他打拳吧。”

“炖好了，我们下楼去打打拳吧。”师父转身对我说道，“打完了，汤药就凉下来了。正好。生活里面，处处都是正好的。”

我们下了楼，走到小区里的花园，师父在树荫下的石砖地上站定，我们一起打了一遍拳。接着，他要我陪他练练推手。我哪有资格陪他推手呢？这些年来，拳架怕是都有点走形了。当年练好基本功后，师父陪我们一个一个练，针对每个人的手法都不同，喂给每个人的劲道也不同，以此修正每个人的毛病。我当然知道，他是要陪我散散心，确切地说，是用这种方式和我交交心。

由轻到重，我渐渐感受到师父在试探，这和七八年前的喂劲感觉很不一样，似乎有股神出鬼没的力潜藏在他的骨肉里，随时都能弹爆出来，把我击飞。陪练变成了抗衡，又好像他总能在爆发前的瞬间收势，不至于让我失控。我的精气神一点点被调动起来，使出十二分的努力去化解他带来的压力。但说到底，仍是我教给林顿的那些招数：随曲就伸，不顶不丢。这一圈一圈来回没多久，带动全身气力的腰胯就觉得吃力了，我仿佛身在一团无形的气场漩涡里，脑门迸出汗来，师父依然气定神闲。没多久，收势罢手。

“旧劲不去，新劲不生。”师父笑着说道。

“师父永远是师父，我太不精进了。”

“这些年，你没白练。我只是让你感受一下你之前没感受过的劲道。”师父陪着微微气喘的我在树荫下站着，“你会明白，你可以承受的远比你预想的要多。就像水，至柔至坚，无执无我。”

歇息了片刻，我们回到楼上。汤药微温，师父伶俐地滤到小碗里，拿起小勺，进屋喂药。我没有跟进去，顺手把药渣和药罐端到水池里清洗了，把台面和墙面擦拭干净，再把抹布搓洗一遍。师父端着空碗回到厨房，我也接过去洗干净了。

“有一年电话里，”师父重新坐到小边桌旁的木凳子上，继续喝水，

“你说你没忙别的，只是在给老公洗茶杯、给儿子洗便当盒。”

我把手擦干，也重新坐下来，继续喝水。

“我忘了。我说过这些吗？”

“你是不经意说的。”

“师父怎么记得那么牢？”

“因为日常生活带给你的劲道，我隔了几千公里的电话线都感受到了。”师父笑了，仿佛言语不够表达他的意思，顺手做了一个招式，“确实如此，生活就是炖汤、炖药、洗杯子。你把它当作生命的一部分，收即是放，放即是收，把它化入空空境地，就没事了。人和人推手，要听得到劲道；人和生活推手，更要懂得缠丝绕力。”

“师父当时为什么不直接讲给我听？”

“现在讲不是更好吗？”

“当时我觉得天天做家务，越活越卑微了。”

“不是卑微，你是在挑担子。刚才推手时，我不断加力，你很冷静，没有害怕，没有崩溃，有多少人会受不了跳开？你没有，你脚下稳如磐石，几乎要把我撼动了。在旁人看来，我们只是和平推手，我并没有把你发出去，但你来我往之间有惊涛骇浪，只有你知我知。现在你挑起的担子有多重，只有你自己知道。能办到这样的事，很了不起。你不用顾忌世俗的评判。”

穆师父是我唯一可以没有顾忌地说话的人。其实也没说多少，但他什么都明白，一搭手就知道我的精神状态怎么样。身体动作是最骗不了人的，何况通透如我师父。今天我出奇地好胜，就是不想提前认输，却又出奇地平静——也许是我展示出了他一直说的平常心，才让他破天荒说出这样的赞扬。

“你还记得我教过你们什么是中气吗?”师父又问。

“发自内心,得其中正。”

“中气得之还要养之,养之即为浩然之气。面对强大的对手时,劲道发自脚底、内入骨髓、直抵指尖,以掤劲承载,四两拨千斤,劲来化去,在这个过程得以自立。”

“是的。自立才能挑起重担。”

“是了。”师父没有问我孩子怎样,丈夫怎样,也没有问我将来打算怎样,就这样轻描淡写地结束了谈话。

那天晚上,内森在电话里说,下一份工作确定了,在美国C城的一家实力雄厚的政府机构。我们定下分头回美国的时间,最好的安排莫过于在圣诞节前到莎拉家,一起过完节再去C城安顿新家。悬置已久的事突然有了明确的日程表,实在让人长舒了一口气。

30. 出轨风波

在父母家里的最后一桩大事就是远程找房。输入内森刚刚得到职位的公司的名字,出现一片绿色,依稀看到几条蜿蜒的路,方向明确,再放大去看也见不到餐馆、超市和公园。缩小地图比例,城区出现了,以及街道、公交、地铁、高速公路。大城市的地图密密麻麻,纵纵横横,格局里就透出一股友善的稠密。我希望那是友善的。我用上帝视角俯瞰综观,大致想象得出那里的节奏。从公司到城中心大约三十公里,城里有轻轨,我看中一个在轨道车站附近的社区,那儿距离他的公司大约十几公里，每天开车走一段高速公路通勤往返是可行的。然后在线搜索，远程联系了几家房产公司，在线看了几处房产，我总是回复“再看看”。后来，有个中介长了心眼，得知刚刚挂牌的一套公寓比市价低了四分之一后，第一时间告诉我。我用实景地图去看周边情况，基本上很满意，便将资料抄送内森，继而三方连线通话，当场就决定签合同。

我从谷歌地图上认领了新家。林顿把那个地点设为红星地标，没几天就在云端熟悉了附近的路线，接着又上官网了解下一个小学的详情，外公外婆问东问西，他大致都能回答。孩子想爸爸了，每天都会在电话里和内森倒计时“还有 18 天”“还有 15 天”……但每次我问内森“今天忙了什么？”，他都只是惜字如金地回答，一个字，两个字。我要改个方式问，譬如“补交的房租今天交了吗？”“林顿的电脑还给学校了吗？”才能化解他的冷淡，多讲一句两句。我这样劝慰自己，不要做过度诠释。我要记住师父说的，收即是放，放即是收。生活里面，处处都是正好的。

正好给父母一个接受的过程，但无须让他们过分焦虑。他们眼中的林顿有说有笑、爱吃爱学。

正好给我一个缓冲期，远程交流纵容生疏，但维持了仪式感，催生了惦念。

正好给他一个休整期，旧劲不去，新劲不生。

正好能赶上圣诞节回国，我们给莎拉打了电话。她高兴极了，还和我爸我妈互相问好，蹩脚的中文和蹩脚的英文在诚心诚意的笑声里交融。

正好在采买纪念品时，我无意间发现某条小街上有个益智玩具店，里面竟有好多款从未见过的异形魔方。一年多以前，我们已经教会林顿玩普通魔方了，我把架上的异形魔方全都买下来，把林顿乐坏了。回到家，看到林顿玩起了一只异形魔方，我很惊讶于他无师自通地发现了这只异形魔方和普通魔方的同构性，突然意识到，这里面蕴含的数理知识我现在就可以教他了。一提起魔方，大家想到的总是快速魔方，但魔方可以做的文章太多了。我心想，见到内森时，一定要提议我们联手写一本书，把魔方和数理结合起来。这或许能成为我们重逢时的新话题，或许能引燃他心中久违的自信和兴致，甚而让我们重温相恋时的甜蜜……

我们分头买好机票，内森比我早一星期到莎拉的农场，收拾好两年前寄存在那儿的车。我和林顿飞抵美国后，他会来接我们。一切顺利，飞机没有晚点，林顿很兴奋，下了飞机完全没有睡意，一路拿着电话跟等在出口的内森讲话，气喘吁吁的，最终迎来期待已久的拥抱。搬行李、上车，他们可以全程没有眼神交流，但依然默契，代表亲密。出于某种收敛的自觉，我坐在副驾驶假寐，方便他们多多闲聊。他们都没有发现我一直在听。飞机落地已是半夜前后，我们不打算开几小时夜车，而是在沿途的汽车旅店落脚一晚，明天睡饱了再驱车去农场。

我带林顿入了客房，内森在停车场整理后备箱里的行李。很快，林顿酣然入睡，我辗转反侧，等来等去却不见内森进来，索性披上衣服出门去找，停车场里却不见他的车。我开始胡思乱想地担心起来，就在客房和停车场之间来回地走，走了好几圈才见他的车缓缓驶入。他看见了我，熄火后却没有下车。我迟疑着不知该进该退，透过车窗玻璃，我看到他面色苍白、神情凝重，令我心头顿现各种猜想。最终是我走向了他，拉紧睡衣外的大衣领口，轻轻拉开副驾座车门坐了进去。关上车门后，车里的温暖和安静、熟悉又略带老旧的气味令我头脑发胀。

“我去加油站加满了油，买了点吃的用的，然后呆坐了很久。”他说，“我不知道怎么面对你。”

潜流终于要冲出表面了吗？无论如何，内森是个诚实的人，本性未改也不会改。但在我能想到的各种可能里，他说出了最让我意外的那个答案——

“有件事，在我心里藏不住，不说出来的话，我实在没办法和你共处一室。”

“你慢慢说。”

“我出轨了。”

我俩并排坐在车里，各自目视前方。他说对方是在澳洲的同事，也是华裔，一开始就让他觉得很容易亲近。

“她的办公室在我隔壁，走廊里、会议室里、茶水间里，经常碰得到。她很喜欢和我聊天，问了我很多美国的事，还有中国太太的事。有几次我在会议上被别的同事挤兑，她曾经站出来帮我说话。后来，到了我父亲忌日那天，不知怎么的，那天我和她刚好都在草坪上吃午餐三明治，就聊了起来，说到她的父亲也去世了。我告诉她，我当时很惊恐，丹尼斯的房东想讹我们钱，我太太又不肯签署医院的协议，我一直很有负罪感。她花了很久安慰了我，我想，我就是从那天开始喜欢她的。”

“等一下，”我打断了他的话，“你一直很有负罪感？什么罪过？”

“我不能去看他，不能服侍他，不能在他生病的时候帮他解决房东和医院的问题……也不能面对你的强势。”

“丹尼斯的房东那时候每天给你打一两个小时电话，只是劈头盖脸地骂你不去照顾你爸，你不知道怎样处理，我才教你让房东打 911，送丹尼斯上医院。你怎么能说我强势呢？是你手足无措，根本不知道怎么办。换了别的房东，早就主动打 911 了。我们都不明白丹尼斯的房东为什么要这么做，但你完全误解了，全都怪罪于我，这未免太不公平了吧？这种不合常情的做法的后果为什么要由我一个人来承担？！”

“是的，我不知道怎么办。我觉得房东骂我骂得很对，我就是一个没用的儿子。但每次有问题发生，你总是很冷静。不，应该说是冷酷无情，比如你对医院的人……”

“那是因为医院无端要我们签十几页的认可书，对于可能发生的情况、可能牵涉的金额都措辞含糊，我们不能一揽子都签。我怎么就自私自利、心狠手辣了呢？当时我们和你妈妈、你伯伯、你叔叔都商量过，他们都说那种会担风险的条约是不能签的，怎么就我一个人自私自利了？”

“……还有保险公司的人……”

“保险公司的人以为我们不懂，少算了钱，我算给他们看，难道我也有错吗？”

“反正你就是冷酷无情、自私自利。我父亲去世时，你也没去。”

“那是因为我生病卧床啊！”

“后来还有很多大大小小的事让我不理解：既然我是这么没用的人，你为什么要和我在一起呢？我有什么值得爱？我这样的人不配得到爱，所以你肯定撒谎了，你不爱我，你只是想解决问题——和我在一起，你就能留在美国。”

“这个想法之荒谬，上次我已经领教过了。”我想起他情绪爆发的那次，突然意识到，原来早在丹尼斯病逝的那段时间里，他已经对我产生了极大误解，我却浑然不觉。那时的他脆弱不堪，我以为只是因为他原生家庭破碎所致，令他不懂如何与父亲交往，不懂该如何面对生老病死……却万万想不到他误解了打 911 的意思，误解了我处理各种事务的初衷，竟然觉得我太无情。但我现在不想翻旧账了，新的问题摆在眼前呢。

“很抱歉刚才打断了你，请你接着说澳洲女同事的事。”

“她安慰了我。”内森果然有种不吐不快的倾诉欲，显然这件事憋在他心里很久了，从来没有对人讲过，但这是我的荣幸吗？“后来她听说我不续签了，很可能回美国，又来安慰我。”

“她是怎么安慰你的？”我想，既然他听不出我语气里的苦涩，那我也无须掩饰了。

“她邀请我在午休时散步，开车去到三英里外的一片小森林，坐在小溪边吃午餐。”他停顿了一下，像是在犹豫，“我很喜欢那块石头，又大又圆，顶部很平坦，就在小溪中央。我告诉她，我读书的时候很喜欢画石头。她和你一样，出国读硕博，找到这份工作已经两年了，她说她很担心自己也得不到续签。她说她很理解我的心情，但我至少可以回美国，她却不想回中国，又听我介绍了美国一些院校的情况，觉得去美国似乎是个更好的选择。所以我找工作的时候，看到有适合她的，都会抄送一份给她。”

我听到这里，心里很不是滋味，强忍住了，没有出声。

“但就在我准备离职的时候，她得到了公司的续签。她所在的项目组挺赏识她的，我为她高兴。但她不高兴，她说她想跟我来美国。她说她爱上我了。”

“你们约会的时候，有没有……”我实在忍不住了，想起他有整整两星期固执地睡沙发。

“有没有什么？”他微微侧过头，反问我。

“有没有亲密的……接吻，拥抱……”

“当然没有。”他转过头来傻傻地看着我，“我还是已婚状态，怎么会做那种事？”

这下轮到我傻眼了。

“开车、散步的时候，你们没有拥抱、亲吻、连手都没拉过？”

“没有。她只是说她爱上我了。”

“那你说这些干什么？”我也扭过头去看他，心想，这样的精神出轨，普通男人怕是一天能出七八趟吧？

“我对她说的和对你说的一样，”这时我们四目相视，“我是个不值得爱的人，连结发妻子都不一定是爱我的。爱这个概念，对我而言太含糊了。”

我强迫自己不去计较，只是追问：“后来呢？”

“后来我离职了，我们只是短信和电话来往。我确实喜欢有她陪我聊天，有时候我和她会在晚餐后通话，然后我再打给你和林顿。她很聪明，有家美国的机构对她的应聘挺有兴趣，据说已经在谈待遇问题了，她让澳洲的公司知道了这件事，最后公司把薪资提高了，她才决定留在澳洲。所以，现在我们没办法约会了，只能远程聊天。”

我很想问他：怎样能分清友情和爱情？怎样确定这就是出轨？她是不是比我更想和你在一起从而能够留美？她是不是很精明地通过这些手段给自己长了薪？但长途飞行后的我真的累极了，我用几十秒钟定定地看着他，好像脑电波就能发送出我所有的疑问、所有的无奈和委屈。他依然保持严肃的神情，那迫使我用嘶哑的嗓音说道：“好，你说出来了，可以安心睡觉了。我也累坏了，我们进去吧。”

小别重逢，筋疲力尽，那晚我倒头就睡着了，但心里像是压了一块巨石，气也透不上来。

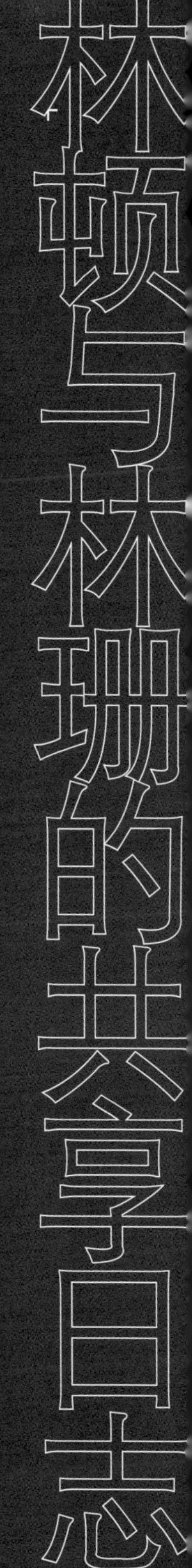

2037 林顿的AI存档日志

2037-07-13

海森堡离开后，琳达像以前那样屈腿窝在沙发里，启动了影音系统，跳出来的画面是前几天我重温的老电影。画面停在诺尔贝数学家得主纳什意识到自己多年来的好友、侄女都是幻想出来的片段，痛苦而震惊的表情占据了整个墙面，把她吓了一跳。

我以前没有和她一起看过这部电影，也没有和任何人一起看过。多年前，我还在读小学时，有天夜里起床上厕所时，瞥见妈妈一个人在客厅里看这部电影。妈妈在哭，没有声音，泪水打湿了她的脸庞，在屏幕光线的闪动下晶晶闪亮。电影也几乎是静音的，想必是怕吵醒我和书房里的爸爸。那是我第一次看到妈妈流泪。我看到她手边的影碟封套上写着片名：《美丽心灵》。

“我开始读妈妈的日志后，想起了这部电影，前几天突然想仔细看看，就像小时候妈妈教我看电影那样去看细节。”我迅速地更换影片，下拉出的菜单里有数千部来自世界各地、刚刚制作完成的电影。但琳达二话不说地夺回控制权，让页面回到纳什。她有时就是这么霸道。

“为什么林看这部电影会独自哭泣？”她问我。

“我只能靠脑波仪增强心理理论效应才能理解一点。”我说着，放弃了更换电影，索性在她身边坐下，“爸爸在确诊前肯定伤害过妈妈的感情。但和电影里的纳什夫人那样，妈妈决定继续照顾他、帮助他。”

琳达若有所思地点点头，想了几秒钟，突然决定不看了。我没有问她为什么，因为答案总会引发出新的问题。我关闭脑波仪已超过八小时，今天不想再开启它了。也许琳达一下子就能感觉到，这部电影最好还是一个人看。事实上，我只提到了一个会让妈妈哭泣的原因，但还有一个原因更能触动现在的我——纳什明白自己有病态的妄想后，接受精神分裂症的治疗，但药物损伤了大脑，他成为所谓的正常人后彻底失去了火花四溅的灵感，不再是天才数学家了。纳什夫人对他的不离不弃当然是感人至深的，但在我看来，她也失去了真正的激情和幸福，她的表情很难再被我定义为纯粹的笑容。太复杂的表情意味着太复杂的感情，需要太复杂的语词表述，那张脸变成一首诗，是我或海森堡读不懂的。

我十一岁那年，我们家走到了转折点，我们的娱乐项目变多了，家里的装饰品变多了，客人也变多了。就是从那时起，全家人每周都会一起看几次电影，看《雨人》、看《阿波罗十三号》、看《屋顶上的轻骑兵》、看《国王的演讲》、看《阿甘正传》、看《自闭历程》、看《生活大爆炸》……遥控器就放在三人面前的茶几上，谁都可以随时按下暂停键，提问、回答、讨论、反驳，也有大家都不确定答案的情况发生。但我们的家庭影院里从没放过这部《美丽心灵》。

“你说过，我是你第一个没有带去电影院约会的男朋友。”我对琳达说，“我不能接受现在电影里的声光电，以及沉浸式震动那类特效，也不能接受那么大的屏幕。有太多事情我不能像普通恋人那样陪你去做。对不起。”

琳达微笑着，慢慢地抬起手，慢慢地抚摸我的脸颊。

“这种小事不用说对不起。和谐的必然前提是什么?”她等我回答，但我只是笑笑，她就自己往下说，“必须有对立因素，才有可能达成和谐。数学、音乐、天体、绘画、精神，无不如此。爱也是。”

“是的。”

我抓住她的手，握在自己的手里。我喜欢她的体温、她肌肤的触感。是她教会了我恋人间的亲吻、抚摸、做爱，教会了我消除概念和现实之间的差异。她是我“有且仅有”的爱人。

“我很想你，也很怕伤害到你。”

“我也会伤害到你。我期待你百分百地信赖我，甚至百分百听从我的建议，其实那就是一种伤害。爱的谱系也很广泛，从一端到另一端，我们可能花一辈子也研究不完爱的所有可能性。彼此伤害是爱人相处中不可避免的事情。”

“用我爸爸的话来说，我现在有概念了。”我说。

“用你妈妈的话来说，我们都在学。”她说。

就在这时，联络器响起蜂鸣声，是妈妈的来电。视频里的妈妈坐在大书桌前，额前和两鬓的白发更多了，看到琳达在我身边，妈妈的笑容一下子扩展到最高等级——我们小时候看电影的时候曾开玩笑地把各种表情整理归纳出不同等级，后来看了电视剧《别对我撒谎》，对各种小动作也像模像样地研究了一番。她们有说有笑地聊了一会儿，琳达快人快语地告诉妈妈，董事会今天通过了 NZ-ヨ!的上市计划。

“太好了！我就是为这件事来找你们的。”妈妈笑容的温度降低了几度，用我熟悉的严肃口吻说下去，“我在中国的母校的特殊教育系正在研发一套衔接教材，针对谱系障碍青年的就业和婚姻问题。主导这件事的教授是包教授的学生。林顿，你小时候见过包教授的，还记得吗？”

我点点头。我读大学后，外公身体不好，妈妈回国待了一阵子，据说和包教授成了好朋友，还在那所大学的特殊教育系做过几次分享会。和爸爸一样，妈妈在我成年后热衷于谱系障碍人群的联谊和互助。

“包教授一直在关注你们的脑波仪，”妈妈接着说道，“她始终对学生们强调一点：幼儿阶段的干预很重要，但青年、成年阶段的教育常常会被忽视。这二十年来，全世界开发了许多筛查技术，能在婴儿期就辨识出哪些孩子有自闭症谱系倾向，从而尽早干预。这一方面导致了自闭症谱系的确诊人数急剧增加，好像给人一种‘自闭症成为新时代流行病’的错误印象，事实上，那只是因为很多成年患者以前没有得到确诊而已。”

“就像爸爸以前那样。”我记得很清楚，爸爸对诊断结果的接受过程漫长、艰辛且反复，好像每天都要强迫自己接受一个新的自我。

“没错。你们应该很清楚，二十世纪开始后，在硅谷这类地方聚集了很多谱系障碍者，工程师、程序员这些工作的性质让他们如鱼得水。但从更广泛的社会现实来看，生活在正常人中间、处在主流社交规则之中的谱系障碍者面临的压力却更大了。幼儿期的干预教育是从外部给予他们帮助，但成年后的衔接教育不能完全指望别人，而更偏重指导谱系障碍族群自救。很多自闭症谱系障碍者在成年后只能找到短期工作，总在换工作，恶性循环。很多人感觉痛苦，难以适应，但无能为力。包教授多年来的研究趋向细分化，她认为从学校到就业环境、从远程线上工作到线下实地工作、从单身到婚姻状态、从成年人诊断到新自我的接受过程都需要介入衔接教育，甚至有些谱系障碍患者在成年后的性别认同过程中也需要帮助。现在，包教授提议，利用脑波仪组织一次衔接教育的细分实验。”

“我们当然愿意配合！”我打断了她，“但目前上市的新生版是针对低幼儿童的。”琳达伸手抓住我的胳膊，我知道她是想拦下我说出拒绝之词，“不过，我们的实验室里一直在测试和改进未来的通用版和定制版。我觉得可以单独辟出一个项目针对衔接教育，包教授团队的实验数据也会对我们的修正很有帮助。”我感觉得到，琳达的手放松了，又捏了捏，给了我一个肯定的笑容。

“你还记得我们以前用过的就业教育 VR 程序吗？”妈妈说到这里就笑了。我们都记得，二十年多前的 VR 程序很简陋，设计很单一，模拟真实生活场景中的面试的方式仅限于重复常见的提问，面试官几乎没什么动作，表情单一，我只坚持了一次就厌倦了。当然，在那时就有针对谱系障碍人群的就业进行培训的意识是很可贵、很有先见之明的。妈妈让我试了一次，又让爸爸试了一次，没想到爸爸的成绩比我还差。

“包教授团队里有个年轻的研究员，”妈妈接着往下说，“她做了一个有趣的方案，让谱系内外的一对实验者合作艺术创作。有音乐家和谱系障碍少年合作的爵士乐，有画家和谱系障碍画家合作的视觉作品，还有谱系障碍导演和摄影师合作的视频作品。最让她惊喜的是一位有谱系障碍的建筑师和园艺师合作的小型建筑设计——建筑师发挥了空间想象力，对丰富植株品种特别熟稔的园艺师发挥了对细节的掌控力。那座小型建筑设计方案被付诸实践，成了当地社区最受欢迎的公共场所。她综合分析了这些谱系内外的专业人士在合作过程中出现的问题，全程记录了他们交流过程中的冲突以及彼此激发灵感的实例。特别有意思的是——谱系障碍患者通常都不擅长描绘自己的感受，尤其在审美方面。他们尤其不擅长用比喻之类的说法，也不太会绘声绘色地解释自己的感官感受，所以他们之间成功的交流都不是基于语言描述的。从这套方案中获得的交际行为分析很有启发性，如果能让自闭症谱系患者帮到谱系外的广泛人群，意义就更大了！所以，包教授的团队会以此为基础，创发一系列就业衔接辅助项目。脑波仪的介入，会让对比数据更有说服力。”妈妈说到这儿，露出与她的年龄不太相配的狡黠笑容，“林顿，由我来牵线搭桥会让你为难吗？会不会有违你们公司的策略？”

“在这件事上，我认为你只是一位普通的业务联络员，”我说，“我们会公事公办，由特定的负责人和包教授的团队对接。”

“事实上，我们公司正在招人，”琳达在一旁补充道，“第一款脑波仪量产上市后，市场部、服务部、公关部都需要更多帮手。以后，林顿的工作重心仍会放在产品研发上，他仍将是公司的核心领导者，但不会凡事亲力亲为。”

“还有一件事，”我紧接着琳达的话，有点着急地提高了音量说道，“妈妈，我需要你给我些建议——关于怎样做领导者。我发现自己对此一无所知，没有准备好。现在，所有人都指望我成为领导者，这让我不知所措。”

琳达扭头看看我，显然，她不曾想到我会有这个问题。妈妈微微抬起下巴，皱起了眉头。她所谈及的衔接教育是否也该涵盖我提出的这种问题呢？在我的认知里，“领导”不仅是一种工作，还是一段艰难的旅行，渐行渐远，离开自我的原点。领导者是和众人一起前进的人，与其说是个体，不如说是有个体形象的团体——成员包括我、非我和我的助手们。而我只想安静地做自己喜欢的事，哪怕是毫无功利目的，甚而毫无意义的事情。领导者可以替换，但“我”是无法替换的。每一个人都是“有且仅有”的存在。

“脑波仪可以帮我和正常群体轻松无碍地交流，”我低下头，既不想与妈妈对视，也不想琢磨琳达的眼神，“但不能从根本上说服我当好一个领导者。我们试图改变传统观念里对‘正常’和‘不正常’的定义和态度，试图减少不必要的误解，试图为所有母亲、父亲和老师节省干预谱系障碍患者的时间，就好比解码器，让我们轻松解开人际关系中的各种密码。然而……我现在意识到了，脑波仪并不会让我们改变自我。”

妈妈下意识地拿起桌上的一支笔把玩起来——在 2037 年，用笔写字的人已经很少了——沉吟片刻才说道：“你和爸爸的困扰恰恰相反。当年，他在每一份工作中面临的问题都是如何和上司、同事处好关系，如何理解别人对他的领导、批评、表扬或漠视，如何感知和应对办公室政治，诸如此类。我觉得，你应该找机会和爸爸聊聊，虽然表面看起来你们的立场不同，但归根结底还是同一个问题：如何解决自我和他者、个体和集体之间的关系。”妈妈停顿一下，又说道，“我要说一句你耳朵已经听出老茧的话了：这也不只是自闭症谱系障碍者的困扰，不管是谁，要当好领导者都要不断学习。”

琳达点点头，郑重地直视我，说道：“恕我直言，林顿，你不太可能成为传统意义上一言九鼎的领导者。我们都会分担你的压力，一起做决定。这不仅是民主，也是科学的决策方式，以便发挥每个人在专业领域的特长。就目前而言，即便在你们三人的研发小团体里，你也始终有清楚的自我定位：你是和他们合作，而非指挥他们。”

“但你也说了，很快就要招人，还有各国的合作单位……”

“儿子，”妈妈露出她最宽慰人心的那种笑容，“别给自己太大压力。琳达说得对，你无须事必躬亲。如果我没记错，你现在投入的事业最早可以回溯到十一岁那年。你曾说过，你想要的东西是买不到的。”

“十一岁？”琳达挑起眉毛，“我还以为你十五岁才有了做脑波仪的想法呢！”

妈妈笑了。

“就算你事实上已经在领导这件事，就算你很有使命感，终究也不是别人牵着你走的。总之，有空回来和妈妈再玩几把推手吧！还可以和你爸爸好好聊聊。你能承受多大的压力，现在还是未知数。”

“正好！”琳达在一旁提醒道，“我们过一阵子会带定制版的脑波仪去看望奥菲薇亚，顺便一起聚聚吧！”

妈妈当即应允，我们又聊了一会儿，最终开开心心地互道晚安。此时已近午夜，琳达问我能不能在客房留宿。我想说，不用特意在客房。但既然我们还没有正式复合，就没有贸然开口。如果用了脑波仪，肯定就能知道她的真实想法了。但这并不重要，因为我有信心我们终将复合。

独自躺下后，我隐约想起十岁时曾和妈妈讲述过对未来的想象——带自己的妻子和孩子去看星星，让他们明白我是怎样的人。二十多年过去了，我未来的妻子却可能比我更了解我是谁——比我更了解我的恐惧和渴望，比我更了解我的优点和缺点——这是十岁的我无法奢望的。这个想法让我对更遥远的未来产生了美好的、近乎感动的期待。没错，我这样的人无法绘声绘色地描述内心的感动，但我能充分地感受。我就这样沉入了睡梦。

2016 在美国

林珊的日志《静海之家回忆录》

31. 分裂的圣诞节

第二天醒来，我们索然无味地一路开到农场，还是莎拉的拥抱最结实。我一走进客厅就想哭，因为他们在那一星期里尽心尽力地装点了圣诞树，墙面上挂满了小彩灯，沙发上、地板上堆着好多好多彩纸包装的礼物。

“我儿子太想你们了，他说他从来没买过这么多礼物！”莎拉笑着说道，忙不迭拉着林顿参观布置一新的节日客厅。我苦笑着想，让内森一掷千金买礼物的动力恐怕不是想念，而是“负罪感”吧。

距离圣诞夜还有两天。白天，我们靠喝咖啡提神。晚上，我和他在主屋外的小木屋里说到两三点。他补充了剧情梗概——单向表白，双向诉苦，阻挡他们进一步发展的不是他不爱她，而是他无法逾越的自我认知和社会规范。她想了很多办法走近他，他只是接受，既没有拒绝也不曾主动示好。然而，在我的头脑里浮现的画面并不是这样的，这就好像用同一个剧本，我们分头导演出了不同的戏码。我的解读是：他可能无意识地做出了一些示好的肢体语言或表情，也许让对方觉得他有所暗示，因而亦步亦趋，哪怕她可能觉得他的情商有问题；也可能，她醉翁之意不在酒。我的猜想终究是不重要的，因为在我眼里更扎眼的是，他竟会如此痛苦地定论自己犯了错，出了轨。他怎么可以这样生活下去呢？我不是多愁善感的人，但此时也必然反问自己：在我们恋爱结婚的时候，他是否曾这样茫然于“这就是爱吗？”“我爱她吗？”他接受我、走近我，只是因为不知道如何拒绝吗？我几乎要感谢这位出轨对象了，她像一枚鱼雷袭来，炸开潜藏在生活深处的黑水暗流。

翻旧账也是必需的注脚，用来解释他向她诉说的诸多苦闷——回溯到丹尼斯去世时的诸多瓜葛，又讲到我不赞成自然避孕，那显然也是我“骗婚”的理由之一；再讲到读博期间的导师、工作、学生……最后我听懂了：每一次我指出他的不对、建议他采取新的做法，都意味着我对他“整个人”的否定。继而被否定的是我对他的爱和信任，是这场婚姻的逻辑。他是在说，我们的生活是多么不符合“完美”的定义。在这一点上，虽然没有证据，但我很自然地怀疑那位出轨对象会自私地撺掇他这样想，动摇了他本来就薄弱的社会性，加剧了他对世人的错误判断，放任了他滥用一些情感类词汇。可我也不能怪她，因为她不知道他是个自闭症者。

深夜的对谈中，他会用这样一些词句来打击我：

“你铁石心肠，毫无同情心，你应该去当军官。”

“我为枕边睡着一个自私自利、心狠手辣的人感到难受。”

“你是反社会人格，丝毫不顾别人的痛苦。”

“难道我这么想有什么不对吗？难道别人不会这样想吗？我没有不正常，你非说我不正常，你才不正常！”

“我要离婚。你别误会，我并不是要跟她结婚，只是不想跟你在一起了。”

他就像一个无理取闹的孩子口不择言，让人气不打一处来；但他终于一吐为快了，又让他暴露出令人心痛的脆弱。渐渐地，我不再徒劳地为自己辩护了，那只是南辕北辙式地白费力气。我告诉他，我们不用当即决定离还是不离：“如果这是病症，离婚对谁都没有好处，包括林顿。总之，你要答应我，哪怕是为了决定我们是分是合，过完节，你就去看病。如果医生说不是你的问题，那我也要找到问题另外的症结所在，我们还可以去咨询婚姻专家。这样的处理方式，你认为我自私自利吗？”

他想了想，没想出有什么破绽，自求诊断这件事显然仍让他无法接受，但既然牵扯到离婚的决定，他似乎只能做出妥协。我不怀疑他内心也会有一丁点儿的好奇和疑惑，甚至是好胜的反抗心，敦促他去确认自己脑体的真相。就这样，他答应了去 C 城安定下来后尽快就诊。

我们晚上在小木屋里压低了声音论来辩去，白天依然和和气气，三代同堂欢庆佳节。我是为了不破坏节日气氛，大概就是从那时候开始，我意识到自己日常的言行有种表演性，是出于涵养，也是为了维护自尊。我还隐隐约约地觉得不安，告诫自己不要养成这种习惯。

内森就完全不一样了。他有种奇怪的能力：吵架之后，他能像一切都没发生过似的，就像 99 之后是 100，他发完脾气就会自动回归和善的原貌，既不冷战也不道歉。我也跟着这样的两个内森穿梭于两个平行世界。起先我有些怀疑，后来确认无误了：他只是乐得把憋在心里的话说出来而已，压根儿就不觉得伤害了我，也压根儿不觉得我们之间出现了可怕的裂痕。他竟然真的觉得日常生活是可以继续下去的。如果他不在花园里干活，不陪小狗玩，他就要和我下国际象棋，我也就随便走两步，莎拉和林顿有时会走过来饶有兴趣地观战。但有一次我实在忍不住了，下到一半就说："我没心情陪你下棋。不仅没心情下棋，我也不知道以后要以什么心情给一家人做饭！"他不知所措地抬头望着我，无辜的眼神仿佛在问："我怎么得罪你了？"看我没回答，他低头看了会儿棋盘说道："那就不要做复杂的菜了，买点饺子、比萨什么的就好了。"

更离谱的是，有一天他不知看了什么资料，突然一本正经地对我说："我们搬到C城后先去银行办个理财项目吧，以后买房就能轻松一点。"我愕然——刚刚吵着闹着要离婚的人竟然谈起了买房安家？

他这样的脑回路让我哭笑不得。也许，那时我的苦笑是被佩妮感染的吧。我想起自己看到电视剧《生活大爆炸里》里的谢尔顿不近人情的种种表现时多么想跟他讨论，想起几天前还在心心念念用写魔方数理书的办法勾起他的兴趣……现在呢，在红红绿绿的圣诞彩灯机械呆滞的灯光下，我只觉得心灰意冷。我能打败他头脑中的假想敌吗？我能陪他走进正常的认知和行为方式吗？我们显然不可能回到天真的初恋状态了，那么，继续往下走，迈过一道又一道坎，我们最终会走向哪里？

我们就这样过完了圣诞夜，林顿拆礼物拆到手软，真真切切是带着笑容入睡的。生活里就算有不可思议的酸楚，但也总有真切的快乐，我相信那一晚我和内森的欢笑都不是伪装的。尽管我们以各自的方式掩藏了夜半的争执、内心的震荡，但莎拉明察秋毫，多少还是看出来有什么不对。在我们出发之前，莎拉私下去问他，生来不会搪塞的他一言不发，她只能私下来问我。我想了想，犹豫再三，决定照实全说。无论如何，我们是有可能以分手告终的，那也将意味着我会淡出莎拉和威廉的世界。我说出来，多半是因为有种提前告别的觉悟。

莎拉听完，沮丧地把脸埋进手掌里，抬起头后轻轻地说道："就像周期性的火山爆发吧？"听起来不像是问句，我就没答。她开始摇头："唉，他小时候就这样，现在还这样。但不管怎样，他都不该说你和他结婚是为了拿绿卡、拿身份。太胡闹了，我实在不明白这种想法是从哪儿冒出来的。我也真的很抱歉，他爸爸给你们带来这么大的麻烦……"莎拉欲言又止，又叹了口气，"亲爱的，我只想对你说，看上去，他是冲你发火，其实他是在冲自己发火。他不知道怎样适应环境，只能以这种形式爆发。他在逃避现实。你别往心里去，千万别以为他是在故意伤害你。你不能因此垮掉啊！"

想哭的我却笑了一下，想起穆师父在推手时让我尝到了前所未有的压力，并告诉我："你可以承受的远比你预想的要多。"

威廉不知什么走进了厨房，听到了我们的后半段谈话。以前，他给我的拥抱都是礼节性的，这次却给了我一个真正的拥抱，用了力，轻轻摇了摇，传递出无言的安慰和鼓励。我就带着这一点额外的温暖离开了农场，和丈夫、儿子坐进车子，后备箱里塞满了行李和圣诞礼物，慢慢地驶向日常生活。

我看着后视镜里的莎拉和威廉渐渐消失，想起刚来美国时曾独自坐灰狗巴士旅行，不自觉地带着孤单的感觉遥望窗外，无论景色再美，我都觉得自己是旅人，是过客。直到成了家，看向窗外时的心情才变得不一样，不再孤独。无论这景色多么平庸，都会让我觉得温暖和亲切。但现在这份温暖消失了。风雪之中，前途未卜，我只能带着一个

“不能垮掉”的心愿奔向未知。

32. 日常与危机

我们冒着吓人的暴风雪驶入空荡荡的C城城郊，因为大部分人还没有休完假。我们把箱子一只只搬进空荡荡的新家。外面茫茫白雪飘飞，就连林顿也没了兴致背诵、校对谷歌地图上的信息，趴在暖气片边盯着窗外看，一看就是大半天——这是他人生中第一次目睹暴风雪。

刚回美国的那阵子，我吃什么都感觉唇舌发麻，有点轻微食物过敏，不知道是心理还是生理因素所致。我本以为自己会精神抖擞地迎来新生活，却没想到拖拉慵懒到这个地步：整整两个多月，从澳洲和中国寄回来的箱子都没有被全部拆开、清理完毕。就像生活中的问题，它们被搬到这里，挡路的时候又被搬到那里，但始终没有人一劳永逸地让箱子消失。不管做什么事情，我都觉得空气里被抽走了氧气，难以呼吸；即便暖气开到很足，还是感觉到处都冷冰冰的。

这是一场百年难遇的暴雪，部分交通被迫中断，轨道工人靠燃火给铁轨解冻，超市食粮大半被抢购一空……有时在家里的箱子堆里感到郁闷了，我就拉着林顿出门。戴好手套，我的左手和他的右手十指交叉，不用很久——圆周率背到第五十位——手套就会冻在一起，这时摘下来，手套就像一尊雕塑，里面是空的，不再有手。我想他还不会明白这个小动作蕴含的隐喻——冷冻、空洞、肢体的实感、空气的实感、时间的意义，但我看得出他和我一样喜欢手套短暂的巨变。后来我们就学着YouTube里最时兴的游戏，把一杯开水洒向空中，瞬间冻结的水滴变成冰屑，窸窸窣窣洒在地上。我告诉他，每一颗冰屑着地的时间略有不同，才组成了那种声音。一样，还是短暂的巨变。但在他眼里，这只是一件好玩的事。再抛出一杯热水，落下的水珠都成了冰珠雪粒，他就忙不迭去接，看着厚厚的手套瞬间蒙上白色粉末，他笑得就像目睹魔法。我们把一整壶热水都洒成了冰雪，拍的小视频让外公外婆看得啧啧称奇。幸好有这样欢笑的场面，可以让他们误以为我们的新生活无忧无虑。

事实上，我们都过得很忐忑。内森的新单位从属于政府机构，要做的是高级保密项目，新年假期刚过他就入职了，据说工作环境很好，设备很高端，同事们的来历都不小。我听了暗自捏把汗——如果氛围轻松的院校都会让他难受，这样森严的机构、这样高冷的人际关系恐怕会让他更难适应吧。内森接手了新工作后，每天早晚都埋头看资料、做程序测试、出新方案。但我知道，他躲在书房里还有一个原因：他依然和澳洲的出轨对象保持着联系，偶尔讲一通电话。即便隔着门，我也依稀听得到。他们没有放肆地欢笑，甚至过分谨慎地压低音量，也会有尴尬的冷场。

C 城是我们至今为止待过的最繁华，也最复杂的大城市，直到开春放晴，我和林顿才有机会延续一贯的闲逛游戏。有一天阳光晴好，内森去上班了，我和儿子照样不设目的地坐上公交车，一路往南，看到终点站附近还挺热闹的，就决定下车散散步，走过一些橱窗，还停下来看过几眼古董瓷器、时尚童装、甜品店里做得惟妙惟肖的翻糖蛋糕。后来无意间看到一辆很酷的吉普车，我们就聊起了前两年他玩积木时拼过的大车，有说有笑地讲了一阵子，不知不觉走了好远。突然，我有了一种被人盯梢的古怪的直觉，还回头看了两眼。这感觉很奇特，好像空气的温度和密度骤然发生了变化。我开始观察周边，一眼看到对街的电线杆上吊着一双破破烂烂的球鞋；再放眼整个街区，垃圾随处可见，路边既没有停车，也没有路人行走；再朝两边的建筑物看，只觉得萧条，但再走几步，看到一扇玻璃窗被打破了；再隔一百米，又看到一只鞋，和前面那只凑成一对。我下意识地拉上林顿的手（现在我们散步时已经不会一直手牵手了，他自诩为“大人”了），但我没有对他说什么，任由他兴奋地重复描述积木图纸上的细节。有可能是我神经过敏，但脑海中的第一反应是这个街区属于某个帮派的控制范围，也许入夜就会有毒贩交易、妓女站街；也可能是看过的外国电影给我留下了不可磨灭的印象，脑海中还自动浮现出一种可能性：地痞流氓从前面的拐角冒出来，让我们把身上值钱的东西都给他们，还嫌我带的几十块钱太少，气急败坏地挥起拳头……这种时候，我绝对相信直觉。我逮住林顿滔滔不绝时的一个空隙，用中文跟他说：“我不太喜欢这里，我们还是赶紧回去吧，你挑一条最快的捷径。”他说往前走上大道，左转四百米就有地铁站。说走就走！但大道转角处有一座教堂，门口有七八个人，三三两两地像在晒太阳，其中一人手拿着一块长条木板。一转上这条大道，我的心里就咯噔一下：教堂背后的街道两边都是残砖断瓦，一眼就能望到马路尽头的地铁站标志，周遭安静得让人害怕。我假装看地图，瞄到拿木板那小子已经跟过来了，假装在看蚂蚁，街道对面还有一个人假装在看天。我收起地图，往前走了五十米，又停下喝水。那两个小子也停下了。事态已很明显。据说美国的抢劫犯心比较大，抢个二十块就够了。我心想，今天带出来的零钱够你们两个花的。我们继续走，林顿对我的担忧一无所知。我担心的不是拿木板的男孩，而是街对面那个，但我猜他们对付我们母子俩应该不至于掏枪——假设他们有枪的话。我们不疾不徐地走着，两条尾巴也不紧不慢地跟着。这时候，林顿的地图脑子发挥作用了，他突然想起来，前面的横向小马路上应该有条电车线路，往左拐应该有个公交车站。我们加紧脚步，走到街口往左一看，车站上没有人，但远远地已经看到公车在驶来。且不管这辆车往哪里，跳上车再说。公车启动后，我在车上看到那个男孩悻悻地把木板摔在地上，我们的目光有过极其短暂、互含敌意的对视。我这才长舒了一口气。都说为母则强，我倒是觉得，怕被抢劫的胆小的母亲对危险的直觉更有用。

那天回到家，我才告诉林顿：走在那样的街区，你一定要小心，尽快走过，不要停留；如果看到有人凑在一起，千万不要太好奇而凑过去看……毕竟，对他这样的孩子来说，普通人世界里的“日常物事”可能是奇怪的，甚至吓人的，但普通人凭直觉和经验就知道的“危险事件”却未必会让他留神。在此之前，我们始终生活在安逸的环境里，我第一次意识到，孩子九岁了，对于“危险”的教育也该提上日程了。和初到 M 城完全不同，我们似乎就是这样跌跌撞撞、披风戴雪地空降到了 C 城。这座城市又大又好玩，但也教会了我们危险意识：我们两次撞上警察逮捕嫌犯，数次踏进商店建在铁栅栏后的街区，还有好几次走过可以买到毒品的地方。不是我们不小心，只是因为这些状况不会标注在地图上。还是应了那句话：生活里面，处处都是正好的。C 城用尽天时地利人和，就为了让我们在危机感中扎根。这是新的一课。

新的生活秩序再次建立起来。

新图书寄到了新地址，故事里的小兔子菲利克斯迷上了烹饪。按照惯例，这套立体图文书的每一册都附带小礼包，这一册的礼物是印有大写花体 F 字母的棉布厨师帽。林顿有样学样，照着菲利克斯的装扮，每天早上戴上白帽子，系上白围裙，站在瓦斯炉前煎荷包蛋。平底锅里刚好摊得下三只蛋，那就成了我们充满仪式感的早餐必选项。第一个礼拜的蛋又硬又焦，却被内森和我笑着吃光光。

新买的二手旧钢琴送到了新地址。我们把澳洲的琴捐给小学了，丹娜帮我们在朋友圈里淘到一架立式老钢琴。在我们旅居澳洲的那两年里，丹娜找到了一份新工作，带着她的金毛丹尼和德牧裘狄搬到了距离 C 城一百公里的小城，我们更近了。这几乎是那阵子最好的消息！但随之而来的却是林顿的噩梦：丹娜邀请他在下个月的儿童演奏会上登台表演。之前，林顿在美国的小学里表演过，并不紧张，只是不喜欢别人看他或给他拍照，每次都把头别过去半背对着观众，用眼睛的一点点余光看谱子和琴键。歪头不影响他弹得飞快，但在澳洲的两年里他没有上过台，这时突然变得很害怕，竟然开始夜夜尿床。这是多少年没有过的事了！

新的旧琴久未保养，五音不准，在找到调琴师上门之前，我和林顿随身带着琴谱，依然选择走出家门。我们不再往南，而是往东边的闹市区去。C 城有数不清的爵士乐团，歌舞剧也很盛行，街头、地铁站、图书馆、商场中庭、名人故居、博物馆，甚至是在交响乐团门口都常能看到漆得五颜六色的公益钢琴，展露着黑白琴键，宛如散发出引力将绝技傍身的民间高手吸附过来。他们有的苍老佝偻、有的破衣烂衫、有的背着书包，还有的拖着行李箱，但他们的手指拂出一串音符后，行人就会聚拢驻足聆听，有时会惊到目瞪口呆，有时举起手机录视频，有时和着拍子鼓掌……这些钢琴总是摆在人来人往的地方，没人弹的时候，琴隐没着，但只要有人弹，琴就立刻声张出存在感。我猜想，在坐下的那一刻，弹奏者也仿佛从茫茫人群中走进独自的小宇宙，车水马龙隐没，只剩黑白琴键。每次看到街头钢琴，我都鼓励林顿去弹。不管他把头歪向哪一边都会看到陌生的路人，渐渐地，他发现还是埋头最好，一门心思弹琴。从一开始只练表演曲目，到后来随心所欲地坐下就来一段旋律，他就这样慢慢适应了在公共场合演奏。我们在街头各式各样的琴上弹了一个多月，他的歪脖子病不治而愈，我们家的洗衣机和烘干机也不用再天天伺候床单了。

说到床，林顿还在不经意间做成了一件大事。我们搬到 C 城的那大半个月里，客厅和卧室都是空荡荡的。沙发、床、桌椅、衣柜都要等新年假期和暴风雪过去后才能送货上门，我们三个就凑在主卧的暖气片旁搭了地铺。第一天晚上，林顿撕了半张白纸，用红笔画上一颗心，再用蓝笔在心里写上“我爱你们”，最后用红色把心涂满，但留出了蓝字。他把这张纸放在爸爸妈妈的枕头中间。那天晚上，我和内森并排躺在一起，默不作声。虽然谈不上同床异梦，但龃龉始终存在，我们终被儿子的一张手写情书不由分说地拽回到了一起。

33. 林顿开始哭泣

每到一处我们都会去二手店、图书馆、天文馆这些地方报到，这已成了我们家的惯例，就像在茫茫星海中循着那几颗星，连成星座，就会有种扎根的感觉，能在纷扰喧嚣的城市里找到自己的路径。那天，我在图书馆当月推荐新书的书架上看到一本小说，鲜红的封面上有只四脚朝天的卡通狗。我在书架旁的长椅子里坐下，一口气就把书看完了。故事写的是一个单亲家庭，父亲独自抚养自闭症的儿子。那孩子得知父亲一怒之下杀了邻居的狗后坚决认为，父亲"是个危险的人，我不能继续住在他家"，当即离家出走，不愿再和父亲说话。我心痛，因为我在这孩子身上看到了内森的影子。安娜说过，这叫作"使用不同寻常的世情逻辑"。他们都是谱系障碍者，不知道自己在用奇怪的逻辑评判别人，也不知道自己伤害了别人。哪怕是对身边最亲的家人，他们也会一叶障目，否定整体的好，偏执于单一的坏。别人因他们生气乃至焦虑，但他们毫无察觉。他们以为世上所有人都和自己想得一样，既不能猜测别人的想法，甚至根本意识不到还有和他不一样的思维方式。

内森没有离家出走，也没有不愿意和我说话。孩子睡了之后，我们继续说话。主卧、次卧的床都送到后，我们仍然继续说话。客厅沙发送到后，他也没去睡沙发。但他说的话句句都像刀子，说得越多，我就越绝望。如果他真的像他说的那样想，并且无法改变，那靠我一己之力维持这场婚姻已没有意义。但我不能不让他说，因为说话意味着他在自我修复，但建立在他人痛苦之上的自我修复也算修复吗？我自问自答：既然他意识不到他在伤害我，那就应该算修复吧。既然这本质上是自闭症在发声，我就没必要对内森和我们的婚姻继续绝望。

看完小说去接儿子，回家继续拆箱子。只剩最后一排了，我在那几天感受到了拆箱子带来的奇异的安抚感，如同检阅过往生活，依赖简单到乏味的肢体动作，大脑随之渐渐放空……可惜，只剩几只箱子要拆了。这天，从箱子里取出的东西里包括我在上海小店里买的袜子、魔方和影碟。影碟被我整理成两摞：一摞是适合全家人看的，一摞是不适合林顿看的。从那天开始，我在客厅打拳时会放一张影碟，极其有效地阻止了打拳时的胡思乱想。

那些异形魔方让林顿开心地欢呼起来："哎呀！我总算又看到它们了！"他套上鲜艳的羊毛长筒袜，拿起一只钻石六面三阶魔方玩了起来。我突然想起自己想写的魔方数理书，顺手拿起一只移棱魔方，走到书柜边，找出了一本崭新的硬皮笔记本，再走到书桌边，把魔方压在笔记本上。我是在提醒自己：即便没有内森做搭档，我也要把这件事执行下去。

那天傍晚，我一鼓作气把剩下的箱子都拆完，把零碎物品归整落位，长舒了一口气——漫长的搬家终于到此为止了。这时，响起了琴声。旧琴已经调好音了，林顿将在下周表演。他现在每天都会练几遍上台的曲目：库劳的一支小曲子，是丹娜为他挑定的。每次视频指导，丹娜都不厌其烦地叮嘱他："不要太快，我知道你的指法很熟练！""听众们都不赶时间！"林顿享受这支曲子的节奏和速度，但若换了别的感情细腻、慢板的曲子，他就很难驾驭了。不用丹娜说，我都听得出来他平常的琴声中没有曲子应有的情感流转，只有孩童特有的轻快。

那天有点匆忙，晚餐做得潦草，只炖了一锅蔬菜鸡肉咖喱。内森回家后脸色很差，林顿把他专门为爸爸挑的袜子拿给他，他也没有笑容。林顿也没了笑容。晚餐吃得很沉闷。我满脑子都是深夜小狗的故事，但没法跟他们讲。内森几乎没吃什么主菜，只掰了一块面包，蘸了点咖喱酱。

一周后，我们全家开车去丹娜主办的音乐会。会场在她那座小城的教堂里。林顿的表演赢得了响亮而持久的掌声，他只有在谢幕接受鲜花和集体留影时歪着脑袋。丹娜那天忙里忙外，容光焕发，和所有的表演者、观看者不停地交谈，我们没有时间细谈，便在几个紧紧的大拥抱后先行告辞，没有留下来和她的朋友们聚餐。我们在归途半路的一个加油站旁的小餐馆里吃了晚饭，内森要了鸡块薯条，我和林顿打算分吃一份牛排汉堡。内森一根接一根吃完了薯条，但没碰鸡块，我把它给了林顿。来回车程四五个小时，内森没有说话。

那天睡前，我特意去林顿的房间陪他入睡。我靠在他的床头，把现场拍摄的他的演奏视频放给他看，我俩都看得很高兴，三四分钟的影像翻来覆去看了好几遍。接着就是他谢幕时的照片，我把它加入了“林顿相册”，里面都是他平日在学校、在路上、在街头、在家里的照片，是我打算以后打印出来给外公外婆看的。没想到，林顿看着看着，突然大喊大叫起来：“删掉，都删掉！我不要给别人看这些照片！”

我一惊，但下意识地一把把他搂在怀里，不停地亲他，上上下下抚他的背。

“这些照片拍得很好，拍下了你开心的时刻，喜欢你的人一看到就会觉得快乐。为什么要删掉呢？”

“我不快乐，我不是一个快乐的人。我就是 Grouchy。”他说。Grouchy 是《蓝精灵》里的怨怨，整天怨天怨地。

“傻孩子，你是不是《蓝精灵》看多了？”

“我本来就是这样的人。”

听了这话，我把他抱得更紧了，像是怕失去他一样。我在他耳边轻轻说道："你不是的！你很阳光，很会自得其乐，总是给人带来快乐。今天丹娜还说看到你就像看到太阳花！她说她今天太忙了，没工夫照顾我们，你一点也没有不开心，还问她要不要帮忙，她听了哈哈大笑！我们都知道，你是个很好很好的孩子。"

他趴在我身上一动不动，一声不响，可我知道他在哭，因为我的衣服慢慢地湿了一块。我把他抱了又抱，亲了又亲，最后把满脸泪水的孩子带到卫生间。我们装牙刷的杯子上写着"Easy does it."(慢慢来。)，我指给他看，然后拿起牙刷，挤上牙膏说："没有人觉得你应该在一夜之间改变你自己。如果你想改变什么，慢慢来，每次进步一点点，不知不觉中就改变过来了。"他这才止住了哭，开始刷牙。刷牙的动作标准得很。

事实上，他在大多数照片里都显得很高兴，因为大都是我抓拍的。只有极少数是对着相机摆拍的，比如今天在台上接受鲜花，他很不情愿，只能勉强地装出笑脸。直到现在，他和人打招呼也依然只肯说"哈啰"，回想一下，教他在"哈啰"后面加上对方的名字已经快一年了，至今还是很牵强，更别说交谈的时候保持微笑了。等他睡着了，我轻手轻脚走出他的房间，独自在客厅沙发里思索，反复地凝视相册里的照片，渐渐明白了：小时候他别过头去甜甜地笑，那确实是因为害羞，但现在不同了，他是在强迫自己尝试作社交性的微笑，被迫接受、模仿这个社会认同的标准做法，这给他带来很大的压力，扰乱了他的生活节奏。正常人恐怕永远也无法体会自闭症谱系患者在这种小事上的挣扎。我能给他的只有精神上的鼓励，以及对他天性善良的百分百地相信。

然而，就在我起身往卧室走的时候，另一个念头带着阴影浮上心头：会不会是内森——我和内森之间这段时间的矛盾，引发了林顿的消极情绪？

从这天开始，一向爱笑的林顿爱上了哭泣。第二天他照常上学，放学回家就趴在我身上哭了半个钟头。我问他，他什么也不讲，只说“就是想哭”。第三天照常上学，回家还是搂着我哭了半个钟头。我再问他，他一言不发。第四天……第五天……犹如开闸泄洪，从二月哭到了三月。我不再追问，信任泪水，暗自期待这自发的倾泻能帮助他将郁积的苦恼清空，逐日排解，不要像内森日复一日、年复一年地累积在心里，直到苦楚坚硬成化石。

提到过生日，他说不想长大，“人长大了，圣诞老人就不给礼物了”。

去天文馆，说起宇宙中存在着大片真空，什么都没有，他说：“我不想去一个连分子原子都没有的地方，一片黑暗，太可怕了。”

还有一天，他没头没脑地说道：“我总是担心还没有发生的事情，我也不知道为什么。”我猜不出也问不出他究竟担心什么，但是过了一天，他又突然说道：“要是爸爸像我一样喜欢你就好了。”我说：“爸爸还是喜欢妈妈的，我们要给他时间。”

在C城超市随手买下的“慢慢来”马克杯像是一个按钮，开启了林顿生平第一个情绪低潮期。

34. 情人节的决定

我们从来不过情人节，但有人想过。

二月中，内森回家进门时的脸色就像从土里挖出来的土豆那样暗沉。一家三口都一样，互相躲避着彼此的眼神。我在某个时刻从厨房里凝望他俩坐在餐桌旁的侧影，恍然觉得两颗低沉的头颅间有隐形的波动牵连，不需要言语。

憋到林顿睡觉之后，我才敲了敲内森书房的门，他说请进。我倚在门口，轻轻问他，怎么了？他低头沉默片刻，我慢慢地走进一步，关上门。

“情人节，她问我，我们之间还有没有进一步的可能。我今天回复她了。我说，没有机会了。我还说，我们不该再有联系了。”

他做了一个坚决而合理的结论。长痛不如短痛，这是符合逻辑的选择，他必须承认这一点。

“人，为什么要遵守道德规范？”他问道，“以前我遵循宗教教规，一板一眼，最终不能自洽，放弃了。现在我遵循社会伦理准则，知道什么是正确的、什么是不正确的，也做得到，但是……”

“但是很痛苦。因为你决定不和她联系了，你觉得自己失去了什么。”

“是的。我按照道德规范做了正确的决定，但是道德规范使人痛苦。”

“我感谢你做出正确决定，我也……同情你的痛苦。”事实上，同情，并不是我最想用的词，但一时间也找不出更好的表达。

内森当即反驳道：“我不值得你同情，是我自己走到这一步。如果我当时不跟那人交往，现在也就不必那么痛苦了。”

“交往带来愉悦，痛苦带来困惑，长远地看，都是人生中值得牢记的体验。你也把这痛苦分享给了我。我要谢谢你，让我借着这件事想了很多以前没机会细想的事。”

说这些话的时候，他始终坐在桌前，背对着我，我也一直站在门边。这时，他不知不觉地低下头，弯下腰，好像要把自己缩回婴儿在母胎里的样子。

“你能不能像抱泰迪熊那样，从后面抱抱我？”

我想起林顿小时候，有很长一段时间，他只肯让人从背后抱他。我想面对面地拥抱，他却总是躲。原来父子俩在这一点上也一样。我走过去，默不作声地伸出臂膀，把他揽在怀里。然后，他突然伸手关掉了台灯，在黑暗中哭了起来，肩背耸动，胸腔起伏，泪水滴在我环绕在他胸前的手背上。空气中复杂的振动，皮肤上凉凉的触感，我不自觉地去关注所有这些感官的细节，让自己从更深的漩涡中抽离而出，不去领受他的痛苦带给我的痛苦，似乎剥出一层薄薄的自我更能熨帖在此时此景中，更容易与他合二为一。两个人的伤感太沉重了，那还不如先一起分担一份痛。我不要也不能受他多情的伤害——事实上，那并不是多情，被剥离的那个我清楚地知道：那就是障碍，一个不自知的成年自闭症患者的情感认知、社会交往障碍。

谁也没过上情人节，情人节就这样过去了。自称精神出轨的丈夫在现实层面斩断了和绯闻女友的日常联系，却丝毫没让我觉得婚姻有救了。恰恰相反，不再有负疚感的他更不会意识到自己对家人的伤害了。

泰迪熊拥抱后的那几天，我决定在他早上出门前增加一个有仪式感的动作。C 城的这套公寓在二楼，没有电梯。每天他在门口对镜穿戴好，出门前和我亲吻一下，我就关门上锁；现在我会目送他走下楼梯，走出门厅，看不到他了，我才关门上锁。隔了几天，他才注意到这一点，在楼梯平台上停下抬头看看我，彼此欲言又止的样子有点好笑，于是我们都笑笑，再挥挥手。小小的暖意，就像暴雪天燃在铁轨上的那些火苗。

即便如此，二月底的周末我从超市采买回来后，他一边在厨房里帮我收拾，把我特意给他买的爱尔兰奶酪放进冰箱属于他的角落，一边说道："我可以不离开你和孩子，但你不要指望我对你能有什么温情。"

我手里还拿着一包意大利面条，愣了一下，马上去看他的神态，竟是温情脉脉的。他的嘴角没有下沉，眉眼放松，眼神松弛，有种满足感，根本不像这句话的字面意思那般无情。所以，当且仅当他是谱系障碍人士时，这种神态代表的言下之意才是：我不知道怎样向你表达温情。

那几天，我把近来的变动写信告诉了安娜博士。她给我的回信中再三强调，不能把他的话按照字面意义去理解，以免自己受到不必要的伤害。"因为你先生就像是对外界刺激反应迟缓的浴室龙头。你把它开热点，它要过好半天才热起来；去调冷，它也要好半天才冷下去。要是你老想着：怎么还不热，我再开热点。那你一会儿保准烫着。这种情况，只能以不变应万变，暂时烫点就烫点，暂时冷点就冷点。只要我不反应过度，一会儿它自然会把温度弄对。"看完这封信，我想到《生活大爆炸》里的佩妮，她就有一种调侃式的"不变应万变"，她只需要如常表现，那些乖僻的大男孩们终将能够校准友情和爱情的温度。

但我心里还是很难过。但还有比我更难过的人，林顿连周末都会突然地哭一下。我收拾好厨房，坐到沙发上陪他。我问他："你在学校里想哭吗？”

“想哭的。”

“那怎么办？”

“我把它藏在心里。”

他还在抽泣，我拍拍他的背：“你在心里想一个数字，不用太大，1到 20 之间就好。”

抽泣声停顿了一会儿：“好的，我想好了。”

“你的数字是奇数还是偶数？”

“奇数。”

“奇数的话，把它乘以 3 再加上 1。”

“好的，乘以 3 加上 1，我做好了。”

“你得到的数字是奇数还是偶数？”

“偶数。”

“偶数的话除以 2。”

“好的，除好了。”

“你得到的数字是奇数还是偶数？”

说到这里他就明白了，我是要他一次次地重复做下去。他松开搂住我脖子的手，转身拿来纸笔，坐在我身边写下一连串数字。“妈妈不能再往下走了，往下永远都是 1。”他写的是：

19，58，29，88，44，22，11，34，17，52，26，13，40，20，10，5，16，8，4，2，1，4，2，1。

“没错，就是这样。”还没等我说完，他又开始想一个新的数字了，几分钟后宣布：最终结果还是1。这件事快把他弄疯了，试了一连串数字，结果都是1。怎么会这样？他没空趴在我身上哭了。

“妈妈，你有没有找到不是以1结尾的？”

“还没有，让我再找找。”

隔了两星期，他问我：“世界上有人找到过吗？”

“还没有，好多人都在找。”

“大家都找不到就说明它不存在。”

“那倒也不是，你得证明它不存在。”

“有人证明过吗？”

“没有。说不定你长大以后可以把它证出来。”

是的，长大后可以做更多的事，哪怕圣诞老人不再给我们礼物，我们也有让生活充实和满足的办法，我们甚至可以成为自己的圣诞老人。我在心里说：儿子，你折腾去吧。这是数学史上为数不多的人人都能看懂，但没有人能解答的问题。如果它能让你安安心心地忘掉烦恼，它即便无解，也是有意义的存在。

医学界早就知道自闭症孩子喜欢重复做一件事情，诸如原地转圈、前后摇摆、反复说同一件事，周而复始让他们感到心安。如果用各种办法阻止这种重复，反而会让他们很不舒服。表面上，重复行为得到了改善；实际上，他们心里承受的压力反而无法缓解。我猜想，林顿在一天的大部分时间里都在努力按照社会规约生活，他内心深处真正的需要无处安放。所以，我得让他做他真心感到舒服的事情。小时候，我陪他看芭蕾。同一出剧，编舞可以不一样，音乐是一样的，这是一种重复。哪怕编舞不一样，芭蕾舞基本动作是不变的，这也是一种重复。他现在不常看芭蕾了，或许弹钢琴会有所帮助。但最适合的还是数学，到数学里找，循环往复的例子数不胜数！

他抽抽搭搭的时候，我已经想好了新的数学游戏。我们找出八张 A4 纸，拼出个大正方形，在上面画上 20 乘 20 的方格。第一格空掉，然后按次序填上 2 到 400 这 399 个数字。

“把所有除得尽 2 的数字划去，也就是隔一个划一个。然后把所有除得尽 3 的数字划去，也就是隔两个划一个。”他极有耐心地一个一个划。如此重复，把所有除得尽 5，7，11，13，17，19 的数字全划掉，最后留下的就是 400 以内的所有质数。这是标标准准的机械性重复，还可以有节奏地念唱：“一二划掉，一二划掉。”果然，他就爱干这个。全部划完之后，他非要把这张表贴在方桌下面，我就帮他在地上铺条毯子，他躺到桌下去，开个手电筒照亮质数表，津津有味地看着，不再趴我身上哭了。

循环让他心安，洞穴让他心安，那是谁也无法剥夺的、潜藏在一个人内心深处的慰藉。这时候，内森也在书桌前津津有味地解着工作所需的方程式，浑然不觉他的温情表态处于冰点。我走向厨房，点燃煤气灶，哪怕厨房并不是我的天然洞穴。

35. 十岁生日前的大爆发

十岁生日到来前，林顿大哭了一场。哪怕幼时摔疼、睡不好……他都不曾这样哭过，宛如火山长久酝酿后的爆发。或许还有进入青春期时的荷尔蒙起伏，半是不可控的，半是刻意、肆意的，终于让他忘记了年龄、颜面和理由，挖出旧怨、搅和新恨、杜撰未来的苦楚，一直哭到天昏地暗。

只因为洒落了一把钢珠——他最喜欢的新玩具之一，叫作 Q-BA-MAZE，颗颗锃亮。这把直径 5 毫米的小球能拼出复杂的多面体，以及汽车、塔楼、动物等等，不一而足。或是因为视觉空间功能欠缺，放钢珠的罐子本来就在桌角，或是因为贪快手滑，一整罐亮晶晶的小珠子叮叮当当滚下来，他试图用手去接、去挡，却反而将随地心引力下落到半途的钢珠飞弹到四面八方去了。一盒 200 粒，一粒没剩，全都滚落在地板上了。那种程度的失序感让他瞬间崩溃，连“哎呀”都没来得及喊，就“哇”一声哭喊出来。

我拉了拉林顿的手，想要他跟我一起捡，他却全心全意地闭眼哭。也许，刚才那些细碎绵延的声响、混乱的视觉画面让他无法接受更多的信息。我不再啰唆，独自坐到地板上，用两只手拢起一把钢珠倒回罐子，拢了几把之后，他终于缓过神来，和我一起去捡剩下散落在各处的珠子，一颗一颗去捡。一个多小时后，哭声暂歇，林顿花了很久很久去数，数来数去，发现少了 3 颗。他又花了很久趴在地板上，打着手电筒地毯式地搜索，每个角落都没放过。但依然无果。内森说，地板和墙壁的夹角是有小缝隙的，也许钢珠滚进去了，就算我们试着用吸铁石去吸也没用。3 颗钢珠神秘消失了。林顿的眼泪又涌了出来，源源不断。

为了搜索书架后的墙角，我和内森把几排书搬到地板上，以便搬开书架。现在，留下林顿独自在卧室里嘤嘤哭泣——蜷缩着，侧躺在床上。我们再把书架和书归位。我摆上书架的最后一本书是《吉尔迦美什史诗》，已经插进了最后的空当，又把它抽了出来。搬家几经周折，这本书不知何时又出现在我们的书架上了。我问内森，你读过这本书吗？他摇摇头，问我是讲什么的。

“是人类迄今为止发现的最早的英雄史诗，用楔形文字刻在泥板上的。我觉得，这故事讲述的是失去。”

这部起源于美索不达米亚平原的史诗已有四千五百年的历史，故事讲述了国王吉尔迦美什失去了最好的朋友恩奇都，因而跨越千山万水，想到世界尽头寻找仙草，救活朋友，让他们的友谊永远存在下去。我是很久以前读的，印象最深的是吉尔伽美什找到了因在大洪水中制造方舟、拯救众生而被赋予永生的一对夫妇。丈夫问他：“你做了什么？凭什么想要永生？”这对夫妇给了吉尔迦美什几次考验，他都没通过，失去了得到仙草的机会。那位妻子却很好心，让他去海底求仙草，但吉尔伽美什得到的永生草却被蛇偷吃了。没有凡人能永生，世上也没有永恒之物。我突然想到，要是内森失去生父的时候能看到这本书，也许我们关系中的第一道裂缝就会小一些吧。

寻而不得，得而复失，都是失去。林顿失去了三颗心爱的珠子。内森失去了父亲，失去了红颜知己，失去了象牙塔里的安逸无忧。他们都因为一种谱系障碍失去了正常人看世界的眼光，而我失去了自己想象中正常的婚姻和家庭生活。我把旧书拿在手里，翻来覆去摩挲了一会儿，决定像多年前那样去给儿子念书。而且，这次要拽上内森一起念。四千五百年前的史诗就在用故事讲述这个普世真理：人要接受失去，以失去的方式纪念拥有，无论失去的是情义、生命还是物件。

我们三个都需要听听这些诗句。

内森欣然接受我的提议，毕竟，孩子的哭声让他不知所措，念睡前故事又是他一向喜欢做的事。我们一左一右在林顿身边坐好，轮流念，不过讲到神妓的段落我就跳过去不读了。我们读的是英文版，泥板上缺失的部分都用方括号标示空白，并附有注脚，这让念诵自然而然地变成讲故事——一边念一边解释。林顿又找回了小时候听我背书的感觉，爸爸妈妈的嗓音具有天然的治愈力，我都没留意他什么时候止住了泪。

"……走了二十比尔，他们进了餐；走了三十比尔，他们歇脚，天色已晚。他们一整天走了五十比尔，把一个月又十五天的路程三天走完了……"我读到这里时本想提到注释中写着"一比尔相当于十公里"，但一口气念下去就给忘了。内森问道："比尔是什么意思？"我下意识去看林顿，他看着书页，没什么反应，和他平日里读所有的书的表情一个样儿。这本书很难，每一节都有小孩子不明白的字眼或事情，他听不懂、不发问也挺正常，但他在读书的时候从不发问，这终将是我要解决的一个问题。

他一向如此。四五岁的时候，别的孩子一天要问一百个问题："妈妈，天为什么是蓝的？""爸爸，太阳在哪里睡觉？"但林顿从来没有问过这些问题，一直到现在情况也没有改观。无论陪他看什么书，除了德语版的菲利克斯德图文书，他都没啥兴致。无论是绘本、章节故事，还是儿童百科，无论有图的没图的、字多的字少的，概莫能外。虽然阅读理解的大难题多半是解决了，我和老师都有理由确信他能够看懂长篇文字了，但他只是把阅读当做作业、做测试，有时候甚至会直接说“我没兴趣”。

前不久，林顿第一次受邀去参加同班同学的生日派对，过生日的孩子收到一本她特别喜欢的图画书，当场就让大家坐成一圈，听她念故事。别的孩子都很给面子，唯独林顿傻傻地跑到花园里去看大人们搭帐篷——要装扮成“小山洞”让孩子们玩。我把他拉回屋的时候跟他讲道理：“别人分享自己认为有意思的事，那是在表达好意，把你当朋友，你哪怕没兴趣也要装出来一点兴趣，这叫尊重。”他答道：“好的，那我就装着有兴趣。”为此，我还特意买了一本《社交故事新编》，想看看社交该怎么教。

过后几天，我们都很担心又会有什么突发的小事把林顿惹哭。幸好没再发生。但问题还是没有解决——这个世界让他感到不自在，甚至害怕，各种各样的不安全、不快乐的感觉过于简单地对接了泪腺。这个世界在他眼前变得越来越大、越来越快。有的同龄孩子的社交热情和技巧已相当成熟，对外界事物的兴趣已相当广泛，反衬出他无论干什么都很孩子气。虽然他认真地查阅、试图理解，乃至模仿正常人的表情，但这终究不是他的自然反应。他连看懂别人的表情都很吃力，遑论自然地互动呢。我很担心放学回家的小规模哭泣变成他的习惯，却想不出来该怎么办。

有一天，我看到他的 iPad 上留有一条搜索记录：脑子坏了怎么修？我假装没看到，心里却难受极了，可见他自己并非毫无感觉。可是，自闭症谱系这件事要怎么跟他说呢？

不知道怎么办的时候，我通常都会去看书。那天，一走进图书馆就看到一幅电影海报——《神奇动物在哪里》。原来这个社区里有个很活跃的“哈利·波特死忠粉社团”，刚好新电影上映，他们在图书馆召集群众，组团去看电影首映，还会在这两周里在图书馆影音室里播放“哈利·波特”电影系列全集。社团里肯定有好多孩子，因为画在海报上的哈利、赫敏、罗恩、猫头鹰、雷鸟……无不充满稚气。我随口问了问工作人员：“这个社团里都是多大的孩子？”得到的回答却很有趣：“从五岁到五十岁都有！反正看这种电影的时候大家都成了孩子！”

在图书馆里找《哈利·波特》是再简单不过的事了——摆放了整整一柜！随便翻开一页就看到赫敏对一筹莫展的哈利说：有问题就去图书馆！说来也巧，莎拉这时刚好打来电话，要我提点建议：“该给林顿买什么生日礼物好呀？总不见得年年都买乐高吧！”我脱口而出：“要不今年来一套《哈利·波特》吧？”莎拉当即说好，又好奇地问了一句：“他现在能看懂吗？”

应该能，就算现在不能，以后也肯定能。对此我是有信心的，确切说是不甘心——我这么爱看书的书呆子，生出来的孩子偏偏不爱看书，口口声声说没兴趣，难道真是敌不过统计学里最强大的那根曲线——回归曲线吗？我已经教过他至少要装作有兴趣，但愿装着装着就真有兴趣了！

生日前不久，我问过林顿：“又要长大一岁了，你有什么愿望？”

他想了想说：“我希望能学会控制自己的情绪……我在学校里经常生气，一生气就想跺脚、转圈、乱挥手，还想骂人、扔东西。我知道这些都是不对的。你跟我说过，不管在哪里都不可以扔东西、骂人，要学会和别人商量。这些我都做到了。跺脚、转圈、乱挥手在外面不可以，但如果在家里，你说暂时还可以。”

“因为我们要给你时间长大。”我说。在外人眼里，谱系障碍的孩子似乎总有点后知后觉，反应慢一拍；但实际上恰恰相反，如果林顿感到焦虑、悲伤、失望、愤怒，他的感受就明显地比别人强烈。现在他知道要有自觉了，要控制自己的情绪。

“我明白，消化强烈的感情很难，但消化之前可以先稀释一下。稀释就是调淡一点：半勺盐太咸了，没法吃下去，但是融入一杯水里，你就能喝了，这就叫稀释。”

“有什么可以稀释糟糕的情绪呢？”

“看书、运动都可以稀释负面情绪。”

生日当天，生日蛋糕旁边放着一大摞《哈利·波特》，蛋糕上插着十根小蜡烛，算是奶奶送他的。另一边是我给林顿的礼物：一副两磅①重的哑铃（两磅，笑死人！），一副羽毛球拍——虽然他依然不太会接球，但我和内森一直找机会陪他练球。

内森的礼物出乎我的意料，但我觉得太赞了——是一副降噪耳机，又时髦又贴心。果然，林顿对礼物左看看右看看，说了好几遍谢谢，但先拆开的是装着耳机的盒子：“酷！是蓝色的，我最喜欢蓝色了！”他很仔细地戴好，确保小耳朵都包在厚厚的海绵耳罩里，“爸爸，我该听什么音乐呢？”内森眨眨眼，好像这个问题超出了他的想象力：“理论上，你就算什么都不听，打开耳机也可以降低环境噪音。”

“怪不得！我看世界魔方锦标赛上的很多赛手都戴上耳机比赛。”我恍然大悟，“我还以为他们都喜欢听音乐解魔方呢。”

---

①　1磅约等于453.59克。

“也可能有人在听莫扎特吧。”林顿看着说明书打开耳机，无线连接 iPad 上的音乐，“现在开始测试！爸爸妈妈，请你们开始谈话，声音可以大一点。”

我和内森四目相对，突然不知道该说什么了。冷场半分钟后，我知道该说什么了：“我在回美国前有过一个想法，内森，你和林顿都喜欢玩魔方，我们为什么不试试写本玩魔方的数理书呢？”

“没有人写过吗？”他看着我的眼睛问道。

“至少，还没有人写过一本能向普通读者解释魔方背后的数理知识的魔方书。大部分魔方书都是教你动作程式，让你操练手速——年轻人很迷恋这种手部极限运动。世界锦标赛上，他们只用四五秒钟就能解开三阶魔方，还有比赛用脚趾、用单手、蒙眼翻魔方的呢！但你肯定明白，除了速度，至少还能谈谈共轭，还可以提供循环算法，介绍群论。”我耸耸肩，“只是买魔方的时候突发奇想的，我觉得写一本这样的书，能教会我们儿子不少基础的数理知识。”

他慢慢地点点头：“可以说说为什么理论上可以在 26 步内还原，还可以加入计算机编程的内容。”

林顿关掉音乐，但没有摘下耳机，闭着眼睛说：“刚才我一点儿都听不见你们说话，太酷了，现在我来测试不听音乐。请你们继续说——”

“你现在工作很忙，这事儿不着急。”我故意放低了音量，听起来可以更体贴一点，“我可以列个提纲，等你有空了再细化。”

“工作方面好点了。我已经跟上节奏了。”他平常讲话的声音本来就不高，现在也更轻柔了，“有同事说这家公司的水太深，人际关系挺冷漠的，我倒觉得蛮好，现在做的项目很适合我。上司前几天还给了我一个新任务，但我估计明后天就能做完了。我们这个周末就能一起列提纲。”

我笑了笑，没接话。这多少有点出乎我的意料。

林顿摘下耳机：“听起来，你们和我之间好像有一道不太厚的门。”

这孩子十岁了，此刻露出的笑容像是五六岁，说出的话却有点哲人的味道。这段日子里，我分明看得到一道无形的分水岭，还有一部分沟壑是他用眼泪冲刷出来的。他在长大，在努力接受越来越纷杂的少年世界里的现实。但无论如何，满十岁的这天，他在安静而满足地微笑。就连曾经冷战的父母——想必也让那道分水岭更难跨越了——也在他面前安静而满足地微笑。

36. 魔方有哲理

“魔方的组合数总有 43 252 003 274 489 856 000 个，简而言之：4 325亿亿种。‘最强大脑魔方挑战’规定每只魔方都要随机转动26次，以示方块次序被充分打乱。问题是，如果随机转动 30 次、52 次、100 次，是不是一定比 26 次更有效地打乱方块呢？所谓的‘打乱’，应该如何定义？”

傍晚，汤炖上了，菜泡上了，我坐在餐桌边刚写了这些。林顿就抱着《哈利·波特》第一册过来，拿了一块饼干，边吃边问我：“你在写什么？”

“周末我要和爸爸讨论一个新项目，我先打点草稿。”我看他两口就吃完了，又从玻璃罐里拿了三块，搁在小碟子上递给他。他接过去，转身就回自己的房间去了。等我写完了满满两页纸，看了看汤里的肉，过了一遍洗菜水，突然意识到林顿的房间里安安静静的。平常这时候他都在弹钢琴。我走到他的房间门口，看到他靠墙坐在床上，手里的魔法书已翻到了中间。天啊！我在心里默默喊了一声。我不知道世界上别的家长看到自家孩子把《哈利·波特》一口气读下去会有什么感觉，反正我是狂喜到不敢惊扰他！这是林顿生平第一次津津有味地长时间阅读一本没有插图的小说书，不是作业、不是测试，也不要我帮忙，只是为了知道故事的结局是什么！就那样独自一人待在房间里，四十分钟、一个小时地看！在此之前，只有卡通人物菲利克斯那些图多字少的探险故事让他有这样的兴趣。我轻手轻脚回到厨房，高兴地拿起抹布擦起了厨台，擦了一圈又一圈，悄悄地庆祝了一下。

将近一个月，第一册看完了；又过一个月，第二册看完了；又过一个月，第三册看完了；第四册突然有了难度，更像是给大孩子看的书，林顿看得很慢。那几个月里，有时在吃晚饭时，我会让林顿告诉我们霍格沃茨的孩子们在忙什么，从他时而兴奋的啰唆、时而简洁的概括中可以很容易听出来：他看懂了。让那些阅读理解成为小儿科的过去吧！他是真的过了这道坎。

还有一天，我们从赫敏说到读书的好处。林顿问道：“妈妈，那你为什么总是在看书呢？”

我说：“我想去世界上许多地方。也许想去一百个地方，实际上能去成五个就不错了。还有九十五个地方去不成，我就看书，让去过的人告诉我那里是什么样。还有的书是讲很久以前发生的事情，我们都还没出生呢，但是看了书，我就能知道他们是怎么想的、做了什么。还有些书讲的不是真实发生的事，而是编出来的故事，比如《哈利·波特》。那些故事里的人去很多地方玩，经历很多事情。故事编得很好听，我就会很想看下去。”

“是的，这个我懂，我现在就很想、很想、很想知道哈利的爸爸妈妈究竟是怎么死的。”

“是的。书里会写到生老病死这类我们自己没经历过的事。但看看别人的经历，我以后就知道该如何处理了。看书让我感觉到我不是一个人，任何时候，我只要拿起一本书，就好像和生活在不同地方、不同时代的人在一起了。我永远都不会孤单，不会茫然。”

“那我们比赛吧！”

“怎么比？”

“我看我的《哈利·波特》，你看你的书，看谁读得快！”

“比就比！”

《哈利·波特》最后三本很厚，他把它们搬出来，说既然是比赛，我就要看相同规模的书，否则不公平。我只好翻箱倒柜，把托尔斯泰的《复活》找了出来。坦白说，我已经很多年没看过大部头小说了，现在以教育孩子之名看闲书，正大光明地不做别的事，我只当是自己的福分。从那天傍晚开始，林顿放学回家后，我俩就抱着各自的砖头书，在沙发上、在餐桌边静悄悄地看。

有一天，我看到托尔斯泰这样写道：“人好比河流，所有河里的水都一样，到处的水都一样，可是每一条河里的水都是有的地方狭窄，有的地方宽阔；有的地方湍急，有的地方平坦。每个人都具有各种各样的本性的胚芽，有的时候表现出这样一种本性，有的时候表现出那样一种本性，有时变得面目全非，其实还是原来那个人。”这让我第一时间里想到了内森：说恶毒的话、伤我心的是他，安家以来始终保证冰箱里食物不断的也是他，在我身体不好的时候悉心照顾儿子的也是他。我看了看盘腿坐在沙发上看书的林顿，心里说：你怎么早不跟我比赛呢？早点看到小说里的箴言，我会不会早点释怀？

此时已入夏。情人节的泰迪熊拥抱已恍如隔世。一连三个周末，我把新写的草稿给内森看，经过讨论，根据他的建议，把终稿誊写在黑色硬皮笔记本里。我们的思路越来越清晰了，要用玩魔方的方法写高等代数。我放下托尔斯泰，翻开黑色笔记本，这周写到了复原：“我们可以这样定义一个打乱后的形态（configuration）离开原位的距离：最少转动几步可以回到原位？这是一个数字。每个打乱后的形态——总共有 43 252 003 274 489 856 000 种形态——都和一个这样的数字联系在一起。所有这些数字里，必定存在一个最大的数字——上帝之数（God’s Number）。2010 年已有人证明出来，如果允许 180 度翻转，这个数字就是 20；如果只允许 90 度翻转，2014 年有人证明，这个数字是 26。”写到这里时我突然想到，我和内森要复原打乱后的形态需要几步呢？

泰迪熊拥抱后，内森说到做到，不再与澳洲的前女同事来往。这需要多大的毅力是我无法揣测的，我只能做到不去打扰他，不在伤口上撒盐。我不能跟他讲述自己有多难受，这需要多大的忍耐力也是他无法揣测的。后来，我选择给安娜写了电子邮件，第一次跟外人讲了内森的精神出轨，也讲了林顿的持续哭泣。如她之前明智的预见：我是需要照顾自己的。安娜给我的回信里提到两个重点：第一，尽快让内森去做诊断，让权威的医学机构帮助他迈出自我认知的第一步，只有当他能发自内心地接受这一切都是与生俱来的自闭症症状后，他才能与我真正地沟通；第二，她建议我们找心理医生，“三个人其实都需要心理辅导”。她认为，心理医生可以担当“第三方认证”的角色，帮助内森接受我的想法。安娜还推荐了一位 C 城本地对辅助自闭症谱系患者很有经验的心理医生，但我还没拿定主意，好几次想打电话预约咨询，却总是半途而废。

不过，我们早就谈过就诊这件事了，他承诺过会去看医生，但是因为他的情绪一直低落，我不敢催促他。我把黑色笔记本合起来，看了看林顿，他仍在聚精会神地看书——在看书的这一个多月里，他没再独自嘤嘤哭泣过，多神奇啊！

那天晚上，我和内森在睡前说起这件事，他说：“不哭当然是好事，但有时哭一哭也是好事。”

我问他：“你觉得什么时候跟他说他有阿斯伯格综合征比较好？”

内森沉默了片刻：“坦白说，我不知道。我自己都不太明白自闭症谱系障碍这个概念，所以不知道这个问题的正确答案。”

我顺势又问道：“要不，你先去诊断一下？等你的认识完整了，我们再一起告诉他。那样的话，你们都不会觉得很孤立吧？”

内森想了想，答应了。拖了几年的事，终于在关了灯的卧室里决定了。

第二天，我就按照哈曼医生当时给我的资料里的号码给医院打电话。当年林顿等了两年半，不知道内森要等多久。接电话的秘书声音很可爱，伶牙俐齿地说道："我们这里做诊断四千块，医疗保险不一定能报。你要不要先去问问保险公司报不报？"

我心里嘀咕，这还要问吗？就算保险公司不给我报，难不成还能跟他们争？难不成就不诊断了？但我当然明白这是人家的好意，就赶紧说："没关系。不管报不报，我们都挂号。"

秘书又问："你确定这不是普通的抑郁吗？你先跟我说说是什么情况？"我没想到电话里还能预诊，看来这位秘书很有职业道德，生怕我白白送了四千块钱给医院。

"他有工作吗？在哪儿？做什么职业？"

"我丈夫在一家国家实验室做编程之类的工作。"

秘书扑哧一声笑出来："得！又来一个。你看，也不都是坏处，是不是？他们聪明起来，真是聪明得不得了！"

这一声笑让我感到前所未有的安慰，还让我想到了佩妮和谢尔顿的外婆……现实生活中的乐观主义者是多么可贵啊！就这样说说笑笑地，她足足跟我聊了半小时，最终很满意地说："好吧，听着挺像的，那就排队吧。"

37. 从《哈利·波特》学起

魔法故事让林顿体验到了阅读的快乐，理解了虚构和真实的差别。但我还来不及得意，新的语言问题又出现了——甚至过犹不及。他很快就从一个极端走向了另一个极端，不肯放过字词的字面意思，这反而让他的社交生活变得更艰难了——相比于以前不与别人互动，现在的艰难全部体现在细节中。

说来好笑，十岁的林顿一直不会玩捉迷藏，归根结底是因为太听话了，只认字面意思。让他去躲藏好，这个没问题；但只要别的玩家，比如我开玩笑地问一句“林顿、林顿你在哪儿?”，他就必定老老实实地回答“我在这里”，然后从躲藏的地方跳出来，屡试不爽，倒也很有娱乐性。但捉迷藏是游戏，现实生活却不是。

例行体检时，护士把体温计放到他嘴巴里，吩咐他“把嘴闭上”。结果他不光闭嘴，连气也一起闭了，没一会儿就坚持不住了，只能张嘴透气。护士又说了一遍“把嘴闭上”，他又开始屏住呼吸。最后，护士只能测腋下。说闭嘴就闭嘴，实打实地按字面意思理解，他没有领会语境和语言的潜台词，而且他似乎有一种非理性的紧张，生怕不能按照字面意思照办会给他带来什么后果。回家后，我告诉他，人可以用鼻子和嘴巴呼吸，这是可以自控的，比如在游泳的时候就要灵活地换气。那个周末，我们全家去了社区体育中心，林顿第一次下水：先在岸边摊平手掌，悬停在水面上方，慢慢接近水面，等待波动的水轻轻地舔上掌心……如此适应了一会儿，内森和我说服他走进水里。

又过了几天，学校里办小小奥运会，老师提前一天给大家做赛前心理建设：“输了不许哭哦!”林顿很困惑，一回家就问我：“如果我忍不住哭了怎么办？老师会惩罚我吗？输了肯定很难过，为什么不许哭？如果小朋友哭了，老师为什么不安慰他，难道还要惩罚吗？我觉得老师不应该定这条规则。”他一本正经的样子像极了内森当年指责教育制度，我安慰了好久，解释了好久，他也跟我纠缠了好久，我终于明白了，“不许”这两个字对他来说是非常严重的字眼。他无法理解这只是一种建议，而非指令。

又过了几天，我接他放学后一起去超市买菜，看到有卖中国的绍兴料酒，我就指给他看，随口说道："记住了啊，下次和爸爸一起来的时候，你可以告诉爸爸料酒在哪里。"他反问道："是'一定'要记住吗？如果我忘了会怎么样？"我当时忙着看几种面粉包装上的说明，也就随口一说："忘了就忘了，没有人强迫你做任何事情。但你这样问，别人听着会不舒服的。"他就开始较真儿了："为什么要我记住，又可以允许我忘记？"我就安慰一句："别人叫你记住，你就尽量记住。忘掉也不是错。"

类似的事情又发生了几次。有时他较起真儿来，我手头正忙，很自然地就会不耐烦，但过后再想，又会自我检讨，觉得不应该这样处理。从日常对话的角度来说，"是'一定'要做吗？"这样的话显然太挑衅了，不友善；但是从学习对话的角度来说，他问出这个问题恰恰是正确的，说明他明白不同的建议和指令的严肃程度不同，只是吃不准言语和行为的宽松外延。他在寻找边界，在努力理解正常人沟通的技巧。想到这里，我反倒开始庆幸了——要是他不问，以后就会像内森，不管是教会的戒律、领导的建议、同事的闲聊发问，他都会一视同仁，分不清轻重缓急，全都要严格执行，最终给自己和周遭的人带来困扰。当年，内森围绕宗教问题产生的纠结并不仅仅是因为批判性思维的缺失，也是因为自闭症患者对规则的理解过于死板，掌握不了一个"度"，想要什么东西就捏得太紧、太实。虽然我当时已经意识到了这一点，但是紧到什么程度、实到什么程度，最终还是林顿的这句发问让我彻悟了。

所以，我开始用另一种说法应对他的较真儿。“首先，我要告诉你，这样提问在人际交往中是不太妥当的。但这不要紧，因为你在学习怎样说话才恰当，学的过程里，你可以问妈妈。等你以后学会了，自然而然就不会这样说话了。”

他理解学习这个概念。很快，“我在学”就成了林顿的口头禅，但凡我给他指出他什么话、什么做法不恰当，他就不会立刻恼怒或抱怨，而是平静地，甚至有点快乐地说“那是因为我在学”，这让我感到很舒心。

那个周末是家校联系的日子。我走到学校入口，就看到玻璃门上赫然贴着一张纸，上面写着：“本校欢迎一切性向的学生就读，包括但不止于：男性、女性、双性、女同性恋、男同性恋、双性恋、变性人。”我心中叫苦不迭，这孩子现在最认字面的死理，要解释这些概念和相关做法可要了我的命。我知道有些美国学校已进阶到男女同厕的程度，但从没听林顿提及过，只能推门进去，直奔走廊尽头的厕所——还好，一切照旧，不仅男女分厕，连男孩和成人男性、女孩和成人女性都分。这大概跟以前弄堂口水果店贴“全世界无产者联合起来”一样吧，贴贴而已。我们身处蓝州，可以理解。

这次去，我的主要任务是去和特殊教育老师交流林顿的进展。老师说，这孩子还是不太爱说话，赞扬别人倒是很真诚，笑眯眯的，看得出是真心为别人感到高兴，只是不肯嘴上说，他现在偏爱竖大拇指。肢体语言简明扼要，确实能帮助他，但这不能掩盖真正的问题：他不肯和别人交谈。老师有老师的一套办法。学校里正在排练文艺节目，八次排练、每星期一次，老师要求他在别人表演完了、下台归位后说一句“表演得真好！”或是“真棒！”“好极了！”之类的赞美之词。到了第五、第六次排练的时候，林顿就学会并习惯了这样说。

口头夸奖是老师在这学期安排的特殊教学重点之一。上学期的重点是教他弹完琴、鞠完躬后自己下台。因为以前上台表演总是以四手联弹结束，所以总有人拉着他下台。后来他表演独奏了，但没人带路，他不知道怎么下台。结果，正式表演那天，他弹完了，观众热烈鼓掌又热烈鼓掌，看他还站在台上，就继续第三波鼓掌，直到老师上台带他下来。

老师还说，一方面要鼓励他开口，另一方面教些固定短语。比如英文里的“It’s raining cats and dogs.”是下大雨的意思，按照字面意思去理解，孩子就会误解，真以为有小猫小狗从天上掉下来。我当然明白她的意思，在超市里、厨房里……我已经领教过林顿抠字眼的本事了。我笑着跟老师说，中文里也有这类比喻性很强的固定用语，约定俗成的，我就跟孩子解释过“我肺都气炸了”并不是说肺真的爆炸了。

“我是外国人，我学英语就是这样过来的，”我对老师说，“谢谢你也把他当外国人，有心教他这些。”

“这真的不是语言问题，”老师说，“是自闭症谱系孩子常见的认知问题。我们学校还有个阿斯伯格女孩，有一天突然喊道：‘我就是一个深渊！’当时大家在看海洋生物的纪录片，说到海底有深渊一样的海沟。她的话虽然不好理解，但我觉得很诗意呢！我猜想，在他们的头脑里，词语带来的画面、色彩、形状甚至声音都和我们不一样。我还挺羡慕的！”

我的脑海里闪过一句话：“词语对我们的统治远超过我们的想象。”但我只是对老师笑笑，她们的努力有章有法，我只想表达敬意和谢意，不想旁生枝节，让我在她眼里成为一个“想得太多的妈妈”。隔了很久才想起来，那句话是加斯东·巴拉什写的，但再仔细想想，表述过这个意思的哲人太多了，包括很多数学家。我和内森恋爱时也曾热烈地讨论过语词和数字是如何统辖人类的思维方式的，当时的我们做梦也想不到，教会自己的儿子说出正确的话竟是这么艰难而漫长的过程。

又过了几天，刚搬来的新同学邀请大家去家里做客，除了林顿，还有五六个孩子和家长们一起去了。进门后，他先和所有人打了招呼，很快就看到另一个房间里有架崭新的钢琴，两眼放光，问那位同学的妈妈：“我可以去弹琴吗？”那位妈妈和蔼地说：“当然可以！任何时候，想弹就弹（anytime）！”他就独自走进那个房间，一坐下就开始弹琴。我和别的妈妈们闲聊了一会儿，走过去凑到他耳朵边上轻轻说道：“我们是来和大家一起玩的，要弹琴可以回家弹。”他不太情愿地停下来，回到客厅里和别的孩子们玩了一会儿，但没过十分钟又一个人弹琴去了。我又劝阻了一次，他又一次听话地离开钢琴，又一次和别人一起玩了几分钟就回到了钢琴前。我没辙了，只能编了个借口提前退场。回家的路上，我问他：“妈妈提前把你带走，你知道是为什么吗？”他说不知道。

“到别人家去做客，主要目的是和别人一起玩，建立人际交往。你不和别人一起玩，自己一个人弹琴，有违社会规范。”

“我问过他爸爸妈妈的，他们说可以随时去弹琴呀！”

“人家这么说是客气，你不能客气当福气。”

这句话他肯定听不懂，听不懂我也要先说着，以后再解释。我又问：“如果你总在那儿弹琴，别人会怎么想？”

“别人会想，这个小孩弹得真好！他们都是这样对我说的。”

“这句赞扬我也听见了，但人家话里有话，没说出来——有可能别人觉得你太优秀了，遥不可及。还有可能你的新同学会嫉妒，因为他弹得没你好。”

“他弹得没我好，也应该为我高兴，实话实说：‘你弹得真好。’”

“那如果他们来我们家玩，根本不理你、不陪你，只知道自己弹琴，而且弹得特别好，你会怎么做？”

“我会称赞他。大家都要学会称赞别人的优点，这不是你一直教我的吗？”

这句反问可把我结结实实地噎住了！我愣了一下，赶紧搬出小学思想品德课本里的名言：“做人要严于律己，宽以待人。”

可惜没用。他紧接着又问：“为什么有不同的标准？那和撒谎有什么不一样？”

我一下子回答不上来：“好吧。你今天没有犯什么大错，别人也确实喜欢听你弹琴。但是，你的做法有点不太合适。至于为什么，我还没想好怎么说，让我想想……”

“好的。妈妈，我们都在学，对吗？”

他心平气和了，我的思考却停不下来。如果不是弹琴而是打人，解释起来就会轻松多了。我可以打他一下，等他喊痛，然后告诉他，因为你不喜欢被打，所以你也不该打别人。这种教育方法简单粗暴、直截了当，理论上是可行的，但似乎只能解释坏事。

我又咂摸起一句老话：己所不欲，勿施于人。这个说法看似放之四海而皆准，但事实上潜藏了一个没有挑明的前提：你的“欲”与“不欲”和社会上大多数人是同步的，即所谓“人同此心，心同此理”。但是，自闭症谱系内的孩子的“欲”与“不欲”时常和别人不同步，他们就很难理解这种社会规范。他认为他能接受别人来他家弹琴，不存在“不欲”。所以，他得出结论：别人也势必接受他在他们家弹琴，也不存在“不欲”。事实上，林顿和内森一样，总觉得别人的想法肯定和自己一样，因为大家都夸他了，表明大家都喜欢这件事，所以他去别人家一直弹琴不可能是坏事。他分辨不出弦外之音，也不能理解社交场面中的潜规则。反过来说，如果别人在他面前做了违反社会常理的事，他也辨别不出来，不会感到别扭，所以他自己也会这么做。这不是“己所不欲，勿施于人”的问题，而是社会意识的问题。我必须要明确地告诉他：什么样的行为会让正常人感到不舒服。

如此一来，我就势必要先告诉他：正常人是什么样的人。但这个简单的问题并没有现成答案。林顿正常吗？内森算普通人吗？我呢？再假设：有个正常人听到他弹琴，没来由地认定他在炫耀，继而嫉妒，甚至冷嘲热讽，林顿能理解吗？他会不会就此认定正常人就是有恶意的他人？

我想起当天去做客前还特意叮嘱过他：“今天你要记得做到两件事。第一，不要喋喋不休地说别人不感兴趣的事，比如玩魔方、GPS地图之类的；第二，如果别人找你聊天，但说的事是你不感兴趣的，为了表示礼貌和尊重，你应该假装表现出兴趣，不要听到一半就走。”不用说，这些事以前都发生过好多遍了。

他想了想，问我：“那为什么别人要喋喋不休地讲我不感兴趣的事？为什么别人不能在我讲魔方的时候也假装有兴趣？”

当时我的回答是："因为你去别人家做客，客随主便。"

但我现在还能这样说吗？真正有益的交往并不限于"客随主便"，"主随客便"也是很友善的表现。他已经意识到了双标的问题，也许，因为潜意识里想避免假装表现出兴趣的交谈场面，他才一而再，再而三地去独自弹琴？我想教他察言观色，但自己打心眼里也不喜欢靠察言观色才能进行下去的交往。但我更不想让他在人群里孤独一辈子。回想这两年来的突飞猛进，他已经从单独的小宇宙里跨出了第一步，但要融入人事纷杂的大世界还有很长的学习过程。我发现，每次教他一条社会公认的规范，他就自动拿去评判周围的人，但规范不能按照字面意义去理解，所以他总有挫败感，总觉得别人没做好，总觉得不公平，别人让着他，他又不自知，结果两头落空，总是表现得很乖僻。无论如何，我不能让他变成当初的内森——那个恪守一切教规字面意思的死板的家伙。

"因为你只能控制自己，不能控制他人。"快走到家时，这句话脱口而出，似乎是我反复斟酌后得到的最佳答案，"撒谎不好，看别人脸色说话做事也不好，总是批评别人也不好。最好就是自己先了解有哪些社会规范，还要明白规范不是死板的，然后自己管住自己。对于现在的你，并不存在双标。"

林顿点了点头，笑了："先不要管别人。"

"对。"我知道这样的结论会立刻减轻他的心理负担，"你要明白，这就是在学习尊重、宽容和信任。你要学，别的孩子也要学。"我刻意避免了"正常人"这种说法，事实上，很多所谓的正常人确实不能用开放的心态接纳他人和自己的不同，但是，自闭症谱系中的孩子学会这些事显然更难，因为他们不仅不知道要去考虑别人的感受，还根本猜不出别人感受到了什么。他们的思维刻板，常常认死理，所以才会说出不尊重人的话，做出不尊重人的事，对他人不宽容。

“大家一起学。”这个想法让他快乐起来。

38.“我等你的信”

林顿陷入语词构成的社交迷障时，内森渐渐走出了澳洲生活的余波。新工作的保密性质不允许他对外人透露细节，这样反而好，他只需要用一句“这个我不能说”就能阻挡一切外人和家人的寒暄。最初的紧张感渐渐平息了，分配给他的任务是他擅长的，而且是单独作业不需要团队合作，前所未有的自主性带来充分的安全感。下班回家，他也不像以前那样有做不完的事，电脑前的草稿本上被划掉的草图越来越少了，线条结构清晰，数学方程式有条不紊。我想，他应该已经迈过了试错的阶段。

放暑假的时候，内森开始有很多时间陪我们下棋、看影碟，甚至会在周末午后重新提笔画素描，或是看看闲书。他还在附近的社区图书馆里加入了国际象棋小组，每周四晚上活动，每次先抽签决定对弈组合，先下完的人会聊天，也会围观某场难解难分的棋局。意犹未尽的话，有些人还会转战小酒吧切磋技艺。内森也被拉去过两次，但一旦谈话偏离了下棋，转入街坊邻里间的闲聊，他就会告辞。这些小事让我的神经松弛下来，觉得他终于脱离了毕业、找工作、情感出轨……这一系列不间断的生存危机。不管是谁，提高生活质量都能带来幸福感。在内森身上，我看到一种幸福的定义：做自己喜欢的事能带来最安全的幸福感。做有成就感的事也一样。

夏秋之际，我们在社区公园里散步，林顿突然感叹起来："这些孩子好酷啊，妈妈，我也想和他们一样。"

"怎么个酷法？"

"他们会吹泡泡糖，我不会。有小朋友教过我，我没学会。"

"这好办，我教你。"

我们当即就去便利店买来泡泡糖，在树影下开始一本正经地练习……一个月后，我们在公园里比赛谁的泡泡更大，互相帮助把泡泡糖吹破后粘在脸上的碎屑扯干净，一边远远望着别的孩子溜旱冰、滑滑板，在弧形坡道上荡来荡去。林顿忍不住艳羡的眼神问道："妈妈，他们是怎么做到的？"我决定无论如何都要把他教会。

再来公园时是周末，林顿的嘴里嚼着泡泡糖，脚下多了一双风火轮。我和内森合力把他教到能向前滑行、能上下斜坡，但是我们不可能拽着他从半圆形的滑坡上跑下来。他同意自己去试试，还喃喃自语道："这不符合宇宙定律。"过会儿又加了一句，"滑坡上只有孩子，没有家长。"

对林顿来说，能自己滑行、能上下坡已经是了不起的胜利了。一连十几天，我们每天放学后都在家门口的人行道上练习。我自己不会滑，自然不可能教到点子上，他总要我在身后推才能慢慢前进。最后还是多亏了爸爸——这个家怎么能少了爸爸——内森只用了一个下午就教会他了，据说"爸爸说了一些物理学原理"。那天我留在家里大扫除，只见林顿一身灰土、面色通红，兴奋地大喊着冲进家门："妈妈，我学会了!"

内森私下里跟我揭秘:"为什么去推他?让他自己想办法往前进,多摔几次就会了嘛。"

没错,以前林顿学自行车、弹簧单高跷也都是内森教会的,内森还带林顿去玩过儿童攀岩。这些运动都是靠"多摔几次"学会的,我怎么没想到?

上下坡也不在话下之后,林顿终于鼓起勇气来到公园,想尝试弧形管道。"妈妈,你不要看我,去看书吧。"我就拿出书,坐到椅子上,从远处偷偷望他。他先是站在坡道顶端看别人往下滑,过了好久,他好像跟身边的孩子说了什么,紧接着两人就手拉手同步滑下。结果,还没荡到另一端的最高处,林顿反而把那个男孩带倒了。两个孩子滚在一起哈哈大笑,起来又试。

我从没见过林顿这样和另一个孩子玩在一起。绿树、阳光,远远传来的滑板撞击半管边沿的砰砰声、孩子们的叫好声,一切都感觉非常美好!更美妙的是,林顿就在这幅图景中,与周围的一切融为一体!

滑旱冰对很多孩子来说是小事,但对林顿来说,不亚于人类迈上月球的第一步。在此之前,他即便加入集体去打球,也从来没有真正意义上地"打到球",更不要说打出好球了。不久前,学校发下来的问卷有一项是"对各科老师有何具体信息需要传达"。我是写给体育老师的:"我儿子不会和同学一起打球,不知所措地戳在球场上。可否约时间详谈?"

几天后详谈如期而至。老师认为,一个人能否自信、自如地移动自己的身体是身心健康的一大标志。对于有特殊需要的孩子来说,体育课的重点不在于培养意志或技艺，而是怎样降低焦虑、融入集体的问题。当然，同时也要掌握基本技能。

体育老师身材矮壮，说话低沉、和蔼。我说，我儿子排球、篮球、棒球、羽毛球什么都不会。他先安慰我："别着急。就说一只乒乓球好了，你要对准它、打回去，其实并不简单；打羽毛球，击球点离手远，要手眼协调也并不容易；打棒球也是，要预测来球的方向、距离，估算挥动球棒后何时与球相遇，很有难度的；至于橄榄球嘛，那么大个球以那么快的速度飞过来，孩子是会害怕的。"被他这么一说，什么球都不简单，林顿不会好像很正常。接着，他告诉我，老师都有一份全校有特殊需要的学生清单。每节体育课上，他都会抽出时间，一对一地和这些孩子玩，予以特别辅导。如果别的孩子在一起玩球，林顿也想加入，他也会辅导他怎样加入，还会留意不让林顿加入运动细胞特别好的那些群体，以减轻他的焦虑。体育老师还说了一段让我感动的话："体育课不只是为了提高身体素质，也是孩子实现社会化进程的重要场所。一个孩子也许能一分钟做六十个仰卧起坐，七分钟跑完一英里，却不能轻松自在地和同学打个半场篮球，那就不能说他体育很好。而是要创造机会、培养技能，让他最终能够自由舒适地和同学玩在一起。让孩子在社会中移动自如，这是我工作的一部分。"

那位体育老师扭转了我对运动的看法。以前，看到林顿驻足不前或动作笨拙时，我总以"障碍"为由为他开脱，心想不会打球也问题不大。现在我会鼓励他去玩，反过来安慰自己，数学题少做几道也问题不大。从此之后，周末天气好，林顿就拉着我们去滑旱冰、游泳；天气不好，就拉着我们陪他玩大富翁桌游。他很享受买地皮、造旅馆、收租金、付罚款这些事，算得又快，忙得不亦乐乎。有一阵子我每天都陪他玩，但孩子心眼没我多，输多赢少。但内森加入后，局势大变，似乎很心疼儿子老是输。有一天，内森回家后，送给林顿一个十二面体的骰子。父子俩背着我在卧室里嘀嘀咕咕说了一通，还在纸上写了半天，最后走出来，林顿一本正经地宣布：以后玩"大富翁"，孩子可以自由选择是用两个普通的六面骰子还是用十二面体的骰子，大人只能和原来一样用六面骰子。我想也没想就答应了。效果立竿见影，这孩子用十二面体的骰子，一口气连赢我三盘！我问他有什么诀窍？他笑嘻嘻地说："这是我和爸爸的小秘密。"我接着逗他："反正我是大人，也不能用你的骰子，你告诉我也不影响你赢下去嘛。"他想了想，跑到书房去问爸爸，然后拿了张纸奔回我面前。

骰子1 \ 骰子2（和）	1	2	3	4	5	6
1	2	3	4	5	6	7
2	3	4	5	6	7	8
3	4	5	6	7	8	9
4	5	6	7	8	9	10
5	6	7	8	9	10	11
6	7	8	9	10	11	12

一共 36 种可能性

原来，掷十二面体骰子，得到从 1 到 12 每个数字的概率都是十二分之一，均匀分布。掷两个骰子求和的话，永远不会得到 1 就不说了，得到 2（或者 12）的概率也很低，只有两个骰子都是 1（或者都是 6）的情况下才会出现。但得到 7 的概率很高，1 + 6、2 + 5、3 + 4、4 + 3、5 + 2、6 + 1 都可以得到 7。从下面这张表里可以看到，通过两骰子求和的方式得到 2 至 12 的概率不是均匀分布的，而是中间大两头小。

和	2	3	4	5	6	7	8	9	10	11	12
概率	$\frac{1}{36}$	$\frac{2}{36}=\frac{1}{18}$	$\frac{3}{36}=\frac{1}{12}$	$\frac{4}{36}=\frac{1}{9}$	$\frac{5}{36}$	$\frac{6}{36}=\frac{1}{6}$	$\frac{5}{36}$	$\frac{4}{36}=\frac{1}{9}$	$\frac{3}{36}=\frac{1}{12}$	$\frac{2}{36}=\frac{1}{18}$	$\frac{1}{36}$

如果你想避开 6、7、8 这种在中间的数字，就应该掷十二面体骰子；如果你想避开特别小或者特别大的数字，那就应该掷两个正常的六面体骰子；不管你是想避开还是想得到 4（或者 10），随便你掷什么骰子，概率是一样的，都是十二分之一。实际情况可能还要复杂一些，比如你希望同时避开 3 和 7，应该选哪种骰子？这要算一算。但没过几天，林顿就把这个秘密武器用得炉火纯青，我们基本上只有输的份。把他哄高兴了，我们又开始教他在三个人、四个人的游戏中怎样结盟，怎样拒绝结盟；怎样漫天要价，怎样坐地还钱；怎样不露声色，怎样看穿别人的不露声色……“大富翁”着实教会了他不少社交技巧，但只限于理论，并没有在现实环境中验证过是否真的有用。但无论如何，游戏带来了快乐的笑声，这一年来，我们家还不曾有过如此畅快的笑声。

费曼曾把物理学家们分成两类：注重运算的巴比伦人和注重潜在规则的希腊人。巴比伦人在数字、方程式和几何学等描述现实物理现象方面堪称第一波先行者，但后人把希腊人视为真正发明了数学和哲学的先驱。我真希望游戏能让我们家的两个巴比伦人进化为希腊人。

内森不像刚回美国时那样成天躲在自己的书房了，有时就坐在客厅沙发里看新闻杂志。那天林顿滑完旱冰回家后先去洗澡，我正在网上津津有味地浏览一篇文章，他在我身边坐下，没说什么，却带来户外的气息，热腾腾的、有点汗味，令气氛瞬间变得亲密。我对他说："这篇文章让我想起那个军官学生。"

刚来美国时，我教过外国人汉语，有过一个奇特的学生，早上来上课时常常穿着军装，因为他是美国预备役军官，刚刚出过早操。我见过他军装的左胸前有五颜六色的佩带，一条又一条，想必他在军队里表现不俗。这样的年轻军官总给人以健康、强壮、机灵的感觉，所以，我压根儿没想过他会有什么学习上的困难，不用说，他也没有给过我那张要求特殊照顾的声明书。刚开学教的是拼音和简单口语，他学得不错，但开始学写汉字了，奇怪的事情发生了——除了"一二三"，他写的汉字时常缺少笔画，也总是不按照笔画顺序来写。他的字要么像缺胳膊少腿的动物简笔画，要么就像歪七扭八的夸张漫画，而且每个字都这样，看上去像外星人的壁画。我挑出几个最常用的字帮他改了改，特别说明了一下，但他下次写还是老样子。

我见过很多外国人写汉字也教过一些人，直觉告诉我，这不是教学方法的问题。我们那所大学有一个补课中心，专门帮助学习困难的学生，有一天我路遇补课中心的主任，就问起这件事。主任说，这应该是失读症。这位学生看到的字母都是残缺的，甚至是左右来回跳跃的，看中文笔画也是错乱的。这是我第一次知道有这种稀奇古怪的"症"。后来，我和这位学生单独谈了谈，验证了主任的揣测，再去跟系主任解释，免去他汉字课的考核，测验考试一律以口头对话打分。

和内森谈恋爱时我说过这件事，但只是闲聊。现在我看到的这篇文章是从神经学的角度分析失读症的症状和缘由，写得非常深入。内森凑过来，和我一起看 iPad，等我看完了，他索性拿过去从头到尾又读了一遍。我去帮洗完澡的林顿换好干净衣服，收拾浴室，接着进厨房准备晚餐。内森跟进来，若有所思地对我说："我觉得我有听力上的失读症。"我正拿着刨子削土豆，转头看到他凝重的神情。我们面面相觑。

"我在想，下次你有严肃的话对我说，能不能写下来？"内森说。

我心想，之前的苦口婆心都缺胳膊少腿的白说了吗？我没吭声。我想到安娜提议的"第三方认证"，还想了想内森排队诊断的挂号是多久以前的事。厨房里只能听到擦擦擦的去皮声。视觉神经失调导致的失读症会让年轻军官看到残缺的字符，在他的头脑里，所有的字母和汉字都自动变成旁人无法解读的密码。听觉上的失读症？一只土豆削完了，我拿起第二只。在内森的头脑里，别人的话会自动扭曲成新的变体、新的语序、新的语义？我突然想起来了！洛娜·金说过，很多谱系障碍学生在听别人说话时会"自动剪切"，但我当时只觉得那是林顿的问题，要用阅读的方法尽早进行干预。现在，内森主动地意识到了这一点，终于……

"请你试一下。"内森在请求我，就像情人节那天请求我拥抱他。

我意识到，不能等太久给他答复，因为他这样的人在等待别人迟疑的答复时，就会有各种各样不合常理、没来由的猜想。于是，我点点头："那就试试吧。"

从第二天开始到诊所发来排到位的通知，那三个半月里，每天早上他出门前都会说一句："我等你的信。"按照新养成的规矩，我会守着门目送他下楼，他也会在下层转角平台上朝我挥挥手。我会在上午给他写信，确保他能在午餐时边读信边吃饭。看完了，他会当即给我简单的回复："看完了，谢谢你！""我太吃惊了，具体晚上说。""这些我以前就知道了。""我记住了。"诸如此类。

睡前的交谈也因此变得频繁、饶舌而深入起来。他会问我，今天信里的这些话，你以前跟我说过吗？我说，大多数都当面说过。他一脸震惊的表情，说他没有一点印象。那种表情里似乎还有一丝恐惧，我觉得他不只是担心，还有点害怕，因为他不知道有多少人跟他说过多少话都悄无声息、不留一丝痕迹地过去了，被他的大脑屏蔽乃至抹除了。

有时提到他的痛处，他也会不高兴，但第二天早上还是央求我继续。我开玩笑说，我们从没写过情书，现在倒是写起了呈堂证供。文字变成了铁证，证明了我们都在努力、都在学。至于我都写了些什么，几乎都在这个文档里提到过。我与他分享了很多事件发生当下、之后的所思所想，但不去描摹情绪化的感想，因为那显然不精准，也没什么建设性。我保持距离，客观地转述，包括莎拉、哈曼医生和安娜说过的一些有益他思索的话，也包括我在陪伴林顿时思考过的有关自闭症谱系的问题。当然，我也转发了一些自闭症群体的网站和书籍给他。我想，赶在医生之前说这些挺好的——如果我失败了，他听不进去，那么还能指望医生再说一遍。要是他先在医生那里第一次听到这些话，要是失败了，那我就真的没辙了。

当了三个半月的日间笔友，我越来越明白：他不可能完全听懂我的心思，即便是看文字，对我起起伏伏的情感也很难感同身受，那是写在 DNA 里的。我们之间的距离只能是无穷小（17 世纪的莱布尼茨会告诉你，无穷小不是 0，而是“相对的 0，即一个消失的量，但仍保持它那正在消失的特征”），正是这一点让我心痛。

当了三个半月的日间笔友，内森越来越明白：之前相处的十多年里，确实有很多我发自肺腑的言语被他基因里的黑洞吞吃了。他终于明白了这一点，比任何道歉都有意义。所以我不介意、不悲伤，反而觉得长舒了一口气——世间不成功的沟通数不胜数，又有几个人能有第二次机会，以文字再证自己的爱和努力？还能当天当夜确保这次的沟通有效，心里踏踏实实地相拥入眠？

是的，我们又能相拥入眠了。像跑完一场马拉松的两个初级选手，挨过了气喘吁吁、身心超载的艰难时段，终于能放慢呼吸的节奏，并且开始信任自己的耐力：明知下一场还是如此艰难，但确信自己会更有把握。

林顿陷入语词构成的社交迷障时，内森迷上了文字表达的完整和确凿。

39.《阿波罗十三号》

林顿在看 1974 年版的《东方快车谋杀案》。

放了学我们去图书馆还书，顺便借些新影碟。趁我在新书栏目里寻找要借阅的书时，他看到“经典老片”一栏有这张碟，就在影音室里试看起来。自从他看完哈利·波特全套小说和电影之后，谋杀的情节便似乎不在禁忌之列了。当然，仅限于概念化、非写实、没有大量失血镜头的谋杀场景，与之形成强烈对比的是他始终无法接受动画片。汤姆和吉瑞之间的鏖战每每挤压脑袋、拉细四肢，却总能橡皮似的弹回原形，怎样胡搞都不会死，那样的夸张反而是他无法理解，甚至害怕的。这一版的片头字幕是粉色丝绸底色上使用艺术装饰风格（Art Deco）的字体，讲述前情的片段没有语言，只由报纸标题、影像和配乐组成。二十分钟内所有人员都登上了东方快车。我远远地瞥一眼他的屏幕，想起自己小时候在电视上看这个电影，当时已经看过两遍的妈妈特意提醒我：每个人的性格都不一样，光是上车这一段就能看出很多端倪；紧接着就是在餐厅里的各种简短对话，能看出人物间的身份关系；等到最后神探波洛复盘时，阿加莎对细节的关注和掌控就会让你拍案叫绝……但我刚放下一本新出版的营养学家的科普专著，林顿就回来了——他把那张碟放回了架子上。

“你不想看吗？”我问，“我小时候特别喜欢看这部电影呢！”

“有点无聊。我不知道他们到底在说什么。不过我很喜欢那辆火车。”林顿兴致索然，“你为什么喜欢？”

“因为这个故事讲得好。越看越好看，你会不由得去想，前面到底发生了什么？侦探就是从大家都看不到的细节里发现真相的聪明人。”

“我知道侦探是什么人，但你说的细节是什么？”

“表情、动作、随口开的玩笑……”我挑好了书，在电脑前办好了自助借书手续，突然意识到他提出了一个很重大的问题——细节！之前，大富翁已给了我启示：社交规范无处不在，如果能把这个意识嵌入日常生活的细节里去，林顿的进步肯定会更快。书、影视和游戏有异曲同工之妙，我怎么没有早点想到这一点呢？几年前，芭蕾舞剧、音乐剧曾帮助他开发了肢体协调性，也许现在也可以面对屏幕，让他学会认知社交细节？最早是大手医生提及谱系障碍儿童要看图片才能认识喜怒哀乐，后来，来自德国的菲利克斯让林顿注意到了各种表情的意义，但要说解读真实生活中真实的、转瞬即逝、多义又多变的他人表情，林顿还远远不行。十岁半的他仍在逃避直视他人，仍在避免和他人交谈，自己的表情管理也和同龄孩子相差甚远。优秀的演员，也许是我们的救兵。

我就此萌生了采用“看电影学习法”的念头。一旦意识到看电影可以上升为一种学习方法，我顿时发现每一部电影都有无穷多的社会规范方面的细节可以跟林顿讲，包括解读表情、玩笑和双关语。这对内森来说都可能很有用。

最好还是从熟悉的电影入手。比如汤姆·汉克斯主演的《阿波罗十三号》，我已经看了不知多少遍了。很多人偏爱阿波罗十一号，因为那次太空之旅最有名，阿姆斯特朗登月后说出了：“我的一小步，人类的第一步。”但耐人寻味的是，直到现在仍没有相关的电影。在阿姆斯特朗登月成功后的同年，阿波罗十二号也完成了登月计划，而且着陆更精准，但很少有人记得第二个登月的人是奥尔德林和康拉德。第二年，阿波罗十三号原计划是要登月的，但因在航行第三天时二号氧气缸爆炸，登月计划流产，但宇航员们都安然回到地球，因此被称为“成功的失败”。

最早看这部电影时，我是奔着汤姆·汉克斯去的，但看着看着却被影片中的地面总指挥克兰兹深深吸引了。他第一次出场是在指挥部里，刚刚收到夫人紧赶慢赶给他织好的白色幸运背心——这是有原型的，现实生活中的那件白色针织背心至今仍在华盛顿的航空博物馆里展出。之后的他始终神情坚毅、言语利落。在紧要关头，宇航局的几位高层领导小声商议，说这将是美国航空航天总署有史以来最大的灾难。他听到了，转身不卑不亢地说道："先生们，恕我直言，这将是我们有史以来最荣耀的时刻。"我非常敬佩这种人物，重压之下不乱分寸，还格外有勇气承担责任。扮演克兰兹的演员是艾德·哈里斯，一张标准的硬汉脸给人以精干、冷静的感觉，但事实上他的表情并不脸谱化，就连皱纹都有潜台词，尤其在处理危机的整个过程里，他既是听从命令的人也是下达命令的人。我觉得他的台词和表情比汉姆·汉克斯的更有说头——虽然没有神探波洛对罪犯们的罪行明察秋毫时的表情那么精彩，但对于林顿来说已经太够了，而且更有教育意义。

更妙的是，我家还有一本专为十几岁孩子写的《阿波罗十三号》图书版，是我们在 C 城的天文博物馆买的，是博物馆或宇航局官方编纂的青少年读物。这家博物馆里陈列了真实的登月舱，林顿发现它多么小、多么轻巧之后非常惊讶。买这本书时，他第一次坚持用自己的钱——就是每个月给我们导航挣来的零用钱。买回家后，他要我每天给他念几页，所以我知道书里有大量对话都是源自宇航员与地面的真实通话录音。

第二天上午，我不着急给内森写信了，而是埋头坐在影碟机前，对照林顿的书，把这部电影又重看了一遍，还做了笔记：发射前两天决定换人，担任指令长的洛威尔是什么反应？为什么洛威尔的太太一开始说不愿意去发射现场，后来却在最后一分钟时赶到了？为什么洗澡时戒指滑掉了，她会那么慌张？在太空舱里录制的影像为什么没有现场播出，地面控制人员也不告诉宇航员们？在等待重启时，地面控制人员明明还没有方案却跟宇航员们说有，为什么要这样撒谎？实际上地面有一千多人参与了营救，电影里看起来好像顶多百来个人在干活，电影是在说谎吗？书里说爆炸后进行了三次点火改变飞行轨道，电影里只有一次，这算说谎吗？重启程序总共五百多条，打印出来厚厚一叠，花了一个多小时让宇航员记录下来，但电影里的每个人手里只拿了薄薄的几张纸，控制人员念一条宇航员做一条，电影又说谎了吗？讨论二氧化碳过滤器时，得知登月舱和驾驶舱的过滤系统竟然一个是方的、一个是圆的，克兰兹的表情是在笑吗？洛威尔把身上的生物感应器扯掉了，克兰兹为什么又笑了？……问题越写越多，我好像回到了做老师的时候，在给学生出阅读理解的考卷。看过几遍后，又把关于妻子、孩子的问题都划掉了。我想，现在的林顿还无法理解那么深的情感。

放下笔记本，我揉了揉眼睛，关掉影碟机，家里突然安静下来。我翻了翻刚刚潦草疾书的几页纸，兴奋感渐渐退去。我坚信自己的孩子看不懂这些细节，为了解决问题，我却发现问题多到无穷尽。但至少我发现了这些问题，用正常人不会有的眼光看到了这些细节。我对他的信心就将建立在无数问题上。我在学习用阿斯伯格人士的眼睛去看电影。最后，我试着像克兰兹那样笑了笑，去厨房做午餐和林顿放学后需要的点心——他开始长个儿了，蹿得很快。我突然想到另一个更大的问题，他快要进入青春期了！关于性、关于爱，他要学的东西之多，简直能让我忙到原地爆炸！微波炉叮的一响，我又像克兰兹那样笑了笑，这次笑得非常自然。

果不其然。林顿做完作业、练完钢琴后，我们在晚饭前看了半小时电影，同时参考他的书。果然不出我所料，他有问必答错，分不清角色是在苦笑、嘲笑还是欢笑……

关于真实——

“电影和书里写得不一样，或许和真实发生的情况也不一样，谁在说谎？”

“我不知道。”

“在这件事上，并不存在说谎的问题。书和电影都是艺术加工。你想，要是当时的各种细节都拍到电影里去，那这部电影得放七天……甚至一个月！”这话把他逗笑了，他知道电影不会超过几个小时。

关于服从——

“你觉得宇航员和地面控制室里的人是平等的同事关系吗？”

“是的。”

“不完全是。确切地说，他们是上下级。地面指挥告诉宇航员要做什么，宇航员不太能够直接影响地面做决定。”

“妈妈，你肯定以前就知道了。这不公平，我看电影是看不出来的。”

“电影里也看得出来，只是你看到了也没有明白。比如说，宇航员听到爆炸声、感受到空气震荡，立刻就知道有大麻烦了。但地面指挥部要花十五分钟才能确认这一点。这整整十五分钟里，宇航员似乎一直耐心等待地面确认这不是仪表故障再指示宇航员该如何应对，其实他们在爆炸发生后第一时间就已经做完紧急处理了。”

“所以他们做得不对吗？他们没听到指挥就先行动了。”

“是的，这种情况经常出现，尤其在紧急状态中。但这不会改变谁是上司、谁是下属的关系。”

“我不能理解。他们明明不听话，却没有人批评他们。”

我倒是很理解，不管在哪个国家，我们都会对孩子说“要听话”，问题在于听谁的、听什么话。“好，那我们来谈谈听话。你在家要听爸爸妈妈的话，在学校听老师的话，那出门呢，要听警察的话吗？”

“要的，因为他们有枪。”

我心想，好，这个回答很好。不知从哪儿得到了灵感，我又追问了一句：“同学的话要听吗？”

“要听的。”

“街上的陌生人跟你说话，也要听吗？”

“要听的。”

我傻眼了。且不说师生和上下关系了，原来他完全分不清亲疏远近。太空的场景飞远了，回到现实吧！第二天，我特意去学校找了老师，把林顿的回答复述了一遍。现在的班主任是个干练的中年男子，一听这话就皱起眉头，可见我们想到一块儿去了。他蹙眉回忆了一会儿，先宽慰我说：“好像确实如此，别的同学叫他打球他就打，叫他让开他就让开。听是真的听，但我庆幸的是没有人欺负林顿。”班主任又和我再三确认，“所幸你每天来接这孩子放学回家，在我们和特殊教育辅导老师沟通之前，请务必坚持下去。万一他在路上被陌生人唆使了去干什么事，那就糟糕了。”没过两天，那位费尽口舌教会林顿相信天上不会掉下小猫小狗的语言老师又开始了新的重点课程：人与人之间的交谈是有分寸的，老师是上级，要尊重、要服从；同学是平级的同辈，可以商量着来，不存在谁必须听谁的道理；至于陌生人，那就更复杂了。

家校密切沟通是必要的，我和老师们用不同的方法再三叮嘱这个刚刚迈入小社会、天真无邪、只认死理的阿斯伯格男孩：人与人之间有规则，事与事之间有规律，人在世间既不可能单独存续，也不能只按照自己的意愿处理和他人的关系。我教会了林顿有礼貌地对待家人、朋友、超市和书店的员工、公交系统的司机……但终有一天，他的身边也会有不怀好意的人，甚至故意敌对的人。这段小插曲让我很在意，特意写在了给内森的信里。因为我猜到了，同样的问题必然会发生在内森的工作环境中。老师对林顿说的话，讲给内森听也绝对有益：一个人到新环境，首先要弄清这里谁说了算，如果出问题应该找谁解决，或者应该找谁替你出面解决。平级之间可以说的话，不一定能对上级说。对下级可以说的话，平级之间也不一定能说。这都叫作“认同社会组织”。内森的回复很简单，但很说明问题：“我真希望大学毕业之前就能领悟到这些规则。”

等林顿搞明白了这些规则，我又把《阿波罗十三号》塞进了影碟。这次，我叫上了内森。一家三口，坐成一排，把洛威尔在上司面前发火的那段看了好几遍。发射前两天，宇航局决定撤下马丁利，因为他有感染麻疹的可能。洛威尔非常恼火，因为经过艰苦的集训，团队已配合得极有默契，更何况被撤下的队友恰恰是训练最刻苦、性格最谨慎的马丁利，而且他当时完全没有高烧的迹象，所以，洛威尔当面质疑上司。上司的回答很经典，你只能二选一，要么听我们的话，换人，“要么就把你们三人全都打发去下一个任务”。上司的表情就是标准的扑克牌脸，没有吹胡子瞪眼睛，不阴不阳的。我按下暂停键，看看父子俩，问道：“你们来分析一下，上司到底是什么态度？上司生气了吗？如果你是吉米·洛威尔，你会怎么回答？”他们说，上司没有动气，只是在给洛威尔选择。

我按下播放键，洛威尔果然愣头青地坚持己见，还强调了理由。但另一个上司走上前，直截了当地说：“吉米，如果你非要留下马丁利，你只能退出阿波罗十三号行动。”镜头一转，杰克·斯威格特突然接到电话，成为接替马丁利的人。我们就看到这里为止，这一段总共才一两分钟。

内森问我：“生气的不是大老板，是二老板吧？他的口气比较硬。”

我说：“两个老板是一个意思，一个唱红脸，一个唱白脸。大老板讲话就是典型的大老板，他先说‘我很理解你’，然后说‘二选一’，其实根本没得选。言下之意就是：你要么服从命令，要么就没有机会了。”

内森不甘心地问道：“但他明确地说了‘去执行下一次任务’。”

我说：“谁能保证有下一次？这只是一种冠冕堂皇的话术，不能信的。开这种会，要学会听出弦外之音。”

内森若有所思，不言语了。

林顿还在纠结：“如果没有下一次任务，大老板为什么可以那样说呢？这不是撒谎吗？”

啊！谎言。我最早的问题列表里，确实有好多问题都是围绕这个大课题的。

“交谈，有时候不是为了确证事实，而是为了沟通，所以才有‘善意的谎言’。不是存心骗你，只是想把话说得漂亮点，不伤害别人的感情。日常对话和法庭作证不一样。”

我的兴致高涨起来，趁着说话的功夫，把电影快进到重启指令舱的情节——宇航员按地面指示关闭指令舱，到登月舱去避难。但是登月舱没有隔热罩，不能重返大气层，必须在临近地球时重启指令舱。这是生死攸关的事，三个宇航员焦急等待了整整三天。我叫林顿翻开他用零花钱买的参考书，问道：“宇航员心里很急，但他们不能老是催地面指挥部，只能等。你看看书上是怎么写的？他们什么时候开始催的？”

他找到了那段情节。

“呼叫地面，你们有没有粗略的重启计划，先告诉我们一下吧。我们好在脑子里预演。”

地面答复：“正在研究中。”

“呼叫地面，地球在窗外越变越大了，你们有没有重启计划？”

地面答复：“有，马上就要送过来了。”

“呼叫地面，我们有点累了，不能牺牲睡眠时间在这儿干等。”

地面答复：“再等五分钟。”

结果又等了好久……

所以，宇航员们至少催过三次。我对林顿说（其实也在对内森说）：“以后，等你工作了，面对上司说话也要有分寸，婉转表达自己的意思，但要让上司去做决定。就算他不采纳你的意见，或是说了些善意的谎言，你也不要不高兴，因为他能看到你在你的位置上看不到的东西。”我在教十岁半的儿子识时务吗？并不是，只是最起码的社会生存技能。因为内森已让我明白了：对谱系障碍者来说，社会技能的学习是痛苦而漫长的过程，养成习惯比单纯认同更困难。假设林顿需要十年乃至十五年来适应正常人的社会，现在开始还来得及。所以，就从现在开始，我要在生活、电影电视、小说、非虚构读物里找出大量例子来给他讲解，他才有可能慢慢明白。

我再次按下播放键。宇航员第二次催促的时候，镜头里的约翰·艾伦正在焦头烂额地带领团队测试。当时氧气缸爆炸、电力流失，只剩两小时的电力，也就三个汽车电池那么点量，还要在外太空极端条件下关闭了三天半的情况下重启指令舱。很多人认为根本办不到，当时确实还没有重启的计划，但地面控制台回复：“有，就来了。”

我问林顿：“你觉得这是在撒谎吗？”

林顿点点头。

“在这种场合下，说谎是为了让宇航员不要担心。你看，接下来，还来了个好哥们和他们闲聊。”

林顿问：“宇航员知道那是谎话吗？”

我点点头：“大家心照不宣，都没有说破一件事——如果没有重启计划，就意味着牺牲。你看，他们哪有心思聊天？只是在配合聊天而已。这种配合，恰恰说明了他们互相关爱。”

别人家都教孩子不能说谎，我却在教儿子和老公学会善意地说谎。我很会安慰自己：从概率上看，他们说谎的概率接近于零，反倒是不理解，乃至妄议别人的善意的谎言的可能性接近百分之百。和内森相处的这十多年里，我一直善用善意的谎言，也一直期望他能像电影里的好哥们那样，心照不宣地陪我说说不伤人心的话，但一直都没有等到。所以，我决心从现在开始教。

40. 内森认证自我

林顿十一岁生日的两个月前，内森得到了诊断通知。为了完成完整的诊断过程，我俩去了三次医院，总共经历了六个小时的诊断，最终得到一份长达二十页的诊断书，结论是自闭症，等级一。自闭症一共分三个等级，一是轻度，三是重度。①

和当时给林顿做诊断时一样，有一个步骤是医生单独与家人谈话。听我说完内森当年对待天主教教规、对我处理家事的各种态度后，医生用职业化的笑容宽慰我："这些都不奇怪。我们医生不倾向就事论事地评论谁对谁错，所以所用的术语避免对与错的简单划分。我们只会说，你先生的种种表现叫作'非同寻常的世情逻辑'，在自闭症患者当中非常普遍。"

诊断不出所料，如果是重度，他基本上无法出去挣钱养家。医生一再对内森说："诊断是为了让你更好地了解你自己，不是为了打击你的自尊心。但我要特别解释一下，诊断书里的结论看上去绝大多数是负面的，那只是因为正面的肯定不需要大书特书。但我要补充一句，

① 自闭症谱系障碍的诊断在不同国家、不同年份的标准及评判结果会有所不同。

你没怎么接受过干预，靠一己之力念完博士，现在还有很好的工作、很好的家庭，这在谱系障碍人群中并不多见。”医生说这段话的表情也很职业化，音调没有起伏，表情没有变化，但在我听来如沐春风，甚至觉得，哪怕有一丁点儿的煽情、激动或喜悦都反而会减弱这些话的真实性。也许，这么专业的医生非常清楚，这样的语调恰恰是最适合的。内森也把这番话听进心里去了，回家后一直把这份诊断书拿在手里，认认真真、翻来覆去地看。

和林顿的诊断书一样，这二十页的末尾附有推荐的心理医生和社会救援组织的联络清单。安娜的建议终于要付诸实践了。我们在这位医生的推荐下，选中了一名专攻自闭症谱系障碍的心理医生，诊所就在我家附近的社区中心办公大楼里。就是从这时起，黛布拉走进了我们的日常生活，当时她已是满头白发，戴一副厚厚的眼镜。心理咨询是从内森开始的，每周一次，帮助他接纳自己的诊断，慢慢改善生活和工作中的问题。大约半年后，进入青春期的林顿也在黛布拉的诊所里开始每周一次的咨询。黛布拉担任了“第三方认证”的重任，在后来的很多事情上，父子俩会更听从她的建议，哪怕黛布拉的说法和我的并无二致。起初，我有过一丝失落，但也很欣慰，终于有人可以帮我说话了。黛布拉早有预见，在某次林顿咨询后特意和我聊了二十分钟，用她的话来说，我确实没法完全承担两种角色，“又要做他们的人生导师，又要平等地做妻子和母亲”，不妨从现在开始“给自己减压，更坦诚地说出自己的想法，慢慢离开凡事都站在谱系障碍角度去想的思维方式”。没错，他们终究要自己面对这个问题，而我迟早也该学会放手，回到我自己的世界。

黛布拉的介入，让我知道了外表甜蜜的孩子心里也有黑暗的波澜，林顿不知道如何面对，是因为他不知道自己的想法并不属实。有一天，他兴冲冲地拿着水杯直奔微波炉，我正在厨台上包饺子，微波炉前摆放着食材。眼看着他要拉开微波炉门把门口的饺子皮和馅料扫到地上，我大声喊道："你怎么都不说一下，不看一下，东西掉地上怎么办？"林顿吓了一跳，杯子里的水洒了一地："这有什么要紧的？掉了就掉了。"他的眼泪涌了上来，继而喊叫起来，"你怎么对我这么凶！"我叫他进卧室冷静一下。过了十分钟，我进卧室，他劈头盖脸就是一句："你伤了我的心，我不想让你进来！"我不理他，径直在床边坐下，告诉他总共做错了几件事。事情虽小，但不可以说"没什么要紧的"，不能养成这样说话的习惯。在家里，父母也许会包容，但以后总要和别人相处，要知道做事的分寸，不能总指望别人向你道歉。他一味地哭，我也不知道他听进去没有，只能扯开话题叫他去弹琴，分散一下注意力。琴声轻快，反而听不出他有情绪的波动。之后我们吃了饺子，他在一张纸上写满了"sorry"，睡前还对我说："我做错了，你要教我。但我就是不想认错。"

隔了一天，他对黛布拉讲了这件事，再三强调"我实在想不通自己做错了什么！"后来，黛布拉找我谈，说林顿表现出来的内心很灰暗，他感觉周围所有人都对他有敌意。黛布拉说："要不是我很了解你，还以为他今天在描述一个大怪兽！"可见，即便是资深的心理医生也未必在第一时间里辨认出谱系障碍患者所言是否属实。我便提到内森也有这种倾向："内森写到过他母亲，我看了之后也有同感，因为他把莎拉描写得很不堪，令我震惊。他们面对面与人交流时，通常不会表现出这一面——独自瞎想，乃至失控。但这种埋伏在水下的性格，早晚会浮上水面，影响到他们的日常交往。”

至于内森，也许，之前当笔友时的文字交流做了很好的铺垫；也许，内森自己也感觉到有些根深蒂固的问题真的亟待解决；也许，黛布拉功不可没。总之，他接受官方诊断的态度远比我想象的要积极。诊断书中有他无法理解的地方，他先是自己找书看，后来找黛布拉谈。不管是不是百分百清楚，这次诊断有一个显而易见的好处——我不必在他面前避讳“自闭症谱系”这类词语了。即便他不可能马上改变自己的行事方式，至少我们可以坐下来心平气和地谈谈谱系障碍在他身上究竟有哪些表现。那种感觉就像是眼看着一架在云里雾里冲撞的飞机终于安全地软着陆了。自从内森离家上大学至今，他已在自闭症状里不明不白、晃晃悠悠地冲撞了十七八年了！这实在让我大大松了一口气。

为了不使内森感到突然遭受重大打击，毕竟一夜之间有一份正式诊断告诉他曾有很多“我相信”“我认为”的事都是不属实的，好像他在空中飘浮了三十多年，从没踏到实地。虽然我、医生和心理医生没有事先通过气，但都众口一词地对内森反复强调：普通人也会有诊断书里指出的那些弱点，只不过相对高频度地叠加在谱系障碍患者身上，并且患者本人不能通过反省进行自我纠正，这就成了大问题。我觉得，我们很有必要保持谦卑，也必须保护内森本已脆弱的自信心。我们显得很有风度，内森也没有崩溃，这两个目的无疑是达到了，唯一没有达到的是帮助内森理解诊断。这段自我认知的漫漫长路，他要进两步、退一步地走很久。我已有预见，因而有充分的心理准备去应对。

内森认真听取了我们所有人的话，在他的时间和注意力许可的范围之内看了尽可能多的自闭症文献。有一天，他对我说："既然所有人都可能犯和我一样的错误，那么，如果没有一个科学的测量方法，我就不能明白，为什么我在谱系之内，而别人在谱系之外。"

我的回答要有理有据："你的诊断包括了多个心理测试量表，这些都是心理学研究领域认同的，而心理学是一门科学。"

他反驳："心理学并非科学。如果可以测出我的脑电波震动方式或频率和别人不一样，那我服气。但现在，在我看来，区分谱系内外的界限太模糊了，凭什么说我是谱系内？"

通常，当我不知道如何回答父子俩的提问时，我就说"我要好好想想"。"心理学算不算一门科学"是长久以来一直在讨论的问题，但近年来学术界普遍认为心理学是一门关于社会和行为的科学，就连美国国家科学基金都把它包括在 STEM 目录[①]里。当然，如果能有脑电波证据就更加"实锤"了。像格兰丁那样杰出的自闭人士就曾做过很多脑电波实验，能充分证明她的图像思维方式和普通人不一样，但我们能不能找机会给内森做实验？

隔个一天他又说："你看那谁谁，这样做事的，一定在谱系里。"

再隔一天又说："你看那谁谁谁，说出这样的话，百分百是自闭症谱系。"

---

① STEM 目录是一个为当地和全国的学校和大学提供 STEM 增强和充实服务的供应商的数据库。STEM 是科学（Science）、技术（Technology）、工程（Engineering）、数学（Mathematics）四门学科英文首字母的缩写。

“那你妻子在不在谱系里呢?”

“肯定在啊。你看那么多都符合。”

“那你自己在不在谱系里呢?”

“我觉得不在。又没有脑电波图证明我在。”

看了那么多书,他学会了对号入座,但偏偏不让自己入座,尽给别人编排位置了!当然,这些都是夫妻之间的闲聊,我们在闲聊,并且是以自闭症谱系为话题进行闲聊,我觉得很好、非常好。

看了那么多书,我也学到了新词汇:认知失调(cognitive dissonance)。这个心理学术语描绘的是两种互相冲突的理念同时摆在一个人面前时造成的紧张状态,他必须做点什么去减轻自己的不适感,以使自己相信理念与行为间没有冲突。比如明知自己的工作薪水很低又很累,却深信自己热爱这份工作;内心感到愧疚,但不愿承认,还故作轻松;自己一向秉持的理念突然有了裂缝,似乎另一个相反的理念才更符合事实……这些都是认知失调的例子。放在内森身上就是不知所措、反复求证却又无法定论。他一直认为自己很正常,不仅很正常,而且别人想的都和他自己想的一样,结果,现在突然被诊断为一种“症”,心理医生确凿地说,别人想的和他想的根本不一样。他的内心肯定会有冲突,他的应对方法就是否认。

外界对于自闭症谱系症状有过一种描述——以自我为中心。我倒是不以为然,因为“以自我为中心”有很多具体表现形式,任何人都可能有这种表现。但是,普通人有可能在即将因此犯错时急刹车,或者犯错后有自知之明,又或者在别人指出后能自我反省。然而,自闭症谱系患者很难自知,不论是通过自我审查机制还是自我反省机制。

即便有人指出，他们都拒绝相信，几乎把“我是对的”上升到信仰的高度。

所以每次我和内森聊到谱系话题，不论双方提到了多么重大的议题，不论内森是否怨气冲天，我都当作闲聊——闲聊是不必认真的，而且闲聊的结果会产生更多的闲聊。现在，内森会在进厨房倒杯水的时候，很随便地和我说几句。说什么不重要，重要的是他不像以前那样直奔主题，倒完水就走，好像我不存在。他也会在外出开会的时候给我买礼物，礼物合不合我意不重要（他常常会买他自己喜欢的东西作为给我的礼物，到头来还是他在用），重要的是他想着我，真心认为我会喜欢。就算有些事他还没想通，甚至可能伤我的心，我也不会感到绝望，因为变化已经发生了，就在我眼皮底下，我要自己去看、去明白、去接受。

虽有一纸诊断了，但他依然生活在平行世界里。有一天，他很困惑地说，他不知道心理医生是不是在拿他当摇钱树。我悄悄地报告给黛布拉，隔天，黛布拉例行和他见面，就问他：“如果有一天你换了工作，继续在我这里看，但医疗保险不付了，你会怎么办？”内森想了想回答道：“钱嘛，总是能找出来的。”这个回答显然有违他之前的妄断。所以，当他再次反复，拒不接受诊断结果的时候，我就会劝自己：谁知道诊断究竟在他身上发生了什么化学作用？他自己都不明白，我就先静观其变吧。

进两步退一步也好，退四步也好，反复跳入平行世界也好，总之，他开始像研究优化课题那样开始研究自闭症，一本接一本地看书，还硬让我一起看。我想起那位可爱的护士说过的话：“他们聪明起来，真是聪明得不得了！”既然一起看、一起学，我就顺水推舟地建议，我俩也该给林顿找一些专门给自闭症谱系的孩子看的好书，也该让林顿明白自己的状况了。内森心情好的时候也会开玩笑，说儿子比他强，在谱系中更接近正常人那边。但真要挑书还挺不容易的——有些书从自闭症的历史说起，列举后来有成就、有名望的患者的真实故事，那非常好；但还有一些是自闭症患者自己写的，确实能让人了解这个群体的真实面貌，但字里行间充满了对正常人的不信任，我觉得那又非常不好；还有些是像我这样的患者家属写的，如果写得太凄楚、太艰辛、怨气太重，我都坚决不让林顿看；还有些是专业人士写的，观点都是有凭有据的，挺好，但有时恰恰因为太专精于描述这个群体的特点，反而忽略了这个群体中的个体终究是要生活在人群中的。换言之，在同类中寻找默契并不难，他们的生活难就难在要在异类中和谐共存。

那阵子，每天吃完晚饭，内森对我说声“你辛苦了”，就开始看书。林顿自己玩一会儿 iPad。我迅速收拾完碗筷，然后回到餐桌边，三个人一起看书，各看各的，看到好玩的或疑惑的地方就读出来大家聊聊。等林顿去睡了，内森会揪着细节问题来追问我。

有一次，他看着看着就吐槽：“为什么又和天文爱好者过不去？能记住星星的名字很反常吗？”

有一次，他看着看着突然连连点头：“这句话说得好：‘自然法则是人的描述，而非上帝的命令。’”

还有一次，他看着看着笑了：“你快看，这本书的主人公爱看《阿波罗十三号》。再看这里，他十五岁时最爱看的书是《混沌》，和你一模一样！我觉得你也应该去做诊断，你也很像自闭症！”

有一次，书里说自闭症群体说话时的语调通常都很单调，缺乏丰富的语气语调。他问：“你有没有意识到我是这样说话的？”

我点点头：“一开始就意识到了，但很快就习惯了。我不觉得这有什么问题，我本来也不想找个油嘴滑舌的男人共同生活。”

“那林顿是不是这样说话的？”

“以前也是，现在好很多了。林顿喜欢模仿电影里的人讲话。”

“这样说话，会让听的人感到不舒服吗？”

“倒也没有，说正经事的时候根本感觉不出来，主要是在闲聊和开玩笑的时候会有点怪怪的。”我想了想，又加了一句，“我觉得这一点最大的影响不在于你无法充分表达自己，而在于你无法正确理解他人。你不能从对方说话的语调语气里判断对方的情绪、意图，所以才会反应失当，甚至完全不知道人家是好意还是恶意。”再一想，还不够准确，继续说，“再比如说，你对语气、语调缺乏认知和自觉，所以会在你愤怒的时候说很重的话，但你自己不知道，就会给对方造成很大的、无谓的伤害——大大超过你的主观意愿。”

他耐心地听我说完，点点头。

“所以我应该重新学习说话。我有个想法，”他突然得意地笑笑，“母语改起来慢，我决定从现在起学中文，一张白纸更好，你说呢？”我做梦也没想过，相伴十多年的丈夫第一次对我的母语感兴趣竟是因为自闭症让他感觉迫切地需要重新学习说话。

“中文天生就有丰富的语调，我的推断是有助于改善这种毛病。”他心满意足地得出结论，第二天就开始自学中文，那个劲头和林顿当年学德语时一模一样。

书越看越多，我渐渐发现，内森一边在学习自闭症的内容，一边在不断地寻求自洽。正常与不正常，这条分界线太难划清了。他最想知道自己究竟怎么和别人不一样了，因为他一直自认为是正常人，从思想到行为，一切都很正常。“难道别人不是像我这样想的吗？”“难道别人不嫉妒、不愤怒、不怨天、不诅咒吗？”“难道别人愤怒的时候不摔东西吗？”“难道别人不觉得婚姻无趣吗？”这些问题无休无止，但回答起来也很简单——“难道你以为正常人不学习、不进步、不摔跟头、不长智慧吗？要不然，情绪控制班、婚姻咨询班的生意怎么会那么好？”

书越看越多，林顿也在自然地融入。有一天，我拿出那本买了很久的《社交故事新编》，邀请他们一起看。这本书是专为自闭症孩子写的，涵盖日常生活中可能遇到的各种场景，全部用第一人称写，每一页的文字量都不多，甚至只有一句话，配上大照片，读起来很轻松。比如，关于犯错误，书里是这么写的：“世界上有各种各样的错误。拼错单词是错误，天冷衣服穿少了是错误，忘记交作业了是错误，还有别的许多错误。人一点点长大，从错误中吸取教训，尽量不要再犯同样的错误。但是人不断在成长，会有新的情况发生，不可避免会犯新的错误。有时候犯错的人知道自己错了，有时候需要他人提醒，还有些时候，一个人犯了个小错误，别人根本就没有注意到。大多数人努力不要犯错。但不管怎么努力，错误不可避免。犯错误是地球人生活的一部分，没有关系。”我为他们读了这段话，正常人也许会觉得有点鸡汤，但对他们来说是需要重申的社会知识。

林顿突然问我：“妈妈，你觉得我和爸爸需要读这本书，是不是因为我们不正常？为什么你要再三教我们，别人不读都搞得清？别人都说我话太少、太害羞，是在说我犯错误了吗？别的小朋友踢足球、打篮球觉得很开心，我觉得很紧张，不知道该怎么办，这也是犯错误的一种吗？”

我说：“这些都不是你的错。你怎么不说别人也经常羡慕你呢？你能一分钟把魔方翻好，能记得五十个州的首府、加入联邦的次序，能记住好多路……”林顿知道我在哄他，不好意思地笑着拍我的胳膊。我心想，他在等答案，我还等什么呢？于是，我坦然对他说，“你有这些感觉不是错，只是因为你和爸爸一样有自闭症谱系障碍，他的诊断是自闭症一级，你的诊断是阿斯伯格综合征三级。爸爸在学怎样面对这件事，你也要慢慢学。教你一句拉丁文箴言吧。Festina Lente，意思是‘慢慢地赶’。”

“所以，我们是有病的人。”林顿的句尾没有升调，像是在给自己念判决。

我摸摸他的后脑勺，内森也伸手摸摸他的脸蛋。我们沉默了一会儿，但感觉不是压抑的，而是彼此越走越近，因而不需要太多言语。

我有一种冲动——我必须为他们命名。不要命名为病人、怪胎、白痴、弱智、笨蛋、废物、寄生虫、罪孽、小众、非主流、实验对象、未来的流行、拖累……我要把他们命名为：有且仅有的个体。世间每个人在这一点上都是平等的。我相信命名是有意义的，我们要在意识中为他们正名，同时也是为“正常”正名。之后的一切努力、治疗、用药……都该基于正常与非正常之间的模糊性。面对之前或之后的一切歧视、禁闭、特殊教育……都会拥有更开阔的心胸。从意识到认知、从研究到生活、从严阵以待到轻松幽默，只有这样去接纳他们才能获得力量，甚而高于爱的力量。

仅有爱，不能解决问题。

是我先开口的。

“你还记得阿波罗十三号的宇航员自制的二氧化碳过滤器吗？”因为指令舱和登月舱是由两家民间公司分头制造的，压根儿没想过有一天必须用登月舱做救生舱。登月舱里的圆形过滤器只能用两天不到，滤片饱和之后，宇航员就会被自己呼出的二氧化碳慢慢毒死。所以，两天过后，必须把指令舱里的滤片拿来用，可是方形滤片怎能装到圆形过滤器上去呢？地面救援队不眠不休，想尽办法，用宇航员手头现有的材料在方形滤片和圆形过滤器中间造出一个密封的缓冲带。测试了能用，才让宇航员一步一步照做，最终解决了问题。

我问林顿：“就算宇航员手头有锯子，能把方形滤片锯成圆形塞进过滤器吗？”

林顿说：“不行的，那样就弄坏了。”

“所以，方的还是方的，圆的还是圆的，中间造个缓冲地带就好了。打个比方，你的思维方式是方的，世界是圆的，但你不需要把自己的脑袋弄圆，方脑袋变成圆脑袋，那才真是坏了。我们只需要在方和圆之间造一个缓冲地带，里面放的是你适应周遭环境的工具。有些事，比如这本书里的一些社交方法，别人不用想就能适应，而你要想一想，从你的工具箱里挑出一样工具来进行调整，最终效果和别人的一样，大家都能适应彼此。”

林顿抬起头，眼里还有刚才的泪花，现在露出了笑容。他看着内森说：“爸爸，我们是两个方脑袋。”

内森也笑了："妈妈是圆脑袋。我们家就是缓冲区，每一只袜子都是有用的。"是的，宇航员们必须用到一只袜子才能组装好滤片和过滤器，才能继续在太空里活下去。

"我们家是静海。"

我的思绪已从阿波罗十三号跳到了十一号，阿姆斯特朗在迈上月球时对地面说："休斯敦，这儿是静海基地，老鹰已着陆。"

41. 第一次日全食

"2017年8月21日"——我们家日历上用红色马克笔圈出的日子，是99年一遇的日全食出现的日子，且仅出现在美国境内，在横穿美国大陆的一条百英里宽的带状地区内可见。日全食将在十点十分经过我们家所在的C城，月影遮蔽日光后，约有两分钟的黑暗。

清晨五点半，我和往常一样独自起床，来到客厅，桌上已放好了今天要用的东西：林顿专用的观测眼镜——因为眼镜卖到脱销，幸好黛布拉在上周诊疗结束后送了他一副；我和内森和大部分美国人一样，用麦片盒、锡箔纸和白纸自制了小孔成像观测仪；还有户外用的水壶、帽子、防水地布，装好了水果、蛋糕和面包的便当盒——我们打算今天在湖边看完日食后去林间吃个早午餐。和往常一样，我会先在安静中打一套拳，等他们起来。

通常，林顿会在六点半起床，戴上菲利克斯的厨师帽，给自己煎培根和鸡蛋。我把面包、奶油、牛奶和麦片放到餐桌上，我们母子面对面吃完早餐。通常，内森会在林顿出门上学前起床，在父子俩简短照面时，我会做好内森的午餐便当——或是三明治，或是中式炒菜配米饭。等他吃完早餐就能带上便当去上班，我就在家里做功课、写论文，直到下午三点半去学校接林顿——全职太太和母亲的标准日常。

但这天是例外，林顿的学校放假一天，就连内森的公司都放半天假。林顿很兴奋，六点刚过就起来了，绕过还在打拳的我，去厨房喝了一大杯水，又跑进我们的卧室去叫醒内森，热络地问他想吃什么。还没醒透的内森没明白儿子说的是早餐，含糊地说道："大日子当然要吃比萨。"林顿再一路小跑回到厨房，从冰箱里翻出冷冻速成比萨，塞到我手里："妈妈，请你烤比萨！"我再三问他："早餐就吃比萨？"他坚定地点了点头。我无所谓，就把比萨放进了烤箱，设定了时间。

不难理解，虽然我们每个月都会去天文馆看展览，八大行星的轨道模型他已经看腻了，但第一次目睹日全食终究是不一样的。烤比萨比煎蛋培根的时间长，他又破例一大早打开了 iPad，查看有关日食的新闻，好像要核实一下太阳今天运转正常。再过一两个小时，俄勒冈州的第一批观看者就能体验百年难遇的日光圆环了。他看了一会儿新闻，有点激动地说："妈妈，你知道有人为了从天空看日全食，专门买了机票坐飞机吗？"

我笑了，问他："你也想吗？从天上用平行角度看应该很棒！"

他说："想是想的，但我刚刚查过机票了，太贵了，我买不起。"

"我们的儿子想买什么买不起？"内森在餐桌边坐下，听起来心情也挺好。

"现代人坐飞机学夸父追日，我们的儿子也蠢蠢欲动呢。"我随口一说，却发现父子俩根本不知道夸父的故事，只好完整地讲一遍。

“说起来，”内森看到端上桌的是比萨，愣了一下，看到我们神情自若地去拿比萨，他才跟着拿起一块，接着往下说，“儿子，你今年最想要什么？我得攒钱给你买生日礼物了。”

林顿没有立刻回答，一边吃着比萨一边认真地思考了片刻，吃完了才答说：“我想要的东西大概买不到。”

事实上，我和内森早就准备好了，十一岁的林顿将收到一架显微镜。本想买望远镜的，但C城天文博物馆是我们隔三岔五就会去的地方，馆外有一座巨大的日晷，馆内的观测站里有两台巨大的天文望远镜，一台专门用来观测太阳，一台专门用来看星星。我们挑三拣四了十几款家用望远镜，都觉得太小儿科了。在浏览购物网站时，内森无意间看到显微镜，突发奇想地问我：“远在天边的，他已经看过了，为什么不帮他看看近在眼前的呢？”其大无外，其小无内，我觉得这个想法太棒了！

林顿想要什么呢？我想起有一次去天文博物馆，我们观完太阳坐到湖边吃三明治，他这样说过：“我长大以后就到这里来工作。晚上看星星，白天教小孩看星星。中午就坐在这里边吃午饭边看湖。”说到这儿还算不出意料，但接下去的话让我和内森大吃一惊，“我还要带我的妻子、孩子来，让他们看看我工作的地方。我也不要天天晚上只看星星，还要陪妻子和孩子。我还要给我妻子看《社交故事新编》，让她了解我的方脑袋。等我有孩子了，我也要给我的孩子读这本书，哪怕孩子不是方脑袋，他也应该知道他爸爸是什么样的人。这样一来，我的妻子和孩子如果遇到类似的方脑袋就不会嘲笑人家，还可以和人家做朋友。”

特例早餐吃完后，我和林顿都觉得比萨可以归入以后的早餐选项，但内森坚决不同意。我们收拾停当，出发去湖边。早点出门是英明之举，路上好多车，只能慢速前进，很多车里开着震天响的说唱乐，还有人从车顶天窗伸出脑袋，戴着太阳神的金色高帽。沿途感觉大家都喜气洋洋的。

“不知道特蕾莎会不会看日食?”我看到开车的每一个人都戴着墨镜，随口问了一句，“今晚可以问问她。”

特蕾莎是我们的新朋友之一，有光敏感症状，自闭症二级。她不能忍受强烈的光照，几乎每天都戴着墨镜。还有威廉、克里姆、戴森、丹妮斯、海格、查理斯、山田，他们都是在黛布拉诊所咨询的成年自闭症患者。在黛布拉的鼓励下，内森主动和这些人一一联系，请他们到家里来玩，一起出去打球、下棋、吃冰激凌、吃饭。这些人或多或少都有交友困难，但和有同样困难的人在一起，心理负担似乎减轻不少。

这是我认识内森以来，他做过的最让我震惊的事。他不擅长交际，但他决心要做点什么了。让孤独的人能有朋友，哪怕一个人的力量微不足道，也能让周围的几个人更愉快，只要让世界比以前好那么一点点，他觉得这就足够了。

我们家正在变成自闭症患者俱乐部，每周一次聚会，今晚也是。我会准备茶点，看他们凑在一起读医生推荐的书、讨论，听他们讲述各自生活中的困扰。比如特蕾莎，她是个长相非常甜美的姑娘，却从小被同学们嗤笑为吸血鬼。我觉得他们真像一群迷路的孤雁，终于结伴成队；我也想重新命名他们的每一个动作、每一种习惯。不能沿袭世人的说法，不能轻易掉进窠臼。他们说那是刻板，我说那是平静；

他们说那是发疯，我说那是表达；他们说那是社交障碍，我说那是一种新的交流方式。我不是在玩弄词句，只是因为我太明白改变他人的固定思维有多么难。

就像林顿的学校食堂门楣写的那句话——“小手改变大世界”，这对父子渐趋同步，林顿也在尽其所能向世人证明：一个社交笨拙的人也可以是友善的、充满爱的，他融入社会的努力是值得尊重的。看到他，人们很容易联想到别的社交困难的人也正在做这样的努力，他们都需要支持和鼓励。这也是他们在这个世界上发出的光和热。

在不疾不徐的车潮里，我浮想联翩。车里播放着东欧音乐，那是内森特别喜欢、循环播放的CD。阳光透过他的发丝散射过来，我盯着他的几根白发看了一会儿，想到我们结婚十二年了。就在去年、前年，这家伙还觉得他除了挣钱养家之外百无一用，还曾恶狠狠地说出“我不值得爱”。现在，他会像哄孩子一样，在睡前给我唱乌克兰民歌。我心想，一个人要有勇气活在当下。不管他做了什么温柔又傻气的事，我都要勇敢地享受温柔、感谢他的好意，永远不要再去想他曾做过哪些对不住我的事。

这十二年里，从某种意义上说，我陪伴的是个病人。我信守了婚礼上的誓言——健康也好、疾病也好，富贵也好、贫穷也好，我们一起生活。这十二年里，我们的孩子从一个喜欢独自待在房间里的沉默的孩子，长成一个有礼貌、有好奇心、喜欢和小朋友一起玩的大孩子。这十二年里，我不断地看书，所有我看过的数学书、历史书、文学书……我都把它们变成教案，随时可以拿出来给孩子上一课，甚至和内森一起写完了给孩子看的魔方数理书。我们把那本书命名为《魔方里的数学》，并在第一时间寄了一份复本给史密森教授。正是他们的障碍，令我彻底放弃了攀比之心，令我们过上了最适合自己的生活。这十二年里，我们一家三口一起成长。再过几年，林顿会去上大学，会有自己的使命，我希望自己那时候可以为他自豪，正如现在我也为内森感到自豪。

快到湖边了。林顿兴奋起来，开始不断地报时，好像在催促太阳准点到达。

“从古至今，谁先认识到地球是圆的？”内森看了看后视镜，大概揣摩到了儿子焦躁的心情，就抛了一个问题给他。

“毕达哥拉斯？”林顿不太确定。

“他不能算，因为他只是凭意念坚信球形是最完美的形状，所以坚信地球应该是圆的，但没有证实过。”内森说。

“那就是麦哲伦，绕地球一圈证明了这一点。”林顿这次的回答很肯定。

“麦哲伦是 16 世纪，太晚了。其实在公元前 4 世纪，亚里士多德观察月食时，发现地球的影子是圆形的，就合理推断出地球是球体。再早一点的古代中国人就有天圆地方之说了。”我插了一嘴。

“聪明！”

林顿在夸谁？

“同样的道理，看日全食就能知道月球也是球体。”

“月球是球体不用这样看啦！”我大笑起来，“月球用肉眼就能看到了。”

“对哦！”林顿哈哈大笑，这足以让我惊喜，因为他没有不好意思，而是爽朗地接受了自己傻乎乎的错误。

我们停好车，背好包，快步走向湖边。林顿问："我们是坐下来等，还是一边走一边等？"

"一边走一边等，时间会过得比较快。"内森说。

"一边走一边等，心情会比较愉快。"我说。

"那就一边走一边等！"林顿急不可耐地往前走，"还可以玩影子！你们看，我们三个影子就可以玩日食月食的游戏！我要做太阳！"

"那我做地球吧，"内森说，"因为妈妈比较像月球。"

三颗星体在各自的轨道上，绕啊绕啊，终于在某个时刻，轨道相交，彼此遮挡，也彼此显现。太阳围绕银河系中心以每秒 250 公里的速度公转，地球围绕太阳以每秒 29.78 公里的速度公转，月球围绕地球以每秒 1.02 公里的速度公转。所以，每一年谁转动的路程最长？我们连奔带跑地做起了数学题。

终于，太阳和地球等到了月亮。弧面的影子一点一点遮去太阳，两个圆形重叠时，金色的光芒依旧从月球背后晕射出来。天空变暗了，却格外衬托出星球完美无缺的形状。很快，日光又从月亮边缘以耀眼的星状光芒出现。就这样短暂重合，三颗星体在各自的轨道上，继续不离不弃地追随彼此的引力，有时离得远，有时离得近。

后 记

1

我是林晓桦，女主人公林珊的原型，感谢于是女士花费巨大的心力来了解自闭症谱系、了解我的家庭，最终把我们的故事改编成小说；更要感谢各位读者看完全书，来到这里。书中林珊一家的故事以大团圆结尾，生活中我们的三人行还在继续向前发展，包含着所有人的坚持与挣扎，缀以各人因可爱的无知而造成的足以写进家庭传说的笑话。

挣扎是真实的，欢笑也是真实的，两者共同铸就了把我们这个小家庭联系在一起的纽带。有时候，我觉得载着我们三人的小船处在风雨飘摇之中，但是每一样值得珍惜的东西都是脆弱的，这点风雨何足挂齿。

我想说，我很幸运。我固然花了很多时间、心力去了解自闭症谱系这件事情，不过如果孩子本身的自闭症情况更严重，或者我先生不能维持足以养家的工作，而要靠我出去挣钱，解锁自闭症的谜题恐怕就没那么容易了。我不希望本书给人带来虚假的希望，但大家可以针对自闭症谱系的症状进行早期干预——这仍然是我坚定不移的信念。

如果您是自闭症谱系患者的家人，我想给您一个深深的拥抱，我对您体会到的困扰、痛苦以及经济压力感同身受。您不是一个人孤独地在战斗，希望阅读本书能让您的心灵稍稍舒展一些。

在我的成长过程中，我父亲的书架上有一本美国作家房龙写的《宽容》，我只看过书脊上这两个字，其余未敢触碰，仿佛顶着这个书名的书太神圣，光是书名就已光芒万丈。在这耀眼的光辉里，小时候的我隐约觉得如果自己看了这本书上下左右的一大堆书却没有领会这两个字，似乎是白白读书了。

“宽容”两个字是我面对先生、儿子时的准则，说得再直白一些，就是凡事不要太吃惊。但宽容并非无原则，我不能总是以让他们父子俩舒适的方式说话、行事、给时间、给空间，最终目的是帮助他们在人世间穿行。

我也时常提醒自己，都几十岁的人了，千万别把自己想得太崇高。很多时候自认为容人，其实只不过是无奈接受命运，接受的姿势要漂亮一些，仅此而已。再说，父子俩又何尝不在宽容我呢？

我会反省，但很少后悔，我从不后悔选择了我先生做我的人生伴侣。我享受了初恋的甜蜜，很珍惜一路来有个人可以一起谈笑、一起承担生活的重担。有时候我觉得主要是我在承担，有时候他觉得主要是他在承担，这都是主观感受，应该得到尊重。实情是我们俩在一起承担。

顺便回答一下很多人都会有的问题：“为什么会和这样的人结婚呢？难道谈恋爱的时候看不出来吗？”我在网上看过很多关于自闭症谱系的影视作品，下面的留言里常常会有类似的问题，我通常不觉得提问人语带嘲讽，相信这都是人们心中真实存在的疑问。我也看到有人在这些问题下面很认真地回答，诸如："大千世界，一个愿打，一个愿挨，这些人有时候自有他们的魅力。""有些症状要长期生活在一起、经历很多事情之后才能显现出来，并不像你想象的那么明显。"

我的回答是：谈恋爱的时候，我觉得和这个人在一起很愉快，也能感觉到他觉得和我在一起很愉快，就这么简单。就算我先生其实一直在困惑周围的人究竟想要他做什么，为何很多时候别人似乎很清楚应该做什么他却不知道，为何有人莫名其妙生他的气，为何似乎人人都想分他一杯羹，为何他好心做了什么事反倒惹人厌……此类疑问的列表可以很长很长，但这都不能阻止一个人追求幸福。直到现在，我们俩经历了艰难的时光，仍有困难的问题需要讨论，但还是热切期待周五晚上一起看个电影，热衷于讨论究竟是西方的电影从周星驰那里获得灵感抑或是相反。

你中有我、我中有你，这本来就是世界的真相。自闭症谱系群体在任何时候、任何社会都是小众。为了让小众群体被看见，我们往往去描述他们的特殊性，其实他们真有这么特殊吗？普通人的生活中真的没有他们的影子吗？也未必。如果您遇到这样的人，并且生活为之改变，希望本书能为您提供一些参考、传递一些乐观。

如果您怀疑自己也在谱系之内，或者在亲朋好友的提示之下去做了专业诊断。如果真确诊了，我首先要对您的勇气表示钦佩和赞赏，接受自己面前是一条漫长的道路。有时候我们看到有人说："诊断解开了我长期以来的疑惑，为什么我总是和别人格格不入。现在好了，可以对号入座了。"我不怀疑说话人的真诚，但我不得不说，在很多情况下这样说是一种美化，至少也是一种简化。由于自闭症谱系人士常常缺乏同时看到硬币两面的能力，他们最初可能会认为诊断说他们的脑袋就是这样长的，他们什么也改变不了，因而接受诊断比拒绝诊断更让人绝望。

我希望我们所有人都能重新定义什么叫“接受诊断”。心理学之所以被主流学术界认定为科学，是因为现代心理学用实验科学的方法去研究人的行为，而非虚无缥缈的“心里想什么”。同理，如果诊断可以打开讨论的大门，继而改变人的行为，降低与周遭环境的敌对度或者不适应度，诊断的目的就已经达到了。

去年圣诞节我终于画了一幅画送给我先生，他要求了好几年了，所以说“终于”。我是一个画笔拿在手上不知该怎么办的人，美术课学写生，我就挨在一个会画画的人旁边，她对着三维实体画，我对着她的二维图画描，庶几可以交差。三十年多过去了，先生的固执促成了我人生中第一幅真正表达自我的画作，就像一道亮光，照亮了我们彼此。

如果您的人生旅途和自闭症谱系人群有所交汇，如果它注定带来些许或者很多晦暗不明，请相信，这交汇也会带来光亮。

林晓桦

2021 年 3 月，美国

2

十多年前，我犯过一个错。我写了一本名为《一只黑猫的自闭症》的随笔式小说，主角是一只特别内向的黑猫，当时我不了解“自闭症”的含义，只当是极致孤独、不亲近他者的表现，就擅自使用了这个词。虽然没有很多人来追问我：凭什么把那只黑猫定义为患有自闭症？也许大家一眼就看出来我是在做比喻，而非讲科学；但时过境迁，等我充分意识到自闭症的含义后，我为自己的当年的草率而懊悔，若有机会再版（虽也没那种必要），我一定会改掉书名，略表对谱系障碍者和家属们的尊重。

四年前，我完成了以罹患阿尔茨海默病的父亲为原型的长篇小说《查无此人》，讲述了重疾照护者的辛酸，第一次直面生老病死的课题。在这本书出版后，有很多类似体验的读者给予我真挚的反馈，还有很多年轻读者意识到尽早认识父辈历史的重要性，这都让我对写作的意义产生了更深的感悟。文字是对体验、历史、思考、时代的综合呈现，写作者的成长不仅要体现在文辞、构思上的纯熟，还要有价值观的进步，对世界的过去和未来的认知的逐渐深化。文字的世界要观照自我，也要映照他者。

我的老朋友林晓桦（这是她的笔名）也给了我反馈，说《查无此人》的主人公照料阿尔茨海默病父亲的情节让她感同身受，也特别理解书中提到的外界对这类失智患者的污名化和不了解。接着，她提到了自闭症。我们相识二十余年，因她后来移居美国，联系少了，我只知道她结婚生子，照片看起来是美满的小家庭，但完全不知道先是她的孩子诊断出阿斯伯格综合征，丈夫也随后被诊断为自闭症。她暂时放下学业、放弃工作，就是因为她要全身心地投入对孩子的教育、对丈夫的帮助中去。外人是不会知道当事人的艰辛的，大多数人甚至连这种谱系障碍的本质、陪护和干预的意义都不知道（比如以前的我），所以她不跟别人说，包括自己的父母，就那样一个人扛着。大部分自闭症谱系患者的家人都这样，因此改变了自己的人生、改变了家庭生活的样貌。

当我得知她有心让更多人了解自闭症谱系障碍的真相，并愿意和更多人分享自己的育儿经验后，我鼓励她写出来。她是个讲求实干的人，在随后的大半年里，持续地写出数万字的段落，用电子邮件发给我。故事中最打动我的是母性中的坚韧，还有她这样的母亲的主动创想，她对儿子的早期干预是知识女性自发、自觉、自律的行为。她信赖知识的力量，更信赖爱的力量。她受过东西方的高等教育，因而对谱系内的儿子的教养方式非常独特，在原则上和特殊教育推崇的方法论不谋而合，但绝非教科书式的教条做法。外界当然能提供一定帮助，但在照护自闭症谱系、阿尔茨海默病等疾病患者的情境下，最主要的帮助都来自家庭成员。因此，家人的自我教育先于对患者的帮助，照护者自身对问题的认知、对自我的认知、对解决方式的选择和坚持、对价值观的修正……都显得格外重要，从某种程度上说，父母的认知和做法决定了生来就有谱系障碍的幼儿最终会成长成怎样的人。

也许，很多人会觉得这种故事“只是”写给“这类”家庭看的，但我越读她的文档，越觉得这种看法太狭隘了——所有的母亲都有焦虑，也都有所放弃、有所坚持，所有的育儿过程都是父母自我教育的过程，这样的母亲的故事值得让所有母亲看到。另一个层次是关乎价值观的，谱系内的孩子都会变成谱系内的成年人，他们要先学会自理、自立，继而是与他人打交道，融入共同的世界。这条成长之路是所有人都要经历的——有些各方面功能都健全的人也未必能成长成有用的人，不是吗？所以，另一半的问题是谱系外的人应该考虑的——如果你有一个行事刻板的员工，你会怎么做？如果你有一个永远不和你对视的同学，你愿意和他 / 她沟通、交心，成为朋友吗？你愿意让谱系内的人成为你的合作伙伴吗？正常人的世界很宽广，但也很单调。我始终认为，我们应该多多了解小众群体，这对拓宽正常人的主流世界观是很有好处的，会让未来变得更好。

她很忙，我也很忙，这次断断续续的书写持续了几年。后来我替她着急了，就决定在两本翻译、两本小说的间歇去美国看看她，看看被她描绘了几年的那对父子。说走就走，我还在她家住了一阵子，每天和那孩子交谈、玩乐。

有一次，我带他去吃冰激凌，因为那家店的桌面设计成了国际象棋盘，那孩子耐着性子教我下棋，我简直可以看到他头脑中的运算速度——我迟疑着该走哪一步，其实他已经在意念中“看到”我的结局了。虽然我下棋超烂，但有别的优势，比如观察，我花了一些时间去和他单独相处，观察他带给我的惊讶、感动和疑惑。有一次我们走路回家，说起去市中心探险，“去没去过的地方看看”。他说他想带我去一家世界著名的意大利餐厅，我很惊讶，因为那家非常昂贵，他却回答我：“因为上次玩大富翁的时候，你问我们那家有名的餐厅在哪里，我后来查了，就在市中心。”我很感动，因为实际上那只是无心的一问，在那场大富翁游戏里，我买下又失去了那家店，就随口哀叹了一声。游戏结束，连餐厅的名字都忘光了。所有无心的问题，他都会记住，这种“刻板”让我觉得很暖。

之后一天刮大风，我们去一家小博物馆参观，风吹门动，砰的一声巨响，玻璃颤动，我提醒他等下关门要轻一点。他却当场生起气来，都气哭了，表现出很讨厌我的样子，因为他觉得那是风的问题，不是他的问题，我批评他，表明我不喜欢他。他没有领会我的意思，但因为我知道他有这样的问题，所以不至于因他的情绪波动产生猜忌，甚至觉得他太古怪。我想，如果别人也像我一样，他和他的同类在正常人的世界里也会过得轻松一点吧。

后来，我也去别的自闭症互助小组观察过别的孩子。有个孩子从小到大都软绵绵的，必须靠在别人怀里，始终笑眯眯的，非常可爱，像只玩具熊，但与人没有言语互动，离开了怀抱就尖叫，变成小怪物，未来令人担忧；还有个孩子精力爆棚，听人说话只听半句就满屋子跑，跑到满头大汗，后半句话永远听不进去；还有个“孩子”已经三十岁了，只会做简单的拼图游戏，择菜，自己洗澡上厕所，但不会讲话，她明显已经成年，有各种感受和想法，表达不出来的时候就原地蹦跳、跺脚、大叫，搬了很多次家都被邻居投诉。她的父母放弃了，给她买了房子，找专人全天候陪护，但几乎一年都不会来看她一次。这样的故事说不完。

国内已有很多关注自闭症谱系群体的民间机构，上海有九旬音乐家曹鹏指挥的自闭症孩子音乐会。有的孩子还能在爱心咖啡店里打工，深圳举办过和哈佛大学合作的自闭症国际高峰论坛，还有一些自闭症培训康复机构。这样的公益组织和活动也说不完。

在我们之前，把自闭症患者家庭作为主题的书籍也有不少，蔡春猪的《爸爸爱喜禾》系列、明石洋子的《与自闭症儿子同行》系列都让人充满乐观。这样的好书也说不完。但还是不够多，不够多样性。

我和林晓桦开始讨论怎样把她的故事整理成一本书后，打了无数通越洋电话，每次都是几小时，最终决定了在这本书里写入哪些现实中的素材。她不仅要面对幼儿干预，还要思考如何改善成人患者的工作和生活质量，这本书的重心慢慢地从亲子关系拓展到了整个家庭，包括该如何维持谱系障碍者的婚姻。最后，我决定加入轻科幻的未来情节，可以让更多人意识到脑神经科学、AI 技术、基因治疗等正在研发中，这些高科技已经能让失明者看到光影、让瘫痪者用脑电波让义肢动起来、让机器把意念翻译成文字或语言或可以转换的电波、让记忆的数字留存成为可能……当然，最重要的是让林顿这个形象更充实，他既是得到知识化、结构化干预的患者，也象征了改变未来干预方式的高科技创造者。我们不只是想写一个家庭故事，还希望在一本书的容量里整合我们对于自闭症谱系障碍课题的思考——对于如何帮助自闭谱系人士融入正常主流社会，她想了太多太多；而我呢，大概是个渴望有高功能自闭症的假正常人吧。这种互补也决定了我们最终用合著的方式完成这本书。

所以，最终呈现出的这部作品是基于真实事件的非虚构写作、基于合理想象的人物和事件虚构、基于实际教学的方法论和基于现实的轻科幻的整合体。阅读的世界里并不存在刀切般的分界线。林晓桦不介意它究竟算哪种体裁，我也不介意，但她会提醒我在涉及医学和社会文化等细节时确保精准，我也会提醒她在人性层面可以有更深地挖掘。

希望这本书带给不同的读者以不同的启迪。

于是

2021 年 4 月 2 日（世界自闭症关注日），上海

图书在版编目（CIP）数据

有且仅有：一个自闭谱系家庭的回忆与未来 / 于是，林晓桦著 . —杭州：浙江文艺出版社，2022.7

ISBN 978-7-5339-6698-0

Ⅰ . ①有… Ⅱ . ①于… ②林… Ⅲ . ①长篇小说—中国—当代 Ⅳ . ① I247.5

中国版本图书馆 CIP 数据核字（2021）第 258374 号

策划统筹 曹元勇
责任编辑 睢静静
责任印制 吴春娟
装帧设计 胡佳颖
营销编辑 耿德加 胡凤凡
数字编辑 姜梦冉 诸婧琦

有且仅有：一个自闭谱系家庭的回忆与未来
于是 林晓桦 著

出版发行 浙江文艺出版社
地 址 杭州市体育场路 347 号
邮 编 310006
电 话 0571-85176953（总编办）
0571-85152727（市场部）
印 刷 上海盛通时代印刷有限公司
开 本 889 毫米 ×1240 毫米 1/32
字 数 250 千字
印 张 12.375
插 页 1
版 次 2022 年 7 月第 1 版
印 次 2022 年 7 月第 1 次印刷
书 号 ISBN 978-7-5339-6698-0
定 价 59.00 元

一本书打开一个世界

欢迎订购、合作

订购电话：0571-85153371

服务热线：0571-85152727

KEY- 可以文化

浙江文艺出版社

京东自营店

关注 KEY- 可以文化、浙江文艺出版社公众号，

及浙江文艺出版社京东自营店，随时获取最新图书资讯，

享受最优购书福利以及意想不到的作家惊喜

策划统筹　曹元勇
责任编辑　睢静静
营销编辑　耿德加　胡凤凡
封面设计　胡佳颖

林顿4岁时，母亲林珊第一次意识到他有自闭症谱系障碍。此后，她动用全部心力，见招拆招地帮助林顿成长：背诵极富韵律的古诗词、设计母子间的卡片游戏、用“推手”游戏模拟人际互动……这个对她来说“有且仅有”的孩子，需要有别于传统模式的教育方法。

愈加了解谱系障碍之后，林珊逐渐意识到丈夫内森也像是谱系障碍者。由于缺乏幼年期的干预，内森执拗、刻板的性格已难以改变，日常生活和工作经常遭遇挫折。这个由中国妻子、美国丈夫以及他们的爱子组成的当代家庭面临着前所未有的挑战，林珊决心以自己的学识与力量接纳和帮助家人。

上架建议：长篇小说

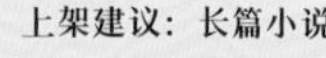
ISBN 978-7-5339-6698-0

9 787533 966980 >

定价：59.00元